GOUDEN KOOI

Camilla Läckberg

Gouden kooi

the house of books

Oorspronkelijke titel: *En bur av guld*
Oorspronkelijk uitgegeven door: Bokförlaget Forum, een imprint van Bonnierförlagen.

Omslagontwerp: Scandinavian Design Group
Omslagontwerp Nederlandse uitgave: Peter de Lange
© Omslagbeeld: Erik Undéhn
Foto auteur: © Magnus Ragnvid
Typografie: Crius Group, Hulshout

ISBN 978 90 443 5442 3
ISBN 978 90 443 5443 0 (e-book)
NUR 332

www.thehouseofbooks.com
www.overamstel.com

OVERAMSTEL
uitgevers

The House of Books is een imprint van Overamstel uitgevers bv

Voor Christina

Deel 1

'Zou het niet kunnen dat ze alleen maar gewond is?' vroeg Faye.

Ze staarde naar het tafelblad, kon hun niet recht in de ogen kijken.

Een korte aarzeling. Toen een spijtige stem.

'Er was verschrikkelijk veel bloed. En het is een klein lichaam. Maar ik kan niets met zekerheid zeggen. Een forensisch patholoog moet er eerst naar kijken.'

Faye knikte. Ze kreeg een doorzichtige plastic beker met water aangereikt en bracht die naar haar mond. Ze beefde echter zo erg dat er druppels over haar kin rolden en op haar blouse vielen. De blonde politieagente met de vriendelijke blauwe ogen boog zich naar voren en reikte haar een papieren servetje aan.

Faye veegde haar kin met langzame bewegingen af. Het water zou lelijke vlekken op de zijden blouse geven. Niet dat dat nu nog iets uitmaakte.

'Is er geen twijfel mogelijk? Geen enkele twijfel?'

De politieagente keek met een schuin oog naar haar collega en schudde vervolgens haar hoofd. Ze koos haar woorden zorgvuldig.

'Zoals ik al zei, een forensisch patholoog moet de vondsten op de plaats delict beoordelen. Maar op dit moment wijst alles erop dat uw ex-man Jack uw dochter heeft gedood.'

Faye sloot haar ogen en smoorde een snik.

Eindelijk was Julienne in slaap gevallen. Haar haar lag uitgespreid over het roze kussen. Ze ademde rustig. Faye streelde haar wang, voorzichtig, om haar niet wakker te maken.

Jack zou vanavond terugkomen van een zakenreis naar Londen. Of was het Hamburg? Faye wist het niet meer. Hij zou bij thuiskomst moe en gestrest zijn, maar zij zou ervoor zorgen dat hij zich lekker kon ontspannen.

Ze deed de deur van de slaapkamer zachtjes dicht zodat Julienne niet wakker werd, sloop naar de hal en controleerde of de voordeur op slot zat. In de keuken streek ze met haar hand over het lange aanrecht. Drie meter wit marmer. Carrara, natuurlijk. Helaas ontzettend onpraktisch omdat het poreuze materiaal alles als een spons opzoog en er nu al lelijke vlekken op zaten. Een praktischer keuze was voor Jack echter geen optie geweest. Voor de keuken in hun appartement aan de Narvavägen hadden ze bijna een miljoen kronen neergeteld en er was echt nergens op bezuinigd.

Faye strekte haar hand uit naar een fles amarone en zette een wijnglas op het aanrecht. Glas tegen marmer, het geluid van klokkende wijn – kort samengevat was dat haar bestaan als Jack 's avonds niet thuis was. Ze schonk zorgvuldig in zodat er niet nog meer rodewijnvlekken op het witte marmer zouden komen en sloot haar ogen toen ze het glas naar haar mond bracht.

Ze dimde het licht en liep naar de hal, waar het zwart-witportret van Julienne, Jack en haarzelf hing. Genomen door Kate Gabor, de officieuze hoffotograaf van de kroonprinses die elk jaar weer betoverende foto's maakte van de kinderen van het koninklijke gezin terwijl die in kraakheldere, witte kleren in de herfstbladeren speelden. Jack en zij hadden voor zomerfoto's gekozen. Ze stonden ongedwongen en relaxed aan de rand van het strand. Julienne tussen hen in, met haar blonde haar wapperend in de wind. Witte kleren, uiteraard. Zijzelf in een eenvoudige katoenen jurk van Armani, Jack in een overhemd en een broek met opgerolde pijpen van Hugo Boss, Julienne in een kanten jurkje uit de kindercollectie van Stella McCartney. Vlak voordat de foto's waren genomen, hadden ze ruzie gehad. Ze herinnerde zich niet waarover, wist alleen nog dat het haar schuld was. Maar van de onenigheid was op het portret helemaal niets te zien.

Faye liep de trap op. Aarzelde bij de deur van Jacks werkkamer, maar duwde hem toen open. De kamer bevond zich in een toren en je kon er alle kanten op kijken. Een unieke indeling van een uniek object, had de makelaar gezegd toen hij hun vijf jaar geleden het appartement had laten zien. Ze was in verwachting geweest van Julienne en de toekomst had zonnig geleken.

Ze was dol op de torenkamer. De lucht en het vele licht van de ramen gaven haar het gevoel te vliegen. En nu het buiten helemaal donker was omsloten de gewelfde wanden haar als een warme cocon.

Ze had de kamer zelf ingericht, net als de rest van de woning. Het behang uitgekozen, de boekenkasten, het bureau, de foto's en de kunstwerken aan de muur. Jack had het resultaat van haar inspanningen prachtig gevonden. Hij plaatste sowieso geen vraagtekens bij haar smaak en was bovendien altijd mateloos trots als hun bezoek om het telefoonnummer van hun stylist vroeg.

Op die momenten liet hij haar stralen.

Terwijl ze in de andere kamers had gekozen voor een moderne stijl, licht en luchtig, was Jacks domein manlijker. Zwaarder. Ze had zich voor deze kamer harder ingespannen dan voor Juliennes kinderkamer en de rest van de woning samen. Jack zou hier vaak zijn en belangrijke besluiten nemen die bepalend waren voor de toekomst van hun gezin. Het minste wat ze kon doen was hem hierboven, vlak onder de wolken, een toevluchtsoord geven.

Tevreden streek Faye met haar hand over Jacks rustieke bureau dat ze bij veilinghuis Bukowskis had weten te bemachtigen. Het was ooit van Ingmar Bergman geweest. Jack was geen groot Bergman-kenner, hij keek liever naar actiefilms met Jackie Chan of komedies met Ben Stiller, maar hield net als zij van meubels waar een verhaal aan vastzat.

Als ze het appartement aan hun bezoek lieten zien, sloeg hij steevast twee keer met zijn handpalm op het bureaublad en vertelde, zogenaamd terloops, dat dit prachtige meubelstuk ooit in het huis van de wereldberoemde regisseur had gestaan. Op die momenten glimlachte Faye, want dan keken ze elkaar altijd even aan. Dat was ook een van de duizenden dingen in hun leven die ze samen hadden gedeeld en deelden. Die vertrouwde blikken, die kleine onbelangrijke en belangrijke momenten waaruit een relatie was opgebouwd.

Ze liet zich op de stoel achter de computer zakken, draaide een halve slag rond en keek naar buiten. Overal sneeuwvlokken, die in de diepte op straat in een brij veranderden. Toen ze zich naar voren boog om naar beneden te kunnen kijken, zag ze een auto in de donkere februariavond voortploeteren. Bij de Banérgatan sloeg de chauffeur af en hij verdween in de richting van het centrum. Heel even vergat ze waarom ze hiernaartoe was gegaan, waarom ze in Jacks werkkamer zat. Het was zo makkelijk om in de duisternis te verdwijnen en je te laten hypnotiseren door de dwarrelende sneeuwvlokken die het zwart doorboorden.

Faye knipperde met haar ogen en ging rechtop zitten. Draaide zich om naar het grote Apple-scherm en raakte de muis aan, waardoor het beeldscherm tot leven kwam. Ze vroeg zich af waar Jack de muismat had gelaten die ze hem met Kerstmis had gegeven en waar een foto van Julienne en haarzelf op stond. In plaats daarvan lag er een lelijk blauw ding van Nordea. Het kerstcadeau voor hun privatebankingklanten.

Ze wist het wachtwoord. *Julienne2010*. Hij had Nordea in elk geval niet ingesteld als schermbeveiliging, maar gebruikte nog altijd de foto die hij van Julienne en haar had gemaakt in Marbella. Ze lagen in de branding en Faye tilde haar dochter hoog de lucht in. Ze lachten alle twee, al was Fayes lach eerder voelbaar dan zichtbaar zoals ze daar op haar rug lag, met haar dat alle kanten op dreef. Juliennes helderblauwe ogen keken recht in de camera, recht door de lens. Naar Jacks net zo blauwe ogen.

Faye boog zich dichter naar het scherm toe, liet haar blik langs haar zongebruinde lichaam glijden, dat glom van water en zout. Ze was nog maar een paar maanden daarvoor bevallen. Toch was ze in een betere vorm geweest dan nu. Ze had een platte buik gehad. Dunne armen. Smalle, stevige dijen. Nu, ruim drie jaar later, was ze minstens tien kilo zwaarder dan toen in Spanje. Misschien wel vijftien. Ze durfde al heel lang niet meer op de weegschaal te gaan staan.

Ze rukte haar blik los van haar lichaam op het scherm en opende de browser, ging naar de geschiedenis en typte 'porno'. De ene link na de andere verscheen, gesorteerd op datum. Ze kon Jacks seksuele fantasieën van de afgelopen maanden heel makkelijk volgen. Als een naslagwerk van zijn geilheid. Een *Seksfantasieën voor dummy's*.

Op 26 oktober had hij twee filmpjes bekeken. *Russian teen gets slammed by big cock* en *Skinny teen brutally hammered*. Je kon zeggen wat je wilde over de porno-industrie, maar de titels waren in elk geval concreet. Geen eufemismen. Geen poging om te ontzien, te verfraaien, te liegen over wat er geleverd werd en wat degene achter de computer voorgeschoteld wilde krijgen. Een directe dialoog, open en eerlijke communicatie.

Jack keek al naar porno zolang ze hem kende en als ze alleen was, deed ze het zelf ook weleens. Ze verachtte vriendinnen die beweerden dat het zelfs niet in hun man opkwam om zoiets te doen. Je kop in het zand steken, vond ze het.

Vroeger had Jacks gewoonte geen invloed gehad op hun seksleven. Het was nooit het een of het ander geweest. Nu kwam hij echter niet meer naar haar, hoewel hij nog altijd bevrediging zocht bij *Skinny teen brutally hammered.*

Met elk filmpje dat ze zag werd de knoop in haar maag strakker. De meisjes waren jong, mager en onderdanig. Jack had zijn vrouwen altijd graag dun en jong gehad, dus hij was niet veranderd, maar zij wel. En was dit niet wat de meeste mannen wilden? De upper class van Östermalm bood geen ruimte voor ouder en zwaarder worden. In elk geval niet voor vrouwen.

De afgelopen maand had Jack zo'n acht keer naar hetzelfde filmpje gekeken: *Young petite schoolgirl brutally fucked by her teacher.* Faye klikte op play. Een tiener met Pippi Langkous-vlechten in een korte printrok, een witte blouse, een stropdas en kniekousen komt op school niet goed mee. Vooral biologie is een probleem. Haar bezorgde, verantwoordelijke ouders zorgen ervoor dat ze bijles krijgt en laten hun dochter alleen thuis. Er wordt aangebeld. Een man van in de veertig, gekleed in een colbert met elleboogstukken, staat met een aktetas in zijn hand voor de deur. Ze lopen een lichte keuken binnen. Het meisje haalt haar lesboeken en slaat ze open. Ze nemen de spieren van het lichaam door.

'Als ik een spier noem, moet jij op je lichaam aanwijzen waar die zit, kun je dat?' vraagt de leraar met donkere stem.

Het meisje zet grote ogen op, knikt en tuit haar lippen. De eerste twee spieren weet ze te vinden. Dan noemt hij de *gluteus maximus*, de grote bilspier. Ze trekt haar rok een eindje omhoog waardoor de rand van haar slipje zichtbaar wordt en wijst naar de buitenkant van haar lies. De leraar schudt glimlachend zijn hoofd.

'Ga maar even staan, dan laat ik het je zien,' zegt hij.

Ze schuift haar stoel naar achteren en komt overeind. Zijn grote hand glijdt langzaam langs haar knieholte naar boven, tot onder haar rok. Dan trekt hij die nog verder omhoog en schuift haar slipje opzij. Brengt een vinger naar binnen. Het meisje kreunt. Een superkreun, sexy en perfect. Maar wel met een vleugje verbaasde onschuld en een licht schuldgevoel. Zodat de kijker beseft dat ze weet dat ze dit niet zou moeten doen. Dat dit verboden is. Maar dat ze het niet kan laten. Dat de verleiding te groot is om die te kunnen weerstaan.

Hij laat zijn vinger een paar keer naar binnen en naar buiten gaan. Buigt haar vervolgens over de tafel en neukt haar. Ze schreeuwt, kreunt, maakt krassen in het tafelblad. Vraagt om meer. Ten slotte verzoekt hij haar om haar bril – die halverwege van haar neus is gevallen – weer op te zetten. Dan spuit hij haar in het gezicht, en met een van genot verwrongen gezicht neemt het meisje met halfopen mond zijn sperma in ontvangst.

Nergens is zo duidelijk te zien hoe belangrijk mannen hun eigen sperma vinden als in pornofilms. Het wordt uitgedeeld aan smachtende en toegewijde vrouwen met halfopen monden, alsof het een geschenk zou zijn.

Faye zette de computer met een paar klikken van de muis op de lelijke muismat van Nordea uit. Als Jack dit wilde hebben, zou hij dit krijgen.

Ze duwde de stoel naar achteren, die weerbarstig kraakte, en stond op. Buiten was het ondertussen pikdonker geworden. Het sneeuwde niet langer. Ze pakte haar wijnglas en liep de kamer uit.

In haar inloopkast had Faye alles wat ze nodig had. Ze keek op haar horloge. Halftien. Jacks vliegtuig kon elk moment landen en weldra zou hij in een taxi zitten. Hij maakte uiteraard gebruik van de vipservice van Arlanda, dus hij zou het vliegveld vlug kunnen verlaten.

Ze douchte snel en schoor de stoppeltjes weg die zich op haar venusheuvel hadden gevormd. Waste haar hele lichaam en maakte zich op, niet als anders, maar iets slordiger, jeugdiger. Gebruikte flink wat rouge, veel te veel mascara en als puntje op de i een kauwgomroze lippenstift die ze helemaal achter in haar la met make-upspullen had gevonden, ongetwijfeld afkomstig uit een goodiebag van het een of andere evenement.

Jack zou niet haar krijgen – niet Faye, zijn vrouw, de moeder van zijn kind – maar iemand die jonger en onschuldiger was, die ongerept was. Dat had hij nodig.

Ze koos een van Jacks dunne grijze stropdassen en knoopte die slordig. Zette de leesbril op die hij verborg als ze bezoek hadden omdat hij zich ervoor schaamde dat hij hem nodig had. Een leesbril van Dolce & Gabbana met een rechthoekig, zwart montuur. Faye bekeek het resultaat in de spiegel. Ze zag er tien jaar jonger uit. Bijna zoals toen ze uit Fjällbacka vertrok.

Ze was niemands vrouw. Niemands moeder. Het was perfect.

Faye sloop Juliennes kamer binnen om een schriftje en een potlood met een roze, pluizig bolletje te halen. Ze bleef staan toen het meisje in haar slaap mompelde. Dreigde ze wakker te worden? Nee, even later was haar rustige ademhaling weer te horen.

Faye liep naar de keuken om haar glas bij te vullen, maar bedacht zich en trok een la met plastic bekers van Julienne open. Ze schonk de rode wijn in een grote Hello Kitty-beker met een deksel en een rietje. Perfect.

Toen de sleutel in het slot van de voordeur werd gestoken zat ze in *The Economist* te bladeren, die van Jack altijd op tafel moest liggen. Zij was de enige van het gezin die het blad echt las.

Jack zette zijn koffer op de vloer, trok zijn schoenen uit en pakte de cederhouten spanners die ervoor moesten zorgen dat zijn handgemaakte Italiaanse schoenen hun vorm behielden. Faye zei niets. In tegenstelling tot haar gebruikelijke onopvallende lipgloss van Lancôme voelde de roze lippenstift plakkerig en hij rook een beetje synthetisch.

Voorzichtig opende Jack de koelkast. Hij had haar nog steeds niet in de gaten en bewoog stilletjes, dacht waarschijnlijk dat Julienne en zij alle twee lagen te slapen.

Ze sloeg hem vanaf haar plek in de donkere woonkamer gade. Als een vreemdeling die door een raam naar binnen keek, kon ze haar man bestuderen zonder dat hij zich daar bewust van was. Anders stond Jack altijd op scherp. Nu hij dacht dat niemand hem zag, bewoog hij zich anders. Relaxed, bijna onachtzaam. Zijn normaliter zo rijzige lichaam was een beetje ingezakt; het verschil was minimaal, maar iemand als zij, die hem zo goed kende, merkte het toch op. Zijn gezicht was gladder, zonder de zorgelijke frons die hij tegenwoordig heel vaak had, ook bij de sociale gelegenheden die zo nauw verweven waren met zijn carrière, met hun leven, waar het gelach en het gerinkel van glazen al de volgende dag in een miljoenendeal konden worden vertaald.

Ze herinnerde zich hoe Jack vroeger was geweest, toen ze elkaar net kenden. Zijn ondeugende blik, zijn vrolijke lach, zijn handen die altijd aan haar wilden zitten, die geen genoeg van haar konden krijgen.

Het schijnsel van de koelkast verlichtte zijn gezicht en ze kon haar ogen niet van hem afhouden. Ze hield van hem. Van zijn brede rug. Van zijn grote handen, die nu een pak sinaasappelsap naar zijn mond brachten. Weldra zouden ze op haar liggen, in haar zijn. Mijn god, wat verlangde ze daarnaar.

Misschien dat haar verlangen haar deed bewegen, want plotseling draaide hij zijn gezicht naar de glimmende ovendeur en zag haar weerspiegeling. Hij schrok en draaide zich om. Het pak sap nog in zijn hand, halverwege zijn mond.

Hij zette het op het kookeiland.

'Ben je wakker?' vroeg hij verbaasd. De frons tussen de goedgevormde wenkbrauwen was terug.

Faye antwoordde niet, maar stond op en deed een paar passen in zijn richting. Zijn blik gleed onderzoekend over haar lichaam. Het was lang geleden dat hij op die manier naar haar had gekeken.

'Kom,' zei ze zachtjes, met lichte stem.

Jack sloot de deur van de koelkast en de keuken was opnieuw in duisternis gehuld. Maar het licht van buiten was voldoende om elkaar te kunnen zien. Hij liep om het kookeiland heen, veegde zijn mond met de rug van zijn hand af en boog zich naar voren om haar te kussen. Maar ze wendde haar gezicht af en drukte hem op een stoel. Nu was zij de baas. Toen zijn hand naar haar rokje ging, duwde ze die weg. Om hem meteen daarna in haar knieholte te leggen. Ze trok haar rok omhoog zodat hij haar kanten slipje kon zien en hoopte dat hij het zou herkennen, dat hij zou zien dat het hetzelfde was. Als dat van haar. De jonge vrouw. De maagdelijke vrouw.

Zijn hand bewoog zich naar boven en er ontsnapte haar een kreun. Anders dan in het filmpje trok hij het slipje niet opzij, maar rukte het kapot. Ze kreunde weer, luider nu, boog zich voorover over de tafel, holde haar rug terwijl hij zijn broek losknoopte en die tegelijk met zijn onderbroek uittrok. Hij greep haar bij haar haar en drukte haar op de tafel. Leunde met zijn hele gewicht op haar en hapte ruw in haar nek. Ze rook de geur van sinaasappelsap vermengd met whisky uit het vliegtuig. Hij schopte met gedecideerde bewegingen haar voeten uit elkaar, kwam achter haar staan en drong bij haar naar binnen.

Jack neukte haar hard en agressief en bij elke stoot sneed het tafelblad in haar middenrif. Hij deed haar een beetje zeer, maar de pijn was een bevrijding, deed haar al het andere vergeten, waardoor ze zich helemaal op het genot kon concentreren.

Ze was van hem. Haar genot was van hem. Haar lichaam was van hem.

'Zeg het als je klaarkomt,' kreunde ze met haar wang tegen het koude tafelblad, waar de lippenstift plakkerige sporen had achtergelaten.

'Nu,' hijgde Jack.

Ze ging op haar knieën voor hem zitten. Hij ademde zwaar en drukte zijn lul in haar open mond. Greep met beide handen haar achterhoofd beet en drukte zich verder naar binnen. Ze weerstond de neiging om te kokhalzen, probeerde om haar hoofd niet opzij te draaien. Alleen maar te ontvangen. Altijd alleen maar te ontvangen.

Faye zag de scène in de pornofilm voor zich, en toen Jack klaarkwam, vond ze het heerlijk dat hij net zo'n blik op zijn gezicht had als de leraar toen die de jonge maagd had genomen.

'Welkom thuis, schat,' zei ze met een geforceerde glimlach.

Het was een van de laatste keren dat ze tijdens hun huwelijk seks hadden.

Stockholm, zomer 2001

De eerste weken in Stockholm voelde ik me alleen. Twee jaar na mijn eindexamen had ik Fjällbacka achter me kunnen laten. Zowel mentaal als fysiek. Ik had niet snel genoeg uit die kleine, claustrofobische gemeenschap weg kunnen komen; ze smoorde me met haar pittoreske steegjes en nieuwsgierige mensen wier blikken me geen moment met rust lieten. Wat ik meenam, waren vijftienduizend kronen en een uitmuntende beoordeling voor alle vakken.

Het liefst was ik al eerder vertrokken. Maar het regelen van de praktische zaken had meer tijd gevergd dan verwacht. Het huis verkopen, opruimen, alle spoken wegjagen die zich opdrongen.

De herinneringen waren ontzettend pijnlijk. Als ik door mijn ouderlijk huis liep, zag ik hen aldoor voor me: Sebastian. Mama. En niet in de laatste plaats papa. Fjällbacka had me niets meer te bieden. Alleen geroddel. En de dood.

Destijds was niemand er voor me geweest. Nu weer niet. Dus pakte ik mijn koffer en stapte op de trein naar Stockholm. Zonder om te kijken.

En ik zwoer dat ik nooit terug zou keren.

Op het centraal station in Stockholm bleef ik bij een afvalbak staan, opende mijn mobieltje en gooide de simkaart weg. Nu zou geen enkele schaduw uit het verleden me kunnen bereiken. Niemand zou me kunnen bedreigen, niemand zou me achterna kunnen komen.

Die zomer huurde ik een kamer in een appartement dat in hetzelfde gebouw was gevestigd als het lelijke winkelcentrum Fältöversten, waarover de inwoners van Östermalm mompelend het hoofd schudden: 'Het is de schuld van de sociaaldemocraten, die moesten zo nodig onze mooie wijk verpesten.' Maar van dat soort dingen wist ik toen nog niets. Ik was gewend aan Hedemyrs – de ICA-supermarkt in Tanumshede – en vond Fältöversten prachtig.

Ik was van meet af aan dol op Stockholm. Vanuit mijn raam op de zesde verdieping keek ik naar de mooie gevels in de omgeving, de lommerrijke parken en de chique auto's, en bedacht dat ik op een dag met een man, drie perfecte kinderen en een hond in een van de statige negentiende-eeuwse panden wilde wonen.

Mijn man zou kunstenaar zijn. Of schrijver. Of muzikant. Totaal anders dan mijn vader. Ontwikkeld, intellectueel en een man van de wereld. Hij zou lekker ruiken en zich weten te kleden. Tegen anderen een beetje moeilijk doen, maar nooit tegen mij, omdat ik de enige was die hem begreep.

Die eerste lange, lichte nachten maakte ik eindeloze wandelingen door de straten van Stockholm. Zag de gevechten in de steegjes na sluitingstijd van de cafés. Hoorde het geschreeuw, het gehuil, het gelach. De politiewagens en ambulances die uitrukten om gevaren te trotseren en levens te redden. Verwonderd keek ik naar de hoeren in het centrum met hun jarentachtigmake-up en hun hoge laarzen, hun witte sponsachtige huid en de naaldsporen op hun armen die ze onder blouses of shirts met lange mouwen probeerden te verbergen. Ik bietste sigaretten bij hen en fantaseerde over hun leven. De vrijheid die je had wanneer je zo diep was gezonken, wanneer je niet het risico liep om nog dieper in de ellende weg te zakken. Ik speelde met de gedachte om daar zelf te gaan staan, puur om te begrijpen wat het inhield, wat voor soort mannen zo'n moment van groezelige nabijheid in hun Volvo kochten, met een kinderzitje op de achterbank en reserveluiers en vochtige doekjes in het dashboardkastje.

In die periode begon mijn leven pas echt. Het verleden was als een loden bal aan mijn been. Vertraagde me, stoorde me, hinderde me. Maar elke cel van mijn lichaam vibreerde van nieuwsgierigheid.

Het was ik tegen de wereld. Ver van huis, in een stad waar ik mijn hele leven van had gedroomd. Ik had er niet alleen naar verlangd Fjällbacka achter me te kunnen laten. Ik had er ook naar verlangd in Stockholm te zijn. Stockholm werd geleidelijk aan mijn stad en gaf me de hoop dat genezen en vergeten mogelijk was.

Begin juli ging de vrouw van wie ik mijn kamer huurde, een gepensioneerde lerares, op visite bij haar kleinkinderen, die in het noorden van Zweden woonden.

'Geen bezoek,' zei ze autoritair voordat ze de deur dichtdeed.

'Geen bezoek,' herhaalde ik gehoorzaam.

Die avond maakte ik me op en schonk mezelf haar drank in. Gin en whisky. Kirsberry en Amarula. Ik vond het allesbehalve lekker, maar dat maakte niet uit, het ging me om de roes, de roes die vergetelheid beloofde en zich als een warmte door mijn lichaam verspreidde.

Toen ik me moed had ingedronken, trok ik een katoenen jurk aan en wandelde naar het Stureplan. Na enige aarzeling ging ik op een terrasje zitten dat er gezellig uitzag. Gezichten die ik alleen van tv kende kwamen voorbij. Lachend, dronken. Van de drank en van de zomer.

Rond middernacht ging ik in de rij staan bij een nachtclub aan de overkant van de straat. Er hing een ongeduldige sfeer en ik wist niet zeker of ik wel naar binnen zou komen. Ik probeerde de anderen na te doen. Me net zo te gedragen als zij, hoewel ik later begreep dat het ook toeristen moesten zijn geweest. Even onbeholpen als ik, maar met geveinsde moed.

Achter me hoorde ik gelach. Twee mannen van mijn leeftijd kwamen de hoek om en liepen naar de uitsmijters. Een knikje en een handdruk. Alle blikken waren op hen gericht, afgunstig en gefascineerd. Je urenlang voorbereiden en giechelen bij een glas rosé om vervolgens met bibberende benen achter een touw te moeten wachten. Terwijl het zo simpel kon zijn. Als je maar iemand was.

Anders dan ik waren de twee mannen mensen die gezien en gerespecteerd werden, die erbij hoorden. Ze waren Iemand. Ik besloot ter plekke dat ik dat ook zou worden.

Precies op dat moment draaide een van de mannen zich om en keek nieuwsgierig naar de mensenmassa die hij zojuist was gepasseerd. Onze blikken kruisten zich.

Ik keek weg, grabbelde in mijn tas naar een sigaret. Wilde er niet onnozel uitzien, wilde niet lijken wat ik in feite wel was – een plattelandsmeisje dat voor het eerst naar een nachtclub ging in de hoofdstad. Aangeschoten van gestolen gin en Amarula. Nog geen tel later stond hij voor me. Met zijn geschoren hoofd en vriendelijke blauwe ogen. Oren die een beetje uitstonden. Hij droeg een beige overhemd en een donkere spijkerbroek.

'Hoe heet je?'

'Matilda,' antwoordde ik.

De naam die ik haatte. De naam die bij een ander leven hoorde, een andere persoon. Iemand die ik niet langer was. Iemand die ik had achtergelaten toen ik op de trein naar Stockholm stapte.

'Ik heet Viktor. Ben je hier in je eentje?'

Ik antwoordde niet.

'Ga vooraan bij de uitsmijter staan,' zei hij.

'Ik sta niet op de lijst,' mompelde ik.

'Ik ook niet.'

Een flitsende glimlach. Ik maakte me uit de rij los. Kreeg afgunstige, verlangende blikken van de vrouwen in te kleine kleren en de mannen met te veel wax.

'Ze hoort bij mij.'

De stevige kerel bij de deur tilde het touw op en zei: 'Welkom.'

In het gedrang pakte Viktor mijn hand, voerde ons verder de duisternis in. Schaduwen van mensen, flikkerende lichten in allerlei kleuren, bonkende bassen, verstrengelde lichamen, dans. We gingen aan het eind van een lange bar staan en Viktor groette de barkeeper.

'Wat wil je drinken?' vroeg hij.

Met de smaak van suikerzoete likeur nog in mijn mond antwoordde ik: 'Bier.'

'Mooi, ik hou van vrouwen die bier drinken. Klasse.'

'Klasse?'

'Ja. Dat is goed, zeg maar. Tof.'

Hij gaf me een Heineken aan. Hief het flesje toostend. Ik glimlachte naar hem en nam een slok.

'Waar droom je van in het leven, Matilda?'

'Iemand te worden,' antwoordde ik. Geen bedenktijd.

'Je bent toch al iemand?'

'Iemand anders.'

'Volgens mij is er niet bepaald iets mis met je.'

Viktor maakte een paar zijwaartse danspassen, bewoog zijn hoofd op de maat van de muziek heen en weer.

'En waar droom jij van?'

'Ik? Ik wil alleen maar muziek maken.'

'Ben je muzikant?'

Ik moest me naar hem toe buigen en mijn stem verheffen om me verstaanbaar te kunnen maken.

'Dj. Maar vanavond ben ik vrij. Morgen draai ik weer. Dan sta ik daarginds.'

Ik volgde zijn vinger. Op een klein podium bij een muur, achter een draaitafel, stond de man met wie Viktor was gearriveerd van de muziek te genieten. Even later kwam hij naar ons toe. Stelde zich voor als Axel. Leek vriendelijk en ongevaarlijk.

'Leuk je te ontmoeten, Matilda,' zei hij en hij stak zijn hand uit.

Ik vond hen heel anders dan de jongens thuis. Beleefd. Welbespraakt. Axel bestelde iets te drinken en verdween weer. Viktor en ik toosten nog een keer. Mijn bier was bijna op.

'Voordat ik morgen ga draaien heb ik met een paar vrienden een feestje vooraf. Heb je zin om ook te komen?'

'Misschien,' zei ik en ik keek hem nadenkend aan. 'Waarom wilde je eigenlijk dat ik met je mee naar binnen kwam?'

Demonstratief dronk ik de laatste slok in mijn bierflesje op. Ik hoopte dat hij er nog een zou bestellen. En dat deed hij ook. Een voor mij en een voor zichzelf. Vervolgens beantwoordde hij mijn vraag. Zijn blauwe ogen lichtten op in de duisternis.

'Omdat je er leuk uitziet. En je leek eenzaam. Heb je er spijt van?'

'Nee, absoluut niet.'

Hij viste een pakje Marlboro uit zijn achterzak en gaf me een sigaret aan. Ik vond het helemaal niet erg er een aangeboden te krijgen, want dan gingen die van mij langer mee. De vijftienduizend kronen die van de verkoop van het huis over waren nadat de leningen en al het andere waren voldaan, raakten al aardig op.

Onze handen kwamen tegen elkaar aan toen hij mijn sigaret aanstak. Zijn hand was warm en zongebruind. Ik miste zijn aanraking zodra die weg was.

'Je hebt verdrietige ogen. Weet je dat?' vroeg hij en hij nam een diepe trek van zijn sigaret.

'Wat bedoel je daarmee?'

'Dat het lijkt alsof je een verdriet met je meedraagt. Ik vind dat mooi. Mensen die altijd vrolijk zijn vervelen me. We zijn er niet op gemaakt om steeds maar gelukkig te zijn. Dan zou de wereld stil blijven staan.'

Ik antwoordde niet. Was bang dat hij me in de maling nam.

Plotseling was ik draaierig van alle drank. Ik besloot dat ik een aandenken wilde en boog me naar voren, plaatste mijn hand tegen zijn achterhoofd en bracht zijn gezicht naar het mijne. Een gebaar waardoor ik ongetwijfeld zelfverzekerder leek dan ik was. Onze lippen raakten elkaar aan. Hij smaakte naar bier en Marlboro en kon goed kussen. Zacht maar intens.

'Zullen we naar mijn huis gaan?' vroeg hij.

Jack zat in zijn donkerblauwe ochtendjas aan de keukentafel in de *Dagens industri* te lezen. Hij keek niet op van het financiële dagblad toen Faye de keuken binnenkwam, maar dat was ze gewend als hij gestrest was. En gezien alle verantwoordelijkheden op zijn werk en alle uren die hij op kantoor doorbracht verdiende hij het om in het weekend 's ochtends met rust te worden gelaten.

De woning van vierhonderd vierkante meter, ontstaan doordat vier appartementen waren samengevoegd, voelde claustrofobisch wanneer Jack rust nodig had. Faye wist nog altijd niet hoe ze zich op dat soort dagen moest gedragen.

Ze had Julienne naar een vriendinnetje van het kinderdagverblijf gebracht dat op Lidingö woonde. Onderweg naar huis had ze voor zich gezien hoe Jack en zij samen de ochtend zouden doorbrengen. Met zijn tweetjes. Lekker samen in bed, naar een tv-programma kijken dat ze alle twee als stom en ordinair zouden afdoen. Ze wilde horen hoe Jacks week was geweest. Hand in hand over Djurgården wandelen.

Praten zoals vroeger.

Ze ruimde de restanten van Juliennes en haar eigen ontbijt op. De cornflakes waren zacht geworden in de yoghurt. Ze gruwde van de weke cornflakes en de zurige lucht en slikte het opkomende gevoel van misselijkheid weg toen ze alles met een doekje afnam.

Het hele kookeiland lag vol broodkruimels en op de rand, in gevecht met de zwaartekracht, balanceerde een half opgegeten boterham. De enige reden waarom hij bleef liggen was dat de boter aan de onderkant zat.

'Kun je in elk geval proberen om op te ruimen voordat je weggaat?' zei Jack, zonder op te kijken. 'We hoeven in het weekend toch niet ook een schoonmaakster te hebben?'

'Sorry.' Faye slikte de brok in haar keel weg en haalde een Wettex-doekje over het aanrecht. 'Julienne wilde weg. Het was een geschreeuw vanjewelste.'

Jack humde en las verder. Hij was een eindje wezen joggen en kwam net onder de douche vandaan. Rook lekker naar Armani Code, het parfum dat hij al bij hun eerste ontmoeting droeg. Julienne was teleurgesteld geweest dat ze haar vader niet had gezien, maar toen het meisje wakker werd was hij al vertrokken en hij was pas teruggekomen nadat Faye haar had weggebracht. Alles was vanochtend stroef verlopen. De vier verschillende opties die Faye Julienne voor haar ontbijt had aangeboden, hadden geen van alle haar goedkeuring kunnen krijgen, en het aankleden was een kwellende, zweterige marathon geweest.

Maar het aanrecht was nu in elk geval schoongemaakt. De nasleep van de oorlog opgeruimd.

Faye legde het vaatdoekje in de gootsteen en keek naar Jack zoals hij daar aan de keukentafel zat. Hoewel hij lang, goedgetraind, verantwoordelijk en succesvol was, en dus alle klassieke attributen van een geslaagd man had, was hij in velerlei opzicht nog altijd een jongen. Zij was de enige die hem zag zoals hij echt was.

Faye zou altijd van hem blijven houden, wat er ook gebeurde.

'Het wordt weer eens tijd voor een knipbeurt, schat.'

Ze stak haar hand uit en kon nog net een paar lokken van het vochtige haar pakken voordat hij zijn hoofd opzijtrok.

'Daar heb ik geen tijd voor. Dit is een gecompliceerde uitbreiding en ik moet volledig gefocust zijn. Dan kan ik niet bij de kapper in en uit lopen zoals jij.'

Faye ging op de stoel naast hem zitten. Legde haar handen op haar schoot. Probeerde zich te herinneren wanneer ze voor het laatst naar de kapper was geweest.

'Wil je erover praten?'

'Waarover?'

'Compare.'

Langzaam ging zijn blik van de krant naar Faye. Hij schudde zijn hoofd en zuchtte. Ze had spijt van haar woorden. Spijt dat ze niet gewoon broodkruimels van het aanrecht was blijven vegen. Toch deed ze een poging.

'Vroeger wilde je…'

Jack veerde op en liet de krant zakken. Zijn iets te lange pony viel over zijn gezicht en hij maakte een geïrriteerde beweging met zijn hoofd. Waarom kon ze hem niet gewoon met rust laten? En simpelweg het aanrecht afnemen. Dun en mooi zijn. Hem bevestigen. Hij had tenslotte de hele week gewerkt. Als ze hem echt kende, wist ze dat hij zich in de torenkamer zou opsluiten en daar verder zou gaan. Voor haar en voor Julienne. Opdat zij het goed zouden hebben. Omdat dat hún doel was. Niet alleen het zijne. Maar dat van hen alle twee.

'Wat heeft het voor zin erover te praten? Jij zit er toch helemaal niet meer in? Je moet op de hoogte zijn van de laatste ontwikkelingen. Je kunt niet op kennis van vroeger teren.'

Faye voelde aan haar trouwring. Draaide die rond.

Als ze niets had gezegd, hadden ze de ochtend kunnen hebben waarvan ze had gedroomd. Maar nu had ze dat met haar stomme vraag onmogelijk gemaakt. Terwijl ze beter wist.

'Weet je überhaupt hoe onze minister van Economische Zaken heet?' vroeg hij.

'Mikael Damberg,' antwoordde ze instinctief. Instinctief en correct.

Toen ze Jacks blik zag had ze daar spijt van. Waarom kon ze niet gewoon haar mond houden?

'Oké. Binnenkort wordt er een nieuwe wet van kracht. Weet je welke?'

Ze wist het. Maar ze schudde langzaam haar hoofd.

'Nee, natuurlijk weet je dat niet,' zei Jack. 'Die wet houdt in dat bedrijven een maand van tevoren aan hun klanten moeten laten weten wanneer hun abonnement verloopt. Vroeger liepen die abonnementen gewoon door. Begrijp je wat dat betekent?'

Natuurlijk wist ze dat. Wat dat voor Compare betekende zou ze in exacte cijfers kunnen vertellen. Maar ze hield van hem. Ze zat in haar keuken van een miljoen kronen met haar echtgenoot die een jongen in een mannenlichaam was, een man die zij als enige kende en die ze boven alles liefhad. Dus schudde ze haar hoofd. In plaats van te zeggen dat Leasando AB, een klein elektriciteitsbedrijf dat eigendom was van Compare, ongeveer twintig procent zou verliezen van de klanten van wie het abonnement vroeger gewoon zou zijn doorgelopen. Afgerond zou de omzet met vijfhonderd miljoen kronen per jaar afnemen. De winst met tweehonderd miljoen.

Ze schudde alleen haar hoofd.

Speelde met haar trouwring.

'Je weet het niet,' zei Jack uiteindelijk. 'Mag ik dan nu even rustig lezen?'

Hij deed de krant weer omhoog. Keerde terug naar de wereld van cijfers, aandelenkoersen, aandelenemissies en bedrijfsovernames waarin zij zich op de Handelshogeschool drie jaar lang had verdiept voordat ze met haar studie was gestopt. Omwille van Jack. Omwille van het bedrijf. Omwille van hun gezin.

Ze spoelde de vaatdoek uit onder de kraan, pakte met haar hand de natte cornflakes en broodkruimels die zich in de gootsteen hadden verzameld en gooide ze in de afvalzak. Achter haar rug hoorde ze het geritsel van Jacks krant. Zachtjes deed ze het kastdeurtje dicht zodat hij ongestoord kon lezen.

Stockholm, zomer 2001

Viktor Blom had een lichtbruine moedervlek in zijn nek en een brede, bruinverbrande rug. Hij was diep in slaap en ik had alle tijd van de wereld om hem en de kamer waar we ons bevonden goed te bekijken. Er hingen geen gordijnen voor de ramen en behalve het tweepersoonsbed stond er alleen een stoel, die vol lag met vuile kleding. De zon maakte prisma's, die over de witte wanden dansten.

Mijn blote benen waren omwikkeld met een vochtig en vies laken. Ik schopte het van me af, sloeg het als een handdoek om me heen en deed voorzichtig de deur van de slaapkamer open. De spaarzaam gemeubileerde maisonnette die Viktor en Axel deze zomer huurden lag op de begane grond en de eerste verdieping aan de Brantingsgatan in Gärdet. Ze hadden een kleine tuin met een tafel, houten stoelen en een zwarte kogelbarbecue. Er stond een leeg Fanta-blikje op tafel, dat propvol peuken zat.

Vanuit Axels slaapkamer hoorde ik luid gesnurk komen. De woonkamer en de keuken waren beneden. Ik liep erheen, zette koffie en pakte mijn sigaretten uit mijn handtas, die op de vloer in de hal slingerde. Daarna ging ik met de koffie en het pakje sigaretten naar buiten, waar ik me op een stoel in de tuin liet zakken.

Voor mijn neus spreidde het Tessinpark zich uit. De zon stond nog altijd vrij laag aan de hemel en ik moest mijn ogen half dichtknijpen.

Ik wilde niet lastig en opdringerig zijn. Dat Viktor wilde dat ik meeging naar hun feest was vast maar loos gebabbel geweest. Om me in zijn bed te krijgen. Ik had wel hoogdravender beloften in de kroeg gehoord. Hij leek het wel naar zijn zin te hebben gehad met mij. Dat had ik ook met hem. Maar het was beter om het hierbij te laten. Ik doofde mijn sigaret in het Fanta-blikje en stond op om binnen op zoek te gaan naar mijn kleren. Op hetzelfde moment ging de deur achter me open.

'Daar ben je dan,' zei Viktor slaapdronken. 'Heb je een sigaret voor me?'

Ik gaf hem er een. Hij nam plaats op de stoel waar ik op had gezeten en knipperde in het zonlicht. Ik plofte naast hem neer.

'Ik wilde net vertrekken,' zei ik.

Ik bereidde me erop voor opluchting in zijn gezicht te zien. Dankbaarheid, omdat ik niet zo'n kleverige griet was die niet begreep dat ze moest ophoepelen.

Maar Viktor verbaasde me.

'Vertrekken?' riep hij uit. 'Waarom zou je?'

'Ik woon hier toch niet?'

'Nou en?'

'Axel en jij vinden het vast niet leuk als ik hier maar wat rondhang. Ik begrijp best dat dit iets eenmaligs was en dat jij je eigen dingen te doen hebt. Ik wil niet zo'n lastig meisje zijn dat aldoor blijft plakken.'

Viktor keek weg. Zijn ogen gleden over het Tessinpark. Ik weerstond de neiging om hem over de stekeltjes op zijn geschoren hoofd te strijken. Op een foto aan de muur in zijn slaapkamer had ik kunnen zien dat hij dik en krullend blond haar had als hij het liet groeien. Hij bleef zwijgen en even dacht ik dat ik hem had doorzien. Dat hij net zo makkelijk te lezen was als alle andere mannen.

Uiteindelijk zei hij: 'Ik weet niet hoe mannen jou normaal gesproken behandelen, hoe het is waar jij vandaan komt, maar ik vind je leuk. Je bent anders, echt. Als je weg wilt, moet je natuurlijk gaan, maar ik zou het gezellig vinden als je een tijdje bleef. Ik wilde bij de 7-Eleven sinaasappelsap en croissants gaan halen, daarna wat zonnebaden en na verloop van tijd een pizzaatje laten aanrukken.'

'Oké.' Het antwoord floepte uit mijn mond voordat ik er erg in had.

Er vloog een wesp langs mijn gezicht en ik wuifde hem weg; ik was nooit bang geweest voor wespen. Er waren veel ergere dingen om bang voor te zijn.

'Oké? Zeg nou eens eerlijk, wat zijn dat voor kerels die jij anders altijd tegenkomt?'

'Thuis zijn de jongens... Tja, ik weet het niet. Meestal willen ze seks en daarna kun je oprotten. Ze hebben de dag erna andere plannen.'

Ik zei niets over de blikken. De woorden. De schaamte die ik moest dragen hoewel die van iemand anders was. Mijn lichaam aan iemand geven die het wilde hebben was niets vergeleken bij de rest.

Viktor hield zijn hand boven zijn ogen.

'Hoelang woon je ondertussen in Stockholm?'

'Een maand.'

'Welkom.'

'Dank je.'

Om een uur of zeven 's avonds kwamen er allemaal mensen het appartement binnenstromen. De meesten waren een paar jaar ouder dan ik en aanvankelijk voelde ik me een beetje verloren. Viktor verdween in de meute en ik belandde samen met Axel bij de tafel in de tuin. Ik nipte van een drankje, rookte sigaretten en lag dubbel om zijn verhalen over de Interrail-reis die Viktor en hij vorige zomer hadden gemaakt. Er kwamen twee vrouwen naar buiten die zich voorstelden als Julia en Sara. Julia had lang bruin haar en groene ogen en droeg een mooie, donkerblauwe jurk. Sara was gekleed in een spijkerrokje en een wit shirt en had haar blonde haar in een slordige knoet opgestoken.

'Ik zie zo tegen de herfst op,' zei Julia en ze boog zich naar voren. 'Ik wil echt stoppen, of in elk geval een sabbatsjaar nemen, maar mijn vader vindt het niet goed. Hij wordt al boos als ik het erover heb. Shit, wat heb ik een pesthekel aan Lund.'

'Rot voor je, joh,' zei Sara en ze blies haar rook in kringen uit.

'Waren mijn cijfers maar zo goed dat ik naar de Handelshogeschool kon. Maar goed. Vanavond gaan we plezier maken.'

Julia rechtte haar rug en keek naar mij, alsof ze nu pas tot de ontdekking kwam dat ik er zat.

'Wat doe jij?'

Ik schraapte mijn keel. Blies een beetje rook uit. Had geen zin om mijn plannen te vertellen aan iemand die ik net had ontmoet.

'Ik doe op dit moment niet zoveel.'

'Wat heerlijk. Maar je bent van plan te gaan studeren?'

Ik had verschillende opleidingen in Stockholm aangeschreven, dus ik knikte. Dacht aan mijn bankrekening, waarvan het saldo steeds verontrustender werd.

'Ja, klopt. Maar het duurt nog een tijdje voor ik antwoord krijg,' zei ik.

'Hoe ken jij Axel?'

Die vraag kwam van Sara, de andere vrouw, en ze gebaarde met haar hoofd in zijn richting.

'Ik heb Viktor, als jullie hem tenminste kennen, gisteren bij de Buddha Bar ontmoet.'

'Heb je hier geslapen?'

Ik knikte.

Ze rookten hun sigaretten in stilte op voordat ze gingen staan.

'Julia en Viktor waren vroeger een stel,' zei Axel nadat ze waren vertrokken.

'Vroeger?'

'Tot een maand of drie geleden. Dit is voor het eerst dat ze elkaar weer zien sinds Julia terug is uit Lund.'

Julia en Sara gingen mee naar de Buddha Bar. Ze bleven steeds bij Viktor in de buurt en keken mij aldoor chagrijnig aan. Hoe meer alcohol ik binnenkreeg, des te geïrriteerder werd ik.

Viktor nam een pauze van de draaitafel en kwam naar Axel en mij toe. Ik sloeg mijn armen om hem heen en keek Julia recht in haar kleiner wordende ogen. Hij kuste mij en ik beet lichtjes in zijn onderlip. Toen hij weer terug moest naar zijn dj-booth vroeg hij of ik met hem mee wilde komen. Hij had zijn arm om mijn middel geslagen terwijl we ons een weg door de menigte baanden. Dat ging niet snel omdat er voortdurend mensen waren die een praatje met hem wilden maken. Uiteindelijk waren we er. Viktor zette zijn koptelefoon op, draaide aan wat regelaars en begon op de maat van de muziek te swingen.

Ik deed hetzelfde. Daarna pakte ik zijn hand, voerde hem onder mijn jurk en legde hem tussen mijn benen. Ik droeg geen slipje.

'Ga je vanavond met me mee naar huis?' vroeg hij.

'Ja. Als jij dat wilt.'

De intense blik waarmee hij me aankeek maakte een antwoord overbodig.

'Wat zullen we gaan doen?' vroeg ik plagerig.

Viktor lachte en zette een ander nummer op.

Het was een heerlijk gevoel. Ik was nu vrij. Vrij om te doen wat ik wilde. Te zijn wie ik wilde. Zonder het verleden dat alles rondom en in mij bevuilde. Zonder iedereen die mij omlaag had gehaald. Langzaam, stukje bij beetje, veranderde ik mezelf in iemand anders.

Ik keek uit over de dansende mensenzee, sloot mijn ogen en dacht terug aan Fjällbacka. Aan de nieuwsgierigheid, de blikken die me waar ik ook maar naartoe ging waren gevolgd, de mengeling van fascinatie en medelijden, plakkerig, zwaar, verstikkend. Hier wist niemand iets. Hier zag niemand iets. Mijn plek was hier. In Stockholm.

'Ik ga naar de wc,' schreeuwde ik.

'Oké. Ik ben over tien minuten klaar. Zien we elkaar bij de uitgang?'

Ik knikte en liep naar het damestoilet. Ging in de rij staan en glimlachte bij de gedachte dat Viktor van mij was en van niemand anders. De muziek van de dansvloer dreunde in de verte, deed de spiegel aan de muur op de maat meetrillen.

Ik bekeek mijn spiegelbeeld. Mijn haar was blonder dan normaal en ik voelde me zongebruind en fris. Vond dat ik er ouder uitzag dan nog maar een paar weken geleden. Bij de wastafel richtte een meisje een roze bus haarlak op haar haar. De zoete lucht prikte in mijn neus, maar vormde een prettig contrast met de stank van zweet, drank en rokerige kleding.

Achter me ging de deur open en een kort moment werd de muziek luider.

Iemand tikte me op de schouder. Ik draaide me om en zag nog net dat het Julia was voordat het drankje mijn kant op kwam. Een ijsklontje raakte mijn voorhoofd, viel op de vloer en stuiterde weg. Mijn ogen prikten en ik knipperde snel, zowel van verbazing als van pijn.

'Wat doe jij nou?' schreeuwde ik en ik deed een pas naar achteren.

'Boerenslet,' zei Julia, waarna ze zich omdraaide en verdween.

Een paar vrouwen lachten. Ik droogde me af met een tissue. Voelde de vernedering in mijn hele lichaam. Voelde me weer mijn oude ik. Iemand die zich klein maakte, die zich in de schaduwen verborg. Die instortte onder het gewicht van veel te veel geheimen.

Toen rechtte ik mijn rug en keek mezelf in de spiegel aan. Nooit meer.

Een week later kreeg ik een brief. Ik was toegelaten tot de opleiding economie aan de Handelshogeschool. Ik kopieerde de brief, zocht Julia's adres op, kocht een envelop en stopte het toelatingsbewijs erin, samen met een foto die Viktor met de zelfontspanner had genomen en waarop ik op handen en voeten te zien was en hij met een van genot verwrongen gezicht achter me stond. Toen ik de envelop in de brievenbus van Julia's familie stopte, dacht ik maar aan één ding: ik zou me nooit meer door iemand laten vernederen.

Een maand later schreef ik me bij de Handelshogeschool in onder mijn tweede naam Faye, naar de schrijver van mijn moeders lievelingsboek. Matilda bestond niet langer.

Faye hoorde een ober achter haar rug voorbijsnellen, ongetwijfeld op weg naar een van de corpulente mannen die een paar tafeltjes verderop zaten. Bij dat soort kerels was altijd haast geboden. Wat niet zo vreemd was gezien het feit dat ze er allemaal uitzagen alsof ze nog maar één maaltijd van een hartaanval verwijderd waren.

Ze keek naar Alice, die net tegenover haar had plaatsgenomen. Toen Faye Alice en de andere upperclassvrouwen die in dezelfde kringen verkeerden nog niet zo lang kende, had ze hen gansjes genoemd omdat het hun voornaamste taak was om eieren te leggen voor hun man. Ze moesten zich richten op het baren van erfgenamen en de kapotgepamperde kinderen vervolgens onder hun in Gucci gehulde vleugels beschermen. Wanneer de kleintjes naar een zorgvuldig geselecteerd kinderdagverblijf gingen, was het tijd voor gepaste liefhebberijen. Yoga. Hun nagels laten manicuren. Etentjes organiseren. Ervoor zorgen dat de schoonmaakster het huis op orde hield. Toezien op de armada van nanny's. Hun eigen gewicht in de gaten houden – of beter gezegd, het ontbreken daarvan. Nat en geil zijn. En het allerbelangrijkste: leren om de ogen te sluiten op de momenten dat manlief met zijn overhemd half uit zijn broek thuiskwam van een laat 'zakendiner'.

In het begin had ze hen belachelijk gemaakt. Hun gebrek aan algemene ontwikkeling, hun desinteresse voor de werkelijke waarden van het leven, en hun ambities, die niet verder reikten dan het nieuwste model Rockstud-tassen van Valentino en de afweging of ze in de voorjaarsvakantie naar Sankt Moritz zouden gaan of naar de Malediven. Maar Jack had gewild dat ze een 'goede relatie' met hen had. Vooral met Alice, de vrouw van Henrik. Dus nu sprak ze regelmatig met de gansjes af.

Faye en Alice hadden geen van beiden echt warme gevoelens voor elkaar. Maar of ze nu wilden of niet, ze waren met elkaar verbonden, via de bedrijven van hun echtgenoten. Via de 'onvoorstelbare vriendschap' van hun echtgenoten, zoals een ondernemersblad ooit had geschreven.

Alice Bergendahl was negenentwintig, drie jaar jonger dan Faye. Ze had hoge, geprononceerde jukbeenderen, een taille als een kind van tien, benen als Heidi fucking Klum op stelten. Bovendien had ze twee mooie, welgeschapen kinderen op de wereld gezet. Vermoedelijk had er tijdens de hele bevalling een glimlach om haar lippen gespeeld. En tussen de weeën door had ze waarschijnlijk een schattig mutsje voor het wonder gebreid dat haar welriekende doos in twee perfecte delen had gescheurd. Want Alice Bergendahl was niet alleen mooi, meisjesachtig, dun en welriekend. Ze was ook creatief en sociaal, hield charmante feestjes, die alle gansjes met hun man geacht werden te bezoeken, want anders belandden ze op Alice' zwarte lijst. Wat in de upper class van Stockholm gelijkstond aan Guantanamo Bay.

Alice had een andere vrouw met lange benen meegenomen naar Riche. Ze heette Iris en was getrouwd met Jesper, die zich bezighield met *traden*. Een armoedzaaier in deze context, maar mogelijk een *up-and-comer*, en Iris was als het ware op de proef in Alice' entourage opgenomen totdat was vastgesteld dat Jesper succesvol was. Haar lot zou waarschijnlijk binnen een paar maanden duidelijk zijn.

Ze bestelden salade – uiteraard ieder een halve portie en geen hele – en drie glazen cava. Ze namen kleine hapjes en glimlachten naar elkaar terwijl ze het over hun kinderen hadden. Wat hun enige onderwerp van gesprek was. Naast hun mannen.

'Jesper heeft in de meivakantie vrij genomen,' vertelde Iris. 'Stel je toch eens voor! We zijn vier jaar getrouwd en hij heeft nog nooit meer dan een week vakantie per jaar gehad. Maar toen hij een paar dagen geleden thuiskwam, verraste hij me met een reis naar de Seychellen.'

Faye voelde een steek van afgunst. Werkte die weg met een slok cava.

'Wat leuk,' zei ze.

Inwendig vroeg ze zich af waarom Jesper de behoefte voelde om zijn slechte geweten op die manier te sussen.

Het was druk in het restaurant. De toeristen zaten aan de tafeltjes bij het raam, blij dat ze een plekje hadden weten te bemachtigen. Er stonden allerlei papieren draagtassen bij hun voeten. Ze probeerden er nonchalant uit te zien, maar tussen de happen door keken ze met grote ogen rond. Als hun blik op een bijzondere persoon bleef hangen, bogen ze zich fluisterend boven hun borden naar elkaar toe – onder de indruk van de presentatoren, artiesten en politici die zich in het etablissement bevonden. Maar de echte machthebbers herkenden ze niet, de mensen die aan de touwtjes trokken en zich in de coulissen ophielden. Faye wist echter precies wie dat waren.

'De Seychellen zijn echt prachtig,' zei Alice. 'Op de een of andere manier heel exotisch. Maar hoe zit het met de veiligheid? Ze hebben daar wat... problemen gehad.'

'Liggen de Seychellen in het Midden-Oosten?' vroeg Iris onzeker, terwijl ze een stukje avocado op haar bord heen en weer schoof.

Faye nam een slok cava om niet in lachen uit te barsten.

'Nou, zo ongeveer? Daar heb je toch IS en zo?'

Alice trok haar neus op bij het borrelende geluid dat uit Fayes keel kwam.

'Er is vast niets aan de hand,' zei Iris. Nu duwde ze met haar vork een half ei van links naar rechts. 'Jesper zou mij en de kleine Orvar nooit blootstellen aan gevaren.'

De kleine Orvar? Waarom gaf iemand zijn kind in vredesnaam een naam die beter bij een achttiende-eeuwse zeerover met syfilis paste? Natuurlijk, 'Julienne' was ook best bekakt, dat gaf Faye meteen toe. Maar dat was Jacks voorstel geweest. Het klonk mooi en werkte internationaal ook goed. En het was belangrijk om al in de baarmoeder de wereldwijde gangbaarheid van je kind veilig te stellen. Met Orvar was dat niet helemaal gelukt, al kon dat later nog wel verholpen worden. Een tijdje terug was ene Sixten op Juliennes kinderdagverblijf opeens veranderd in een Henri. De driejarige moest totaal in verwarring zijn geweest, maar met dat soort dingen kon je nu eenmaal geen rekening houden als je wilde dat de jongen zich internationaal staande zou kunnen houden.

Faye dronk het laatste slokje in haar glas op en gebaarde discreet naar de serveerster dat ze bijgeschonken wilde worden.

'Uiteraard zal hij jullie niet blootstellen aan gevaren,' zei Alice en ze kauwde sexy op een blaadje sla. Maar omdat ze in een gezondheidsmagazine had gelezen dat je elke hap minstens dertig keer moest kauwen, maakte ze algauw geen verleidelijke indruk meer en leek ze eerder op een herkauwende koe.

Faye keek somber naar haar eigen bord. Haar halve salade was op, maar ze had nog evenveel trek als voorheen. Verlangend keek ze naar de bestelling die net naar het tafeltje naast hen werd gebracht. Hachee. Gehaktballetjes. Pasta. De borden werden voor de stevige mannen in pak neergezet. Van die mannen die zich buikvet konden veroorloven. Arme mannen waren dik, rijke mannen hadden gezag. Ze rukte zich los van de gehaktballetjes. In het bijzijn van Alice at je geen gehaktballetjes met roomsaus en aardappelpuree.

'Zou een kidnapping van een paar weken je niet goeddoen, Iris?' vroeg Faye. 'Echt een superdieet. En als je het lief vraagt, kunnen ze vast ook wel een yogamatje voor je regelen.'

Ze keek naar de volledig onaangeroerde salade van Iris.

'Over dat soort dingen moet je geen grapjes maken. Dat is afschuwelijk!'

Alice schudde haar hoofd en Faye zuchtte.

'De Seychellen zijn een eilandengroep in de Indische Oceaan. We zitten hier dichter bij het Midden-Oosten.'

Het werd stil. Iris en Alice concentreerden zich op hun salade. Faye op haar cava, die opnieuw bijna op was.

'Zien jullie wie daar staat?' fluisterde Iris. Met haar ogen op de uitgang gericht boog ze zich naar voren.

Faye probeerde te ontdekken wie ze bedoelde.

'Daar. De man die net binnen is gekomen. Hij staat met de barkeeper te praten.'

Nu zag Faye hem. Het was John Descentis. Jacks favoriete zanger. Het ging al een paar jaar bergafwaarts met hem en hij was eigenlijk alleen nog maar in roddelbladen als *Se&Hör* te zien in verband met mislukte relaties, faillissementen en gênante vertoningen waarbij andere semibekende Zweden betrokken waren. Nu werd hij samen met zijn gezelschap, een knappe vrouw van een jaar of vijfentwintig met zwartgeverfd haar in een leren jack, naar het tafeltje tegenover hen begeleid.

'Twee biertjes,' zei hij tegen de ober. 'Om mee te beginnen.'

Alice en Iris sloegen hun ogen ten hemel.

'Dat hij hier überhaupt een tafeltje krijgt,' mompelde Alice. 'Dit restaurant is echt op zijn retour.'

Iris draaide haar lichaam zo lusteloos heen en weer dat haar stijve gouden Cartier-armband rinkelde.

Faye keek naar John Descentis. Ze was een verjaardagsfeest voor Jack aan het organiseren en hij zou het geweldig vinden als John Descentis optrad. Ze ging staan. Met de ontzette blikken van Alice en Iris in haar rug liep ze naar het tafeltje van de artiest.

'Sorry dat ik stoor. Mijn naam is Faye.'

John Descentis nam haar van top tot teen op.

'Hallo Faye,' zei hij met een scheve glimlach. 'Geen enkel punt. Je stoort helemaal niet.'

'Mijn man Jack is in april jarig en ik organiseer een feestje bij Hasselbacken. Hij verafgoodt je. Ik zou graag weten of je dan vrij bent en een paar nummers wilt komen spelen.'

'Gaat het om Jack Adelheim? De zakenman?'

De vrouw met het zwarte haar keek zuinig, maar John was rechtop gaan zitten.

Faye glimlachte naar hem.

'Ja, dat klopt. Hij heeft een bedrijf dat Compare heet.'

'Natuurlijk weet ik wie hij is. Prima, geen enkel probleem. Ik wist niet dat hij mijn liedjes leuk vond.'

'Al sinds zijn tienerjaren. Hij heeft al je cd's. Ja, de fysieke cd's!'

Faye lachte.

'Dat is misschien niet iets om over op te scheppen tegenover de zakelijke pers,' zei John.

De vrouw zuchtte luid, stond op van tafel en deelde eentonig mee dat ze naar de wc moest.

Faye ging op haar plek zitten. Ze kwam in de verleiding om het bier te grijpen dat de ober op tafel had gezet, maar beheerste zich. Vanuit haar ooghoek zag ze dat Alice en Iris haar aanstaarden.

Ze kon niet wachten tot ze dit aan Jack kon vertellen. Eigenlijk moest ze het geheimhouden, het een verrassing laten zijn, maar ze kende zichzelf en wist dat dat haar nooit zou lukken.

'Mag ik… Is het oké als ik je telefoonnummer noteer? Dan kan ik je bellen over de details. En dan kunnen we ook de prijs en zo afspreken.'

'Natuurlijk, geef me je nummer maar, dan stuur ik je een berichtje.'

Tijdens het typen vormden zijn lippen zich tot een glimlach die nog altijd enige charme had. Volgens de geruchten had hij herhaaldelijk in een afkickkliniek gezeten, en niet alleen vanwege alcoholproblemen, maar op dit moment leek het niet alsof hij had gebruikt.

Fayes mobiel piepte. Ze wierp een korte blik op het berichtje, een knipogende smiley, en keerde toen terug naar haar tafeltje.

'Wat heb je tegen hem gezegd?' fluisterde Alice, hoewel ze vermoedelijk elk woord had verstaan.

Als Faye niet had geweten dat ze botox in haar voorhoofd had laten spuiten, had ze bijna durven zweren dat ze een bezorgde frons zag.

'Hij gaat een optreden verzorgen op Jacks verjaardag.'

'Hij?' snauwde Alice.

'Ja, hij. John Descentis. Jack is dol op hem.'

'Jack zal het niet leuk vinden, want er zullen zakelijke relaties aanwezig zijn. Het maakt gewoon geen goede indruk.'

'Ik weet heus wel wat mijn man wel en niet leuk vindt, Alice. Zorg jij nu maar voor jouw gezin, dan zorg ik voor het mijne!'

Faye trok haar mantel strakker om zich heen toen ze eindelijk bij Riche naar buiten stapte. Er kwam een ijzige wind vanaf de Nybroviken. De lucht was grijs. Mensen haastten zich voorovergebogen voort. De uitverkoop bij Schuterman met kortingen van zeventig procent liep ten einde en de winkel zag er kaal en leeg uit.

Ze had nog een uur voordat ze thuis moest zijn om de nanny af te lossen. Ze liep in de richting van het Stureplan toen een nagellakrode Porsche Boxter zo abrupt remde dat de chauffeur van Taxi Stockholm die er vlak achter reed nijdig claxonneerde.

Het raam ging omlaag en Chris Nydahl boog zich met een arm op het stuur over de passagiersstoel.

'Wil je een lift, mop?' Ze vroeg het op een toon alsof ze Faye wilde versieren.

Jack verafschuwde Chris en Faye keek bezorgd om zich heen. Maar de Gucci-trutjes zaten nog bij Riche, vermoedelijk nog altijd geschrokken van haar gedrag, en opeens besefte Faye hoezeer ze Chris had gemist. Haar rauwe humor, haar lach en haar fantastische anekdotes over zinloze onenightstands en wilde feestnachten. Ooit waren ze onafscheidelijk geweest.

Faye opende het portier en sprong in de auto. De leren bekleding met luipaardmotief kraakte terwijl ze goed ging zitten.

'Mooie auto,' zei ze. 'Heel discreet ook.'

Chris grabbelde de draagtassen bij elkaar die voor de passagiersstoel lagen en gooide ze achteloos op de minimale ruimte achter hen. Er werd getoeterd.

'Lul,' zei Chris, terwijl ze in de binnenspiegel haar middelvinger naar de andere bestuurder opstak en wegzoefde.

Faye schudde lachend haar hoofd. In het gezelschap van Chris voelde ze zich altijd tien jaar jonger.

'Wat heeft het voor zin om houd-je-bekgeld te hebben als je nooit zegt dat mensen hun bek moeten houden?' mompelde Chris met een half oog op de binnenspiegel.

'Waar haal je het allemaal vandaan...'

'Deze uitspraak heb ik toevallig in een televisieserie gehoord.'

Ze draaide haar hoofd naar Faye, die liever had dat ze de weg in de gaten hield.

'Hoeveel tijd hebben we voordat je naar huis moet om je aan je huisvrouwelijke plichten en andere dingen te wijden waar je spijt van zult hebben als je grijs en incontinent bent?'

Faye greep verschrikt haar gordel vast toen Chris niet leek te merken dat het licht voor hen op rood was gesprongen.

'Ruim een uur.'

'Mooi.'

Abrupt gooide Chris het stuur om, maakte een U-bocht en slaagde er ternauwernood in een frontale botsing met een bus te voorkomen. Faye klemde de veiligheidsgordel nog steviger beet.

'We gaan naar Djurgården,' zei Chris. Faye kon alleen maar knikken.

Ze vonden een restaurant dat open was en bestelden koffie. Zoals altijd leken de blikken van de andere gasten Chris totaal niet te deren. Chris had een column in *Elle* waarin ze over vrouwelijk ondernemerschap schreef, en was regelmatig te gast in allerlei ontbijtprogramma's. Vorige week had ze in de talkshow van Malou gezeten.

Vlak na haar opleiding, die ze in tegenstelling tot Faye wel had afgemaakt, had Chris de eerste kapsalon geopend van wat de Queen-groep zou worden, een haarverzorgingsimperium dat was gebaseerd op het idee dat alle vrouwen het waard waren zich een koningin te voelen. Chris was van huis uit kapster en was tijdens haar economiestudie blijven werken om in haar onderhoud te voorzien. De eerste keer dat Faye haar ontmoette had ze al verklaard een imperium op te willen zetten. Vijf jaar nadat ze was afgestudeerd waren er verspreid over diverse grote steden in Scandinavië tien Queen-salons geweest. Maar het grote geld was pas binnengestroomd met de producten die ze had ontwikkeld. Kwaliteit op biologische grondslag in supermooie verpakkingen had er samen met Chris' vlotte babbel voor gezorgd dat haar haarverzorgingslijn zich nu bij de grote dealers van Europa bevond. En geleidelijk aan was ze ook aan de grote koek in de Verenigde Staten gaan knabbelen.

'Ik begrijp niet hoe je het volhoudt om elke week met die mummie en haar begrafenisstoet te lunchen.'

'Alice? Ach, eigenlijk is er niets mis met haar...'

Faye wist dat Chris wist dat ze loog. Maar Jack zou het haar nooit vergeven als ze Chris' kant tegen Alice koos.

In hun studententijd had Chris een korte maar intense relatie gehad met Henrik, Alice' man. Faye, Jack, Chris en Henrik waren een onafscheidelijk kwartet geweest. Maar op een dag had Chris de krant opengeslagen en een advertentie gezien waarin de verloving van Henrik en Alice werd aangekondigd. Hij had een chique afkomst, geld en representatieve inschikkelijkheid verkozen boven de liefde.

In de jaren daarna had Chris mannen gebruikt alsof het consumptiegoederen waren. Faye wist dat Chris diep gekwetst was en vermoedde dat ze in zekere zin nog altijd om Henrik rouwde, al zou ze dat nooit toegeven. Maar Jack had Faye verteld wat er onder het mooie oppervlak had gespeeld, welke slippertjes Henrik allemaal had gemaakt. Hoe hij, die altijd verlegen was geweest, naarmate zijn vermogen groeide iemand anders was geworden, hoe hij kennelijk verloren tijd wilde inhalen.

'Natuurlijk, als jij het zegt,' zei Chris. 'Maar is het niet gek?'

'Wat?'

'Dat ze ondanks alle miljoenen waarmee Henrik haar overlaadt nog steeds niet iemand heeft kunnen betalen om de bezemsteel te verwijderen die ze heeft ingeslikt.'

Faye giechelde.

Chris werd serieus en liet haar stem dalen.

'Eerlijk gezegd snap ik niet hoe je het uithoudt, Faye. Ik weet dat je een groot aandeel hebt gehad in de opbouw van Compare, het hele idee kwam tenslotte van jou en je hebt Henrik en Jack geholpen met de bedrijfsstructuur. Maar zo klinkt het niet bepaald, als zij in de vakbladen opscheppen over hún successen. Niet die van jullie. Niet die van jou. Maar die van hen. Waarom moet jij de hele dag thuiszitten en je bezighouden met... Ja, waarmee eigenlijk? Het is een verspilling van middelen. Jij bent een van de slimste mensen die ik ooit heb ontmoet en ik ontmoet toch dagelijks mijzelf.'

De glimlach die op haar gezicht verscheen was geforceerd. Ze opende haar mond om verder te gaan, maar Faye onderbrak haar.

'Ophouden. Ik hou van mijn leven.'

Faye voelde de woede in haar keel branden, net als het maagzuur waar ze tijdens de laatste maanden van haar zwangerschap last van had gehad. Ze verafgoodde Chris, maar kon er niet tegen als ze iets slechts over Jack zei. De dingen zo draaide dat ze heel anders leken dan ze eigenlijk waren. Chris begreep niet dat alles wat Jack deed voor Julienne en haar was. Ze zag niet wat hij allemaal voor hen opofferende, welke moeilijke keuzes hij moest maken, hoeveel tijd hij in het bedrijf moest steken. En wat maakte het uit dat ze geen publiekelijke erkenning kreeg voor alles wat ze in Compare had geïnvesteerd, alles waarmee ze een bijdrage had geleverd? Jack wist het. En Henrik. Dat was genoeg.

Het was beter voor het bedrijf als de mythe over Jack en Henrik en hun unieke partnerschap in stand werd gehouden. Maar Chris was alleen en fladderde van de ene man naar de andere. Ze begreep niet hoe het was om de verantwoordelijkheid voor een gezin te dragen. Welke opofferingen je bracht. Chris sloot nooit en te nimmer een compromis.

'Ik hoop dat je gelijk hebt,' zei Chris. 'Maar wat gebeurt er als hij bij je weg zou gaan? Vertel me in elk geval dat jullie de huwelijkse voorwaarden na de geboorte van Julienne hebben aangepast. Zodat het voor jou iets beter geregeld is. Voor het geval dat.'

Faye glimlachte. Het was eigenlijk best schattig dat Chris zich zorgen om haar maakte.

Ze schudde haar hoofd.

'Die huwelijkse voorwaarden waren niet Jacks idee, maar Henriks. Jack wilde ze uiteraard niet hebben, maar de investeerders eisten het.'

'Als jullie gaan scheiden krijg je niets. Nada. Noppes.'

Chris sprak langzaam en duidelijk. Als tegen een kind. Wie dacht ze wel niet dat ze was? Alleen omdat het haar niet lukte om iemand als Jack te vinden.

Faye haalde een paar keer diep adem.

'We gaan niet scheiden. We zijn gelukkiger dan ooit tevoren. Je moet accepteren dat dit mijn leven is en dat ik dat leid zoals ik dat wil.'

Chris zweeg even. Toen stak ze afwerend haar handen omhoog.

'Sorry, je hebt gelijk. Ik moet mijn grote neus niet overal in steken.'

Ze schonk Faye haar onweerstaanbare glimlach. En Faye wist dat Chris het beste met haar voorhad. Ze wilde geen onenigheid met haar krijgen.

'Nu hebben we het over iets leukers. Zullen we samen een keer een weekendje op stap gaan? Alleen jij en ik?'

'Dat zou heerlijk zijn,' zei Faye en ze wierp een blik op haar horloge. Ze moest nu opschieten. 'Ik moet het alleen eerst even met Jack overleggen.'

Ze wierp Chris een kushandje toe en belde een taxi.
Chris bleef zitten en keek haar na terwijl ze haar buiten rende.

Stockholm, augustus 2001

Ik lag op mijn bed en pende in mijn dagboek, schreef al mijn gevoelens op. Het was een bevrijding dat Matilda er niet meer was. Niemand kende me van vroeger. Niemand wist wat er was gebeurd. Als iemand naar mijn familie vroeg zei ik gewoon dat mijn ouders overleden waren. Een verkeersongeval. En dat ik geen broers of zussen had. Wat ook waar was. Die had ik niet. Niet meer.

Maar soms verscheen Sebastian in mijn dromen. Altijd buiten mijn bereik. Altijd precies voorbij het punt waar ik hem kon aanraken als ik mijn armen uitstak. Als ik mijn ogen sloot, kon ik zijn geur nog ruiken.

Wanneer ik over Sebastian had gedroomd werd ik steevast bezweet wakker. Voor mijn geestesoog kon ik hem heel duidelijk zien. Zijn donkere haar en zijn helderblauwe ogen. Hij leek heel erg op mijn vader, al hadden ze een totaal andere persoonlijkheid. Meestal duurde het een hele poos voordat ik weer in slaap viel.

Maar mijn nieuwe identiteit als Faye gaf me kracht. Voorlopig hield ik die voor Viktor verborgen; misschien zou hij het niet begrijpen. Tegenover alle anderen toonde ik mijn nieuwe, zelfverzekerde ik, die niets met Matilda gemeen had. En het belangrijkste was dat de brieven uit de gevangenis me niet langer konden bereiken. Ik had ze nooit geopend. Maar ik herinnerde me mijn angst wanneer ik het handschrift van mijn vader op de envelop zag. Nu wist hij niet langer waar ik me bevond en kon hij geen contact met me opnemen. Hij bestond niet meer. Hij hoorde bij de wereld van Matilda.

Ik reikte naar mijn handtas, stopte het dagboek in het binnenvak en trok de rits dicht.

Ik had mijn eigen leugen dat het verleden begraven was best kunnen geloven. Ware het niet dat Sebastian 's nachts in mijn dromen naar me toe bleef komen. Eerst levend, met die doordringende ogen, die zich diep in de mijne boorden. Daarna bungelend aan de riem.

Zondagochtend. Haastig ruimde Faye de ontbijttafel af zodat Jack niet geconfronteerd werd met de chaos die in Juliennes kielzog dreef. Het meisje veranderde de keuken dan wel niet in Pearl Harbor, maar Faye begreep wat Jack bedoelde als hij zei dat het niet leuk was om 's ochtends met al haar rommel te worden geconfronteerd.

Ze had besloten Jack niet lastig te vallen met het eventuele weekendje van Chris en haar. Het zou alleen maar tot irritatie en ruzie leiden.

Hoewel ze het tegenover Chris niet had willen toegeven, maakten Jack en zij een heftige fase door. Dat overkwam ieder stel van tijd tot tijd. Jacks werk stelde ontzettend hoge eisen aan hem en zij was niet bepaald de eerste vrouw in de wereldgeschiedenis die het gevoel had dat het werk de beste versie van haar man kreeg. Natuurlijk wenste ze dat hij meer tijd en energie had. Voor Julienne en haarzelf. Maar dat soort gedachten schudde ze snel van zich af. Ze behoorde tot het rijkste segment van de bevolking in misschien wel het welvarendste land ter wereld. Ze hoefde niet te werken, niet aan rekeningen te denken, zelfs haar dochter niet van het kinderdagverblijf te halen. Er stond een heel leger van nanny's en schoonmaaksters klaar om overal bij te helpen. Soms liet ze haar draagtassen zelfs door Ryska Posten thuisbezorgen om er niet zelf mee te hoeven zeulen.

Jack daarentegen droeg een enorme verantwoordelijkheid, een verantwoordelijkheid waar hij soms kortaf en kil van werd. In elk geval tegen haar. Maar ze wist dat dat slechts tijdelijk was. Over een paar jaar zouden ze meer aandacht voor elkaar hebben. Samen op reis gaan. Meer tijd hebben voor hun leven en hun dromen.

'Je begrijpt toch wel dat ik het niet leuk vind om zo hard te moeten werken?' zei hij altijd. 'Natuurlijk was ik liever thuis geweest om met jou en Julienne van het leven te genieten, zonder erover na te hoeven denken hoe de rekeningen betaald moeten worden. Maar over niet al te lange tijd is het jij en ik, schat.'

Al was het misschien wel een hele poos geleden dat hij dat had gezegd. Maar de belofte stond. Ze vertrouwde hem.

Julienne lag met de iPad op schoot op de bank. Faye had de draadloze oortjes aangesloten zodat Jack niet werd gestoord. Hij werd bij het minste of geringste geluid wakker, dus Faye had haar dochter geleerd om 's ochtends zo stil mogelijk te zijn.

Ze liet zich naast het meisje op de bank zakken, streek een lok uit haar gezicht en constateerde zonder verbaasd te zijn dat ze voor misschien wel de duizendste keer naar *Frozen* keek. Zelf wilde Faye het ontbijtnieuws zien en ze zette het geluid zo zacht mogelijk. Genoot van Juliennes warme lichaam tegen het hare. Hun nabijheid tot elkaar.

De slaapkamerdeur ging open en Faye hoorde Jack naar de keuken lopen. Aan de hand van zijn voetstappen probeerde ze vast te stellen in wat voor bui hij was. Ze hield haar adem in.

Jack schraapte zijn keel.

'Kun je even hier komen?' vroeg hij met een krakerige ochtendstem.

Faye snelde naar de keuken. Glimlachte naar hem.

'Wat is dit?' vroeg hij wijzend.

'Wat?'

Ze vond het verschrikkelijk dat ze niet begreep wat hij bedoelde; het voelde alsof hun communicatie faalde. Ze waren immers *Jack en Faye*. Gelijken. Een team dat elkaar door en door kende.

'Dit is geen aanrecht waarop je een boterham wilt klaarmaken,' zei Jack en hij streek over het marmeren blad. 'Ik niet in elk geval!'

Hij stak zijn hand omhoog. Er zaten een paar kruimeltjes op.

O, wat stom van haar. Wat slordig. Ze zou beter moeten weten.

Faye griste het vaatdoekje naar zich toe. Haar hart bonsde zo luid dat het in haar oren bonkte. Ze veegde de overgebleven broodkruimels weg, ving ze met haar vrije hand op en gooide ze in de gootsteen. Na een blik op Jack zette ze de kraan open en maakte de gootsteen met de afwasborstel schoon.

Ze hing het vaatdoekje op en plaatste de afwasborstel in de strakke zilverkleurige houder.

Jack stond nog altijd naast haar.

'Heb je zin in koffie, schat?' vroeg ze.

Ze opende het kastje waar de Nespresso-capsules lagen en pakte automatisch twee paarse, Jacks favoriet. Een lungo en een espresso in een beker met wat opgeschuimde melk. Jack hield van sterke koffie.

Hij draaide zijn hoofd om en keek naar de woonkamer.

'Telkens als ik haar zie, zit ze over een scherm gebogen. Doe eens wat beter je best. Lees haar voor. Speel met haar.'

Er liepen wat druppeltjes koffie langs de witte beker. Faye veegde ze met haar vinger weg en drukte hem in Jacks hand. Hij leek het nauwelijks te merken.

'Weet je wat Henrik vertelde? Saga en Carl mogen hun iPads niet langer dan een uur per dag gebruiken. De rest van de tijd gaan ze naar musea, krijgen ze piano- en tennisles, lezen ze boeken. Saga zit ook op ballet, drie keer in de week, bij Alhanko.'

'Julienne wil voetballen,' zei Faye.

'Geen denken aan. Heb je wel gezien wat voor benen die meisjes krijgen? Net boomstronken. En dan moet ze zeker met allerlei meisjes uit de voorsteden spelen, met vaders die schuttingwoorden en vloeken naar de scheidsrechter roepen?'

'Oké.'

'Wat, oké?'

'Julienne gaat niet op voetbal.'

Faye legde haar handpalm tegen zijn borst, drukte zich tegen hem aan. Liet haar hand langs zijn buik naar zijn kruis glijden.

Jack keek haar verbaasd aan.

'Houd daarmee op.'

In het glimmende glas van de ovendeur zag ze de contouren van haar bleke drilarm. Natuurlijk wilde Jack haar niet aanraken. Ze had het verval veel te lang laten doorgaan.

Faye sloot zich op in de badkamer. Trok al haar kleren uit en bestudeerde haar naakte lichaam vanaf verschillende kanten. Haar borsten zagen er deprimerend uit. Als tulpen die in de vaas verwelkt waren. Zou ze met Jack over een borstvergroting gaan praten? Ze wist dat Alice het had laten doen. Als het maar smaakvol werd gedaan. Niet *tacky*. Geen ballonnen.

Het was lang geleden dat ze een platte buik had gehad, en haar benen waren een lillende witte massa. Als ze haar billen aanspande verschenen er allemaal putjes. Als op de maan.

Ze keek op. Ze had holle ogen en haar gezicht was mat. Haar huid en haar haar hadden geen enkele glans en van een kapsel was ook geen sprake meer. Toen ze zich naar de spiegel boog zag ze een paar dikke grijze haren. Snel trok ze ze eruit en spoelde ze door het fonteintje.

Als hij zich maar niet voor haar schaamde. Deed hij zijn beklag bij vrienden? Had hij commentaar van hen gekregen? Van nu af aan zou ze gezond gaan eten en één, nee, twee keer per dag gaan sporten. Geen wijn meer, geen lekkere dinertjes, 's avonds geen snacks wanneer ze zat te wachten tot Jack thuiskwam.

Hij klopte op de deur.

'Kom je er nog een keer uit?'

Ze schrok op.

'Zo meteen, schat,' kraste ze met dikke stem.

Hij bleef staan en ze werd zenuwachtig.

'Ik weet dat ik het de laatste tijd druk heb gehad,' zei hij. 'Wat dacht je ervan om woensdag uit eten te gaan? Alleen wij saampjes?'

De tranen sprongen Faye in de ogen terwijl ze daar zo naakt in de badkamer stond. Snel kleedde ze zich aan. Haar Jack. Haar lieve, lieve Jack.

Ze deed de deur van het slot.

'Leuk, schat.'

Twee uur later stond Faye bij de vleescounter van de ICA-supermarkt aan het Karlaplan om iets lekkers voor de lunch uit te zoeken. Alles was net als anders. De te hoge prijzen. Het geschreeuw van kinderen en het eeuwige gezoem van koelventilatoren. De geur van natte merkjassen en bontmantels van echt bont, niet een of andere politiek correcte synthetische variant. Het enige synthetische dat iemand zich kon voorstellen te dragen was iets van Stella McCartney. Als het echt duur was.

Faye besloot dat het eendenborst werd en liep naar de kassa's. Koos die waar Max zat. Hij werkte meestal op zondag.

Ze keek naar Max' gespierde arm toen hij de boodschappen scande van de klanten die voor haar in de rij stonden. Blijkbaar voelde hij haar blik, want hij draaide zich plotseling om en glimlachte naar haar.

Toen Faye aan de beurt was werd zijn glimlach nog breder. Zijn ogen straalden.

'Hoe gaat het vandaag met de mooiste vrouw van Stockholm?'

Faye voelde haar wangen gloeien. Ze begreep best dat hij het tegen de meeste vrouwen zei, maar toch. Hij zág haar.

Ze liep met lichte tred de winkel uit.

Toen ze thuis was, haastte ze zich om de boodschappen uit te pakken. Het was niet goed als die te lang op het aanrecht bleven staan.

'Ben je zo naar buiten geweest?'

Faye draaide zich om. Jack stond in de deuropening. Zijn voorhoofd was gefronst.

'Hoe bedoel je?'

Jack gebaarde naar haar outfit.

'Je kunt toch niet in je huiskleren boodschappen gaan doen? Wat als je een bekende tegenkomt?'

Faye sloot de deur van de koelkast.

'Max bij de kassa vond het wel leuk. Hij noemde me de mooiste vrouw van Stockholm.'

Jack spande zijn kaken. Faye besefte dat ze een fout had gemaakt. Ze had moeten weten dat ze met Jack geen grapjes over dit soort dingen kon maken.

'Flirt je met de mensen achter de kassa?'

'Nee, natuurlijk niet. Ik hou van jou, Jack, dat weet je. Maar ik kan er toch ook niets aan doen dat mensen me complimentjes geven?'

Jack snoof.

Faye zag zijn gespannen rug toen hij naar zijn werkkamer liep. Hoewel ze een knoop in haar maag voelde, was ze tegelijk wonderlijk blij over zijn uitbarsting. Het kan hem wat schelen, dacht ze. Het kan hem echt wat schelen.

Julienne sliep. Jack en Faye lagen in bed. Hij met zijn computer op zijn buik, zij voor een herhaling van een programma op Kanal 5.

'Zal ik hem zachter zetten?'

Jack zette zijn bril op het puntje van zijn neus en klapte het scherm van zijn computer naar beneden zodat hij de tv kon zien.

'Nee hoor. Het is prima zo,' zei hij afwezig.

De presentatrice, die haar handen vol cue cards had, stelde een deelnemer voor.

'Is dat Lisa Jakobsson?' vroeg hij.

'Ja.'

'Wat is zij oud geworden. En dik. Vroeger was ze best knap.'

Jack klapte het scherm van zijn computer weer omhoog.

Nadat hij in slaap was gevallen, schermde Faye het licht van haar iPhone met haar hand af en keek op Wikipedia. Lisa Jakobsson was twee jaar jonger dan zij.

Stockholm, augustus 2001

De inwijdingsrite op de Handelshogeschool was geheim; over hoe wij als eerstejaars vernederd en dronken gevoerd werden mocht niets uitlekken naar de schoolleiding. Deelname was vrijwillig, maar eigenlijk had ik geen keuze. Ik had besloten alles te doen wat nodig was om in de groep te worden opgenomen, om erbij te horen. Nu ik een blanco blad was, zou dat eindelijk mogelijk zijn.

We waren met zijn vijftienen. Zenuwachtige meiden die op een kleine wei bij het water in het Hagapark bijeenkwamen. Ongeveer evenveel tweedejaars hadden de plek weten te vinden. Dat waren uitsluitend jongens. Ze hadden grote IKEA-tassen met rekwisieten bij zich. We moesten in een rij gaan staan en ze keken ons een voor een onderzoekend aan. Zeiden dat we ons tot op ons ondergoed uit moesten kleden en gaven ons zwarte vuilniszakken met een gat erin zodat we ze over ons hoofd aan konden trekken. Daarna moesten we twee shots wodka drinken. Naast me stond een lang, welgevormd meisje met sproeten en ongekamd rood haar.

'Op jullie knieën!' riep Mikael, de zelfbenoemde leider van de tweedejaars, zoon van een bekende vastgoedmagnaat.

Hij had een blond pagekapsel en kleine varkensogen en leek het gewend te zijn dat mensen hem gehoorzaamden. Haastig deden we wat hij zei.

'Goed zo,' ging hij verder. Hij hield een bruin ei omhoog. 'De dooier van dit ei moet van mond tot mond gaan. Door de hele rij en dan weer terug. En als de eerste persoon hem weer heeft ontvangen, moet ze hem doorslikken. Dat ben jij dus. Hoe heet je?'

Iedereen in de rij keek opzij om te zien wie de klos was.

'Chris,' zei het meisje naast me.

Mikael tikte het ei op zijn knie stuk, goot het eiwit in het gras en hield de dop met de dooier voor Chris omhoog. Ze pakte hem aan, goot hem gewoon naar binnen en boog zich naar mij toe. Onze lippen kwamen tegen elkaar aan en de jongens jubelden. De dooier wisselde van eigenaar terwijl ik de neiging om te kokhalzen probeerde te weerstaan. Ik draaide mijn hoofd naar links en herhaalde de procedure met het volgende meisje.

'Slik je hem straks echt door?' vroeg ik aan Chris.

Ze haalde haar schouders op.

'Ik kom uit Sollentuna. Ik heb wel ergere dingen doorgeslikt.'

Ik giechelde. Haar gezicht bleef neutraal.

'Ga je ook naar het feest?'

'Ja. Hoewel ik allergisch ben voor deze verwende snotapen. Ze grijpen gewoon hun kans om misbruik te maken van geïmponeerde en zenuwachtige meiden. Machtsdronken types zijn het; het laagste van het laagste op deze school. Daarom vindt het ontgroenen ook zo vroeg in het semester plaats; we hebben nog niet kunnen ontdekken wat voor losers het zijn. Over twee weken ziet geen van deze meiden ze nog staan.'

'Waarom ben jij hier dan?'

'Ik moet het kaf van het koren kunnen scheiden. Als ik weet wie ze zijn, kan ik ze ontwijken,' zei ze cynisch. 'Je hebt trouwens goede lippen. Als ik dronken word en niemand kan vinden om mee te zoenen, dan zoek ik jou op.'

Ik hoopte dat ze dat zou doen.

De overige activiteiten die middag, waarbij steeds meer werd gedronken, leken allemaal tot doel te hebben de jongens op te geilen. Ze goten het vocht van gefermenteerde haring over ons haar, waardoor we in ons ondergoed het water in moesten om het er weer uit te wassen. Ze schreven grote nullen op het voorhoofd van de meisjes die een wedstrijd verloren, en degenen die het meest dronken waren hadden de eer om handtekeningen van de jongens op hun borst, onderrug en achterste te krijgen. Steeds meer meisjes wankelden weg omdat ze moesten overgeven, maar de drank bleef maar stromen.

Toen het donker begon te worden was het tijd om te vertrekken. We gingen nog een laatste keer het water in en kregen onze kleren terug. Ze hadden een oude stadsbus geregeld die ons naar het feest zou brengen en die zat al halfvol eerstejaars die niet naar de ontgroening hadden durven komen.

Toen wij instapten, knepen ze hun neus dicht. We stonken naar kots, water uit de baai en gefermenteerde haring. En drank. Twee meisjes moesten de bus in gedragen worden en werden in hun ondergoed in het middenpad gezet. Bij een van hen was de beha naar beneden gezakt. Een krijtwitte borst met een donkere tepel was zichtbaar. De jongens wezen er lachend naar. Een van hen sprong van zijn stoel en kwam met een digitale camera aangelopen. Chris reageerde razendsnel. Eerst schoot haar arm naar voren, als een slagboom, daarna stond ze op om hem de weg te versperren.

'En waar dacht jij naartoe te gaan, mannetje?'

'Ze merkt er toch niets van,' lalde hij. 'Ze slaapt. Opzouten, jij.'

Chris sloeg haar armen over elkaar en snoof. Ik zag dat er nog wat wier in haar haar zat, maar ze had een natuurlijke autoriteit en stond stevig als een rots hoewel de bus schokte en slingerde. Alsof haar voeten aan het middenpad vastgegroeid waren. De jongen, die een hoofd groter was dan zij, kreeg een onzekere blik.

'Doe niet zo raar, het is maar een grapje. Ben je een soort feminist of zo?' Grijnzend sprak hij het woord 'feminist' uit alsof het een vloek was.

Chris bleef staan waar ze stond. Ieders ogen waren nu op hen gericht.

'Oké, laat maar zitten.'

Hij lachte en probeerde om er niet uit te zien als iemand die zojuist het onderspit had gedolven tegen een meisje.

'Hé, hé. Waar gaat dat heen?' riep Chris hem na toen hij terug wilde sjokken.

Ik hield mijn adem in. Was ze nog niet klaar met hem?

'Mijn stoel,' zei hij onzeker.

'Geen denken aan. Hier jij.'

Hij draaide zich om en deed een paar onwillige stappen in haar richting.

'Trek je shirt uit,' zei Chris.

'Huh?' De jongen sperde zijn ogen. 'Ik dacht het niet.'

Hij keek om zich heen in de hoop steun te vinden, maar iedereen bekeek het schouwspel met een geamuseerd gezicht.

'Trek dat lelijke shirt uit; polo's zijn zó 1990. Hier ermee. Schiet eens op, je ziet toch dat ze het koud heeft?'

Hij schikte zich en deed wat ze zei, schudde zijn hoofd en keerde terug naar zijn plek. Onder de roze polo verborg zich een bleek en pafferig bovenlichaam met duidelijke manboobs en hij voelde zich bepaald niet op zijn gemak.

Chris maakte het meisje wakker, stak haar armen omhoog en trok haar voorzichtig het shirt aan.

'Geef mij die eens,' zei ze toen ze weer naast me zat. Ze nam een paar slokken bier.

'Goed gedaan,' fluisterde ik en ik nam het flesje bier op mijn schoot.

'Dank je. Het voelde bijna als een vergrijp toen ik dat arme kind dwong die verschrikkelijke polo aan te doen,' mompelde ze.

Nadat ze Julienne naar het kinderdagverblijf had gebracht dwaalde Faye doelloos rond door Östermalm. Overdag thuiszitten was er niet meer bij. Ze moest in beweging blijven. Vet verbranden en slank en gespierd worden. Het verval moest worden gestopt. Tegen elke prijs.

Haar maag knorde ontevreden. Ze had niet ontbeten. Alleen zwarte koffie gedronken om de verbranding tijdens de wandeling te vergroten. Beelden van voedsel schoten door haar hoofd als in een gastronomische caleidoscoop. Als ze nu naar huis ging zou ze de verleiding om de voorraadkast te plunderen niet kunnen weerstaan. Ze versnelde haar pas. Liep over de Karlavägen in de richting van het park Humlegården. Vertrok haar gezicht toen ze haar rug akelig bezweet voelde worden. Ze hield er gewoon niet van om te transpireren. Maar zoals Alice altijd zei: 'Zweet is alleen maar huilend vet.' Niet dat ze Alice ooit met ook maar één zweetdruppeltje had gezien.

De negentiende-eeuwse gevels bogen zich autoritair naar haar toe. Wakend en onwankelbaar. De lucht was lichtblauw en de zon werd weerspiegeld in de verse sneeuw die nog geen vuilgrijs vlies had gekregen. Ondanks het zweet voelde ze zich voor het eerst in maanden opgewekt. Jacks plotselinge uitnodiging voor een date zou een keerpunt zijn. Móést een keerpunt zijn.

Dat hun relatie was gestagneerd lag voor een groot deel aan haar. Het was de hoogste tijd dat ze weer de vrouw werd die hij wilde hebben. Er zou een nieuw hoofdstuk aanbreken.

Ze besloot nu definitief om nee te zeggen tegen Chris' voorstel om samen een weekendje weg te gaan. Ze was thuis nodig en het zou egoïstisch zijn om er zomaar tussenuit te knijpen. Ze stelde het telefoontje aan Chris uit, wist van tevoren al hoe Chris zou reageren en wat ze zou zeggen.

Faye ging nog harder lopen. Het was alsof ze de kilo's van zich af voelde stromen, stap voor stap, gram voor gram. Het gehate zweet werd door haar kleding opgezogen.

Bij het Östra Real-college stonden een paar jongeren stiekem te roken bij de wijnrode bakstenen muur. Twee meisjes en twee jongens. Toen ze lachten kwam er grijze rook uit hun monden en hun neuzen. Ze leken zich nergens zorgen over te maken. Een paar jaar eerder, in een andere tijd, een ander leven, hadden het heel goed Jack, Henrik, Chris en zijzelf kunnen zijn.

Jack, de luchtige grapjas. Er brandde altijd wel een uitnodiging voor een feest in zijn binnenzak. Van adel, zorgeloos en met een zwarte band in sociale activiteiten en mensen aan het lachen maken. Henrik was de strateeg, de denker. Hij had een eenvoudige achtergrond en kwam uit een van de voorsteden van Stockholm, maar had zich daaraan kunnen ontworstelen doordat hij zo'n studiehoofd was. Toen hij op de Handelshogeschool zat, had hij tegelijk industriële economie aan de Koninklijke Technische Hogeschool gestudeerd.

Faye passeerde bakkerij Tösse. Gebak, taarten en stapels kaneelbolletjes. Het water liep haar in de mond en ze moest zichzelf dwingen om weg te kijken. Ging nog sneller lopen. Vluchtte. Bij de Nybrogatan was het tijd voor een pauze. Ze opende de deur van Café Mocco, bestelde groene thee. Zonder suiker. De thee smaakte goor en bitter zonder zoetstof, maar ze dronk het kopje toch leeg omdat ze had gelezen dat groene thee de verbranding vergrootte. Ze bladerde in een stapeltje tijdschriften en vond de nieuwste *Di Weekend*, met Henrik en Jack op de cover. Een foto die veel geld had gekost. Ze zaten op een ouderwetse motorfiets met zijspan. Zonnebrillen en leren jassen. Jack op de motorfiets, Henrik in het zijspan met een leren vliegeniershelm op. Blije gezichten, brede glimlachen.

'Het miljardenimperium slaat terug' luidde de covertekst. Faye opende het weekendmagazine van *Dagens industri* en zocht het interview op. De verslaggever, Ivan Uggla, had de beide mannen een week lang op hun werk gevolgd. Vreemd dat Jack dat niet tegen haar had gezegd. Hij werd weliswaar vaak geïnterviewd, maar niet voor zulke grote reportages.

De tekst begon met een scène in hun kantoor op Blasieholmen. Jack vertelde hoe hard ze hadden gewerkt om Compare tot stand te brengen. Zei dat hij toen in Bergshamra woonde, overdag naar school ging en 's avonds druk in de weer was met het bedrijfsidee. Aanvankelijk was het de bedoeling dat Compare een hongerig telemarketingbedrijf werd.

'Ik wist dat ik alles op moest offeren, dat ik het bedrijf en Henrik alles moest geven om te kunnen slagen. Er was geen tijd of geld voor iets anders dan werken, werken en nog eens werken, niet alleen aan Compare maar ook om in mijn levensonderhoud te voorzien. Om grote winsten te behalen moet je hoog spel spelen.'

De waarheid was dat Jack helemaal niet naast zijn studie had hoeven werken omdat zij van school was gegaan en in het onderhoud van hen beiden had voorzien door tafeltjes af te ruimen in Café Madeleine. Ze hadden deze pr-strategie echter samen afgesproken omdat dat beter was voor het bedrijf.

Het interview ging in dezelfde trant verder. In 2005 was Compare, dat op dat moment het succesvolste telemarketingbedrijf van heel Zweden was, een beleggingsmaatschappij geworden die kleine bedrijven opkocht en stroomlijnde, om ze vervolgens met een torenhoge winst van de hand te doen. Niet zelden werden bedrijven gesplitst en konden de onderdelen voor een hogere prijs worden verkocht dan het geheel waard was geweest. Hierdoor hadden ze in de loop van de jaren heel wat mensen op de tenen getrapt, maar de winsten spraken voor zich, en in een wereld waar het alleen om het resultaat ging, werden Jack Adelheim en Henrik Bergendahl door het verenigde bedrijfsleven geroemd om hun genialiteit.

Nog weer een tijd later hadden ze vrijwel alles verkocht en daarna geïnvesteerd in elektriciteitsbedrijven en dienstverlenende bedrijven zoals particuliere woonzorginstellingen en scholen. Met hetzelfde resultaat. Alles wat Jack en Henrik aanraakten leek in goud te veranderen en iedereen wilde met de jonge Midassen omgaan. De naam uit de begintijd, de naam die Faye had verzonnen, behielden ze. Je veranderde niets als je voortdurend hoge ogen gooide.

Die begintijd, toen Faye in Jacks onderhoud had voorzien en had geholpen om de fundering voor Compare te leggen, was uitgewist. Soms vroeg ze zich af of Jack en Henrik zich die periode überhaupt nog wel herinnerden, of dat ze voor zichzelf het verleden ook hadden herschapen. Haar aandeel in het verhaal paste niet bij het beeld dat in de media werd gepresenteerd van de twee jonge, onverschrokken en volhardende ondernemers Jack Adelheim en Henrik Bergendahl. De dramaturgie was bovendien perfect, daar had ze hen destijds zelf op gewezen. Jack met zijn aristocratische achtergrond, zijn knappe gezicht en dandyachtige voorkomen, en Henrik, die afkomstig was uit de arbeidersklasse, er op een ruige manier goed uitzag en de personificatie was van iemand die zich had opgewerkt. Het was de perfecte combinatie. Faye kon beter op de achtergrond blijven. Om de simpele communicatie in de media niet te compliceren.

De verslaggever had op een ochtend met Jack over Djurgården gejogd. Ivan Uggla deed enthousiast verslag van de tijd en het aantal kilometers. De speculaties over een beursgang van Compare deed Jack tussen de passen door met een lachje van de hand.

Op de laatste pagina stond een foto van Jack, genomen op zijn kantoor. Hij stond over een bureau gebogen, diep in gesprek verzonken, en wees iets aan op een papier. Naast hem, het dichtst bij de camera, stond Ylva Lehndorf. Gekleed in een lichtblauwe kokerrok, haar haar in een strakke paardenstaart gebonden.

Ylva kwam uit de uitgeversbranche, waar ze hopeloos rode cijfers had veranderd in zwarte. Processen had geoptimaliseerd en nieuwe denkwijzen had geïntroduceerd, vraagtekens had geplaatst bij alles wat 'altijd al zo was gedaan'. Ze had structuren gewijzigd en obstakels geslecht. Faye had haar drie jaar geleden ontmoet op een feest en Ylva had terloops laten vallen dat ze op zoek was naar iets nieuws. Faye was onder de indruk geweest van haar drive en haar scherpe blik, en twee weken later had Jack haar, op advies van Faye, in dienst genomen. Een jaar later was Ylva tot hoofd financiën van Compare benoemd. Mede omdat het een goede indruk maakte dat er een vrouw in de directie zat. Ook daar had Faye Jack op gewezen. Zelf kon ze die vrouw niet zijn omdat ze samen hadden besloten dat ze de eerste jaren thuis zou blijven om voor Julienne te zorgen.

Faye liet haar vinger over de foto glijden, langs Ylva's figuur, via haar onderrug, billen en dunne zongebruinde benen naar haar zwarte pumps. Ze was alles waar Faye ooit van had gedroomd. Ze scheelden slechts vijf jaar, maar het hadden er net zo goed twintig kunnen zijn. Alleen was Faye niet mooi en succesvol en zat ze niet op het kantoor waar het allemaal gebeurde, maar met een kopje vieze groene thee bij Mocco. Dromend van de koffiebroodjes bij de kassa. Somber sloeg ze het magazine dicht. Ze had haar keuze gemaakt. Voor Jack. Voor hun gezin.

Faye stond op handen en knieën op een yogamat voor de tv, in nieuwe sportkleding, en was net bezig met de 'brandkraan' toen Jack thuiskwam. Hij smeet zijn aktetas neer en kwam achter haar staan. De kamer werd gevuld met een mengsel van parfum en drank. Faye beëindigde haar oefening, ging staan en liep naar hem toe. Toen ze hem een kus wilde geven, wendde hij zijn hoofd af.

'Was het leuk?' vroeg ze.

De knoop in haar maag was terug.

Jack griste de afstandsbediening van de salontafel en zette de tv uit, waar een YouTube-filmpje met yoga voor beginners te zien was.

'Heb je John Descentis gevraagd om tijdens mijn feest te komen optreden?' vroeg hij.

'Ik dacht dat...'

'Die man heeft een drankprobleem, Faye. Het gaat niet om mijn eindexamenfeest. Er zullen klanten zijn. Investeerders. Familieleden die me mijn hele leven als loser hebben beschouwd vanwege mijn vader. Die avond zullen ze te zien krijgen hoe ver ik het heb geschopt. Dat ik niet zo'n nietsnut ben als mijn pa!'

Hij ademde hortend en zijn stem sloeg over.

'En dan nodig jij John Descentis uit voor het amusement. Alsof we een soort white trash zijn.'

Faye deed een paar stappen naar achteren.

'Je luistert altijd naar hem. Je hebt al zijn cd's. Ik dacht dat je het...'

'Houd je mond. Wat voor indruk maakt het als John Descentis op mijn feest komt zingen? Ik wil niet met dergelijke lui geassocieerd worden. Hij is een zuipschuit. Net als mijn pa.'

Hij liet zich op de bank zakken, zuchtte luid.

'Eigenlijk is het mijn eigen schuld,' zei hij. 'Ik had jou dat feest niet moeten laten regelen. Jij vond het nota bene goed dat Julienne haar feestje bij McDonald's vierde!'

Faye wilde zeggen dat Julienne dat zelf zo had gewild en dat de kinderen het allemaal geweldig hadden gevonden, maar ze voelde de tranen achter haar oogleden branden toen Jack snoof.

'Hoe heb ik ooit kunnen denken dat jij een feest voor driehonderd mensen bij Hasselbacken zou kunnen organiseren?'

'Dat kan ik best, Jack, en dat weet jij ook. Dan vragen we John Descentis niet. Ik heb hem trouwens nog niet eens gebeld. Laat mij dit voor je doen. Ik wil zo graag dat jij de avond van je leven hebt, een avond waarvan je altijd al hebt gedroomd.'

'Te laat.'

'Hoe bedoel je?'

'Ik heb een evenementenbureau opdracht gegeven alles te regelen. Jij kunt terugkeren naar je... naar je training.'

Hij maakte een gebaar naar haar sportkleding. De knoop in haar maag werd steeds strakker.

Jack liep naar de cd-speler, haalde er woest een paar cd's uit, liep naar de keuken en gooide ze weg.

Ze hoefde niet te kijken om te weten welke albums het waren.

Faye streek met haar handen over haar gezicht. Hoe had ze zo stom kunnen zijn? Dat ze niet had beseft dat dit nadelig zou kunnen zijn voor Jack. Ze had beter moeten weten. Zij kende hem tenslotte het best van iedereen.

Ze rolde de yogamat op en deed het licht uit. Toen ze haar gezicht had gewassen en haar tanden had gepoetst sliep Jack al. Hij lag met zijn rug naar haar toe, languit op zijn zij, met zijn gezicht naar het raam. Voorzichtig kroop ze zo dicht naar hem toe als ze durfde zonder het risico te lopen dat hij wakker werd. Snoof zijn geur op.

Het duurde lang voor ze de slaap kon vatten.

De volgende dag hing er nog steeds een ijzige sfeer tussen hen. Jack zat in de keuken te werken, terwijl Faye op de bank naar een realitysoap lag te kijken.

Vanuit de hal weerklonk het schelle gerinkel van een telefoon, maar voor de verandering besloot Faye het te negeren. In de keuken hoorde ze een zucht en geïrriteerde voetstappen. Toen verstomde het gerinkel.

Even later stond Jack met een ontevreden gezicht voor haar.

'Het is voor jou,' zei hij.

Ze stak haar hand uit, maar Jack negeerde die en legde de draadloze telefoon op de salontafel, waarna hij naar de keuken terugkeerde. Ze hield de hoorn bij haar oor en voelde zich weer vijftien.

'Je hebt me nooit teruggebeld over die reis,' zei Chris. 'Heb je met Jack gesproken?'

'Hé, hallo. Wacht even.'

Faye kwam overeind en liep naar de badkamer. Deed de deur op slot.

'Hallo?'

Ze ging op het deksel van de wc zitten.

'Het komt nu niet goed uit,' zei ze. 'Ik ben druk met alles hier thuis en ik moet onder andere Jacks feest organiseren. Misschien kunnen we het van de zomer doen?'

Chris zuchtte.

'Faye, ik heb van iemand die in de pr-branche werkt gehoord dat zij de opdracht hebben gekregen het feest van Jack te regelen.'

Faye schoof met haar voet de weegschaal onder de wastafel vandaan. Stapte erop. Geen verandering. Ze was gedoemd tot eeuwige zwaarlijvigheid.

'Ja, ik merkte dat ik er geen tijd voor had. Maar als je het niet erg vindt hangen we nu op. Ik heb het ontzettend druk.'

'Zeg...' Chris' warme stem aan de andere kant van de lijn.

Faye herinnerde zich hoe hard ze had gelachen die avond toen ze met Jack en Henrik op stap waren geweest en Chris opeens het plan had opgevat om op de tafel te gaan dansen. Jack had Faye bij de hand gehouden. Daar stevig in geknepen.

'Ja?'

'Zullen we niet toch even weg zodat jij alles in perspectief kunt plaatsen? Maak je niet druk om Jacks feest. Ik weet dat geen enkel evenementenbureau ter wereld het beter kan regelen dan jij.'

Faye duwde de weegschaal weer onder de wastafel en beloofde zichzelf dat ze er een week lang niet op zou gaan staan. Zodat ze resultaat zou kunnen zien.

'Ik heb me ook iets anders gerealiseerd,' ging Chris verder. 'Ik heb iemand als jij nodig in mijn bedrijf. Een knappe kop die verstand van zaken heeft en begrijpt wat vrouwen willen. Zou je het niet leuk vinden om weer aan de slag te gaan? Julienne gaat tenslotte al naar de peuterspeelzaal.'

Faye sloot haar ogen. Vond het ondraaglijk om haar eigen gezicht in de spiegel te zien.

'Het kinderdagverblijf, Chris.'

'Sorry?'

'Ze zit op een kinderdagverblijf. En nee, ik wil geen baan bij jou en ik heb ook geen baan nodig. Als dat zo was, had ik dat toch zelf al wel geregeld?'

'Maar...'

'Weet je wat jouw probleem is, Chris? Dat je denkt dat je beter bent dan ik. Je verbeeldt je dat iedereen jouw zinloze leven wil leiden, maar het lijkt mij helemaal niet leuk om elke avond een vierentwintigjarige personal trainer te neuken of om zo dronken te worden dat je je de dag erna niets meer kunt herinneren. Dat is vulgair en gênant. In plaats van mij de les te lezen zou je volwassen moeten worden. Ik hou van mijn man, ik hou van mijn dochter, ik heb een gezín! Ik wil bij hen zijn. Eigenlijk denk ik dat je jaloers op me bent, op mijn leven. Daar gaat dit volgens mij eigenlijk om. En ik begrijp dat geen enkele man het met jou uithoudt! En...'

Chris had opgehangen. Faye staarde naar haar eigen gezicht in de spiegel. Ze wist niet langer wie de vrouw was die terugkeek.

Stockholm, augustus 2001

Het huis dat de eindbestemming was voor het feest lag op een verlaten industrieterrein. In een hoek was een provisorische bar gemaakt. Popmuziek schalde door de tuin. Algauw stonden de mensen met elkaar te zoenen of slopen ze twee aan twee naar de kamertjes boven.

Ik was weer nuchter geworden en sloeg mijn ogen ten hemel naar Chris, die zich leek te vervelen. Ik stuurde een sms'je naar Viktor met de vraag wat hij aan het doen was. Glimlachte ondertussen. Onlangs hadden we het erover gehad dat ik officieel naar zijn nieuwe appartement in Gärdet zou verhuizen, omdat ik toch nooit in de kleine eenkamerflat aan de Villagatan was die ik sinds kort in onderhuur had.

'Ik trek het niet om nog eens voor niets dronken te worden. Ik ga in de stad aan de zwier,' zei Chris.

Ik keek naar de studentenversie van Sodom en Gomorra voor mij.

'Vind je het goed als ik meega?'

'Ja hoor. Ik bel een taxi. En dan gaan we ons eerst bij mij thuis opknappen. We stinken een uur in de wind.'

Chris had een eenkamerflat in onderhuur aan het Sankt Eriksplan. Op elk van de vijfendertig vierkante meters lagen kleren. Het bed was onopgemaakt en de wanden waren kaal, op een boekenplank na, waar haar cursusliteratuur over de kamer uitkeek. Als ik me had afgevraagd waarom ze op de Handelshogeschool was toegelaten, dan lag het antwoord op het bureau. Nonchalant tussen rekeningen en reclamefolders neergesmeten. Het resultaat van de toelatingstoets. Chris had een 2,0 gekregen. De hoogst mogelijke beoordeling. Het verbaasde me niets.

We namen een snelle douche.

'Je hebt mooie borsten,' zei Chris geïmponeerd toen ik in een slipje van haar uit de badkamer kwam. 'En een verdomd mooi lichaam. Wat heerlijk om iemand te zien die niet voor dat anorectische ideaal is gevallen.'

'Dank je,' zei ik onbeholpen.

Het was de eerste keer dat ik van een meisje een compliment voor mijn borsten kreeg, en trouwens ook voor mijn lichaam.

'Kan ik een beha van je lenen? De mijne ruikt naar gefermenteerde vis...'

Ik hield mijn gore beha omhoog.

'Waar heb je een beha voor nodig? Dat is alsof je met een dichte kap in een Ferrari rijdt. Bewijs alle lesbische vrouwen en hetero mannen een dienst en laat die mooie tieten lekker vrij.'

'Zal ik de beha verbranden?' vroeg ik met een klein glimlachje.

'*Yeah, sister!*' riep Chris. Ze pakte haar eigen stinkende beha en slingerde die boven haar hoofd rond.

Ik lachte. Bekeek mezelf in de kleine spiegel die op de vloer in de hal stond en haalde mijn schouders op. Wanneer ik me door de ogen van Chris zag, vond ik mezelf opeens een stuk leuker.

'Waar gaan we naartoe?'

'Een van de goedkope cafés in de buurt van de hogeschool. Daar kun je een goede vangst doen. Ja, geen erfgenamen en zonen van bankdirecteuren, in die kringen is er ondertussen al veel te veel inteelt, maar wel mensen die echt interessant zijn. Hier, probeer deze eens!'

Chris wierp me een grijs stukje stof toe.

'Is dit een pannenlap?' vroeg ik sceptisch, terwijl ik keurend de jurk ophield die nauwelijks tot over mijn billen zou komen.

'Less is more, baby,' zei Chris en ze bewerkte haar wimpers met een enorme hoeveelheid mascara.

Ik trok de jurk aan. Hij liet niet veel aan de fantasie over. Het decolleté was op zijn zachtst gezegd genereus. Ik draaide rond. De rug was ook open.

'Hot, hot, hot,' riep Chris uit toen ik voor haar poseerde. 'Als je nu niet iemand scoort, wordt het nooit wat.'

'Ik heb een vriendje,' zei ik.

'*Minor detail*,' wuifde Chris mijn woorden weg. 'Ga hier maar zitten, dan doe ik je haar wel. Je ziet eruit alsof je net met de bus van het platteland bent gekomen.'

Ze zwaaide met een schaar en een krultang.

Ik was sceptisch maar nam toch plaats. Je sprak Chris niet tegen.

Een uur later duwden we de deur van de N'See Bar open en stapten naar binnen. Precies zoals Chris had beloofd zat het café vol oudere studenten van de hogeschool. Ik herkende een paar gezichten.

'Zoek jij een plekje, dan haal ik bier,' zei Chris en ze drong zich naar de bar.

Ik schaamde me omdat zij de taxi al voor haar rekening had genomen en nu ook het bier zou betalen, maar ik kon haar op dit moment gewoon niets aanbieden. Van mijn studiebeurs kon ik mijn eten en de huur voldoen maar verder had ik bijna niks te makken, dus ik was koortsachtig op zoek naar een baantje.

Helemaal achter in het café vond ik een tafeltje. Uit een luidspreker die iets te dichtbij stond, stroomde 'Don't Look Back in Anger' van Oasis.

De deur naar de straat stond open. Het terras was gesloten en een paar gasten leken te aarzelen of ze wel of niet naar binnen zouden gaan. Ik keek op mijn telefoon. Geen sms'je van Viktor.

Chris zette twee schuimende biertjes op tafel. Het glas was beslagen. Voelde koud in mijn handen toen ik een slok nam. Mijn hoofd bonsde licht van een beginnende kater na alle drank van vandaag, maar het bier dempte hem al snel. Met haar vinger tekende Chris iets op mijn glas. Ik draaide het om om te kunnen zien wat het was. Een hartje.

'Waarom doe je dat?'

'Dat brengt geluk,' zei Chris en ze haalde haar schouders op.

Ik veegde het hartje weg. Geluk had in mijn vorige leven nooit enige rol gespeeld.

Ik bracht het glas naar mijn mond en klokte bijna al het koude bier naar binnen. Dronk mezelf de vergetelheid in. Matilda was weg. Nu was ik Faye en niemand anders. Had zij misschien meer geluk? Ik tekende een nieuw hartje op mijn glas.

Chris was midden in een verhaal over het kinderachtige gedrag van de jongens bij de ontgroening toen er twee mensen naar binnen stapten.

'Luister je, of hoe zit dat?' vroeg Chris en ze prikte in mijn arm.

Ik knikte afwezig. Het hartje was nog altijd op mijn beslagen glas te zien, maar wel vager. Chris rolde met haar ogen en draaide zich om zodat ze kon zien wat mijn aandacht trok.

'O!' mompelde ze.

'Wat?'

'Weet je niet wie dat is?' vroeg Chris, terwijl ze met haar duim naar de deur wees.

'Nee. Zou ik dat moeten weten?'

Ik smachtte naar nog een biertje, maar moest wachten tot ik er een aangeboden kreeg.

'Jack Adelheim,' fluisterde Chris.

Die naam zei me niets. Met mijn vinger veegde ik het hartje dat ik had getekend weer weg.

Woensdagavond om halfzeven werd er aangebeld. Het was Johanna, de nanny die Julienne het leukst vond. Terwijl Jack nog aan het werk was, had Faye haar mooiste ondergoed van La Perla aangetrokken en zich omgekleed. Haar keuze was gevallen op de zwarte Dolce & Gabbana-jurk waar hij zo van hield. Vervolgens had ze zich zorgvuldig opgemaakt.

'Wat zie je er mooi uit,' zei Johanna en ze boog zich voorover om haar schoenen uit te trekken.

'Dank je!' zei Faye en ze maakte een pirouette, die Julienne verrukt deed giechelen vanaf de bank in de woonkamer.

'Wat leuk dat jullie een date hebben,' zei Johanna. 'Waar gaan jullie naartoe?'

'Naar Teatergrillen.'

Faye had de avond tevoren een tafeltje besproken. Ze vond het heerlijk om te horen hoe de toon van de gerant en de bediening veranderde als ze zich voorstelde en zei dat ze met haar man Jack Adelheim wilde komen eten.

Julienne keek naar *Lotta uit de Kabaalstraat*. Faye ging naast haar zitten, omhelsde haar en legde uit dat Johanna haar naar bed zou brengen en dat het waarschijnlijk laat zou worden voordat papa en mama weer thuis waren.

Johanna kwam ook naast Julienne op de bank zitten, sloeg een arm om haar heen en vroeg hoe haar dag was geweest en wat ze allemaal had gedaan. Julienne boog zich naar Johanna toe en begon met vrolijke stem te vertellen.

Faye glimlachte dankbaar naar Johanna. Jack en zij hadden deze avond nodig.

Faye wilde dat Jack haar hele outfit te zien kreeg en hoopte dat zijn gezicht net zo zou oplichten als toen ze net bij elkaar waren. In haar inloopkast trok ze haar pumps van Yves Saint Laurent aan en liep naar de serveerwagen, waar ze een whisky inschonk. Met het glas in haar hand klopte ze aan bij de werkkamer. Voordat ze de deur opende snoof ze aan de drank. Ze vond de geur van whisky lekkerder dan de smaak; die was afschuwelijk.

Jack zat achter zijn bureau, diep verzonken in iets op zijn computer. De torenkamer was net zo stil als anders. De duisternis achter het raam was dicht.

'Ja?' mompelde hij zonder op te kijken.

Zijn haar zat in de war. Zoals gewoonlijk had hij er tijdens het werken zijn handen door gehaald. Faye zette de whisky voor hem neer. Schoof het glas met twee vingers over het tafelblad naar hem toe. Hij keek verbaasd op. Zijn ogen waren rooddoorlopen en moe.

'Wat is er?'

Ze deed een pas naar achteren en draaide rond. Voelde zich voor het eerst in lange tijd echt chique.

'Ik heb de jurk aangetrokken die jij zo mooi vindt. Die je in Milaan voor me hebt gekocht.'

'Faye...'

'Wacht! Ik heb het beste nog niet laten zien,' zei ze, terwijl ze de jurk omhoogtrok en hem het zwarte kanten slipje toonde.

Het had ruim tweeduizend kronen gekost en was gemaakt van zwarte zijde, afgezet met het meest delicate Franse kantwerk. Maat medium. Als ze goed haar best deed zou ze binnenkort een small kunnen kopen. Of misschien zelfs wel een extra small.

'Je ziet er prachtig uit.'

Hij keek niet eens op.

'Er hangt een pak voor je klaar. Drink je whisky op, dan kun je je daarna omkleden. We gaan eerst wat drinken bij het Grand

Hôtel en dan hebben we een tafeltje bij Teatergrillen. De taxi is er over een halfuur. Ik was graag gaan lopen, maar op deze schoenen is dat geen doen…'

Ze toonde de hoge zwarte pumps.

Er trok een schaduw over Jacks gezicht. Faye zag zichzelf in de spiegeling van de ramen in de torenkamer. Een pathetische gestalte in een zwart Dolce-omhulsel, op hoge hakken en met nog hogere verwachtingen. Hij was vergeten dat ze vanavond uit zouden gaan. Dat ze zouden gaan eten, praten, lachen. Omdat hij eraan herinnerd moest worden hoe heerlijk hij haar gezelschap had gevonden. Omdat hij herinnerd moest worden aan de avonden die ze samen in Barcelona, Parijs, Madrid en Rome hadden doorgebracht. Aan de eerste tijd in Stockholm, toen ze hun handen niet van elkaar af hadden kunnen houden.

Ze beet op haar lippen om niet in huilen uit te barsten. De wanden van de torenkamer kwamen op haar af, verstikten haar. De duisternis buiten was als een zwart gat dat haar hele bestaan opslokte. De uitdrukking op Jacks gezicht werd steeds gekwelder. Ze vond het verschrikkelijk als hij medelijden met haar had. In zijn ogen moest ze een hijgende, naar liefde smachtende hond zijn.

'Ik ben het totaal vergeten. Het is op dit moment ook zo ontzettend druk. Je hebt geen idee wat Henrik…'

Ze perste er een glimlach uit. Wees niet lastig of veeleisend. Wees gezellig, maak het hem naar de zin. Neem geen ruimte in. Maar ze kon in de spiegeling van de ruit zien hoe stijf haar glimlach was. Een verwrongen masker.

'Ik begrijp het, schat. Werk maar lekker door. We doen het een andere keer. Het maakt echt niet uit. We hebben ons hele leven nog voor ons.'

Ze zag iets in Jacks gezicht trekken. Kleine, korte spasmen, tics die hij altijd kreeg als hij gestrest was.

'Sorry, ik zal het goedmaken. Dat beloof ik.'

'Dat weet ik. Denk er niet meer aan.'

Faye slikte en draaide zich om voordat hij kon zien dat haar ogen glommen. Behoedzaam deed ze de deur van de torenkamer achter zich dicht.

Op de bank probeerde Julienne Johanna's rode haar te vlechten.

'Wat kun je dat goed,' mompelde Johanna.

Faye vond het anders altijd prettig wat met de nanny te babbelen. Nu wilde ze dat ze zo snel mogelijk ophoepelde. De tranen zaten haar hoog, de brok in haar keel groeide.

'Van mama geleerd,' zei Julienne.

'Wat fijn. Welk boek zullen we vanavond lezen?'

'Madieke, denk ik. Of Pippi.'

Na het gesprek met Jack vorige week had Faye alle boeken van Astrid Lindgren gekocht die ze maar in de Akademi-boekhandel had kunnen vinden.

Ze schraapte haar keel. Johanna's sproetige gezicht verscheen boven de rand van de bank.

'Gaan jullie nu weg?' vroeg ze.

'Nee. De plannen zijn gewijzigd. We gaan een andere keer uit. Crisis op het werk.'

Faye probeerde te lachen, maar de duisternis in haar diende zich aan, in golven die aanzwollen en terugweken.

Johanna hield haar hoofd scheef.

'Wat jammer nou. En je hebt je nog wel zo mooi gemaakt. Wil je dat ik Julienne toch naar bed breng?'

'Nee, laat maar.'

Faye slikte de brok in haar keel weg toen Julienne zich aan Johanna's arm vastklemde. Ze pakte twee briefjes van vijfhonderd kronen uit haar tas en wilde ze aangeven. Johanna stak afwerend haar vrije hand omhoog.

'Dat is niet nodig, ik ben hier maar een kwartiertje geweest.'

'Maar je hebt wel de hele avond vrijgehouden. Neem het nou maar aan. Ik bel ook een taxi voor je.'

Julienne snikte en bleef aan Johanna's arm trekken.

'Johanna mag niet weggaan. Ze moet blijven!'

Johanna boog zich naar voren en streek het meisje over haar wang.

'We zien elkaar overmorgen. Dan haal ik je van het kinderdagverblijf en kan ik je in de taxi naar huis voorlezen.'

'Beloofd?'

'Beloofd. Dag, liefje.'

Toen Faye de deur achter Johanna op slot had gedaan trok ze haar pumps uit en smeet ze in de hal op de vloer. Ze bracht Julienne naar de badkamer en droeg haar op haar tanden te poetsen.

'Nu uitspugen, dan gaan we Madieke lezen.'

'Johanna moet voorlezen! Zij is veel grappiger.'

'Johanna is er nu niet. Je zult het met mij moeten doen.'

Faye droeg Julienne naar haar kamer. Het meisje probeerde zich los te wurmen, harde voeten troffen Fayes armen. Haar buik begon steeds meer pijn te doen en de brok in haar keel verstikte haar zowat.

Ze zette Julienne op de grond en schudde haar door elkaar. Stevig. Te stevig.

'Nu is het genoeg!'

Het huilen hield abrupt op.

Julienne keek haar geschrokken aan. Faye, die nooit boos op haar werd, die altijd naar haar glimlachte, die haar over de wang streek, die zei dat ze het liefste meisje van de hele wereld was. De duisternis in Faye bewoog zich. Kwam aanrollen vanaf een plek die diep begraven was. Een andere tijd. Een ander leven.

Julienne dook op haar bed ineen. Faye wist dat ze haar dochter moest troosten, dat ze sorry moest zeggen, het moest goedmaken. Maar ze bracht het niet op. Ze voelde zich helemaal leeg vanbinnen.

Ze sloot haar ogen en probeerde zichzelf te herpakken. Maar het verleden had haar ingehaald en haar laten zien hoe klein ze was. Wie ze eigenlijk was.

'Welterusten,' zei ze stilletjes. Ze deed het licht uit en verliet de kamer.

*

Faye dwaalde doelloos door de gangpaden in de NK. Het roemrijke oude warenhuis was een van de weinige plekken waar ze iets van rust ervoer. Soms was het gevoel verstikt te worden zo sterk dat de kriebels die ze vanbinnen voelde alleen maar ophielden als ze door de shops met airco wandelde en aan alle fraaie kleren voelde.

Het verkopend personeel herkende haar. Jonge vrouwen die hun kapotgespoten lippen tot een glimlach vormden en van wie ze wist dat ze er alles voor overhadden om met haar te ruilen. In hun ogen had ze alles. Miljoenen op de bank, status, een man die garant stond voor haar plaats in de pikorde.

In de NK was vrijwel geen mens te bekennen. Bij Tiger moest ze net als anders aan Anna Lindh denken, de minister van Buitenlandse Zaken die hier was neergestoken. De dader was door het warenhuis weggerend. Het was een van die surrealistische momenten waarop het oppervlakkige en luchtige de lelijke realiteit ontmoetten. De wereld had heel even stilgestaan. Met verbaasde ogen naar Zweden gekeken. Het land dat in grote delen van de wereld als een droom werd beschouwd, zonder problemen, zonder criminaliteit, uitsluitend bevolkt door lange rondborstige blondines in bikini, ingericht door IKEA en bezongen door ABBA. Een beeld dat net zo fake was als haar eigen leven. En net zo onwerkelijk als de aanblik van Anna Lindh, zoals zij daar neergestoken had gelegen, tussen grijze Tiger-pakken en strijkvrije witte overhemden.

Fayes maag knorde zielig terwijl ze aan een zwarte jumpsuit voelde die net geen tienduizend kronen kostte. In plaats van te eten dronk ze uitsluitend sappen, die ze thuis liet bezorgen. Vijf flessen per dag. Groene, gele, witte en rode. Volgens de reclame bevatten ze alle voedingsstoffen die ze nodig had en waren ze lekker. In werkelijkheid waren ze smerig. Vooral het groene sap. Tijdens het drinken moest ze haar neus dichtknijpen en haar best doen om niet te kokhalzen. Haar verlangen naar iets waarop ze kon kauwen dreef haar bijna tot waanzin.

Ze leefde nu twee weken op die sappen. Was zich slechts een paar keer te buiten gegaan aan wat fruit. Het had ertoe geleid dat ze niet alleen voortdurend moe was, maar ook onaardig deed tegen Julienne en Jack. Op internet had ze gelezen dat hevige stemmingswisselingen een veelvoorkomende bijwerking was, maar dat had ze niet willen geloven. Waarom zou ze niet een simpel dieet kunnen volgen zonder haar goede humeur te verliezen, terwijl er elke dag mensen waren die indrukwekkende dingen deden? Ze hadden op de maan gestaan. Hitler overwonnen. Machu Picchu gebouwd. Britney Spears had haar carrière uit het slop gehaald nadat ze in 2007 was ingestort. Dan moest zij toch honger kunnen hebben en tegelijk aardig kunnen zijn tegen de mensen van wie ze hield? Vooral omdat Julienne broos en angstig was sinds de avond dat Faye uit haar slof was geschoten. Maar daar kon ze niet met haar dochter over praten. Ze wist namelijk niet wat ze moest zeggen. De tijd zou alle wonden helen, hield ze zichzelf voor. Dat was bij haarzelf ook het geval geweest.

Er maalden allerlei gedachten door haar hoofd toen ze de shop verliet en ze botste bijna tegen een vrouw, die breed naar haar glimlachte.

'Hallo!' riep Lisa Jakobsson uit. 'Wat leuk je weer te zien! Hoe gaat het met je schattige dochter?'

'Prima, dank je,' antwoordde Faye.

Ze zocht koortsachtig in haar geheugen naar een gelegenheid waarbij ze de presentatrice had gezien zonder een televisiescherm tussen hen in.

'En Jack?' Lisa hield haar hoofd spijtig scheef. 'De arme stakker, hij lijkt het onmenselijk druk te hebben. Gelukkig heeft hij jou en kun jij voor hem zorgen.'

Lisa ging er nog een tijdje op door dat Faye zo'n grote steun voor haar man was en algauw voelde Faye zich een stuk vrolijker. Was ze zo verstoken van complimentjes?

'Laten we een keer met zijn vieren een hapje gaan eten,' zei Lisa.

Nu herinnerde Faye zich dat Lisa een relatie had met iemand die bij dezelfde zender een paar minder populaire amusementsprogramma's leidde. Toen ze hen bij de première van een theatervoorstelling waren tegengekomen, hadden ze veel te lang met Jack en haar staan praten.

'We moeten maar zien,' zei Faye kortaf en Lisa's brede glimlach werd opeens onzeker. 'Ik moet nu helaas verder.'

Stockholm was een jungle, waar zij en een handvol andere miljonairsvrouwen koninginnen waren. Faye wist dat de mensen elk woord, elke lettergreep die uit haar mond kwam analyseerden, dat ze zich aanstelden en zich voor haar uitsloofden, alleen omdat ze de vrouw van Jack was.

Ze wist ook dat Lisa geen seconde zou aarzelen om haar man te verlaten als ze Jack kon krijgen. Of iemand zoals hij. Vrouwen voelden zich aangetrokken tot macht en geld. Ook van die nepfeministen als Lisa.

En rijkdom was een macht die Faye nog bezat, en dat gevoel was eventjes zo bedwelmend dat het geknor in haar maag werd overstemd. Al haatte ze zichzelf erom.

Na afscheid te hebben genomen van Lisa ging ze met de roltrap naar de parfumafdeling en passeerde een enorm affiche waarop een uitgemergeld model met donkeromrande ogen en een halfopen mond werd getoond. Het herinnerde haar opnieuw aan alle kilo's die ze er niet af had weten te krijgen.

Jack had haar sinds de avond dat hij hun date was vergeten niet meer aangeraakt, zelfs nauwelijks haar kant op gekeken als ze op haar helft van het bed was gaan liggen.

Haar maag maakte zich weer kenbaar.

Ze pakte haar mobiel en stuurde Jack een berichtje.

Ik hou van je! Ze voegde er een emojihart aan toe.

Ze ging naar Jacks Facebookpagina en ontdekte dat hij zijn profielfoto had gewijzigd. Eerder had hij een foto van vorig jaar gebruikt waarop hij met Julienne en Faye voor paleis Drottningholm stond. Nu had hij een professionele foto van de website van Compare. Ze keek wie hem had geliket, klikte op alle namen van jonge vrouwen en bekeek hun profiel. Ze leken allemaal in dezelfde vorm te zijn gegoten, hongerig, wellustig, op jacht. Ze waren dun en hadden grote dure lippen en zorgvuldig geföhnd lang haar.

Faye dwong zichzelf de telefoon in haar handtas te stoppen.

De verkoopsters achter de parfumbalies volgden haar met hun ogen. Ze pakte een Gucci-flacon en spoot de inhoud in de lucht. Ze was op zoek naar een zoetere, wat jeugdiger geur. Ze deed een paar passen terug. Vond een roze YSL-fles die haar wel aanstond. Spoot twee keer op een proefstrookje. Veel beter. Het geurtje deed haar vagelijk aan iets denken, maar ze kon er niet de vinger op leggen.

De verkoopsters waren het beu geworden naar haar te kijken en hadden zich afgewend. Ze pakte een doosje en stopte het in haar tas. Het parfum uiteraard. Geen goedkope eau de cologne.

Haar mobiel piepte. Had Jack eindelijk geantwoord?

Ik heb nooit meer iets van je gehoord. Gr. John Descentis

Faye zuchtte. Ze had gehoopt dat hij zou begrijpen hoe de vork in de steel zat als ze hem niet belde.

Helaas heb ik een andere act geboekt. Misschien een andere keer.

Net toen ze haar mobiel weer in haar tas had gestopt, piepte die weer.

Kunnen we niet afspreken om erover te praten?

Geen tijd. Ga naar de film.

De film? Hoe kwam ze daar nou opeens bij? Toen ze jonger was had ze het heerlijk gevonden om naar de bioscoop te gaan. Sebastian, haar moeder en zij hadden zich alle drie opgedoft en waren naar Grebbestad gegaan, waar ze wat hadden gedronken en op één avond twee films hadden gezien. De twee films die in de kleine bioscoop draaiden. Sebastian had in het donker haar hand gezocht. Daarna waren ze met hun buik vol popcorn en frisdrank naar huis gereden, terwijl haar moeder en Sebastian over de films praatten. Pas op het bruggetje bij Mörhult, waar de zwanen elk jaar met hun jongen zwommen, waren ze stilgevallen.

Faye huiverde. Haar gedachten leken zich steeds vaker over donkere paden te bewegen.

De mobiel in haar hand piepte.

Ben ik dol op. Waar?

Rigoletto.

Mooi, dan zie ik je daar.

Faye schudde haar hoofd. Waar was ze in godsnaam mee bezig? Waarom zou ze uitgerekend met John Descentis naar de bioscoop gaan? Tegelijk voelde het goed dat iemand haar wilde zien. Misschien zou ze aan iets anders kunnen denken dan Jack en de date die niet was doorgegaan.

Toen Faye de zware entreedeur van Rigoletto opende, zat John Descentis al op een bankje te wachten. Heel even overwoog ze om zich om te draaien en weer naar buiten te sluipen, maar ze was bang dat hij dat toevallig zag.

'Dus je bent toch gekomen.' Zijn stem klonk hees maar monter. 'Ik dacht dat het net zo zou gaan als met het feest.'

Faye ging naast hem zitten. Bewaarde een zekere afstand.

John Descentis droeg zoals gebruikelijk een donkere spijkerbroek en een donker T-shirt. Over zijn arm hing een donkerbruin leren jack. In zijn hand had hij een emmertje popcorn, de grootste maat.

'Zoals ik al schreef zijn de plannen veranderd.'

'Misschien bij een volgende verjaardag,' zei John, nog altijd glimlachend.

Hij kwam dichter bij haar zitten.

'Naar welke film ga je?'

Hij rook zwak naar parfum, leer en verschaald bier. De reactie van haar lichaam op de geur verbaasde haar.

Ze wees op de poster waarop de blauwe ogen van Bradley Cooper recht de camera in keken.

'Die lijkt mij ook wel wat,' zei hij.

'Waarom wilde je me eigenlijk zien?' vroeg ze. 'Wat wil je van mij?'

'Het leek me gewoon leuk om wat met je praten,' zei hij en hij stond op. 'In Riche leek je een echt mens. In tegenstelling tot alle andere...'

Hij maakte zijn zin niet af.

Faye haalde diep adem.

'Sorry, het was niet onaardig bedoeld. Ik heb een zware dag achter de rug.'

'Dat hebben we allemaal weleens. Iedereen heeft zijn geheimen. En zijn ellende. Het verschil is dat je over die van mij in alle roddelbladen hebt kunnen lezen.'

'Wat zei je?'

Wat bedoelde hij? Kende hij haar geheimen?

'Zoals in mijn liedje. "Geheimen". *Iedereen heeft zijn geheimen en zijn ellende,* zing ik. Maar misschien ken je dat nummer niet?'

De zaal ging open en John maakte een hoofdgebaar. Faye ademde langzaam, zag Sebastian en haar moeder lachen bij een romantische komedie terwijl ze popcorn aten uit grote kartonnen bekers. Eventjes vrij.

Ze kochten kaartjes en Faye liep achter John aan de lege zaal in. Ze gingen helemaal achterin zitten en Faye pakte haar mobiel weer. Jack had nog altijd niet geantwoord. Haar angst werd steeds sterker. Hield hij niet meer van haar? Vond hij haar niet langer aantrekkelijk?

Tijdens de eerste minuten van de film was Faye zich sterk bewust van Johns blikken. Ze wist niet waarom, maar zijn nabijheid had een wonderlijk effect op haar. Zonder dat ze het bewust had besloten ging haar hand naar zijn broek. Met haar blik op het bioscoopdoek gericht, op de scherpe lijnen in het gezicht van Bradley Cooper, maakte ze de knopen van zijn gulp los en constateerde verbaasd dat hij geen onderbroek droeg. Geen van beiden zeiden ze iets. Maar ze hoorde zijn zware ademhaling en raakte er opgewonden van. Ze boog zich voorover en nam zijn lid in haar mond. Ze hoorde dat zijn ademhaling steeds zwaarder werd, en absurd genoeg ook dat hij popcorn in zijn mond bleef stoppen terwijl hij kreunde. Faye werd nat tussen haar benen en vergat wie ze afzoog; ze zoog Jack af, zoog hem zo heerlijk af dat hij zou begrijpen hoezeer hij had geboft. Met gesloten ogen stond ze op om haar broek en slipje uit te trekken. Ging schrijlings op zijn harde lul zitten, die van John, die van Jack, en liet zich zakken. Hij vulde haar op plekken waarnaar ze had verlangd, plekken die ze was vergeten, ze hield haar ogen gesloten en bewoog steeds heviger heen en weer, terwijl ze mompelde: 'Neem me, Jack, o, neem me.'

Op hetzelfde moment dat ze klaarkwam vulde John haar met een warm, plakkerig goedje. Hij kreunde terwijl de milde stem van Bradley Cooper de bioscoopzaal vulde.

Faye bleef een paar tellen ineengezonken en verdoofd in de armen van John Descentis zitten. Toen ging ze staan. Het goedje sijpelde naar beneden en wat zopas nog heel opwindend was geweest, voelde nu alleen maar vunzig.

Ze pakte haar tas en liep zonder om te kijken de zaal uit.

Stockholm, augustus 2001

'Wat is er voor speciaals aan die Jack Adel... eh... wat was het ook alweer?' vroeg ik toen Chris nog een biertje voor me neerzette.

'Adelheim,' zei Chris en ze ging zitten. 'Je maakt een grapje zeker.'

'Nou ja, behalve wat je meteen kunt zien. Hij is knap. Op een best wel stereotiepe manier.'

'Hij is niet alleen knap. Hij is ook van adel. Over zijn familie doen allerlei verhalen de ronde. Iedereen op school wil bevriend met hem zijn, hij is altijd en overal het middelpunt. Alle meiden willen hem. Zelf had ik hem bewusteloos geneukt,' zei Chris droog.

Ik had net een grote slok genomen en sloeg mijn hand voor mijn mond om te voorkomen dat ik het bier over de tafel proestte. Op zich was die opmerking niet heel grappig, maar door de alcohol tolde de hele wereld en kreeg alles wat Chris zei een extra humoristische twist.

Op hetzelfde moment kwamen Jack en zijn vriend in de richting van ons tafeltje gelopen. Ze leken op zoek te zijn naar een plekje waar ze konden zitten.

'Wat gebeurt er?' fluisterde Chris, die met haar rug naar hen toe zat maar mijn nieuwsgierige blik zag.

'Ze zijn op zoek naar een plek... en...'

Chris sperde haar ogen. Kneep haar lippen samen.

'Ze komen deze kant op,' fluisterde ik.

'Shit! Kijk niet naar ze! Staar niet zo! Lach liever. Lach alsof ik zojuist de beste grap heb verteld die je ooit hebt gehoord!'

Ik leunde achterover en deed alsof ik schaterde. Voelde me een complete idioot. Chris lachte ook. Een luid, overdreven geschater dat in mijn oren bijna waanzinnig klonk. Jack Adelheim en zijn vriend wachtten tot we uitgelachen waren.

'Mogen we erbij komen zitten?' vroeg Jack. 'We beloven dat we jullie niet zullen storen.'

Achter hem greep zijn vriend zijn biertje iets te stevig vast en wiebelde met een troebele blik heen en weer.

'Natuurlijk,' zei Chris afgemeten en ze keek met gespeelde verbazing op.

Jack kwam naast me op de bank zitten terwijl zijn vriend naast Chris schoof en een onvaste hand over de tafel uitstak.

'Henrik.'

'Mat... Faye,' zei ik, nog altijd niet gewend aan mijn nieuwe ik. Het was moeilijk een andere identiteit aan te nemen. Moeilijker dan ik had gedacht.

Ik draaide me opzij en herhaalde de handschudprocedure met Jack. Hij glimlachte. Een mooie, open glimlach. Zijn blauwe ogen keken recht in de mijne. Hij was echt knap, dat viel niet te ontkennen. Maar ik had Viktor, en zo'n soort meisje was ik niet. Bovendien had Chris het bierglas waarschijnlijk op mijn neus stukgeslagen als ik toenadering tot Jack had gezocht.

'Leuk je te ontmoeten.'

Toen iedereen klaar was met handen schudden boog Chris zich naar voren en vroeg demonstratief wat ik van George W. Bush vond, de nieuwe president van de Verenigde Staten. Ik sloeg mijn ogen ten hemel en begon aan een korte uiteenzetting die eigenlijk een samenvatting was van het hoofdartikel dat ik in de *Dagens Nyheter* van vandaag had gelezen. Jack en Henrik mengden zich meteen in de discussie. Debatteerden op grond van mijn argumenten. Jack aan mijn kant. Henrik aan de andere. Doordat de muziek heel hard stond – Bryan Adams zong 'Summer of 69' – ving ik alleen brokstukken op van wat ze zeiden.

Na een tijdje was ik alles vergeten wat Chris over Jack had verteld.

Hij was gewoon een leuke vent met wie je makkelijk kon praten. Henrik had nieuw bier voor ons allemaal gehaald.

'Als dank dat we bij jullie mochten zitten,' legde hij uit en hij schoof twee glazen naar ons toe.

Hij kon zijn ogen niet van Chris afhouden. Zij keurde hem echter geen blik waardig.

De barkeeper riep dat ze over een halfuur gingen sluiten en dat het tijd was voor de laatste ronde. Chris begon op haar stoel heen en weer te draaien.

'Ik moet naar het toilet,' zei ze verontschuldigend.

Henrik ging meteen in de houding staan en liet haar erlangs. Jack wendde zich tot mij.

'Wat hebben jullie voor plannen voor vanavond?'

Ik aarzelde. Keek met een schuin oog naar mijn mobiel. Nog altijd geen levensteken van Viktor.

'Eh, ik weet het niet. Chris wilde nog naar een andere tent, dus ik ga waarschijnlijk nog even met haar mee. En jullie?'

Jack was zo intens aanwezig dat ik het een beetje ongemakkelijk vond. Ik was gevoelig voor hem, het was alsof hij onder mijn huid kroop. Ik wist niet goed wat ik daarvan vond.

Henrik was blijven staan. Speurde het café rond.

'Wij zetten het feestje bij Henrik voort. Jullie kunnen gerust meekomen als jullie dat willen.'

'Misschien. Ik zal het met Chris overleggen.'

'Ja, goed plan,' zei Jack. Zijn blauwe ogen bleven de mijne voortdurend aankijken. 'Wat voor werk doe je? Of studeer je?'

De donkere volle wimpers die zijn ogen omlijstten, deden de blauwe kleur nog intenser lijken. Onder de tafel raakten onze dijbenen elkaar aan.

'Ik zit op de Handelshogeschool,' zei ik nonchalant en ik nam een slok bier.

Ik vond het altijd moeilijk om niet te laten zien hoe trots ik erop was dat ik dit had bereikt. Dat ik uit alles wat er was gebeurd was herrezen, de cijfers had gehaald die nodig waren, dat had gedaan waar velen van droomden terwijl mijn omstandigheden heel anders waren dan die van veel studiegenoten.

'Goh. Ik ook. Eerste jaar?'

'Ja.'

Ik draaide mijn bierglas rond. Vroeg me af waar Chris naartoe was gegaan.

'En, hoe vind je het? Heb je het naar je zin?'

Ik had zijn volledige aandacht en schoof ongemakkelijk heen en weer. Het liefst had ik me in de schaduwen verborgen. Viktor keek me nooit op die manier recht aan. Dat was een van de redenen waarom ik me bij hem op mijn gemak voelde. Hij liet me mijn geheimen houden. Maar Jack leek dwars door me heen te kijken.

'Ja,' zei ik dralend. 'Tot nu toe wel. Maar we zijn pas een week geleden begonnen. Dus het is moeilijk te zeggen.'

Chris keerde terug naar de tafel. Keek ons nieuwsgierig aan.

'Hij... eh, hoe heette je nou? Jack?' vroeg ik onzeker en hij knikte. 'Jack vraagt of we zin hebben om mee te gaan naar... Henrik? Maar gingen wij niet stappen?'

Het kostte me moeite om niet te laten blijken wat ik het liefst wilde.

Ik kon aan Chris' ogen zien dat ze onder de indruk was van mijn onverschrokkenheid. Maar tot mijn verbazing haalde ze haar schouders op.

'Misschien. Laten we maar kijken,' zei ze. 'Ik wil eerst dansen.'

'We kunnen wel naar Sturecompagniet gaan,' stelde Henrik voor.

'Daar moet je veel te lang in de rij staan,' zei Chris met een zucht en ze wierp haar rode haar over haar schouder.

'Dat is geen punt. Jack zorgt er wel voor dat we zo naar binnen mogen,' zei Henrik. 'Nietwaar, Jack?'

'Natuurlijk,' zei hij zonder mij met zijn ogen los te laten. 'Dat is geen enkel probleem.'

Hij ging staan en stak zijn hand naar me uit. Ik keek met een schuin oog naar mijn mobiel. Geen bericht. Viktor voelde opeens onbelangrijk. Ik stopte mijn telefoon in mijn tas en greep Jacks hand.

Zoals Jack had beloofd gebaarde de beveiliging dat we door mochten lopen en niet in de rij hoefden te gaan staan. Onderweg naar de vipafdeling werd Jack voortdurend aangesproken door mannen die een praatje wilden maken en vrouwen die zich aanstelden door met hun oogleden te knipperen en hun lippen te tuiten. Ik beeldde mezelf in dat ik immuun was voor zijn aantrekkingskracht en dat het alleen maar vermakelijk was om te zien hoe iedereen, zowel mannen als vrouwen, helemaal door hem betoverd was.

Hij maakte een ererondje door de vipafdeling en schudde handen alsof hij een president was die op staatsbezoek kwam. Henrik, Chris en ik gingen ondertussen bij de bar staan. Henrik bestelde drankjes en shots. De dronkenschap in de club had al een hoogtepunt bereikt. De mensen schreeuwden in elkaars oren terwijl het speeksel alle kanten op spetterde. De vrouwen droegen minimale jurken of kleine topjes en korte rokken. De mannen waren gekleed in dunne, pastelkleurige overhemden met een spijkerbroek of chinobroek. Ik kon de concurrentie in mijn geleende jurk goed aan, voelde de blikken over mijn lichaam glijden. Ik werd bestudeerd en beoordeeld, maar genoot van de aandacht. Zag welke invloed die aandacht op Jack had als hij af en toe in mijn blikveld verscheen.

'Verdwijnt hij altijd zo?' schreeuwde Chris boven de muziek uit naar Henrik, die ongemakkelijk en uit de maat heen en weer schuifelde.

'Ja, hij kent echt iedereen,' verzuchtte hij. Toen lichtte zijn gezicht op. 'Het is leuk dat jullie meegekomen zijn, nu sta ik hier tenminste niet in mijn eentje!'

Ik boog me naar hen toe om hen beter te kunnen verstaan.

'Kent iedereen hem ook?' vroeg ik.

'Nee. Soms vraag ik me af of ík hem überhaupt wel ken. Terwijl we al heel lang vrienden zijn en samen een bedrijf willen beginnen.' Henrik boog zich over de bar en zoog een paar slokjes van zijn drankje naar binnen. 'Niemand krijgt echt grip op hem en daarom vinden ze hem allemaal zo fascinerend. Dat is in elk geval mijn theorie. En dan natuurlijk zijn adellijke afkomst in combinatie met zijn decadente achtergrond. Plus wat sappige familieconflicten en tragedies die in de pers breed zijn uitgemeten.'

Hij sprak met dubbele tong en zoog met het roze rietje nog wat drank naar binnen. Vervolgens rechtte hij zijn rug en zette zijn bril goed op zijn neus.

Jack was bij een groepje meiden aan de andere kant van de bar blijven hangen. Ze lachten luid toen hij een paar grappige danspasjes maakte, waarna hij bij hen wegliep. Ze volgden hem met hongerige blikken.

Jack beende op ons af en sloeg zijn armen om mijn en Chris' middel. Ik voelde de warmte van zijn handpalm op mijn huid. Hij bewoog zijn duim heen en weer. Een lichte kieteling verspreidde zich door mijn lichaam.

'Zouden jullie niet dansen?' vroeg hij vrolijk. Toen keek hij Henrik aan. 'Waarom heb je ze niet meegenomen naar de dansvloer? Moet ik alles zelf doen?'

Henrik spreidde zijn armen.

'Je weet dat ik geen danser ben.'

'Dat weet ik maar al te goed. Ik en iedere nachtclubeigenaar in de stad.'

Henrik bloosde, maar leek het niet erg te vinden. De sfeer tussen hen beiden was op geen enkel moment boosaardig.

Jack knipoogde naar hem.

'Een laatste shot en een dans?'

Henrik begon er moe en afgepeigerd uit te zien, maar knikte.

'Oké.'

Jack riep de barkeeper, die zich naar voren boog, zijn hand schudde en een paar woorden met hem wisselde. Plotseling stonden er vier shotglazen voor ons.

'Van mij,' schreeuwde de barkeeper en hij sloeg Jack op de schouder voordat hij zich omdraaide om de volgende bestelling op te nemen.

We hieven de glazen in een toost, bogen ons hoofd naar achteren, slikten en vertrokken ons gezicht. Nadat Jack zijn shotglas had weggezet, legde hij opnieuw zijn hand om mijn middel en liet die langs de zijkant naar voren glijden, naar mijn buik. Ik keek ongerust naar Chris. Zij stond met Henrik te praten en leek niets te merken. Ze leken het samen naar hun zin te hebben. Ik had nog een drankje in mijn handen gedrukt gekregen, en de alcohol verdoofde alle gewetenswroeging. Het enige wat iets betekende was dat Jacks hand, op dit moment, op deze plek, lekker warm voelde op mijn buik.

Toch dacht ik aan Viktor. Het was niet gepast om hier zo te staan, met iemand die ik nog maar een paar uur kende. Want ik was immers verliefd op Viktor, natuurlijk was ik dat.

Ik wilde mijn ontluikende vriendschap met Chris ook niet op het spel zetten door een zinloze flirt. Ik verafgoodde haar al. Chris was een oerkracht. En Jack leek belangrijker voor haar dan voor mij.

Tegelijk had Jack iets wat me duizelig maakte. Zijn hand bewoog niet langer, zijn vingers rustten lichtjes tegen mijn heup. En ik wilde dat hij mijn lichaam verder aftastte. Plotseling besefte ik dat ik hier een eind aan moest maken. Voordat het ook maar was begonnen. Ik maakte me los en merkte dat Jack verbaasd was, al deed hij zijn best dat te verbergen.

'Ik moet gaan,' zei ik en ik zette mijn halflege glas op de bar.

'Nu al? We gaan nog naar Henrik voor een afterparty.'

'Ik ga naar huis,' zei ik gedecideerd. 'Naar mijn vriendje.'

'Aha, je hebt een vriendje,' zei Jack spottend, maar ik meende een glimp van teleurstelling in zijn gezicht te zien. Maar op dat punt kon de wens net zo goed de vader van de gedachte zijn.

'Ja.'

'Ik geloof dat ik toch met je meega.'

'Hè? Waarom?'

Hij wees op iets achter mij en ik draaide me om. Chris en Henrik hadden hun armen om elkaar heen geslagen en hun tong in elkaars mond gestoken. Chris had haar hand tegen zijn achterhoofd gelegd en drukte hem tegen zich aan.

Ik wendde me weer tot Jack.

'Ik ga er nu vandoor. Tot ziens.'

Jack greep me bij de arm.

'Wacht. Laat me je naar huis brengen. Waar woon je?'

'In Gärdet. Dat wil zeggen, mijn vriendje woont daar en ik slaap daar. Waarom wil je mee? Je kunt iedere willekeurige vrouw krijgen van dat groepje waar je zopas mee stond te praten. Ik kan me niet voorstellen dat een van hen nee zou zeggen.'

Ik knikte naar de meiden op de dansvloer, die zich op de laatste hit van de Sugababes stonden aan te stellen.

'Maar dat wil ik niet. Ik wil jou naar huis brengen. Jij bent interessant. En mooi. Je bent anders.'

'Heus?'

Ik voelde een knoop in mijn maag en herinnerde me alle keren dat ik 'anders' was genoemd. Op een andere manier dan nu. Een totaal andere manier.

'Ja,' antwoordde Jack. 'En je hebt een mooie naam. Die past bij je.'

Hij keek me recht aan. Smekend, als een kleine jongen. Ik zuchtte.

'Nou, oké dan. Maar dan gaan we naar mijn eigen huis. Aan de Villagatan. Bij de deur nemen we afscheid.'

Jacks gezicht lichtte op.

We baanden ons een weg door de halvemaanvormige mensenmassa die voor de club stond te wachten en liepen langs de Sturegatan. Jack stak een sigaret op en gaf die aan mij, waarna hij een nieuwe tussen zijn lippen nam en die aanstak. We hadden geen woord tegen elkaar gezegd sinds we buiten waren. Toch was het een prettige stilte.

Er reed een taxi voorbij. Ik keek even naar Jack, die me een kleine glimlach schonk. We liepen het park in.

'Met wat voor bedrijf zijn jullie bezig?'

'Nog geen enkel. We zijn op zoek naar een goed idee. Maar zodra we dat hebben, gaan we ervoor, stellen een professioneel bedrijfsplan op, benaderen mogelijke investeerders, worden miljonair.'

'Investeerders?'

'Ja, we willen het helemaal zelf doen. Mijn ouders zijn geen optie. Met mijn vader... Met mijn vader heb ik geen contact. En mijn moeder woont met haar nieuwe man in Zwitserland en stuurt kerstkaartjes, maar dat is dan ook alles. En we hebben kapitaal nodig. Voor kantoren, voor werknemers, voor marketing en pr.'

Een kleine, bijna onhoorbare verandering in zijn toon. Ik vroeg me af wat het betekende. Jack volgde een man aan de overkant van de straat met zijn blik. Nam een diepe trek van de sigaret. Het was zijn derde al tijdens onze korte wandeling.

'Henrik en ik hebben elkaar beloofd dat we voor ons dertigste financieel onafhankelijk zijn.'

Hij blies de rook in een kring uit.

'Hebben jullie al een naam? Voor jullie niet-bestaande bedrijf...'

Ik grijnsde om hem te laten zien dat ik hem plaagde.

Jack ging serieus in op mijn schertsende vraag.

'We hebben een paar voorstellen, maar nog niet iets waarvan we zeggen "yes". Ik wil dat de naam laat zien dat ons bedrijf het beste is, dat er geen competitie is.'

Jack blies nog een kring rook uit.

'Wat dacht je van Compare?' zei ik na enig nadenken. 'Een zelfverzekerde naam, die laat zien dat het bedrijf de vergelijking met alle andere aankan.'

Jack bleef staan en keek me aan.

'Ik vind het wel wat,' zei hij dralend. 'Het bekt goed.'

'Je mag me bedanken als jullie op een goede dag besluiten de naam te gebruiken,' zei ik, terwijl ik naar hem glimlachte.

We waren bij de Karlavägen aangekomen en ik huiverde. Het werd killer en ik had geen jas bij me.

Vanuit een open raam een paar meter verderop was muziek te horen en op dat moment ging de portiekdeur van dat pand open. Een man en een vrouw kwamen naar buiten. Jack deed een paar snelle passen, kreeg zijn voet tussen de deur voordat die in het slot viel en hield hem met een theatrale buiging voor me open.

'Wat doe je?' vroeg ik en ik sloeg mijn armen om me heen.

'Afterparty!'

'Ken je de mensen die hier wonen?' vroeg ik verbaasd, terwijl ik hem door de open deur naar binnen volgde.

'Zo meteen wel. En jij ook. Kom!' Jack pakte mijn hand en trok me mee de brede stenen trap op. 'Een paar drankjes en dan gaan we weer.'

'Je maakt toch zeker een grapje?' giechelde ik, terwijl ik me mee liet tronen. 'Ben je van plan gewoon aan te bellen?'

'Ja.'

Jack liep op een drafje naar boven, met mij in zijn kielzog.

'Je bent niet goed bij je hoofd.'

Ik lachte.

Jack draaide zich om en kuste me snel. De lichte aanraking was elektrisch.

Ik was genoodzaakt om even te blijven staan voordat ik hem naar het appartement kon volgen waar de muziek vandaan kwam.

Er stond 'Lindqvist' op het naambordje. We belden aan en de deur werd opengedaan door een vrouw van in de dertig, met blozende wangen van de drank. Achter haar: muziek, geroezemoes, rinkelende glazen en gelach. Jack zette zijn meest verblindende glimlach op en ik verborg me beschaamd achter zijn rug.

'Hallo!' zei hij vrolijk. 'We konden horen dat jullie een feestje hebben en het klonk zo gezellig! Mogen mijn vriendin en ik even bij jullie warm worden?'

Ik schrok ervan dat hij mij zijn vriendin noemde, maar vertrok geen spier. Er bewoog zich iets in mijn buik toen hij dat woord voor mij gebruikte. De vrouw moest hartelijk lachen. Ze knikte en stapte opzij.

'Kom verder. Ik heet Charlotte.'

We stelden ons voor. Anders dan ik gewend was leek iedereen zijn schoenen aan te hebben gehouden, dus dat deden wij ook. Charlotte ging ons voor naar een salon, waar zich een stuk of veertig feestelijk geklede mensen bevonden. Ze bleef midden onder een enorme kristallen kroonluchter staan en hief haar glas.

'Moeten jullie luisteren! Dit zijn Jack en Faye. Ze vonden dat het hier zo gezellig klonk dat ze besloten boven te komen!'

Her en der steeg een lach op. Iemand riep: 'Welkom,' een ander: 'Geef ze iets te drinken!' Voordat ik het in de gaten had stond ik met een lispelende juriste te praten die Amanda heette en vermoedelijk een jaar of tien ouder was dan ik.

Iedereen was blij, open en gezellig en leek te weten wat er in de wereld te koop was. Algauw was ik mijn verlegenheid vergeten, vergeten hoe verloren Matilda zich zou hebben gevoeld. Faye was dol op de mensen om zich heen, de gesprekken, de sfeer, de geluidsflarden die harder en zachter werden onder de grote kristallen kroonluchter. Faye paste hier goed.

Ik wist ook dat Jack in de buurt was. Bij hem voelde ik me veilig. Terwijl ik met Amanda stond te praten was ik me er aldoor van bewust waar hij zich bevond. De kamer helde als het ware zijn kant op. Hij nam iedereen voor zich in, liep rond, maakte grapjes, lachte, schonk lege glazen bij alsof dit zijn feestje was. Alles wat hij deed had een magische vanzelfsprekendheid. Ik was nog nooit in de buurt van iemand geweest die zo straalde als Jack Adelheim.

Onze blikken kruisten elkaar. Hij knipoogde, glimlachte en hief zijn glas naar mij. De belletjes in de champagne glinsterden in het schijnsel van de kristallen kroonluchter.

Iemand legde een hand op zijn schouder en Jack wendde zich af. Verdween. Opeens miste ik hem. Zijn blik, het korte moment van verstandhouding, zijn glimlach. Ik draaide me om en luisterde naar wat Amanda te vertellen had over de onredelijke arbeidsomstandigheden bij een van de grootste advocatenkantoren van Stockholm. Achter me voelde de kamer koud nu Jacks ogen niet langer op mij gericht waren. Iemand drukte me een nieuw glas champagne in de hand.

Een uur later begonnen de gasten geleidelijk aan te vertrekken. Buiten werd het licht. We hoorden tot de laatsten die het appartement verlieten. Jack haalde een halfvolle wijnfles tevoorschijn en zette die aan zijn mond.

'Proviand voor onderweg,' grijnsde hij.

'Gestolen waar,' antwoordde ik.

'Ach, joh.'

Hij nam nog een paar flinke slokken en hield de fles voor me omhoog. Ik dacht eraan dat zijn lippen de mond van de fles hadden aangeraakt en verbeeldde me dat ik hem kon proeven, vermengd met lauwe witte wijn.

Terwijl we door de stille stad flaneerden praatten we aan één stuk door. Ik had nauwelijks tijd om tussen het gelach door adem te halen. Jack herhaalde gesprekken, deed de feestgangers met precieze bewegingen na. Ik vertelde over Chris en de jongen in de bus.

Veel te snel waren we bij mijn portiek. Opeens stil. Plotseling voelde het onwerkelijk en onnatuurlijk om de toegangscode in te toetsen, de deur te openen en zonder hem naar binnen te gaan.

'Oké,' zei Jack, die ineens ook verlegen leek te zijn. 'Tot ziens dan maar weer.'

'Ja.'

'*So long*, Faye' zei hij, als een antwoord uit een goedkope Hollywoodfilm, en hij draaide zich meteen om.

'Wacht!'

Hij bleef midden in een pas staan, draaide zich weer om, haalde een hand door zijn haar en keek me vragend aan.

'Ja?'

'Nee... niks...'

Hij draaide zich opnieuw om. Begon te lopen. Hief de fles omhoog.

Ik bleef staan. Wachtte tot hij zich nog een keer zou omdraaien. Nog een laatste keer naar me zou kijken. Zou zwaaien. Terug kwam rennen. Me kuste, deze keer goed. Ik kon zijn lippen nog steeds voelen.

Maar hij stak een sigaret op terwijl hij onbezorgd in de richting van de Karlavägen waggelde. Daar sloeg hij links af. En verdween.

Faye hield Julienne met één hand vast en trok met haar andere een leeg winkelmandje achter zich aan door de gangpaden van de ICA-supermarkt aan het Karlaplan. Hun huishoudster was sinds twee dagen ziek en ze wilde Jack verrassen met een zelfgekookte maaltijd. Haar beroemde spaghetti bolognese. Het geheim zat hem in de selderij. En de drie soorten uien. Plus dat de saus heel lang moest staan pruttelen.

Toen ze jong en arm waren, had ze elke maandag een grote pan klaargemaakt waarvan ze tot donderdag hadden kunnen eten. Ze pakte rode uien, gele uien, witte uien en selderij.

'Ik wil het mandje,' zei Julienne.

'Kun je dat wel?'

'Jaaa,' zei Julienne en ze rolde met haar ogen.

'Goed dan, lieverd.'

Faye gaf haar dochter de handgreep van het mandje, woelde door haar haar en keek haar midden in de drukke winkel een tijdje aan. Ze hield zoveel van het meisje dat haar hart soms leek te barsten.

'Zeg het maar als het te zwaar wordt,' zei ze en ze liep in de richting van het koelvak om gehakt te pakken.

Julienne rolde het mandje achter zich aan.

Ze passeerden een oudere man die een vrouw van dezelfde leeftijd hielp om een conservenblikje van een schap te pakken. Faye kon haar ogen niet van hen afhouden. De man gaf het blikje aan de vrouw, die zwaar op een rollator leunde. Ze klopte op zijn hand en haar trouwring blonk in het schijnsel van de tl-buizen.

Faye vroeg zich af hoelang ze al getrouwd waren. Zouden Jack en zij ook zo met elkaar omgaan? Ze had het altijd heel duidelijk voor zich gezien. Hoe ze onafscheidelijk door het leven zouden gaan, samen gerimpeld en broos zouden worden. Dat beeld zou ze nooit opgeven, ook al hadden Jack en zij het op dit moment een beetje zwaar. Als ze het echtpaar bij de rollator ernaar zou vragen, hadden zij ongetwijfeld ook verhalen over moeilijkheden die ze onderweg waren tegengekomen. Moeilijkheden die ze overwonnen hadden.

Julienne keek haar aan.

'Waarom huil je, mama?'

'Omdat het zo mooi is.'

Julienne keek verward.

'Wat?'

'Dat hij... Ach, laat ook maar.'

Het oudere echtpaar sloeg een gangpad in en was verdwenen.

Faye pakte de laatste dingen die ze nodig had en liep met Julienne achter zich aan naar de kassa. Op hun reclameposters beloofden de boulevardbladen te onthullen hoe je zo makkelijk en snel mogelijk af kon vallen. Ze pakte een *Expressen* en controleerde nog een laatste keer of alles wat ze nodig had in het mandje lag. De sapkuur had ze al een hele tijd geleden opgegeven en alles wat ze daardoor was afgevallen, had er in drie dagen weer aan gezeten. Plus nog wat meer.

Ze koos een rij waar een jonge, best knappe medewerkster effectief en snel haar werk deed. Een vrouw zette een doosje tampons op de band. Toen de caissière het scande besefte Faye dat ze over tijd was. Flink over tijd. Ze had twee weken geleden al ongesteld moeten worden. Ze vermoedde dat het door het dieet kwam, maar wilde het toch zeker weten.

Ze waren aan de beurt.

'Verkopen jullie...?' Ze keek met een schuin oog naar Julienne, die al haar aandacht op een poedel bij de ingang had gericht. 'Zwangerschapstesten?'

'In het apparaat daarginds,' zei de caissière wijzend.

Gezucht en geërgerde blikken terwijl Faye langs de rij liep. Ze selecteerde 'apothekersproducten' en bleef drukken tot ze de zwangerschapstest had. Julienne was nog altijd in de ban van het hondje bij de ingang. Faye kocht twee tests en keerde terug naar de kassa.

'Dat is dan 489 kronen,' zei de caissière nadat ze ze had gescand.

Faye pakte haar American Express en betaalde.

'Zeg,' vroeg ze. 'Weet je toevallig of... Max vrij heeft?'

De caissière trok haar wenkbrauwen op. Glimlachte ze nou een beetje?

'Max is ontslagen. Hij zou klanten hebben lastiggevallen.'

'Aha,' zei Faye. 'Bedankt voor de informatie.'

Ze pakte Julienne stevig bij de hand en haastte zich de winkel uit.

Jack had ervoor gezorgd dat Max de laan uit was gestuurd. Ze wist het zeker. En dat moest toch betekenen dat zij hem niet koud liet? Ondanks alles?

Julienne droeg de krant en tuurde naar de foto's op de voorpagina.

Wat zou er gebeuren als ze zwanger was? Hoe zou Jack reageren? Toen ze elkaar net kenden, had hij gezegd dat hij vier kinderen wilde. Maar na de komst van Julienne leek zijn belangstelling voor een groter gezin te zijn verflauwd. Ze hadden het er zelfs nooit meer over gehad. En zijzelf dan? Wilde zij meer kinderen? Ja, dat wilde ze. Vooral nu. Een broertje of een zusje voor Julienne zou Jack en haar dichter bij elkaar brengen, waardoor de onduidelijke situatie waarin ze nu verkeerden eindelijk voorbij zou zijn.

Het zou voor Julienne ook goed zijn als ze een broertje of zusje had. Iemand op wie ze altijd terug kon vallen. Zelf had Faye altijd een zus willen hebben. Een bondgenoot.

Ze zette alle gedachten van zich af. Ze had geleerd ze te beheersen, te voorkomen dat haar fantasie op hol sloeg. Het had helemaal geen zin om aan dingen te denken waar ze toch geen invloed op had.

Toen ze weer thuis waren, smeet Julienne de krant en haar jas in de hal op de vloer. Faye hing de jas op zijn plek, bracht de boodschappentassen naar de keuken en begon ze uit te pakken. Vanuit haar ooghoek zag ze dat Julienne met de iPad in haar hand uit haar kamer kwam en op de bank plofte, met haar laarzen nog aan.

'Doe je laarzen uit voordat je op de bank gaat liggen,' zei Faye.

Geen reactie. Faye zette de koekenpan weg en liep naar de woonkamer. Begon de natte en vieze winterlaarzen van het meisje uit te trekken.

'Ik wil niet!'

Julienne schopte wild om zich heen. Raakte de bank, waardoor daar modder en vuil op kwamen. Shit, nu moest ze de overtrek snel wassen en drogen voordat Jack thuiskwam. Fayes bewegingen werden hardhandiger. Er zat ondertussen ook modder op het kleed.

'Wil niet! Wil niet! Wil niet!'

Julienne schopte nog altijd wild om zich heen.

Faye wist de laarzen uit te trekken en zette Julienne op de grond, die zich krijsend weer op de bank stortte. Faye liep naar de keuken en kwam terug met een vaatdoekje. Als ze snel was kon ze het vuil misschien wegvegen. Ze negeerde Julienne. Zag tot haar opluchting dat het ergste vuil van de bank af ging en boog zich voorover om ook het vloerkleed schoon te maken. Julienne schopte naar haar en Faye greep haar been vast.

'Houd daar onmiddellijk mee op!'

'Nee!'

De duisternis diende zich aan. Vertrouwd en vreemd tegelijk. Faye slikte hard. Balde haar vuisten een paar keer.

Julienne moest de verandering hebben gemerkt, want ze staarde haar moeder snotterend aan.

Faye veegde nog een laatste keer met het doekje over het kleed. Streek een lok achter haar oor en keerde Julienne de rug toe.

'Je bent dik,' zei Julienne.

Faye draaide zich om.

'Wat zei je?'

Julienne staarde haar opstandig aan.

'Dikzak.' Ze wees met haar kleine hand. 'Je bent een dikzak.'

Faye zette een stap in haar richting.

'Dat ben ik helemaal niet. Zoiets zeg je niet!'

'Dat ben je wel! Papa zegt het.'

'Heeft papa gezegd dat ik een dikzak ben?'

Haar stem werd zwak. Ze wist plotseling niet wat ze moest doen, stond hulpeloos midden in de kamer. Julienne leek te beseffen dat ze te ver was gegaan en begon weer te huilen.

Faye liep wankelend weg. Haar hele wereld tolde. Ze wist nauwelijks waar ze zich bevond. Achter zich hoorde ze Julienne snotterend naar haar roepen.

Ze sloot zich op in het toilet. Liet haar hoofd even tegen de deur rusten. Liet het koele hout dempen, verkoelen. Ze pakte de zwangerschapstest. Julienne stond voor de deur, bonkend en schreeuwend. Faye liet haar slipje en haar broek tot op haar enkels zakken. Ging op de bril zitten en scheurde de verpakking met haar tanden open. Hield het staafje tussen haar benen, ontspande en liet de warme urine eroverheen stromen. Het kon haar niet schelen dat haar vingers nat werden. Aan de andere kant van de deur stond Julienne nog altijd te krijsen.

Stockholm, september 2001

Ik zat in de bus en keek naar de auto's die voorbijraasden. Het was benauwd en warm. De chauffeur had het dakluik opengezet om zuurstof binnen te laten, maar dat maakte vrijwel geen verschil, het tochtte alleen een beetje over mijn schouder. Op de stoel naast me zat een stevige, bezwete vrouw met een huilend kind op schoot.

We passeerden Humlegården. Het park waar Jack en ik hadden gewandeld. In gedachten had ik die augustusnacht al honderden keren herbeleefd.

En sinds die tijd had ik elke gelegenheid te baat genomen om een bezoekje te brengen aan Chinatown – zoals Chris het gebied tussen de Handelshogeschool en het Norra Real-college noemde – in de hoop Jack tegen het lijf te lopen. Maar ik zag hem nooit.

Afgezien daarvan was het leven voor het eerst leuk en spannend. Het studeren kostte me geen moeite, maar dat was niets nieuws. Al sinds groep één was school mijn vrijplaats, mijn plek op aarde waar ik zonder enige moeite uitblonk. De leraren waren lovend en de lessen waren leuk en interessant. Ik had het enorm naar mijn zin.

Chris en ik brachten onze vrije tijd vrijwel altijd in elkaars gezelschap door. Geen van ons hoefde echt te blokken. Chris omdat ze een voldoende op haar tentamens goed genoeg vond en ik omdat ik van kleins af aan een tekst maar een paar keer hoefde te lezen om hem in zijn geheel te onthouden.

Had Viktor voor die ontmoeting een hoofdrol in mijn leven gespeeld, nu veranderde hij in een figurant. Ik kon voor mezelf niet goed uitleggen wat er was veranderd, maar na mijn ontmoeting met

Jack waren mijn gevoelens bekoeld. Ik nam afstand. Verzon niet-bestaande tentamens om uit te kunnen leggen waarom ik geen tijd had om met hem af te spreken. Reageerde niet op zijn telefoontjes en belde pas na een paar dagen terug. Mijn geplande verhuizing naar zijn appartement stelde ik net zo lang uit tot hij er niet meer over begon.

Door mijn kilte veranderde Viktor; hij werd pathetisch en onzeker. En terwijl hij steeds opdringeriger en kleffer werd, werd ik steeds koeler. Onze relatie was op sterven na dood, maar hij klampte zich als een drenkeling aan me vast. Hij belde op elk uur van de dag, overlaadde me met geschenken en liefdesverklaringen, vroeg aan één stuk door waar ik was en wat ik deed. Plotseling wilde hij dingen weten over mijn verleden, mijn familie, mijn leven voor hem. Ik gaf nooit antwoord. Want wat moest ik zeggen? Maar doordat ik gesloten was en weigerde om iets over mezelf te vertellen, werd hij nog wanhopiger. Ik werd een code die hij moest kraken. Alsof hij dacht dat ik weer van hem zou houden zodra dat hem was gelukt.

Het ergste was dat er niets mis was met Viktor. Hij zag er goed uit, was vriendelijk en ambitieus. Behandelde me als een prinses. Was integer en trouw, wat zeldzame eigenschappen waren in de jungle van Stockholm.

Alleen was hij geen Jack Adelheim. En ik wist dat ik hem zou moeten dumpen. Maar dat had ik aldoor voor me uit geschoven. En nu ging het niet langer.

Toen de bus vaart minderde bij het Tessinpark voelde ik geen twijfel. Het zou moeilijk zijn hem te kwetsen, maar ik moest er nu een punt achter zetten.

'Sorry, ik moet er hier uit,' zei ik.

De vrouw met het kind ging moeizaam staan om mij erlangs te laten. Ze zag er moe en gelaten uit. Haar vetrollen blubberden onder een te strak T-shirt uit en bolden over de rand van haar spijkerbroek. Het kind kwijlde. Groen snot hing als een druiventros onder zijn neus. Mijn god. Zo'n moeder zou ik nooit worden. Mijn kind zou perfect zijn. Het kind van Jack en mij. Ik schrok, bloosde van schaamte over mijn gênante dagdromen. Maar al mijn dromen gingen tegenwoordig over Jack. Zowel wanneer ik sliep als wanneer ik wakker was. Er was geen ruimte over voor iemand als Viktor.

De deuren gingen met een zucht open en de verzengende hitte kwam me tegemoet. Ik had midden in het Tessinpark met Viktor afgesproken, net als anders. Ik probeerde me voor te stellen hoe hij door de portiekdeur naar buiten stapte. Vrolijk, in de veronderstelling dat we een pizza gingen eten. En daarna thuis een filmpje gingen kijken, seks hadden en samen in slaap vielen. Niets van dat alles zou gebeuren.

Op intellectueel niveau had ik medelijden met hem, maar ik voelde niets. Mijn verlangen naar Jack overschaduwde al het andere en maakte me onverschillig. En de nieuwe versie van Viktor irriteerde me. Hij was opgegroeid in een beschermde bubbel, had nooit ergens moeite voor hoeven doen. Aanvankelijk had ik zijn naïviteit aantrekkelijk gevonden, maar nu stoorde die me alleen maar. Hij had geen flauw benul van het echte leven, terwijl ik veel te veel wist. Viktor had geen idee wie ik was. Of wát ik was.

Hij droeg een overhemd van spijkerstof en een lichte chinobroek. Glimlachte breed, boog zich naar voren en kuste me op mijn wang.

'Ik heb je gemist,' zei hij en hij sloeg zijn arm om me heen. 'Je neemt dat leren veel te serieus. Na welke pizzeria zullen we? Valhalla of Theodoras?'

'Ik moet met je praten,' zei ik. 'Laten we gaan zitten.'

Ik trok hem mee naar een groen bankje. Viktor draaide zich naar me om en zette zijn zonnebril af. Klapte de pootjes langzaam in en stopte hem in zijn borstzakje. Keek weg.

'Is er iets gebeurd? Gaat het goed met je?' Hij deed alsof hij totaal geen idee had van wat ik ging zeggen.

Een eindje bij ons vandaan waren wat mensen onder het genot van wijn aan het jeu-de-boulen. Drop-outs van de samenleving met vrolijke, hese stemmen.

'Ik wil niet meer met je samen zijn. Het is voorbij.'

Ik hoorde zelf hoe kil ik klonk en deed mijn best om verdrietig te kijken. Viktor staarde met lege ogen voor zich uit.

'Oké... Komt het door iets wat ik heb gedaan?'

Hij draaide ongemakkelijk heen en weer. Vermeed mijn blik. Slikte. En slikte nog een keer.

'Nee. Het komt niet door iets wat jij hebt gedaan.'

Ik vond het ook moeilijk om hem aan te kijken, wilde niet dat mijn verachting zichtbaar zou zijn. In plaats daarvan volgde ik de jeu-de-bouleswedstrijd. Door de vele drank belandde het balletje overal en nergens, maar de drop-outs waren toch blij en jubelden. Achter hen struikelde een klein meisje op het grind. Haar moeder kwam aangerend. Veegde de vuile, bebloede knieën van het kind schoon, tilde haar op en knuffelde haar.

'Is er iets wat ik anders kan doen? Misschien heb je gewoon tijd nodig?'

Zijn stem was hees. De betekenis van mijn woorden begon tot hem door te dringen en het huilen stond hem nader dan het lachen. Ik keek om me heen. Als hij in tranen uitbarstte zou ik opstaan en weglopen. Ik kon niet tegen huilende mensen. Ik had al zoveel tranen gezien dat het genoeg was voor een heel leven.

'Nee. Het spijt me, ik ben gewoon niet meer verliefd op je.'

'Maar ik ben zo verliefd op jou! Jij bent het beste wat me is overkomen. De mooiste mens die ik ooit heb ontmoet.'

Hij legde zijn hand op de mijne. Kneedde, masseerde. Alsof ik daardoor van gedachten zou veranderen. Alsof ik degene was die troost nodig had en niet hij.

Het grootste probleem van mensen, zo besefte ik, is dat ze hun eigen verdriet op anderen overhevelen. Het willen delen. Denken dat we in dezelfde situaties verdriet voelen omdat we vergelijkbaar DNA hebben. Verdriet wordt niet lichter om te dragen als je het deelt, integendeel, het wordt juist zwaarder. En Viktor had geen idee wat echt verdriet inhield.

'Oké, ik snap het,' zei hij met een knikje. 'Maar kun je niet meegaan naar mijn huis, dan kunnen we er in alle rust over praten. Ik vind het heel moeilijk hier zo tussen de mensen te zitten. Laat me nog een laatste avond hebben. Eentje maar. Daarna verdwijn ik uit je leven, vertrek zonder te protesteren. Toe...'

Hij hield mijn hand zo stevig vast dat het pijn deed en ik wist dat ik nee zou moeten zeggen. Dat het hem geen troost zou bieden. Maar het was een makkelijke uitweg en dus stemde ik in.

Tijdens de korte wandeling naar zijn flat had ik daar alweer spijt van, maar misschien zou onze breuk makkelijker voor hem zijn als hij alles van zich af kon praten. Tegelijk had ik helemaal geen zin in het lastige gesprek, geen energie voor zijn liefdesverklaringen en verwijten. Hij had behoefte aan antwoorden, maar die kon ik hem niet geven. Ik wist alleen dat mijn hart aan iemand anders toebehoorde en dat ik verder moest gaan.

Om een beetje respijt te krijgen bood ik aan om pizza's te gaan halen. Ik vermoedde dat het een lange avond zou worden en dat het voor ons beiden goed zou zijn om iets te eten. Viktor antwoordde niet. Zat met wanhopig ingezakte schouders doodstil op zijn bed.

'Ik ben zo terug,' zei ik en ik vermeed zijn beschuldigende blik.

Vervolgens pakte ik mijn portemonnee uit mijn tas en deed de voordeur achter me dicht. Eén avond kan ik hem wel geven, dacht ik. Daarna ben ik vrij.

Twintig minuten later kwam ik terug. Viktor keek me wonderlijk aan toen ik de pizza's op de tafel in zijn eenkamerflat zette. Bijna triomfantelijk. Hij zat nog altijd op het onopgemaakte bed, maar naast hem lag iets bekends. Mijn hart sloeg over. Het was mijn dagboek. Viktor had in mijn handtas gesnuffeld. Mijn collegeblok lag er ook. Daar maakte ik aantekeningen op als ik zat te leren en de laatste tijd was het gevuld met kinderachtige krabbels. Jacks naam in een hartje. Mijn naam met zijn achternaam. Belachelijk. Bespottelijk. Maar voor Viktor was er niets belachelijks aan.

'Nu weet ik hoe je echt in elkaar steekt,' zei hij rustig.

Zijn stem was toonloos. Dood. Iets in hem was kapotgegaan.

'Ik weet wie je bent. De vraag is of híj dat ook weet...'

Het woord 'hij' klonk als een beschuldiging. Ik voelde me paniekerig worden. Niemand mocht het weten. Wat in het dagboek werd beschreven was mijn oude leven. Een waarheid die alles zou veranderen. Ik zou dezelfde blikken krijgen als toen ik nog Matilda was. Dezelfde vernedering ervaren. Niemand zou nog op dezelfde manier naar me kijken. Vooral Jack niet.

'Je hebt een slippertje gemaakt. Je bent met Jack Adelheim naar bed geweest. Ik heb alle recht van de wereld het tegen hem te zeggen. Weet hij van ons? Weet hij dat je vriendje hebt?'

Ik wist dat het geen zin had om iets uit te leggen. Het zou niet uitmaken dat ik niet met Jack naar bed was geweest, dat het niet meer was geweest dan een snelle kus.

Viktor zag eruit als een gewond dier. Met ogen die zwart waren van haat en vertwijfeling. Ik begreep dat hij in staat was om willekeurig wat te doen om mij terug te krijgen. Of om terug te slaan. Zodat ik dezelfde pijn zou voelen als waar hij nu door werd verscheurd. Hij zou vertellen wie ik eigenlijk was, niet alleen aan Jack, maar aan de hele wereld. Mijn nieuwe leven als Faye zou voorbij zijn. Alles zou voorbij zijn.

Mijn paniek sloeg om in een ijzige kou, die ik van vroeger herkende. Er kwam een wonderlijke rust over me heen en ik besefte dat er geen andere optie was. Viktor zou me niet tegenhouden.

Toen ik hem recht aankeek, voelde ik haat. Ik had een hoge prijs betaald om te komen waar ik was, en nu zat hij daar als een soort achterlijke rechter. Hij had geen idee welke pijn ik had moeten doorstaan, welke handelingen ik had moeten uitvoeren, welke beelden ik de rest van mijn leven op mijn netvlies had staan.

Maar dat hield ik allemaal voor me. Mannen waren simpel. Mannen waren makkelijk te manipuleren en Viktor zou geen uitzondering zijn. Ik had het al een keer gedaan en kon het weer doen.

Ik ging naast hem zitten. Nam zijn hand in de mijne. Sprak

met genegenheid, streelde de rug van zijn hand met mijn duim. Ik merkte dat hij ontspande. Onwillekeurig.

'Je mag doen wat je wilt. Ik begrijp je. Ik begrijp dat je verdrietig en gekwetst bent. Maar ik heb je niet met Jack bedrogen en ik wil ook niet met ruzie uit elkaar gaan. We doen wat jij wilde. We hebben nog een laatste avond samen. Je kunt zelfs een nacht krijgen. Een ochtend. Daarna mag je doen wat je wilt. Mij ook kwetsen, als dat is wat je wilt. Alles aan Jack vertellen. Dat is je goed recht. Maar ik wil dat we een laatste nacht samen hebben.'

Ik voelde hem zachter worden. Hij wilde me geloven. Kon geen nee zeggen tegen een laatste kans op intimiteit. Ik kende hem. Ik kende mannen.

We aten pizza en dronken twee flessen wijn leeg. Ik nipte alleen aan mijn glas dus Viktor kreeg de meeste wijn binnen. We vrijden op de bank. Hij nam me hard en nietsontziend. Ik liet het gebeuren. Sloot mijn ogen en dacht aan Jack. Riep zijn gezicht op voor mijn innerlijk oog, dwong mezelf ertoe mijn lichaam te verlaten terwijl Viktor snotterend bij me naar binnen stootte. Na afloop keerde hij me de rug toe. Ik stond op om me te wassen. Maakte me voorzichtig schoon en vertrok mijn gezicht bij het branderige gevoel. Toen ik terugkwam sliep hij. Niets zou hem nu wakker kunnen maken.

Ik stapte het kleine balkon op en stak een sigaret aan. De lichten boven de stad glinsterden in de zomernacht en ik hoorde stemmen en muziek. Toen ik mijn sigaret ophad, stak ik er nog een aan. Liep naar Viktor, die met open mond op zijn rug lag te snurken. Ik gaf hem een por. Geen reactie. Hij was totaal van de wereld door de wijn en alle emotie. Ik legde de sigaret in het bed en bleef staan om me ervan te vergewissen dat het goedkope beddengoed van licht ontvlambare kwaliteit daadwerkelijk begon te branden. In eerste instantie smeulde het alleen maar. Vervolgens ontstond er een vlammetje.

De ijzige kou die ik had gevoeld trok langzaam weg. Nu kwam de paniek, bonkend bij mijn slapen. Ik wendde mijn hoofd af van de vlammen en liep snel naar de deur. Toen ik die achter me liet dichtvallen, brandden het bed en de gordijnen al.

Toen ik weer op straat stond had ik het gevoel dat ik moest overgeven. De glimlachende mensen die mijn pad kruisten, kwamen veel te dichtbij, klonken veel te luid. Maar ik had mijn tas stevig vast. Het dagboek was weer in veilige handen. En ik was nog altijd vrij.

De zwangerschapstest was positief geweest. In Fayes buik bevond zich een embryo, een nieuw mens. Voor de helft haar. Voor de helft Jack. Hij wilde altijd al een zoon hebben, een erfgenaam. Misschien kon ze hem die nu geven.

Faye zat aan de keukentafel en streek over haar buik. Er kwam niets uit haar handen. Ze besefte dat ze al in geen uren had gegeten. Haar spaghettisaus stond nog onaangeroerd op het fornuis omdat Jack nog niet was verschenen. Nu belette niets haar te eten. Het kind had voedingsstoffen nodig om zich te kunnen ontwikkelen. Ze stond op en liep naar de pan. Stak een vinger in de saus en constateerde dat die nog warm was. Schepte pasta op een bord. Liet die verdwijnen onder de gehaktsaus en at de hele portie staand aan het kookeiland op. Het smaakte verrukkelijk. Al kauwend sloot ze haar ogen terwijl een gevoel van welbehagen zich door haar lichaam verspreidde. Ze ontspande. Het was zo heerlijk om eindelijk iets te mogen eten dat de tranen haar in de ogen sprongen.

Als het kind er eenmaal was, moest ze zich maar met haar gewicht bezighouden, nu moest ze zorgen dat ze voldoende voedingstoffen voor twee binnenkreeg.

Net zoals de vorige keer zou ze meteen na de bevalling gaan sporten, maar ze zou ook een streng dieet gaan volgen zodra ze geen borstvoeding meer gaf. Ze zou niet in de babybubbel verdwijnen, maar Jack en haar huwelijk prioriteit geven. Hun zoon zou een nieuwe start worden, voor hun relatie en voor haarzelf als vrouw en echtgenote.

Ze schepte een tweede portie op en liep met het bord naar de tafel.

Een uur later ging de deur open en Faye voelde vlinders in haar buik van verwachting. Ze riep Jack en hij stak zijn hoofd om de deur. Faye ging staan en liep naar hem toe. Weldra zou de frons tussen zijn wenkbrauwen verdwijnen.

'Ik moet je iets fantastisch vertellen, schat,' zei ze. 'Kom zitten.'

Jack zuchtte.

'Ik ben moe, kan het niet wachten tot...'

'Nee, je moet nu even komen.'

Faye kon niet wachten.

Jack trok zijn wenkbrauwen op maar ging aan de keukentafel zitten. Ze wist dat het nieuws hem gelukkig zou maken en negeerde de stress op zijn gezicht.

'Nou?' zei hij.

Faye glimlachte naar hem.

'Ik ben zwanger, schat. We krijgen nog een kind.'

De uitdrukking op zijn gezicht veranderde niet.

'Misschien is het wel een jongen,' zei ze. 'Je wilde immers ook een zoon hebben.'

Faye streek over haar buik en glimlachte weer. Hij was dol op haar glimlach, zei altijd dat die besmettelijk was, maar nu streek hij vermoeid met een hand over zijn gezicht.

'Wat is er?' vroeg Faye.

De brok in haar keel was terug.

'Het komt op dit moment niet goed uit, Faye. Ik wil niet nog een kind.'

'Hoe bedoel je?'

Wat was er met hem aan de hand? Waarom was hij niet blij?

'Julienne is genoeg.'

'Maar...'

Haar stem was niet meer dan een hees gefluister. Ze herkende Jacks blik niet.

'Het gaat niet. Het spijt me maar je moet... Nou ja, je weet wel...'

Faye schudde haar hoofd.

'Wil je... Wil je dat ik een abortus laat plegen?'

Jack knikte.

'Dat is natuurlijk vervelend, maar het gaat gewoon niet.'

Ze wilde zich naar voren werpen. Hem door elkaar rammelen. Maar ze wist dat het haar eigen schuld was. Ze had hem overrompeld. Hij moest het laten bezinken.

Jack ging staan.

'Oké?' zei hij.

Faye slikte de brok weg. Hij vocht zo hard voor Julienne en haar. Kon ze eigenlijk nog wel meer van hem verlangen?

'Ja, ik begrijp het,' zei ze.

Jacks gezicht werd zachter. Hij boog zich naar voren en kuste haar op haar voorhoofd.

'Ik ga naar bed,' zei hij.

Onderweg naar de slaapkamer draaide hij zich om.

'Ik bel morgen met de dokter zodat we het zo snel mogelijk achter de rug hebben.'

De slaapkamerdeur werd dichtgedaan en Faye vloog overeind. Haastte zich naar de wc en rukte het deksel omhoog. Spaghetti en gehaktsaus kwamen naar boven en de smaak van tomaat vermengde zich met de scherpe smaak van gal. Toen ze had doorgetrokken leunde ze met haar hoofd tegen het koude porselein en liet haar tranen de vrije loop.

Stockholm/Barcelona, september 2001

Ik had ruim vierentwintig uur geslapen als een blok toen ik door het schelle geluid van mijn telefoon werd gewekt. Het was Axel. Terwijl hij met gebroken stem vertelde wat er was gebeurd, namelijk dat Viktor was overleden nadat hij met een brandende sigaret in zijn bed in slaap was gevallen, kwamen de tranen. Ik moest zo hard huilen dat mijn hele lichaam beefde.

Ik had gedaan wat nodig was, ik had geen keuze gehad, maar de prijs was hoog. De prijs was altijd hoog.

Na het gesprek lag ik met opgetrokken knieën in bed. Concentreerde me op mijn ademhaling. In en uit.

Viktors woorden galmden nog in mijn oren. *'Ik weet wie je bent. De vraag is of hij het ook weet…'* Viktor had dit nooit voor zich kunnen houden. Als hij had mogen leven had Faye moeten sterven.

Een paar dagen later vielen er grote regendruppels aan de andere kant van het raam. Het was bevrijdend. Ze spoelden de verstikkende hitte weg die als een natte deken over Stockholm had gelegen.

Chris was met haar ouders naar hun appartement op Mallorca en ik was opnieuw alleen in Stockholm. Toen ik een kort sms'je stuurde waarin ik haar over Viktor vertelde, bood ze aan om terug te komen, maar ik verzekerde haar dat ik oké was.

Ik begroef me in de micro-economie, macro-economie, statistiek en financiële analyse. Alleen school betekende nog iets. Daar succes behalen, de beste worden. Alles hing van mezelf af, niemand kon het voor me doen. En ik had mijn keuze gemaakt. Ik zou voor mezelf een totaal ander leven creëren. Bedrijven leiden, businessclass reizen, meer geld verdienen dan ik nodig had, een mooie man (Jack) en lieve, keurig opgevoede kinderen hebben, eigenaar zijn van zowel een villa als appartementen op interessante plekken waarover ik had gelezen en die ik in films had gezien. Ik wilde het allemaal hebben. Ik zou het allemaal hebben.

De telefoon, die op bed lag op te laden, ging. Waarschijnlijk was het Chris, die over haar avonturen in Spanje wilde vertellen. Ik ging op bed liggen en keek op het display voordat ik op beantwoorden drukte. Het was een telefoonnummer dat niet in mijn adresboek zat.

'Hallo?'

'Hoi!'

'Met wie spreek ik?' vroeg ik, hoewel ik de stem meteen had herkend.

'Met Jack. Jack Adelheim.'

Ik sloot mijn ogen. Wilde niet te gretig lijken.

'Hé, hallo...' zei ik aarzelend.

'Stoor ik?'

Hij klonk uitgelaten. Vrolijk. Op de achtergrond hoorde ik muziek.

'Nee hoor. Wat heb je op je hart?'

Ik deed mijn best om nonchalant te klinken en rolde me op mijn rug.

'Ik wilde horen of je zin hebt om samen op stap te gaan. Vanavond dus. Ik wil even iets zonder Henrik doen.'

'Oké. In welk café wil je afspreken?'

'In welk café? Nee, ik wil graag met je op reis.'

Ik moest lachen. Hij was niet goed bij zijn hoofd.

'Op reis?'

'Ja, even een paar dagen ertussenuit. We komen na het weekend weer thuis. Pak wat kleding en kom dan naar het centraal station. We gaan naar Barcelona.'

'Oké.' Ik merkte dat ik mijn adem inhield.

'Je wilt dus mee?' Hij klonk verbaasd.

'Ja.'

'Dan zie ik je over een halfuur.'

Ik hing op zonder precies te begrijpen waar ik ja tegen had gezegd. Vervolgens kwam ik van mijn bed en begon te pakken.

Toen we landden waren we alle twee aangeschoten. We waren op vliegveld Arlanda begonnen met drinken, en tijdens de vlucht waren we ermee doorgegaan. Nadat we een tijdje in de rij hadden staan wachten, kregen we eindelijk een taxi. Ik was giechelig en stond onvast op mijn benen, me maar al te zeer bewust van het bloed dat door elke ader en elk haarvat van mijn lichaam stroomde.

'*Hotel Catalonia, por favor,*' zei Jack toen we op de achterbank zaten. '*Está en el Born, lo conoce usted?*'

De auto trok met horten en stoten op en op hetzelfde moment voelde ik Jacks hand op mijn dijbeen. Hij brandde op mijn huid.

'Ik wist niet dat je Spaans sprak.'

'Er is heel veel wat je niet van me weet,' zei Jack met een knipoog.

Hij legde zijn hand iets verder naar boven en al mijn bloed stroomde naar mijn kruis.

'Wat is dat voor hotel?'

'Je zult niet teleurgesteld zijn.'

Ik glimlachte en wendde mijn hoofd af. Hoe zou ik ooit teleurgesteld kunnen zijn in Jack?

De donkere septembernacht was heet en vochtig. Mensen in luchtige kleren wandelden door de straten op zoek naar koelte, avondeten en contact. Ik draaide het raam omlaag en genoot van de wind in mijn gezicht. Ik had dringend frisse lucht nodig.

Ik was nooit verder van Zweden geweest dan Denemarken, waar we een keer met de auto naartoe waren gegaan toen ik klein was. Een vakantie die abrupt was geëindigd. Maar daar wilde ik nu niet aan denken. Ik liet de wind in mijn gezicht alle herinneringen wegwaaien en hield mezelf voor dat ik ze door nieuwe kon vervangen. Elke cel in je lichaam werd vernieuwd, vervangen. Dan moest dat ook met herinneringen kunnen.

'Ik ben dol op deze stad. Je zult merken dat je hier makkelijker kunt ademen,' zei Jack en hij sloot zijn ogen.

Zijn lange donkere wimpers tekenden zich als waaiers op zijn wangen af.

'Ben je hier al eens eerder geweest?'

Hij opende zijn ogen en toen hij me aankeek werd de glinstering van de straatlantaarns en de neonverlichting in het blauw weerspiegeld.

'Twee keer.'

Ik wilde vragen of het soortgelijke reizen waren geweest. Of hij in andere taxi's had gezeten, met onuitgesproken beloften en zijn hand op het dijbeen van andere vrouwen. Misschien was dit de standaardversiertruc van Jack Adelheim. Misschien volgde hij zijn gebruikelijke verleidingshandboek. Maar het maakte niet uit. Drie dagen met Jack in deze stad was zo aanlokkelijk dat ik niet van plan was om tijd te verspillen aan zinloze jaloezie en onnodige overpeinzingen. Ik was nu hier. Met Jacks hand op mijn dij.

We sloegen af op een avenue, stopten voor rood en reden een prachtige wijk binnen. De stegen werden smaller. De keien kusten het rubber van de autobanden. We wachtten op tegemoetkomend verkeer. Het zweet plakte onder mijn armen, maar ik sloot mijn ogen en liet me dronken voeren door de geluiden. Gelach, rinkelend bestek, intense gesprekken en muziek. Overal bars, restaurants, cafés. De zoete geur van hasj.

Ik wilde Jacks hand grijpen, erin knijpen, in zijn ogen kijken en vertellen hoe geweldig hij was, hoe blij ik was om hier te zijn. Maar ik had besloten geen initiatief te nemen. Niets af te dwingen.

'Hier is het,' zei Jack.

Een witte gevel met glazen deuren. Erboven een bord met de naam van het hotel in grote letters. Hotel Catalonia Born. Een jonge portier kwam aangesneld, liep om de auto heen en hield de deur voor me open.

'*Gracias,*' zei ik met een glimlach. Ik miste de warmte van Jacks hand al toen ik opstond om uit te stappen.

'Je leert snel,' riep Jack, terwijl hij de chauffeur betaalde.

De portier nam onze koffers, we gingen naar binnen en Jack begon in zijn gebroken Spaans een gesprek met de receptionist. Gooide er Engelse woorden tussendoor als de communicatiekloof te groot werd. We vulden wat formulieren in en overhandigden onze paspoorten. Een kopieerapparaat zoemde en we kregen ze weer terug.

'Mooi zo,' zei Jack.

De receptionist riep de wachtende portier en we volgden hem naar de lift, die ons naar de vierde verdieping bracht. Toen ik de kamer binnenstapte, bleek dat Jack een suite had geboekt. Zoiets had ik nog nooit gezien.

'Onvoorstelbaar,' zei ik en mijn intentie om mondain te lijken was als weggewaaid. 'Mijn god, mijn eenkamerflat had hier wel tien keer in gepast.'

Midden in de grote kamer troonde een bankstel voor een flatscreen. Een goedgevulde serveerwagen met drank stond ernaast. De buitenmuur was vervangen door enorme panoramaramen waardoor je mijlenver kon kijken.

Ik trok de dikke gordijnen opzij die de deur naar het terras verborgen, deed die open en stapte naar buiten. De warmte was zijdezacht. Beneden fonkelde de stad. Geuren en geluiden kwamen me tegemoet. Gitaarmuziek vanuit een appartement. Donker en eindeloos omhelsde de zee het strand.

'En, wat vind je ervan?' vroeg Jack.

Hij kwam achter me staan, sloeg zijn armen om me heen en liet zijn hoofd op mijn schouder rusten.

'Ik weet niet wat ik moet zeggen,' antwoordde ik en ik draaide me om. Keek hem recht aan. Wilde me op hem werpen, hem kussen, de kleren van onze lijven rukken, hem in de jacuzzi duwen, schrijlings boven op hem gaan zitten, hem in me voelen.

'Ik ken de eigenaar van het hotel,' zei Jack. Hij stapte langs me heen en voelde of het water lekker van temperatuur was.

'Een Zweed?'

'Ja. We logeren hier gratis.'

'Maak je nou een grapje?'

'Nee, over geld maak ik nooit grapjes,' zei Jack. 'Zullen we ergens een hapje gaan eten?'

Voor het hotel sloegen we naar linksaf. Mijn hak bleef tussen de keien haken en ik maakte een duikeling. Jack ving me op door me bij mijn arm te grijpen. Op de kamer had ik mijn make-up bijgewerkt en schoon ondergoed en een zwart rokje aangetrokken. Ik voelde me mooi. En het leed geen enkele twijfel dat Jack me wilde hebben. Hij keek me aldoor begerig aan. Een deel van me had willen voorstellen om niet uit eten te gaan en in plaats daarvan op onze kamer te blijven om ons bewusteloos te neuken. Maar ik was veel te benieuwd naar de stad.

Op alle hoeken van de straten hadden zich groepjes mensen verzameld. Hees gelach weergalmde in de stegen. Een man met donkere ogen in een voetbalshirt kwam naar ons toe gelopen.

'*Hashish*?'

Jack onderhandelde over de prijs. De man gebaarde. De zaak was snel beklonken, Jack gaf hem een paar bankbiljetten en kreeg er een klein pakje voor terug. Hij vouwde het papiertje open en haalde er een bruin hompje uit.

'Ruik maar eens.'

Ik sloot mijn ogen en snoof de zoete geur op. Ik had nog nooit gebruikt. Hasj noch iets anders wat sterker was dan sigaretten en alcohol. Maar hier in Barcelona, samen met Jack, voelde het heel natuurlijk. Jack was een drug waardoor ik alle drugs wel wilde proberen.

Voorzichtig vouwde hij het papiertje dicht en stopte het in zijn broekzak. De muziek werd luider en we kwamen bij een pleintje. Voor de gevels stond het vol met tafels en stoelen. Mensen rookten, toosten en aten.

'Hier?' vroeg hij wijzend.

'Prima,' zei ik. Ik was zo druk bezig alles in me op te nemen dat het me niet kon schelen waar we zouden eten.

We gingen aan een tafel zitten. Een ober in een wit overhemd met een vlinderdas kwam naar ons toe en Jack vroeg om tapas. Bier voor zichzelf, mojito voor mij.

Het drinken werd gebracht. Jack stak zijn hand uit, pakte een muntblaadje uit mijn cocktail en stopte het in zijn mond.

'Hoe zit het met jou, Faye?'

'Je moet iets concreter zijn.'

'Je hebt alles. Je bent mooi, drinkt als een kerel en de mensen met wie ik op school heb gesproken zeggen dat je de slimste van jouw jaar bent. Henrik wil je mede-eigenaar van ons bedrijf maken. Er moet toch iets mis zijn. Ben je eigenlijk een man? Heb je klompvoeten?'

Hij deed alsof hij onder de tafel keek.

Ik lachte en schopte naar hem. De tafel wiebelde en hij lachte mee.

'Bovendien ben je grappig. Ben je blij hier te zijn?'

Een kleine verandering in zijn gezicht. Een vleugje ernst met iets wat op onzekerheid leek. Zijn blauwe ogen keken me recht aan, keken recht bij me naar binnen. Ik huiverde. Richtte mijn blik op iets anders. Ik kon hem niet laten zien hoe dol ik op hem was, nog niet. Mannen zoals Jack moeten kunnen vechten, jagen, voordat ze iemand veroveren. Anders verdwijnen ze.

Ik wist ook dat hij niets over Matilda te weten mocht komen. Maar dat was geen probleem. Want elke dag verbleekte de herinnering aan het verleden verder. Alleen Sebastian verscheen nog altijd in mijn dromen. Dat gebeurde echter ook steeds minder vaak.

'Met de stad is niets mis. Alleen het gezelschap had beter gekund.' Ik keek hem uitdagend aan.

'O ja?'

Jack draaide zijn bierglas rond en grijnsde terwijl hij me aankeek.

'Wat is er eigenlijk met dat vriendje gebeurd?' vroeg hij nieuwsgierig.

In gedachten zag ik Viktor op bed liggen terwijl het beddengoed vlam vatte.

'Het is uit,' zei ik kortaf.

Jack had hem nooit ontmoet, wist geen details. En die wilde ik hem ook niet geven.

Zijn ogen weerspiegelden de vlam van het waxinelichtje.

De ober zette een bord voor ons neer met luchtgedroogde ham en dunne driehoekige stukjes kaas. Ik pakte een stukje ham; die voelde vet aan mijn vingers maar smolt op mijn tong.

'Ik vind het fijn hier te zijn. Ik ben nog nooit in Spanje geweest.'

'Waar ben je dan wel geweest?'

'In Denemarken. En in Fjällbacka.'

'Kom je daar ook vandaan?'

'Ja. Uit Fjällbacka dus. Niet uit Denemarken.'

Ik dacht aan de reis naar Denemarken. Legoland. Voorspelbaar geëindigd in een ramp.

'Hoe is het daar?'

'Het tegenovergestelde van hier.' Ik gebaarde naar het plein. 'Lege straten. Eén tent waar je naartoe kunt als je uit wilt. Iedereen weet alles van iedereen.'

'Wonen je ouders daar nog? Broers en zussen?'

Jack stak zijn hand uit naar een stukje ham maar bleef me aankijken.

Sebastians gezicht verscheen. Kapotgeslagen, die verschrikkelijke avond.

Ik slikte een paar keer.

'Mijn ouders zijn overleden. Ik ben enig kind.'

De ober bracht meer eten. Aardappelschijfjes, knoflookgarnalen in olie, olijven en gehaktballetjes in tomatensaus.

Ik bracht mijn cocktail naar mijn mond. De rum brandde in mijn keel. Het was een sterke mojito. Heel anders dan de dure maar zuinig gemengde drankjes aan het Stureplan. Ik voelde dat ik er bedrukt uitzag. Deed mijn best mijn gezicht weer onder controle te krijgen, maar alle drank die we sinds ons vertrek uit Stockholm hadden gehad maakte het er niet makkelijker op. Ik stak een sigaret aan om tijd te winnen.

'Ik zou er wel een keer naartoe willen.'

Jack ging niet door op het andere. Daardoor hield ik nog meer van hem.

'Nee, dat wil je niet.'

'Jawel, dat wil ik wel. Ik wil nieuwe plekken zien. Van nieuwe plekken kan ik geen genoeg krijgen.'

En van vrouwen, dacht ik. Maar ik zei niets.

'Vrienden van me gaan 's zomers vaak naar Fjällbacka. Het moet er ontzettend mooi zijn,' zei hij, terwijl hij een stukje witbrood in de olie van de knoflookgarnalen doopte.

'Wat is jóúw geheim, Jack?' vroeg ik om het gesprek een andere wending te geven.

Ik nam nog een slok mojito terwijl de sterren aan de nachtelijke hemel boven ons dichterbij kwamen.

'Mijn vader is alcoholist en gokverslaafde,' zei hij snel. Hij scheurde nog een stukje brood af en doopte het weer in de knoflookolie. 'Hij is een stomme loser die een groot deel van zijn erfenis heeft opgezopen. Het zwarte schaap van de familie. Maar mijn achternaam heeft hij me niet kunnen ontnemen. En ja, die opent veel deuren. Maar niet vanwege hem. Dat heb ik aan de rest van mijn familie en mijn voorvaders te danken.'

'Daar had ik geen flauw idee van.'

'Nee, dat hang ik ook niet bepaald aan de grote klok. Slechts weinig mensen weten het. Meestal zeg ik dat hij in het buitenland woont. Dat is makkelijker. Maar in de chiquere kringen van Stockholm is het geen geheim. Iedereen kent mijn vader.'

'En je moeder?'

'Die is hertrouwd. Haar nieuwe man is ook een klootzak, maar in elk geval een nuchtere. Ze is niet bijster goed in het kiezen van mannen. Misschien word je zo wanneer je mannen selecteert op grond van hun bankrekening. Ze wonen in Zwitserland. Ik ben op mijn zestiende uit huis gegaan. Ik mocht een appartement van mijn oom Carl gebruiken en hij gaf me elke maand een toelage zodat ik de huur en mijn eten kon betalen. Als tegenprestatie moest ik mijn best doen op school.'

'Broers of zussen?'

'Nee. Enig kind, net als jij.'

Jack haalde een hand door zijn haar maar zijn pony viel meteen weer op zijn voorhoofd. Een man die rode rozen verkocht, liep van het ene tafeltje naar het andere. Toen hij bij het onze kwam, schudde Jack zijn hoofd en de verkoper liep door.

'Het is makkelijk om met jou te praten,' zei Jack. 'Dit zijn dingen die ik meestal voor me houd.'

'Grappig. Ik voel precies hetzelfde. Ik vraag me af waardoor dat komt.'

Ik realiseerde me meteen dat het een leugen was. Er waren een heleboel dingen die ik niet aan Jack vertelde.

'Misschien doordat we op elkaar lijken.' Jack stak een sigaret aan en nam een trekje. 'Andere mensen merken waarschijnlijk niet hoe eenzaam jij en ik eigenlijk zijn.'

Ik vond het fascinerend dat hij zichzelf als eenzaam beschouwde. Ik had hem nooit anders gezien dan omringd door mensen.

'Hoe zie jij ons?' vroeg ik nieuwsgierig. Dat hij vond dat we op elkaar leken duizelde me.

'We geven tot op zekere hoogte om andere mensen. Kennen hun spelletje. Stellen ons aan. Doen net alsof we hetzelfde zijn als zij, doen net alsof we tevreden zijn. Maar eigenlijk zijn we...' Hij was even stil en keek me met een intense blik aan. 'Faye, je bent een romanticus. Je denkt dat niemand het merkt. Je doet alsof je nonchalant bent, onverschillig. Maar je wilt een rijker leven, een mooier leven. Je bent niet iemand die genoegen neemt met een doorsneebestaan. Je wilt de top bereiken, de wereld moet aan je voeten liggen. Je hebt ambities. Daarom ben je niet in Fjällbacka gebleven, maar naar Stockholm verhuisd. En daarom voelen we ons tot elkaar aangetrokken. We zijn hetzelfde. We zijn gretig. Jij hebt alleen wel een nadeel als je verder wilt komen in het leven. Je bent een vrouw. En dit is een mannenwereld.'

Ik wilde protesteren, zeggen dat hij het bij het verkeerde eind had. Maar diep vanbinnen geloofde ik dat wat hij zei waar was. Dus ik slikte. Knikte. Opende mijn mond om iets te zeggen, maar werd onderbroken door de ober die nog meer bordjes kwam brengen. Onze tafel stond er weldra vol mee. Calamaris, gebakken champignons, paella, lamsworstjes en aioli. Mijn lege cocktailglas werd vervangen door een groot glas rode wijn en Jack kreeg een nieuw biertje. We stortten ons op al het lekkers en ik besefte dat ik niet meer op mijn horloge had gekeken sinds ik van huis was gegaan.

Toen we uitgegeten waren bleven we nog een uurtje zitten. Er was veel meer dan we op konden. We dronken wijn en bier en praatten. Ik werd met de minuut verliefder. Mijn hoofd tolde. Zowel van de wijn als van alle indrukken. Mijn maag was zwaar van alle voedsel en voldoening. Ik was nog nooit zo gelukkig geweest als op dat moment. De sterren hadden zich naar mijn borst verplaatst.

Ik nam een trekje van mijn sigaret. Liet de rook naar de nachtelijke hemel stijgen.

'Morgen gaan we naar het strand,' zei Jack. 'Tenzij je liever naar het zwembad op het dakterras van het hotel gaat.'

'We nemen het zoals het komt.' Ik kon niet kiezen. Ik wilde alles hebben.

'Je hebt gelijk. We nemen het zoals het komt.'

Hij betaalde en leidde ons terug naar het hotel. Er liepen nu minder mensen in de smalle steegjes. Ik waggelde expres over de keien zodat ik een excuus had om tegen hem aan te leunen.

Toen we weer in onze suite waren, besefte ik dat ik de slaapkamer nog niet had gezien. Ik duwde de deur open en draaide aan de dimmer. Net zoals in de woonkamer was de muur naar het terras vervangen door panoramaramen. Moderne kunst aan de wanden. Twee leren fauteuils. En een enorm bed. Voor de panoramaramen stond een ouderwetse badkuip met goudkleurige leeuwenpoten.

'Jack! We hebben een badkuip in onze slaapkamer,' gilde ik. 'Moet je kijken!'

Hij kwam achter me staan.

'Ik weet het. Ooit zal ik er net zo een hebben.'

'Ik ook,' zei ik.

'Mooi zo. Dan zijn we het met elkaar eens.'

'Met elkaar eens?'

'Ja, over de inrichting van ons huis.'

Ik deed net alsof ik hem niet hoorde. Ik kende hem niet goed genoeg om zijn spelletjes te doorzien. Ik wist niet wat serieus was en wat een grapje. En ik was niet zo'n naïef, bevoorrecht upperclassmeisje dat haar hele leven achter een hoog hek had geleefd en het gewend was dat het pad voor haar werd geëffend. Ik wist dat het leven geen sprookje met een gelukkig einde was. Maar op dit moment was het leven wel degelijk een sprookje. En dat was voor iemand zoals ik al een heleboel.

Ik liep naar de badkuip, draaide de kraan open en voelde aan het water.

'Laten we hem uitproberen.'

'Nu?'

'Ja.'

Ik ging met mijn rug naar hem toe staan, trok mijn shirt over mijn hoofd en liet mijn rokje op de grond vallen. Nog altijd met mijn pumps aan. Ik voelde zijn blik in mijn rug branden en genoot van de macht die ik over hem had. Langzaam maakte ik mijn beha los en trok ik mijn slipje uit. Vervolgens schopte ik mijn schoenen uit, zodat ik helemaal naakt was. In de reflectie van het raam kon ik zien dat hij als vastgenageld aan de vloer stond. Nu was ik degene die de controle had.

Hij ging op het bed zitten. Begon zijn schoenen en zijn broek uit te trekken. Zijn ogen waren voortdurend op me gericht. Ik genoot ervan hem voor mezelf te hebben. Hem in mijn macht te hebben.

'Kom je of heb je hulp nodig?'

'Ik kan wel wat hulp gebruiken,' zei hij.

Ik draaide me langzaam om. Voelde hoe de wijn me naar het hoofd steeg. Deed een paar passen in zijn richting en trok zijn T-shirt en zijn broek uit. Hij had een fantastisch lichaam. Gespierd en zongebruind. Zijn arm- en borstspieren spanden onder de huid. Ik ging voor hem staan. Liet me op mijn knieën zakken terwijl ik hem in de ogen keek. Hij boog zich voorover om me te kussen, maar ik bewoog mijn hoofd opzij, pakte zijn onderbroek beet en trok die naar beneden nadat hij zijn achterwerk had opgetild. Zijn lul stond recht omhoog. Ik boog me naar voren en nam hem in mijn mond. Eén tel. Twee. Drie. Ik bleef hem aankijken. Vervolgens trok ik me terug.

'Nee, nu is het tijd voor een bad,' zei ik plagerig en ik liep naar de badkuip.

Hij stond op en kwam achter me aan. De badkuip was halfvol, het water was warm, ik rook de zwakke geur van chloor. Het volgende moment voelde ik zijn hand om mijn bovenarm. Hij had me stevig beet, bijna agressief. Hij sleurde me door de kamer, terug naar het bed. Plaatste me bij het voeteneind en gaf me een zetje, waardoor ik naar voren viel. Op mijn buik. Ik trok een holle rug en liet merken dat ik net zo graag wilde als hij, dat ik nog altijd degene was die de controle had. Toen hij naar binnen drong hapte ik naar adem. Een halve tel pijn. Maar hij was voorzichtig en wachtte op me. Ik ging op handen en voeten zitten en hij begon langzaam te stoten. De deur naar het terras was open en vanbuiten kwam het geluid van muziek vermengd met gelach en stemmen. Een auto die toeterde. Ik nam het vagelijk waar, ver weg achter het geruis in mijn oren. Voelde zijn handen om mijn middel terwijl hij in mij stootte. Mijn god, wat was het een genot om door hem geneukt worden.

'Harder,' steunde ik. 'Harder.'

Hij greep me bij mijn nek. Drukte mijn gezicht naar het kussen en deed wat ik wilde. Ik voelde een huivering en het orgasme verspreidde zich door mijn hele lichaam. Eén tel later kwam Jack met een luid gekreun klaar. Hij wierp zich naar voren en kwam met zijn hele gewicht op me liggen. Zo lagen we een tijdje. Zwijgend, vervuld van de intensiteit van wat we zojuist hadden ervaren.

Daarna verplaatsten we ons naar de badkuip. Jack haalde het pakje marihuana en rolde een joint, waar we om de beurt trekjes van namen.

'Je bent echt ontzettend sexy,' zei Jack.

'Jij bent wel oké,' zei ik. 'Je kunt ermee door.'

Hij spetterde water naar me en ik slaakte een gil, maar die ging algauw over in een borrelende lach.

Na afloop kropen we naakt onder het dekbed. Hij sloeg zijn armen om me heen, trok me naar zich toe. Liet zijn vingers over mijn lichaam glijden maar vermeed mijn borsten, mijn achterwerk en mijn schaamdelen. Zodra zijn hand naar beneden ging, stopte hij en veranderde van richting. Het was frustrerend. Mijn ademhaling werd zwaarder. Ik was de controle kwijt. Verbijsterd besefte ik dat ik dat prima vond. Het was angstaanjagend en opwindend tegelijk.

'Welterusten, toekomstig vrouwtje van me,' fluisterde hij.

Na een paar minuten hoorde ik hem licht snurken.

Ik was nog altijd geil. Ik legde mijn hand om zijn lul en voelde die dikker worden, kroop onder het dekbed en nam hem in mijn mond. Hij werd wakker en wierp het dekbed af. Zonder een woord te zeggen ging ik schrijlings op hem zitten, legde mijn handen op zijn borst en leunde achterover. Hij legde zijn armen onder zijn hoofd, keek me hongerig aan maar zei net als ik niets.

Ik kwam weer klaar. Liet hem klaarkomen in mij.
Daarna rolde ik me naar mijn kant.
'Zo wensen we elkaar vanaf nu welterusten,' zei ik.

Het huis van Henrik en Alice Bergendahl lag in Gåshaga op Lidingö en beschikte over een eigen steiger en een zandstrand. Misschien had het beter in Los Angeles gepast. Het was 670 vierkante meter groot en bevatte alles van een thuisbioscoop, gymzaal en binnenbad tot een wijnkelder, biljartkamer, pingpongtafel en maar liefst vijf badkamers. Het plafond in de enorme 'woonkamer' – je zou er zonder meer een paar trucks met oplegger kunnen parkeren – was tien meter hoog.

Terwijl Faye, Henrik, Jack en Alice bij kaarslicht dineerden en van het uitzicht op het woelige water van de Höggarnsfjärden genoten, speelden hun kinderen in een ander deel van het huis met de nanny. De kamers van de kinderen waren zo ver mogelijk verwijderd van de ruimten waar Alice en Henrik zich meestal ophielden.

Buiten stond een koude wind. Golven rolden naar het strand, vochten zich voorwaarts voordat ze het opgaven en terugweken.

Alice had eten laten bezorgen en er stond een Libanees buffet op de enorme eettafel. Faye keek met een schuin oog naar Alice, die een strakke rode jurk droeg die aan de zijkant open was zodat iedereen haar uitstekende ribben kon zien. Het was net een fietsenrek. Ze negeerde het buffet en kauwde op een blaadje sla. Nog even en ze likte die stomme blaadjes alleen nog maar af.

Zelf deed Faye zich tegoed aan de mezze. Dronk van de krachtige rode amaronewijn. Het korte leven van het kind in haar buik zou toch in een metalen bak eindigen. Vanavond zou ze de pil slikken die ze bij de apotheek had opgehaald. De eerste van twee.

'Vond je het lekker?' vroeg Alice glimlachend.

Ze had elke hap die Faye nam gezien. Ongetwijfeld in gedachten de calorieën geteld. Die tevreden vergeleken met haar eigen negatieve aantal.

'Heerlijk,' zei Faye. 'Libanees was een goede keuze van je.'

Jack lachte.

'Libanees of niet, jij eet alles wat je voorgeschoteld krijgt,' zei hij. 'Je schuift het gewoon zo naar binnen.'

Faye keek naar haar bord. Was dat het beeld dat iedereen van haar had? Iemand die alles naar binnen werkte wat ze maar te pakken kon krijgen?

Henrik boog zich naar haar toe.

'Hoe gaat het tegenwoordig met je?' vroeg hij. 'Je komt nooit meer langs.'

'Nee, ik laat jullie liever in alle rust je werk doen. Jullie hebben het zo druk.'

'Ja, we hoeven ons niet te vervelen. Maar voor jou hebben we altijd tijd.'

'Dank je, Henrik. Maar ik kan jullie beter je gang laten gaan.'

Waarom klonk het alsof ze vreemden voor elkaar waren? Beleefde kennissen die de stiltes met loos gebabbel vulden? Vroeger hadden Jack, Henrik en zij het heel leuk gehad samen. Over echte dingen gepraat. Ze hadden haar als een gelijke behandeld, soms zelfs als hun meerdere als ze hen op de vingers tikte tijdens discussies over bedrijfsstructuren en financiële instrumenten. Zij was ook degene die uiteindelijk met het bedrijfsidee was gekomen waarop Jack en Henrik Compare hadden gebaseerd. Nu voelde ze zich net een kind dat bij de volwassenen aan tafel mocht zitten.

'Ben je klaar, Henrik? De taxi kan er elk moment zijn.'

Jack stond op en veegde zijn mond af. Henrik en hij hadden met oude vrienden afgesproken in de stad. Onderweg zouden ze Faye en Julienne thuis afzetten. Faye hoorde dat haar dochter naar beneden kwam rennen.

'Ik wil niet naar huis,' zei Julienne met een smekende blik op Jack. 'Ik wil blijven.'

'Nou, dan blijven mama en jij lekker hier. Dat is toch geen punt, Alice?'

Faye beet op haar lip. Ze had zich erop verheugd in haar huiskleren op de bank te kruipen met een glas en een fles wijn. Alle gedachten aan morgen weg te drinken.

'Natuurlijk, dat is alleen maar leuk voor de kinderen,' zei Alice.

Zoals altijd straalde ze wanneer ze hem aankeek. Meer dan wanneer ze naar haar eigen man keek.

'Mooi zo,' zei Jack en Julienne stoof weer naar boven.

Faye en Alice liepen met hun mannen mee naar de deur.

'Veel plezier nu, jongens,' zei Alice en ze kuste Henrik op zijn mond.

'De nanny komt morgenvroeg om negen uur,' zei Faye.

'O ja. Goed, tot ziens,' zei Jack en hij was weg.

Ze zetten de borden in de afwasmachine. Wat er over was van het eten verdween in de koelkast.

'Laat de rest maar staan,' zei Alice. 'Dat doet de huishoudster morgen wel.'

Ze pakte een nieuwe fles wijn en ze gingen op de bank voor het grote panoramaraam zitten.

'Wat ga jij morgen doen?' vroeg Alice.

'Ik heb een afspraak met de dokter.'

'Niets ernstigs?'

'Nee, niets ernstigs.'

'Lief van Jack dat hij toch meegaat.'

Faye humde alleen.

Alice met de grote reeënogen en de perfecte huid. Was ze gelukkig met haar leven? Had ze een vurige passie? Faye bracht het niet langer op een spelletje te spelen. Ze zaten beiden vast in een gouden kooi. Als twee pauwen. Hoewel Faye zich tegenwoordig eerder een van die schurftige duiven op het Hötorget voelde. Het zijn vliegende ratten, zoals Chris altijd vol afschuw zei.

Faye wilde niet met een kooivogel praten. Ze wilde met een echt mens praten. Ze dronken nog twee glazen.

Alice vertelde een buitengewoon saai verhaal over iets wat haar zoon Carl op het kinderdagverblijf had gedaan. Bestond er iets anders in Alice' wereld dan Henrik en de kinderen? En de status van het leven dat ze leidden? Zat er een echt mens achter? Met echte gevoelens? Echte dromen? Of lag het allemaal aan Faye zelf? Kwam het doordat zij hier geen genoegen mee kon nemen? De meeste mensen droomden ervan net zo te kunnen leven als zij. Alles te kunnen kopen, niet te hoeven werken, succesvol te zijn, mooie kinderen te hebben, uitgenodigd te worden voor de opening van een nieuwe winkel van Louis Vuitton en meer geld te kunnen uitgeven aan een handtas dan de gemiddelde Zweed per maand verdiende.

'Wat zou jij doen als je Henrik niet had?' vroeg ze.

'Hoe bedoel je?'

'Wat voor werk zou je dan doen?'

Alice was een hele tijd stil. Alsof ze nog nooit eerder over die vraag had nagedacht. Uiteindelijk haalde ze haar schouders op.

'Interieurdesign, denk ik. Ik vind het leuk om huizen mooi te maken.'

'Waarom doe je dat dan niet?'

Alice had haar eigen huis niet eens ingericht; dat was door een dure en gehypte designer gedaan die een hele rij huizen hier op het eiland op zijn cv had staan.

Alice haalde opnieuw haar schouders op.

'Wie zou er dan voor de kinderen moeten zorgen?'

Faye sperde haar ogen en keek de woonkamer rond.

'Dezelfde persoon als nu. Jullie nanny! Zeg nou eens eerlijk, droom je er nooit van om iets anders te doen? Iets wat jij echt wilt, los van de kinderen en Henrik. Om zelf iemand te zijn?'

Ze was te dronken, ze wist het, maar kon zich toch niet inhouden. Ze wilde het deurtje van Alice' gouden kooi op een kier zetten, al was het maar even. Want hoewel ze precies hetzelfde leven leken te leiden, was het verschil tussen hen beiden enorm. Faye had een opleiding waarop ze kon terugvallen, zij had samen met Jack een bewuste keuze gemaakt omdat ze beiden dachten dat het goed was voor hun gezin. In tegenstelling tot Alice was ze niet afhankelijk van haar man.

Faye nam nog een slok. Het kind zou bij wijze van afscheidscadeau flink wat drank binnenkrijgen.

Ze verslikte zich en begon te hoesten.

'Ik ben zelf al iemand,' zei Alice. 'Ik wil niets veranderen.'

Haar tong gleed langs haar lippen. Ze was echt net een sprookje. Haar pauwenveren glansden.

'Je bent ontzettend mooi,' zei Faye.

'Dank je.'

Alice draaide zich met een glimlach naar haar om, maar Faye was nog niet klaar, kon zich niet inhouden.

'Stoort het je niet dat Henrik geen oog voor je zou hebben als je dat niet was? Dat we daarom in dit huis zitten? Omdat er met ons geshowd kan worden? Alsof we een etalagepop zijn. Dat wil zeggen, ooit kon er in elk geval met mij gepronkt worden.'

Ze schonk haar glas opnieuw vol, had niet eens gemerkt dat het alweer leeg was.

'Ophouden. Je weet heel goed dat dat niet zo is.'

'Natuurlijk is dat wel zo.'

Alice antwoordde niet, maar stak haar glas naar voren zodat Faye haar ook kon bijschenken. Wijncalorieën leken in haar wereld in elk geval niet mee te tellen.

Er viel een stilte. Faye zuchtte. In de verte hoorde ze het geschreeuw van de kinderen.

'Weet je dat ik altijd jaloers op je ben?' mompelde Alice.

Faye keek haar verbaasd aan. De blik van Alice had iets nieuws, iets verdrietigs. Schemerde er iets van de echte Alice in door?

'Nee,' zei ze. 'Daar had ik geen flauw idee van.'

'Henrik spreekt altijd zo lovend over je. Je bent de slimste vrouw die hij ooit heeft ontmoet. Jij begrijpt waar ze het over hebben, jij begrijpt het bedrijf. Je eet wat je wilt, drinkt bier, maakt ze aan het lachen. En dat is het misschien vooral. Dat jij Henrik aan het lachen kunt krijgen – daar ben ik jaloers op. Hij... ja, hij respecteert je.'

Faye ging verzitten. Veel van wat Alice zei klopte allang niet meer. Ze beschreef het verleden. Er was niets om jaloers op te zijn. Niets om respect voor te hebben. Faye vroeg zich weleens af of het er ooit wel was geweest, of dat het alleen een beeld was dat ze zelf had geschapen.

Soms kwamen onwelkome herinneringen aan vroeger boven. Aan alle keren dat ze Jack nodig had gehad en hem niet te pakken had kunnen krijgen. Sommige van die herinneringen, bijvoorbeeld die aan de geboorte van Julienne, waren zo pijnlijk dat ze ze zo ver mogelijk bij zich vandaan hield. Dus die verdrong ze. En ze vergaf hem. Keer op keer.

Faye ging opnieuw verzitten. Zette haar glas op het bijzettafeltje. Julienne kwam de kamer binnengestormd en vroeg of ze mochten zwemmen.

'Gaan Carl en Saga ook zwemmen?' vroeg Faye, terwijl ze even naar Alice keek.

'Ja!' zei Julienne met nadruk en ze knikte enthousiast.

Toen het meisje weer weg was, zuchtte Alice.

'Ja, ik weet dat Henrik om mijn uiterlijk en mijn achtergrond met me getrouwd is. Ik ben niet naïef. Maar hij maakt me gelukkig en hij is vriendelijk tegen me. Ik ken hier in de buurt genoeg vrouwen die het slechter hebben getroffen.' Ze hief haar glas en sprak een beetje met dubbele tong. 'In deze klotemaatschappij mag je als vrouw niet zeggen dat je wilt dat iemand voor je zorgt. Maar ik wil dat wel. Ik wil dat Henrik echt de heer des huizes is. Het kan me niet schelen dat hij af en toe met iemand anders het bed in duikt.'

Ze maaide met haar arm en morste bijna rode wijn op de witte bank.

Faye kon haar ogen niet van haar afhouden.

Alle verhalen van Jack over Henriks slippertjes. Hoe had ze die ooit leuk kunnen vinden? Ze had nooit geweten dat Alice ervan op de hoogte was. Had alleen maar gedacht: arme, mooie, simpele Alice.

'Alice, ik...' Haar geweten speelde op en ze voelde het bloed bij haar slapen kloppen.

'Je hoeft niets te zeggen. Ik weet dat het zo is. En jij weet het ongetwijfeld ook al heel lang.' Alice haalde haar schouders op. 'Mannen zijn zoals ze zijn. Maar daarna komt hij naar huis. Hij slaapt hier en ontbijt met mij. Speelt met onze kinderen. Ik weet dat hij van me houdt. Op zijn manier. Ik ben de moeder van zijn kinderen. Als ik eerlijk ben, vind ik het niet zo'n punt meer. Ik... ben eraan gewend geraakt.'

Ze keek door het raam naar het donkere water.

'Ik zou het niet kunnen,' zei Faye.

De warmte in haar buik. Jack was niet zoals Henrik. En zij was niet zoals Alice.

Alice keek haar weer aan.

'Maar Faye, hij...'

'Waag het niet het te zeggen!' Faye sprak zo luid dat Alice terugdeinsde. 'Ik weet dat veel mannen om ons heen niet trouw zijn. Veel vrouwen trouwens evenmin. Als dat voor jou oké is, prima. Maar Jack en ik zijn zielsverwanten! We hebben samen van alles opgebouwd. Als je ooit ook maar durft insinueren dat het anders zit, verwoest ik je hele leven! Begrijp dat goed!'

Bij het zien van Alice' geschrokken blik dwong Faye zichzelf te kalmeren. Ze mocht Alice niet laten zien wie ze echt was. Wie ze was geweest.

Ze stond op. Wankelde even.

'Bedankt voor het eten. We gaan nu naar huis.'

Toen de voordeur achter Julienne en haar was dichtgevallen, draaide ze zich om. Keek door het raampje ernaast naar binnen. Alice zat nog altijd op de bank en staarde naar het water.

Stockholm, september 2001

In de taxi vanaf Arlanda stelde ik me erop in dat Jack zou verdwijnen en dat alles weer zijn gewone gangetje zou gaan. Geluk was voor mij alleen beschikbaar in kleine doses. Ik was tevreden met wat ik had gekregen, hield ik mezelf voor terwijl de taxi naar Stockholm leek te racen.

Maar Jack hield mijn hand in de zijne terwijl de noordelijke voorsteden achter het raam voorbijstoven.

'Wat ga je vandaag doen?'

'Dat weet ik niet,' zei ik.

We passeerden het knooppunt Järva krog, en de files naar de stad dwongen ons langzamer te rijden. Dat vond ik niet erg. Integendeel.

'Ik ook niet. Zullen we ergens een biertje pakken?'

En dat deden we. Die avond sliepen we in Jacks eenkamerflat aan de Pontonjärsgatan op Kungsholmen.

De dag daarna bleven we tot aan de lunch in bed. We praatten, keken een film en vrijden. Maar toen kreeg ik last van een slecht geweten, dus ging ik op het balkon zitten leren. Het weekend in Barcelona was fantastisch geweest, maar nu moest ik een heleboel inhalen.

Plotseling hoorde ik een kreet vanaf de bank, waar Jack naar het nieuws zat te kijken.

'Wat is er?' riep ik, maar hij antwoordde niet.

Ik klapte mijn boek dicht en liep naar hem toe.

Jack zat doodstil voor de tv. Zijn gezicht was lijkbleek.

Ik had nog nooit zoiets ergs gezien als de beelden van die nieuwsuitzending van CNN. De vliegtuigen. De ontploffende wolkenkrabbers. De lichamen die honderden meters naar beneden stortten. Mensen die sprongen, mensen die onder het bloed en het stof zaten en door de straten van Manhattan dwaalden.

'Wat gebeurt er in godsnaam?' Ik staarde ongelovig naar het televisiescherm.

Jack keek me met betraande ogen aan.

'Er is een vliegtuig in het World Trade Center gevlogen. Iedereen dacht in eerste instantie dat het een ongeluk was, maar toen vloog er opeens ook een vliegtuig de andere toren in. Er zijn meer vliegtuigen gekaapt. Het lijkt een terroristische aanval te zijn.'

'Een terroristische aanval?'

'Ja.'

Er hing een verwarde stemming in de studio. We zaten als gehypnotiseerd voor de tv. Lamgeslagen door wat we zagen, door de paniek. Het onbekende. Het onvoorspelbare.

Jack ging staan en deed de voordeur op slot. Haalde een fles whisky en twee glazen. Toen de torens instortten, vlak na elkaar, huilden we. De verwoesting, alle doden – het contrast met ons geluk was gigantisch.

Ik voelde opeens de behoefte om dicht bij Jack te zijn, om zijn kracht te voelen, te weten dat hij me zou verdedigen. Mijn littekens rustten veilig in zijn handen. Dat hij niet wist dat ze er waren maakte niet uit. Zijn aanwezigheid werkte toch verzachtend. Het was alsof zijn eigen littekens in de mijne pasten.

Plotseling begreep ik de babyboom uit de jaren veertig. Dat mannen en vrouwen in tijden van crisis troost nodig hebben, het dierlijke opzoeken, het fundamentele, het simpele. De geborgenheid van de voortplanting, de feitelijke grondslag voor het voortbestaan van de soort.

Ik pakte de afstandsbediening en zette het geluid uit.

Jack keek me vragend aan.

'Wat...?'

Iets in mijn blik maakte dat hij zijn mond hield. Ik trok hem overeind. Deed het ene kledingstuk na het andere bij hem uit tot hij naakt voor me stond. Daarna kleedde hij mij uit en gingen we op de bank liggen. Toen hij bij me binnendrong voelde ik me heel erg geborgen. Het enige wat iets betekende was dat ik hier onder hem mocht liggen, met zijn geslachtsdeel in mij. Als het leven zelf in mij. Ik zag de beelden van de tv voor me, ze flikkerden op mijn netvlies. Keer op keer toonden ze lichamen die uit de brandende torens vielen. De rook en de vlammen toen de enorme, ogenschijnlijk onverwoestbare gebouwen verder instortten.

Ik huilde.

Maar ik had meer nodig. Het was niet genoeg. Soms was ik daar juist bang voor. Dat niets ooit genoeg zou zijn.

'Harder,' zei ik.

Jack stopte even. Zijn zware ademhaling werd stil. Door de dunne muren hoorden we dat de buren naar dezelfde nieuwsuitzending luisterden.

'Neuk me zo hard je kunt,' fluisterde ik. 'Zodat het zeer doet.'

Ik voelde dat hij aarzelde.

'Waarom wil je dat?'

'Stel geen vragen,' antwoordde ik. 'Het is gewoon wat ik op dit moment nodig heb.'

Jack keek me vragend aan, maar deed wat ik wilde. Hij greep me steviger bij mijn heupen en stootte steeds harder. Zijn ademhaling werd zwaarder en hij trok aan mijn haar. Zonder enige zorgzaamheid. Zonder enige poging om behoedzaam te zijn.

Het deed pijn, maar dat wilde ik ook. Pijn was bekend. Gaf me een geborgen gevoel. De wereld stond in brand en pijn was mijn anker.

11 september.

De datum had al een plek in mijn leven. Op de dag af vier jaar eerder was mijn vader opgepakt voor de moord op mijn moeder.

Een jaar nadat Sebastian hangend aan een riem in zijn kleerkast was aangetroffen.

Ik was vijftien toen hij overleed. Misschien dat ik op dat moment werd wie ik ben. Misschien was dat de dag waarop ik Faye werd.

Jack stootte steeds heviger en nu hoorde ik dat hij ook huilde. We werden verenigd in het verdriet en de pijn, en toen hij uiteindelijk op mij in elkaar zakte wist ik dat we een moment hadden gedeeld dat we geen van beiden ooit zouden vergeten.

We bleven die middag en avond lang op de bank zitten en hielden elkaars hand vast terwijl we de wereld zagen branden.

Het jaar daarna zou het beste van mijn leven worden. Het jaar waarin het fundament werd gelegd voor ons gezamenlijke leven en de onverwoestbare band tussen Jack en mij.

Hij vertelde alles over zijn jeugd. Over de onzekerheid, de ruzies, het voortdurende gebrek aan geld. Kerstmis zonder cadeautjes, familieleden die zich nu eens over zijn vader ontfermden en hem dan weer veroordeelden. Hoe zijn wereld nog verder in elkaar stortte toen zijn moeder vertrok. De spullen in huis die geleidelijk aan verdwenen, werden verkocht, werden verpand. Mensen die op vreemde tijden een schuld kwamen opeisen of met zijn vader wilden drinken. Zijn opluchting toen hij dat leven achter zich kon laten.

Zelf vertelde ik niets. Jack bracht mijn oude leven ook nooit ter sprake. Hij had geaccepteerd dat ik alleen op de wereld was. Dat er niemand meer was. In zekere zin vond hij dat wel prettig, denk ik. Want dan was ik uitsluitend van hem. We hadden alleen elkaar, en hij kon mijn held zijn.

Jack en ik spraken na onze colleges af in de kleine cafés rond de Hantverkargatan of in Chinatown, soms samen, soms met Henrik en Chris. We spraken over het leven, de economie, de politiek en onze dromen. We waren elkaars gelijken. Al hadden Chris en ik vaak het gevoel dat wij koninginnen waren in de wereld van Jack en Henrik. Soms zag ik Jack afgunstig naar me kijken als ik de aandacht van andere mannen trok. Hij vond het ook niet prettig als ik dingen op eigen houtje deed. Wilde altijd weten waar ik was, wat ik uitspookte. Ik vond zijn jaloezie charmant. Ik wilde dat hij mij bezat. En ik ondernam steeds minder vaak iets zonder hem. Chris protesteerde een enkele keer, maar we zagen elkaar hoe dan ook vaak, met zijn vieren, dus eigenlijk viel het niet op. Ik droeg ook geen korte rokjes en truitjes met een diep decolleté meer. Behalve wanneer Jack en ik alleen waren. Dan zag hij me het liefst in kleding die zo strak en zo kort mogelijk was, met een diep decolleté.

'Je bent niet zoals andere vrouwen,' zei hij vaak.

Ik vroeg nooit wat hij daarmee bedoelde. Nam het alleen maar in me op. Wilde graag anders zijn.

We hadden overal seks. Soms spraken we tussen de colleges door af, duwden giechelend de deur van de toiletten open en rukten elkaar de kleren van het lijf. We neukten door de hele stad. In de bibliotheek, bij McDonald's aan de Sveavägen, in het Kronobergspark, in een lege collegezaal, bij horecagelegenheden als Sturecompagniet, East en Riche, midden in de nacht in een lege metrowagon naar Ropsten, op feestjes, in de woning van Henriks ouders en op het balkon. Twee, drie keer per dag. Jack kon geen genoeg van me krijgen. Voor mij had het wel iets minder gekund, maar de seks was heel goed en hij gaf me het gevoel dat ik de aantrekkelijkste vrouw was die ooit op deze aarde had rondgelopen. Hij hoefde maar naar me te kijken of ik raakte al opgewonden. Ik hoefde alleen maar te weten hoezeer hij naar me verlangde. Hij vond het niet leuk als ik nee zei; dan werd hij werd chagrijnig en gefrustreerd, dus ik zei gewoon nooit nee. Moeilijker dan dat was het in mijn ogen niet. Als hij gelukkig was, was ik dat ook.

Het Karolinska-ziekenhuis. Een ventilator zoemde eentonig. Versleten pluchen banken kreunden als iemand ging verzitten. Een hoestbui weergalmde tussen de vrijwel kale muren.

Faye scrolde op haar mobiel, keek naar foto's van hun bruiloft. Hun zongebruinde, hoopvolle gezichten. De stijlvolle, stralende gasten. *Expressen* had zelfs een fotograaf ingevlogen, die vanaf een balkon van het hotel foto's had genomen. Zelf had ze het liefst een kleine bruiloft gehad, in Zweden. Ze had zich ook kunnen voorstellen alleen naar het stadhuis te gaan. Maar Jack had erop gestaan dat het een grote bruiloft in Italië werd. In een huis aan het Comomeer. Vierhonderd gasten, van wie ze een handvol kende. Vreemden die haar feliciteerden en haar onder de sluier een kus op de wang gaven.

Jack had haar jurk uitgekozen. Een pompeus geval van zijde en tule, speciaal voor haar gemaakt door Lars Wallin. Hij was mooi, maar paste niet bij haar. Als ze zelf had mogen kiezen, was het iets simpelers geworden. Maar toen ze naar Jack toe liep en zijn blik zag, was ze blij dat ze niet tegen hem in was gegaan.

Ze legde haar mobiel weg. Jack kon elk moment komen. Hij zou een hand door zijn haar halen, gaan zitten, haar vasthouden en zich verontschuldigen voor het feit dat hij zo laat was. Dat hij haar hier in haar eentje had laten wachten.

'We dragen geluk en ongeluk samen,' zoals hij in zijn mooie toespraak tijdens de bruiloft had gezegd. Woorden waar de vrouwelijke gasten om hadden moeten huilen, woorden die hen met afgunst naar Faye hadden doen kijken.

Ze was de oudste van de vrouwen die hier zaten te wachten en de enige die geen man naast zich had. Behalve een meisje dat niet ouder kon zijn dan zestien en haar moeder had meegenomen. Vriendjes hielden hun vriendinnetjes vast. Streelden liefdevol de rug van hun hand. Spraken met zachte stem en een ernstige, alerte blik. Ze voelden allemaal dat iets wat heel privé was nu voor anderen zichtbaar werd. Ze wilden allemaal het liefst alleen worden gelaten. Zonder de blikken van anderen. Zonder de vragen achter hun ogen. Af en toe kwam er een verpleegkundige iemand halen. Ze keken degene die vertrok allemaal na.

Faye hoorde haar naam en ze wierp weer een blik op haar mobiel. Geen bericht van Jack. Geen gemiste oproep. Ze voelde zich genoodzaakt om nog een keer te checken of ze hier bereik had.

Ze stond op en liep achter de verpleegkundige aan naar een kamer. Beantwoordde de controlevragen en vroeg zich ondertussen af of de verpleegkundige haar herkende. Al maakte dat eigenlijk niets uit. Faye ging ervan uit dat ze zwijgplicht had.

'Komt iemand u zo meteen ophalen?' vroeg de verpleegkundige.

Faye keek naar het tafelblad. Schaamde zich, zonder te weten waarom.

'Ja. Mijn man.'

De tl-buizen aan het plafond wierpen een koud licht op het papier dat op de behandeltafel lag.

'Oké. Sommige vrouwen vinden het fijn om hier wat door de gangen te wandelen zodat het proces wordt bespoedigd en ze de pijn een beetje in de hand kunnen houden. U moet het zeggen als er wat is, ik zal u extra in de gaten houden.'

'Dank u wel,' zei Faye.

Ze kon de verpleegkundige nog altijd niet recht aankijken. Hoe kon ze uitleggen waarom ze hier in haar eentje zat? Ze begreep het zelf niet eens.

'Hebt u gisteren de eerste pil ingenomen?'

'Ja.'

'Goed zo. Dan krijgt u nu de tweede.'

Een pil in een plastic beker en een warme hand op haar schouder. Ze weerstond de neiging om haar hoofd bij de jonge verpleegkundige op schoot te leggen en in huilen uit te barsten. In plaats daarvan stopte ze de pil in haar mond zonder ernaar te kijken.

'Neem deze ook maar,' zei de verpleegkundige en ze legde een paar pijnstillers voor haar op tafel.

Faye slikte ze door. Ze was het gewend te slikken.

Faye lag in een groot, fauteuilachtig geel meubel naar het plafond te staren. Ze had in elk geval niet op de groene behandeltafel hoeven plaatsnemen en was blij dat ze rustig achter een gordijn mocht liggen. Ze hadden haar een luierachtige onderbroek aangetrokken die het embryo zou opvangen. Ze voelde het bloed al lopen. De verpleegkundige bij de echo had gezegd hoe oud het embryo was, maar ze had de precieze week niet meegekregen, had het niet willen weten.

Waar ben je? schreef ze naar Jack.

Geen reactie.

Er moest iets gebeurd zijn. Had hij een ongeluk gehad? Ze belde de nanny, vroeg hoe het met Julienne ging.

'Prima, we kijken naar een film.'

'En Jack?' Faye probeerde gedwongen te klinken. Ondertussen sijpelde het bloed tussen haar benen. Werd opgenomen door de luier. 'Heeft hij nog gebeld?'

'Nee. Is hij niet bij jou?'

Vervolgens belde ze Henrik. Hij nam evenmin op. Haar gedachten vlogen alle kanten op. Ze zag twee ernstige politieagenten aanbellen, die met een spijtige blik vertelden dat Jack dood was. Wat moest ze dan? Het leek een déjà vu. Tijdens de geboorte van Julienne had ze dezelfde angst gevoeld.

Toen was Faye begin juni uitgerekend. Jack had zich tijdens de hele zwangerschap zorgzaam gedragen, al had hij niet altijd tijd gehad voor doktersafspraken en alle andere praktische dingen die bij een zwangerschap hoorden. Compare bevond zich in een intensieve fase en Faye begreep dat het bedrijf op de eerste plaats moest komen nu ze een kind verwachtten en hij serieus iets voor zijn gezin wilde opbouwen.

Jack was op kantoor geweest toen de eerste weeën zich aandienden. Aanvankelijk had Faye niet doorgehad dat ze echt waren en ze aangezien voor de valse weeën waar ze in de maanden ervoor wel vaker last van had gehad. Maar toen waren ze zo sterk geworden dat ze zich aan het aanrecht had moeten vasthouden om niet om te vallen.

Ze stond krom van de pijn toen ze Jack belde. De telefoon bleef maar overgaan, tot ze uiteindelijk de voicemail kreeg. Ze stuurde hem een berichtje om hem te laten weten dat hij thuis nodig was, vermoedde dat hij in een vergadering zat. Toen ze het Danderyds-ziekenhuis belde, zeiden ze dat ze meteen moest komen, maar ze wilde niet zonder Jack vertrekken. Ze had voor zich gezien hoe hij haar de auto in hielp en vervolgens zenuwachtig tegen alle automobilisten vloekte terwijl ze met een noodgang naar het ziekenhuis reden. Naar de eerste ontmoeting met hun kind, het kind naar wie ze zo hadden verlangd.

De weeën werden met de minuut erger, maar de telefoon bleef stil. Jack noch Henrik reageerde op haar telefoontjes en berichten. Uiteindelijk belde ze Chris om te vragen of zij met haar mee kon gaan en bij haar kon blijven tot Jack er was.

Een kwartier later kwam Chris buiten adem naar binnen gestormd, op hoge hakken en in een mantel met een luipaardmotief. Half slepend, half dragend hielp ze Faye de trap af. Toen ze goed en wel in de taxi naar het ziekenhuis zaten, besefte Faye dat ze de zorgvuldig ingepakte tas die al twee maanden klaarstond waren vergeten. Ze zei tegen de chauffeur dat hij moest keren, maar Chris droeg hem snauwend op Faye te negeren en als de wiedeweerga naar het ziekenhuis te rijden. Alles wat in die tas zat kon je kopen, zei ze, en er waren altijd al kinderen ter wereld gekomen zonder een waslijst aan spullen.

Chris nam de jacht op Jack over en ze belde en sms'te hem als een bezetene. Toen de taxi voor het ziekenhuis vaart minderde, stopte ze de telefoon in haar tas.

'Hij weet waar we zijn,' zei ze. 'Hij weet wat er aan de hand is. Nu moeten we zien dat we bij een verloskamer komen zodat dit kind niet in deze taxi wordt geboren, oké?'

Faye knikte. De pijn spoelde als een enorme golf door haar heen en ze kon zich alleen maar op haar ademhaling richten.

Ze hield Chris stevig bij de arm toen ze uitstapte, voelde zich afgeschermd. Terwijl ze door een gang liepen, hoorde ze haar vriendin als vanuit de verte bevelen geven en naar het personeel schreeuwen. Als alles achter de rug was moest ze ongetwijfeld haar verontschuldigingen aanbieden, maar op dit moment was de hoge luide stem van Chris het enige wat haar een veilig gevoel gaf.

Julienne kwam na vijf uur. Vijf uur van pijn waarin Faye nu eens bang was voor de dood en er dan weer naar verlangde. Chris bevond zich de hele tijd aan haar zij. Wiste zweet van haar voorhoofd, vroeg om pijnstillers, schreeuwde tegen de verloskundige, masseerde Fayes rug, hielp haar met het lachgasmasker en hield de weeën bij. En toen Julienne was geboren, was Chris degene die de navelstreng mocht doorknippen en het meisje behoedzaam bij Faye op de borst legde. Het was de enige keer dat Faye Chris zag huilen.

Twee uur later was een beschaamde Jack naar het ziekenhuis gekomen. Hij had het grootste boeket rozen bij zich dat Faye ooit had gezien. Honderd perfecte rode rozen, waarvoor het personeel geen vaas kon vinden. Hij staarde naar zijn schoenen, zijn pony viel voor zijn gezicht en Faye voelde haar boosheid en teleurstelling wegebben.

Hij zwamde over vergaderingen, een mobiel die het had begeven en een ongelukkige samenloop van omstandigheden. Hij leek het verschrikkelijk te vinden, maar in Fayes ogen was hij toch degene die het meest had gemist. De geboorte van het perfectste kind dat de wereld ooit had aanschouwd.

Voorzichtig reikte ze hem Julienne aan. Het meisje was in een dekentje gewikkeld en knorde tevreden na haar eerste maaltijd buiten de buik. Jack was tot tranen toe geroerd, maar achter zijn rug stond Chris met gekruiste armen toe te kijken. Faye richtte haar ogen snel op haar man, die nu hun pasgeboren dochter in zijn armen had. Hij hield van haar. Niemand was volmaakt.

Faye haalde diep adem en drukte de herinneringen weg. Ze had haar best gedaan de bevalling te vergeten, maar deze situatie deed er te veel aan denken. Al werd er vandaag geen kind geboren maar een leven beëindigd.

Haar buik spande zich en trok zich samen. Ze beet op haar lip om niet in huilen uit te barsten. Ze moest sterk zijn, voor haarzelf en voor Julienne. Jack zou trots op haar zijn.

Haar voorhoofd was warm alsof ze koorts had en ze transpireerde, waardoor haar kleding op haar huid plakte. Achter een gordijn hoorde ze gesnik.

'Liefje, toch. Liefje.'

Iemand werd gestreeld en getroost.

Haar buik draaide zich om in een kramp. De seconden verstreken. Ze hijgde toen de pijn wegzakte. Besefte dat ze haar hele lichaam had gespannen en haar adem had ingehouden. Zij wilde ook getroost worden. Hield het niet langer vol om alleen te zijn. Ze pakte haar telefoon en belde Chris. Huilde. Legde uit waar ze was. Het kon haar niet schelen dat anderen haar konden horen. Ze kreunde luid toen zich een nieuwe kramp aandiende en klemde haar telefoon zo stevig vast dat haar knokkels wit werden.

Het zweet stroomde haar over de rug.

'Ik kom eraan,' zei Chris. Zoals altijd.

'Echt?' snotterde Faye.

'Natuurlijk kom ik, lieverd.'

Een halfuur later weerklonken Chris' hakken door de gang. Ze boog zich over Faye heen. Met haar zorgvuldig gemanicuurde handen streek ze haar over haar haar. Droogde haar voorhoofd af met een tissue die ze uit haar *sac de jour* van YSL had gepakt.

'Sorry,' fluisterde Faye. 'Sorry, voor alles.'

'Niet meer aan denken, lieverd. Het is zoals het is. Nu zorgen we dat je dit kwijtraakt en dan gaan we hier weg. Oké?'

Chris' hese stem klonk zakelijk en meelevend tegelijk en Faye kalmeerde. Dat effect had Chris altijd op haar. Pas nu besefte Faye hoezeer ze dat had gemist.

Ze keek haar recht aan.

'Ik hou van je.'

'Ik ook van jou,' zei Chris. 'Ik was erbij toen Julienne werd geboren. Uiteraard ben ik er nu ook voor je.'

Fayes gezicht vertrok van de pijn en ze kneep in Chris' hand. De mooiste hand die ze ooit had gezien.

En terwijl er een leven uit haar wegstroomde, drukte ze haar wang ertegenaan.

Stockholm, februari 2003

We waren verhuisd naar een driekamerflat in Bergshamra. Jacks oom had het andere appartement terug willen hebben toen een van zijn kinderen terugkwam uit het buitenland. Bergshamra was bereikbaar met de rode lijn van de metro en lag dicht bij de stad, maar was toch een andere wereld. De buren bestonden voor een deel uit Zweden en voor een deel uit immigrantengezinnen. Vriendelijke en aardige moeders. Kinderen die schreeuwden en lawaai maakten op de binnenplaats, maar beleefd en welopgevoed waren als je hen tegenkwam in het trappenhuis.

Jack en Henrik waren alle twee afgestudeerd. Henrik met geweldige cijfers, Jack met middelmatige. Maar ze waren geen van beiden op zoek gegaan naar een baan. In plaats daarvan waren ze dag en nacht bezig om Compare op te zetten. Het moest een bedrijf worden met telemarketeers die op provisiebasis werkten en gretiger en agressiever waren dan al hun voorgangers. Motivatie, motivatie, motivatie, zoals Jack altijd opdreunde. Zijn favoriete spreekwoord was 'hongerige vlooien bijten het hardst' en het bedrijfsmodel dat ik voor hen had ontwikkeld paste daar goed bij. Het paste vooral bij twee eerzuchtige mannen zoals Jack en Henrik.

Onze woonkamer was hun kantoor. Ze deelden een groot bureau en werkten zij aan zij op een paar stoelen die ik bij het grofvuil had gevonden. Tegen Jack had ik gezegd dat ik ze van mijn oma had geërfd.

Ik bewonderde hun intensiteit en was ervan overtuigd dat ze zouden slagen, dat ze op de goede weg waren. Ik was dan ook heel erg verbaasd toen ik op een middag thuiskwam en Jack met een lege blik op de bank aantrof.

'Wat is er, schat?' vroeg ik, terwijl ik naast hem ging zitten.

'We zijn blut. Henrik is door zijn spaargeld heen en ik ben tevergeefs met de pet rondgegaan. Het is me niet gelukt om investeerders te vinden. We waren domweg niet goed genoeg.'

Hij haalde een hand door zijn haar.

'Misschien is het geen ramp. We zullen alle twee wel werk vinden. Henrik denkt erover om naar Londen te gaan en daar in het bankwezen een baan te zoeken. Misschien is het beter als we deze kinderachtige dromen loslaten en volwassen worden. Ik vertel hem morgen dat ik me terugtrek; dat is het beste. Misschien ga ik ook wel naar Londen, daar zit tenslotte het grote geld. Of naar New York. Wall Street. Misschien ga ik wel naar Wall Street.'

Jacks tirade moest hemzelf overtuigen, maar ik zag dat hij er geen woord van meende. Zijn droom opgeven was wel het laatste wat hij wilde. En bij het idee dat hij weg zou gaan en ik – opnieuw – in mijn eentje achterbleef sloeg bij mij de paniek toe.

Alleen al de gedachte aan een leven zonder Jack was onmogelijk. Ik slikte mijn misselijke gevoel weg en zei zo rustig als ik kon, met mijn hand op de zijne: 'Waar komt dit allemaal vandaan? Ik dacht dat het goed ging, toen we gisteravond naar bed gingen waren jullie nog heel enthousiast. Ik heb jullie horen bellen.'

'Op dat moment waren we er nog van overtuigd dat er investeerders waren, maar vandaag hebben we te horen gekregen dat ze toch geen belangstelling hebben. Dus we zijn blut, schat. Met je studiebeurs en je baantje in dat café voorzie jij in ons onderhoud; ik heb deze maand niet eens de rekening van mijn mobiel betaald.'

De hoop van vele generaties lag op zijn schouders en de teleurstelling was duidelijk van zijn gezicht af te lezen. Het was aan hem om de puinzooi van zijn vader op te ruimen en de eer van de familie te herstellen. Een kruistocht die hij nu wilde opgeven.

Ik vouwde mijn handen om zijn gezicht.

'Nee. Ik sta niet toe dat jullie je droom opgeven.'

'Hoor je niet wat ik zeg? We hebben geld nodig. Inkomsten. En jij studeert nog...'

Hij keerde zijn gezicht naar me toe. Met natte, diepe ogen als een puppy. Jack had me nodig zoals niemand me ooit nodig had gehad.

'Ik kan een sabbatsjaar nemen.'

'Maar je vindt je studie juist zo leuk.'

Zijn blauwe ogen keken recht in de mijne en ik zag dat ze alweer oplichtten, dat hij alleen voor de vorm protesteerde.

'Ik vind jou leuker. En ik weet dat je zult slagen, als jij je ding maar mag doen. We zijn een team, jij en ik. Jack en Faye. We gaan de wereld veroveren, dat hebben we tenslotte gezegd. Ik maak mijn studie een jaar later af, wat maakt dat op het grote geheel nou helemaal uit?'

Ik haalde mijn schouders op.

'Weet je het zeker?' Jack trok me naar zich toe.

'Natuurlijk weet ik het zeker.' Ik lachte.

Het geluk borrelde als priklimonade. Ik gaf hem een geschenk en hij nam het aan omdat hij van me hield.

'Ik weet dat je voor mij hetzelfde zou hebben gedaan. En ik geloof in Compare, ik weet dat we miljonair zullen worden. En dan mag je me terugbetalen!'

'En reken maar dat ik dat zal doen. Alles wat van mij is, is van jou. Van ons!'

Hij kuste me en tilde me op, droeg me naar de slaapkamer.

Eén jaar was geen ramp. Voor Compare betekende het alles. Voor mijn opleiding niet zoveel. Ik deed de school op mijn sloffen, terwijl Henrik flink had moeten blokken voor zijn goede cijfers. Natuurlijk vond ik het niet leuk om tafeltjes schoon te maken, koffie te serveren, in mijn achterwerk te worden geknepen door ouwe kerels die dachten dat de serveerster bij de prijs van een kopje koffie en een koffiebroodje was inbegrepen. Maar Jack was de liefde van mijn leven. Mijn zielsverwant. We droegen elkaar. De volgende keer zou Jack er voor mij zijn.

Ik deelde nog diezelfde avond mijn beslissing mee aan de hogeschool en belde mijn chef bij Café Madeleine. Hij was dolblij. Ik wist dat hij wilde uitbreiden, maar zijn handen vol had aan de dagelijkse gang van zaken. Hij bood me meteen de baan van personeelschef aan. Mijn maandsalaris leek gigantisch. Tweeëntwintigduizend kronen. Ik zei ja.

De enige die zich tegen mijn beslissing verzette, was Chris. Ze kwam tegen sluitingstijd bij Café Madeleine langs. Haar blik was zwart.

'Het is tijd om te praten,' zei ze.

Ze sleurde me over een Stureplan dat nat was van de regen mee naar een bar. Snauwde tegen de barkeeper dat ze twee biertjes wilde en drukte me op een bank.

'Ik weet dat dit niet is wat je wilt horen en misschien word je zelfs wel boos op me. Misschien betekent dit het eind van onze vriendschap. Maar iemand moet dit zeggen! Je begaat een vergissing.'

Ik zuchtte. Hoe kon Chris dit ooit begrijpen? Wat Henrik en zij hadden gehad kwam niet eens in de buurt van wat Jack en ik hadden.

'Ik weet dat je het beste met me voor hebt. Maar dit is wat er nu gedaan moet worden. Jack moet zich concentreren op Compare, wil hun droom werkelijkheid kunnen worden.'

'Maar jóúw droom dan? Shit, Faye. Als Jack en Henrik samen ook maar de helft van jouw hersencapaciteit hadden, waren ze ondertussen al miljardair geweest.'

'Zolang ik Jack heb ben ik gelukkig. En zijn dromen zijn de mijne.'

'Ben je bang dat hij bij je weggaat als je dit niet doet?'

'Nee.'

Ik moest bijna lachen.. Wat een absurd idee. Dat hij het over Londen en New York had gehad, had me natuurlijk wel een beetje verontrust, maar meer ook niet. Jack wilde net zo graag bij mij zijn als ik bij hem.

Chris gebaarde geïrriteerd naar de barkeeper dat hij nog twee biertjes moest brengen.

'Nou dan,' mopperde ze. 'Waarom kan hij Compare dan niet een jaar in de ijskast zetten en gewoon aan het werk gaan? Waarom moet jij zo nodig je studie voor hem opgeven?'

Haar handen beefden toen ze een sigaret aanstak.

'Het is zo typerend, hè,' mopperde ze.

Ik reikte naar haar pakje sigaretten. Jack vond het niet prettig als ik rookte, dus maakte ik van de gelegenheid gebruik om er nu een op te steken. Ik moest alleen niet vergeten pepermuntkauwgom te kopen voordat ik naar huis ging.

'Het is maar een jaar, Chris. Daarna ben ik terug. Dan hebben Jack en Henrik Compare op poten gekregen.'

Ik blies een perfecte kring uit en liet die het sceptische gezicht van Chris omlijsten. Ze ging er verder niet op door, maar uit haar blik bleek duidelijk wat ze ervan vond.

Zes maanden later werd Compare gelanceerd. Het was meteen een succes. De jonge telemarketeers van Jack en Henrik met hun nieuwe manier van werken vielen Zweden als een invasieleger binnen. De resultaten waren ongekend. De bedrijven stonden in de rij om hun telefonische verkoop door Compare te laten afhandelen. Het geld stroomde binnen. Na ruim een jaar waren we miljonair.

Jack en ik vonden alle twee dat het geen zin had dat ik mijn studie weer oppakte. We hadden ons doel al bereikt. Samen. Waarom zou ik ploeteren voor tentamens op de hogeschool als het ons al voor de wind ging?

Je studeerde om in het leven te slagen, en dat was ons al gelukt. De toekomst zag er zo zonnig uit dat ik een zonnebril nodig had.

De catastrofe kwam steeds dichterbij. Natuurlijk had ze de tekenen moeten zien. Haar ogen moeten openen. Ze zeggen wel dat liefde blind maakt, maar Faye wist dat niets ons zo blind maakt als de dróóm over de liefde.

Hoop is een machtige drug.

Ze besloot het anders aan te pakken. In plaats van thuis als een zielige puppy te zitten wachten tot Jack kwam, zou ze hem bewegingsvrijheid en tijd geven om haar te missen.

Over twee weken was zijn verjaardagsfeest. Het evenementenbureau had haar laten weten hoe laat ze er moest zijn, dat was alles. Daarnaast hadden ze laten weten dat de dresscode 'Black Tie' was. Zelf had ze een leuker thema overwogen toen ze nog dacht dat ze het verjaardagsfeest van haar man moest organiseren. 'The Great Gatsby' of 'Studio 54'. Maar kennelijk wilde Jack het zo. Soms vroeg ze zich af of ze zich gewoon had verbeeld dat ze hem kende. Ze leek de plank tegenwoordig aldoor mis te slaan. In elk geval wanneer het om Jack ging.

Faye klopte op de deur van zijn werkkamer in de toren, hoorde een geïrriteerd 'ja-a' en stapte naar binnen.

Ze toverde een glimlach op haar gezicht. Niet dat het iets uitmaakte. Jack had zijn blik op het scherm gericht.

'Sorry, ik wilde je niet storen. Ik wilde alleen even zeggen dat ik een paar dagen wegga met Julienne.'

Hij keek verbaasd op. Zijn mooie profiel werd weerspiegeld in het raam.

‘O?’

‘Ja. Je hebt het zo druk op dit moment. En ik… ik niet bepaald. Ik heb een huis gehuurd in Falsterbo.’

Ze was erop voorbereid dat Jack zou protesteren; hij was nooit echt enthousiast als ze iets in haar eentje wilde ondernemen. Maar tot haar verbazing leek hij opgelucht.

‘Wat een geweldig idee. Het zal je goeddoen er even tussenuit te zijn na… na alles wat je hebt doorstaan.’

Hij keek haar niet aan. Toen hij op de dag van haar abortus ’s avonds laat was thuisgekomen, had hij zich alleen maar kort verontschuldigd door te zeggen dat zich op het werk een crisissituatie had voorgedaan. Dat was alles. Geen rozen deze keer. Geen tranen. En ze had opnieuw geslikt, geaccepteerd wat ze niet kon veranderen, ook al gaf het een bittere nasmaak. Toen ze naar bed ging, had ze echter nog altijd de koele hand van Chris tegen haar wang kunnen voelen.

‘Denk je?’

Ze hield haar stem neutraal. Altijd vooruitkijken. Nooit achterom. Ze zou dit weten te keren. Ze had meer kracht dan Jack dacht. Ze had lang genoeg het zwakke geslacht gespeeld. Omdat dat was wat Jack nodig had. Maar nu besefte ze dat het tijd was dat ze de leiding nam, zonder dat Jack dat in de gaten had. Hij was niet het soort man dat gestuurd wilde worden.

‘Ja, heus,’ zei Jack glimlachend.

Zijn gezicht zag er jonger uit, opgewekter. Ze ontspande. Ze was op de juiste weg. Ze moesten gewoon even afstand van elkaar nemen.

‘Het is ook leuk om moeder-dochtertijd met Julienne te hebben,’ zei Jack. Het klonk een beetje geforceerd, maar ze pakte alle kruimels die ze kon krijgen. ‘Een meidenreis, of hoe je het maar moet noemen. Wanneer ze naar school gaat, wordt het lastiger om dat soort dingen te doen.’

Hij speelde met een pen en vroeg nonchalant: ‘Hoelang blijven jullie weg?’

'Ik dacht aan vijf nachten.'

Ze stak een hand naar hem uit en hij pakte die beet, tot haar verbazing. En opluchting.

'Vind je het echt geen punt?'

'Absoluut niet! Al zal ik jullie natuurlijk wel missen.'

Ze wierp hem een kushandje toe voordat ze de kamer uit liep.

'We zullen jou ook missen,' zei ze.

Dat meende ze. Ze miste hem nu al.

*

Het was niet druk op de E4; het verkeer bestond voornamelijk uit vrachtauto's. Faye vond het heerlijk om te rijden en Julienne leek te genieten van het nieuwe avontuur.

'Kunnen we er ook zwemmen?' vroeg ze.

'De zee is nog heel koud. We moeten maar kijken wat je wilt als je het water hebt gevoeld.'

Een diplomatiek antwoord. Ze wist dat Julienne het veel te koud zou vinden. Het duurde nog een tijdje voordat het water ook maar enigszins aangenaam was.

Julienne dook op haar iPad. Faye passeerde een vrachtwagen van DHL waarvan de chauffeur verlangend naar hun Porsche Cayenne keek en ging toen weer op de rechterbaan rijden.

De telefoon ging. Het was Jack.

'Hoe is het bij jullie?'

Hij klonk blij en Faye glimlachte breed. Het was lang geleden dat ze iets anders dan irritatie in zijn stem had gehoord.

'Papa!' riep Julienne.

'Hoi, meisje! Heb je het naar je zin?'

'Ja, heel erg!' zei Julienne en ze richtte zich weer op de iPad.

'Waar zijn jullie?'

'We zijn net voorbij Norrköping,' zei Faye. 'Ik denk dat we zo even stoppen, bij die plek met die gele bogen...'

'McDonald's!' gilde Julienne dolgelukkig.

Het meisje liet zich niet om de tuin leiden.

Jack moest lachen. Het was alsof alle slechte herinneringen werden weggevaagd, alsof die wegvlogen als de paardenbloempluisjes waar Faye als kind naar blies.

Toen ze het gesprek hadden beëindigd concentreerde ze zich op de weg. Het was nog een heel eind rijden.

'Mama, ik ben misselijk.'

Faye wierp een blik op Julienne, die er verontrustend witgroen uitzag.

'Misschien moet je even uit het raam kijken. Ik denk dat het komt doordat je naar het scherm zit te turen.'

Faye liet met haar rechterhand het stuur los en legde die op Juliennes voorhoofd. Dat was warm en plakkerig.

'Heb je trek? Er zit een appel in de tas bij je voeten.'

'Nee. Ik ben misselijk.'

'We kunnen nu al bij McDonald's stoppen als je dat wilt.'

Julienne zweeg. Ze had haar blik op de weg gericht. Het gaat over, dacht Faye.

Na een paar minuten begon haar dochter te hoesten. Faye vertrok haar gezicht en reed naar de vluchtstrook. Op het moment dat ze stilstonden gaf Julienne over op het dashboardkastje.

Haastig stapte Faye uit en liep om de auto heen naar de passagierskant. Ze tilde de zielig jammerende Julienne uit haar stoeltje en hield haar haar naar achteren terwijl ze nog een keer overgaf.

Er kwam een vrachtwagen langs en hun auto schudde heen en weer.

Faye zette Julienne terug in het stoeltje, haalde een tas leeg en legde die op haar schoot. In de achterbak vond ze een rol wc-papier, waarmee ze de ergste troep opruimde. Bij de stank keerde haar maag zich om en ze durfde niet aan Jacks reactie te denken als hij hoorde wat er was gebeurd. De auto zou in no time in de wasstraat staan.

'Als je nog een keer moet overgeven, probeer het dan in de tas te doen, liefje.'

Faye opende het raam en ademde door haar mond. Het stonk verschrikkelijk toen ze de auto startte. Whitney Houston zong dat haar liefde eeuwig was en Faye zette het geluid zachter. Ze vond de originele versie van Dolly Parton mooier.

Na een paar kilometer stopte ze bij een benzinepomp. Faye zette Julienne op een stoel terwijl ze schoonmaakmiddel en een doekje kocht om het interieur van de auto onder handen te nemen. Het was een stom idee geweest om zelf te gaan rijden. Ze hadden het vliegtuig kunnen nemen, op het vliegveld een auto kunnen huren. Waarom maakte ze alles altijd zo ingewikkeld? Jack had gelijk. Ze was totaal ongeschikt. Als echtgenote en als moeder.

Van haar blije gevoel was niets meer te bekennen.

Faye haalde Julienne op, kocht een banaan die ze al lopend opat, gooide de schil in een afvalbak en zette Julienne weer in haar stoeltje.

'Hoe gaat het nu, liefje?' vroeg ze toen ze zelf ook weer op haar plek zat.

'Ik wil naar huis. Mama, kunnen we niet naar huis gaan?'

'Probeer maar een beetje te slapen, dan voel je je een stuk beter.'

Julienne was te moe om te protesteren. Ze leunde met haar hoofd tegen het portier en sloot haar ogen. Faye legde een hand op haar dijbeen en reed de snelweg weer op.

Zo'n dertig kilometer voor Jönköping had ze genoeg van Whitney Houston. Met haar blik op de weg gericht grabbelde ze naar haar mobiele telefoon om een podcast aan te zetten. Ze kon hem echter niet vinden. Ze minderde vaart, ging achter een rode Volkswagen Golf rijden en reikte naar haar handtas, die ze op de achterbank had gelegd om te voorkomen dat er braaksel op kwam. Ze voelde met haar hand en de auto schoot heen en weer. Julienne jammerde, klakte slaapdronken met haar tong en viel weer in slaap.

Faye stopte. Doorzocht haar zakken, voelde met haar handen onder de stoelen. Maar haar mobiel was weg en bleef weg. Ze besefte dat hij overal kon zijn. Bij de vluchtstrook waar ze was gestopt. Bij de benzinepomp. Ze smoorde een schreeuw om Julienne niet wakker te maken. Sloeg gefrustreerd met haar handen op het stuur. Op haar mobiel stonden het telefoonnummer en het adres van de buurvrouw die hun de sleutels van het huis zou geven.

Faye sloeg een zijweg in en reed terug naar Stockholm. Toen ze jonger was had ze nooit opgegeven, maar de afgelopen jaren had ze daar veel in moeten oefenen.

Matilda had nooit opgegeven. Faye wist echter precies hoe je dat deed.

Faye had Julienne op haar ene arm en de tas met hun bagage aan de andere. De deur van de lift viel dicht en ze trok het traliehek ervoor. In de spiegel bekeek ze haar gezicht: donkere wallen onder de ogen, een sponsachtige en bleke huid. Zweetdruppels op haar voorhoofd en op haar bovenlip. En een gelaten blik.

Julienne deed haar ogen open.

'Waar zijn we?' mompelde ze slaapdronken.

'Thuis, lieverd. Je bent ziek geworden. We gaan een andere keer wel naar Skåne.'

Julienne glimlachte mat. Knikte.

'Ik ben moe,' fluisterde ze.

'Dat weet ik, meiske. Zo meteen lig je lekker in je eigen bedje.'

De lift stopte met een schok. Faye opende het traliehek en duwde Julienne hoger op haar heup. Haar arm deed zeer van het gewicht. Julienne had haar armen en haar benen als een aapje om haar heen geslagen en protesteerde halfhartig toen Faye haar op de grond zette om naar haar sleutels te zoeken.

Jack vond het heel vervelend als ze hem stoorde door aan te bellen.

Uiteindelijk kreeg ze de deur open en ze wankelden de woning binnen. Met haar laatste krachten wurmde ze Julienne uit haar jas en laarzen, droeg haar naar haar bed en kuste haar welterusten. Vervolgens liep ze naar de toren om te kijken of Jack aan het werk was.

De werkkamer was leeg en rook bedompt. Ze deed het raam open om het vertrek te luchten en zette er een bloempot voor zodat het niet dicht zou klappen.

Dan is Jack op zijn werk, dacht ze opgelucht, terwijl ze naar de slaapkamer liep om te douchen en andere kleren aan te trekken. Ze was blij dat ze zich kon opfrissen voordat hij thuiskwam. Ze voelde zich ellendig en wilde niet dat hij haar zag terwijl zij net een uitgewrongen vaatdoek leek.

Faye rukte de deur open en plotseling was het alsof de kamer voor haar vol water stond. Alles om haar heen stond stil. Het enige wat ze kon horen waren haar eigen oppervlakkige ademhaling en een galm in haar oren, die met de seconde sterker werd.

Jack stond aan het voeteneind van het bed, met zijn rug naar haar toe. Naakt. Faye staarde naar zijn achterwerk. Zag de bekende moedervlek op zijn rechterbil. De vlek ging heen en weer terwijl hij kreunend zijn heupen van voor naar achteren bewoog. Voor hem, op handen en voeten, stond een vrouw die haar bekken wild kantelde, met haar benen wijd gespreid.

Faye wankelde en greep de deurpost vast.

Alles ging heel langzaam. De geluiden waren gedempt, getemperd. Om het bed lagen overal kleren, alsof ze haast hadden gehad die uit te krijgen.

Ze wist niet hoelang ze er al stond toen ze haar in de gaten kregen.

Misschien slaakte ze onbewust een kreet. Jack draaide zich om, Ylva Lehndorf sprong overeind en probeerde zich tevergeefs te bedekken met een kussen.

'Potverdomme! Ik dacht dat jullie in Skåne waren!' schreeuwde Jack. 'Wat doe je in godsnaam hier?'

Faye zocht naar woorden. Waarom was hij boos? Op haar? Ze wist in eerste instantie niets uit te brengen. Vervolgens kwam er een stortvloed aan woorden uit haar mond gestroomd. Over Julienne, de mobiel, de terugweg. Ze probeerde een uitleg te geven, zich te verontschuldigen. Jack stak zijn hand omhoog en Faye was meteen stil.

Jack gebaarde dat Ylva zich moest aankleden en griste een ochtendjas naar zich toe. Het frustreerde hem vast dat hij niet was klaargekomen. Hij haatte het om onderbroken te worden. Het niet-bevrijde orgasme bleef de hele dag in zijn lichaam hangen, had hij weleens gezegd.

Jack ging op de rand van het bed zitten. Keek haar met vaste en kille blik aan.

'Ik wil scheiden,' zei hij.

Het was alsof ze als een ballon leegliep.

'Nee,' zei ze en ze zette zich schrap tegen de deurpost. 'Nee, Jack. Ik vergeef je. We hoeven het hier niet verder over te hebben, je hebt gewoon een vergissing begaan. We komen hier wel doorheen.'

De woorden weergalmden in haar hoofd. Schoten tussen haar hersenhelften heen en weer, stuiterden rond zonder grip te krijgen. Maar ze hoorde zelf dat ze ze uitsprak. Dus ze moest ze hebben gezegd. En hebben gemeend.

Jack bewoog zijn hoofd van links naar rechts. Achter hem had Ylva haar ondergoed aangetrokken en staarde door het raam naar buiten.

Jack keek Faye recht aan, nam haar van top tot teen op, en ze haalde nerveus een hand door haar haar. Was zich veel te bewust van hoe ze eruitzag. Hij knoopte de ochtendjas strakker om zijn middel.

'Het is geen vergissing. Ik hou niet meer van je, ik wil mijn leven niet met je delen.'

'We komen hier wel doorheen,' herhaalde Faye.

Haar benen konden haar bijna niet meer dragen. De tranen stroomden haar over de wangen. Ze hoorde zelf hoe wanhopig ze klonk.

'Hoor je niet wat ik zeg? Ik hou niet langer van je. Ik... Ik hou van haar.'

Hij knikte naar Ylva, die zich omdraaide en naar Faye keek. Ze stond nog steeds in haar ondergoed. Grijs, van La Perla. Haar strakke buik, haar perfecte borsten en haar smalle jongensheupen dreven de spot met Faye. Ylva was alles wat Faye niet langer was.

Jack zuchtte en Ylva's waakzame ogen keken minachtend toen Faye zich voor haar man op de grond liet zakken. Het hout voelde hard tegen haar knieën. Ze hadden alle vloeren vervangen toen ze hier kwamen wonen. Het liefst had Faye de oude originele vloeren geschuurd en in de olie gezet, maar bij dat voorstel had Jack zijn neus opgehaald. En dus hadden ze vloeren uit Italië geïmporteerd. Voor duizenden kronen per vierkante meter. Maar het dure hout deed net zo'n pijn aan haar knieën als een oude originele vloer zou hebben gedaan. Haar vernedering was precies hetzelfde.

'Alsjeblieft,' smeekte ze. 'Geef me nog een kans. Ik zal beter mijn best doen, mezelf verbeteren. Ik weet dat ik niet makkelijk ben om mee te leven, ik ben gemeen... slecht... dom. Maar ik zal je gelukkig maken. Alsjeblieft Jack, geef me een kans. Julienne en jij zijn mijn alles. Jij bent mijn hele leven.'

Faye probeerde Jacks hand te pakken, maar hij trok hem weg. Leek te walgen. En ze begreep hem. Zij walgde ook van zichzelf.

Hij liep naar Ylva, die nu met haar lange benen over elkaar geslagen op het bed zat. Hij ging met een trots gezicht naast haar staan, alsof ze zijn eigendom was. Legde een hand op haar blote schouder. Ylva legde haar hand op de zijne. Samen keken ze naar Faye, die nog altijd op haar knieën op de speciaal bestelde Italiaanse houten vloer zat.

Jack schudde zijn hoofd en zonder ook maar enige emotie in zijn stem zei hij: 'Het is voorbij. Ik wil dat je nu gaat.'

Langzaam kwam Faye overeind. Liep achteruit de slaapkamer uit, niet in staat haar ogen los te rukken van Jacks hand op Ylva's benige schouder. Ze draaide zich pas om toen ze langs Juliennes gesloten deur kwam. Wist dat ze nu aan haar dochter moest denken, een soort besluit moest nemen, wel meenemen, niet meenemen, iets zeggen, niets zeggen. Maar de enige gedachte die haar hersenen konden formuleren was dat ze hier weg moest. Nu.

Met het beeld van Jacks naakte achterwerk tussen Ylva's benen op haar netvlies liep ze wankelend door de voordeur en liet die achter zich dichtvallen. Pas toen ze in het trappenhuis stond besefte ze dat ze vergeten was om schoenen aan te trekken.

*

Faye zat voor het appartement van Chris. Haar lichaam schokte van het huilen.

Op de een of andere manier was ze erin geslaagd een taxi aan te houden, en na een blik op haar te hebben geworpen had de chauffeur haar zonder iets te zeggen op de achterbank geholpen.

Ze had op de deur gebonkt in de ijdele hoop dat Chris haar zou redden, maar toen er niemand opendeed, had ze zich op de vloer laten zakken. Nu wist ze niet of ze het ooit weer kon opbrengen overeind te komen.

'Faye? Mijn god, wat is er gebeurd?'

Eindelijk.

Faye keek op en zag dat Chris voorzichtig dichterbij kwam. Faye strekte haar armen naar haar uit, huilde nu zo onstuitbaar dat ze niets zag.

'Help me,' was het enige wat ze uit wist te brengen.

Deel 2

'Hoe kunnen jullie er zo zeker van zijn dat... dat hij het heeft gedaan?'

'In dit stadium kan ik daar niets over zeggen,' zei de agente zonder Faye aan te kijken.

'Alstublieft, ik heb mijn dochter verloren. Dat Jack... We hebben zo onze problemen gehad, maar ik denk toch niet... Het moet een vergissing zijn...'

'Ik zou het niet moeten doen...'

De agente keek rond. De andere politiemedewerker was weggegaan om een kop koffie voor Faye te halen. Met zachte stem zei ze: 'We hebben niet alleen bloed in de auto aangetroffen. Het navigatiesysteem geeft aan dat Jack midden in de nacht naar een jachthaven aan het Vättern is gereden. Daar hebben we een boot gevonden met bloedvlekken die vermoedelijk van Julienne afkomstig zijn.'

Faye knikte en trok een grimas toen ze door de beweging de wonden in haar gezicht voelde. Het verhoor werd opgenomen en ze wist dat ze niets mocht weten wat nog niet naar buiten gebracht kon worden. Ze wilden dat ze vertrouwen voelde voor de vrouw die met een begrijpende blik tegenover haar zat, dat ze een band met haar kreeg. Ze wilden dat ze ging samenwerken. Ze begrepen niet dat ze geen spelletje met haar hoefden te spelen. Ze zou meewerken. Jack zou zijn straf niet ontlopen.

'Kunnen we iemand bellen? Iemand die u nu graag bij u wilt hebben?'

Faye schudde haar hoofd. Vertrok haar gezicht opnieuw van de pijn. Ze was in het ziekenhuis verbonden en had ook een paar hechtingen gekregen.

'Dan kunnen we het voor vandaag afronden. Maar we hebben ongetwijfeld nog meer vragen voor u.'

'Jullie hebben mijn nummer,' mompelde Faye.

'De dominee is onderweg. Als u wilt, mag u natuurlijk naar huis gaan. Maar misschien is het beter als u nu niet alleen bent.'

'De dominee?'

Faye begreep niet meteen wat de agente bedoelde. Wat moest ze met een dominee?

'Ja. Mensen die... die hebben meegemaakt wat u nu hebt meegemaakt, hebben troost nodig, iemand om mee te praten.'

Faye sloeg haar ogen op, keek de agente aan.

'Mensen van wie het kind is gedood, bedoelt u?'

De agente aarzelde even, maar knikte toen. 'Ja.'

Een beweging in het bed. Iemand was erop gaan zitten. Faye zette zich ertoe haar ogen te openen en zag Chris. Zij keek bezorgd, maar ook gedecideerd.

'Ik hou van je, Faye, maar nu lig je al twee weken in dit bed. Ik hoef Jack of Julienne maar te noemen of je begint te huilen. Zo gaat het niet langer.'

Ze gebaarde met haar hoofd in de richting van de deur.

'Als je iets van me wilt, moet je maar naar mij toe komen. Als je iets wilt eten, mag je dat van nu af aan zelf in de keuken klaarmaken. Ik kom niet weer in deze kamer, al roep je dat Denzel Washington naakt aan het bed is vastgeketend.'

De dag daarna liep Faye onvast naar de keuken, gekleed in een slipje en een T-shirt van Nirvana.

Chris had een kopje koffie in haar hand en er lag een opengeslagen *Vanity Fair* op tafel. Ze keek Faye over de rand van haar kopje aan.

'Er staat ontbijt in de koelkast. Zelf volg ik nog altijd het Lindsay Lohan-dieet.'

Faye trok een stoel naar achteren en plofte neer.

'En dat is?'

'Koffie, sigaretten en een morning-afterpil.'

Chris glimlachte ironisch.

'Pak iets te eten. Ik moet zo meteen naar mijn werk. Heb je zin om mee te gaan?'

Faye schudde haar hoofd.

'Blijf dan maar lekker thuis. Kijk een film, huil een beetje, heb medelijden met jezelf. Ik ben al heel blij dat je uit die kamer bent gekomen. Het begon te stinken.'

Faye legde haar hand op Chris' arm en ving haar blik.

'Dank je wel,' zei ze. 'Voor alles. Omdat je... Nou ja, je weet wel.'

'Het is oké. Je mag gerust in *Casa de Chris* blijven totdat je weer helemaal op de been bent. Mits je regelmatig onder de douche gaat.'

Faye knikte. Dat klonk als een deal waarmee ze kon leven.

Faye voelde zich miserabel. Het was bijna alsof ze een kater had. Nadat Chris was vertrokken, ging ze op de bank liggen, pakte haar mobieltje en belde Jack. Dat deed ze elke dag. Natuurlijk omdat ze met Julienne wilde praten, maar misschien meer nog omdat ze zijn stem wilde horen. Hij klonk telkens geïrriteerder en de gesprekken werden ook steeds korter. Het was alsof ze met een vreemde sprak.

'Ja?' nam hij kortaf op.

'Hallo. Met mij.'

'Ik zag het. Julienne is er op dit moment niet. Ze zijn net naar het kinderdagverblijf vertrokken.'

'Ze?'

Jack schraapte zijn keel. Ze hoorde geluiden en stemmen op de achtergrond.

'Ik had vandaag geen tijd om Julienne te brengen, want ik heb van alles te doen. Ylva brengt haar.'

Faye kon haar oren niet geloven. Er waren nog maar twee weken verstreken en Ylva en Jack speelden nu al vadertje en moedertje. Faye was vervangen. Omgewisseld. Als een willekeurige dienstbode of kindermeid.

Ze vond het verschrikkelijk om Julienne niet te zien, maar tot nu toe had ze het niet kunnen opbrengen. Ze beeldde zich in dat het beter voor haar dochter was om in haar vertrouwde omgeving te blijven en dat het schadelijk voor haar zou zijn als ze haar moeder in deze toestand zag. Gebroken van verdriet.

'Hallo?' zei Jack.

'Ik moet wat spullen ophalen,' zei Faye. Ze deed haar uiterste best zo normaal mogelijk te klinken. 'En ik wil Julienne zien.'

'Dat komt op dit moment niet zo goed uit.'

'Wat niet?'

'Dat je wat spullen komt halen. Het hele appartement staat op zijn kop. We... Ik heb een huis gekocht. We zitten midden in de verhuizing.'

Faye sloot haar ogen. Focuste op haar ademhaling. Mocht niet instorten.

'Waar gaan júllie naartoe?'

'Gåshaga. Vlak bij Henrik en Alice. Dat lag niet in de planning, maar we... Ik stuitte op een fantastische villa op internet.'

We. Hij sprak over hen als 'we'. Jack en Ylva. Sinds 2001 was het Jack en Faye geweest, maar nu was hij 'wij' met heel iemand anders. Faye was genoodzaakt de telefoon even weg te leggen zodat ze niets meer hoefde te horen. Ze had jarenlang gezegd dat ze naar een vrijstaand huis wilde verhuizen, dat het goed zou zijn voor Julienne, maar hij had het niet gewild. Hij vond het fijn om dicht bij de stad en het kantoor te zijn. Maar nu hadden Ylva en hij kennelijk een 'fantastisch object op internet' gevonden. Zomaar.

'... mail me maar een lijst van de dingen die je nodig hebt, dan laat ik ze brengen.'

'Dat zal ik doen,' zei ze verbeten. 'Maar wat doen we met Julienne? Ik moet haar zien.'

'Eigenlijk vind ik dat dat wel kan wachten tot je een eigen woonruimte hebt, maar oké. Kom volgende week maar, wanneer de verhuizing achter de rug is,' zei hij grootmoedig en hij beëindigde het gesprek.

In gedachten zag Faye hoe Ylva Julienne vertroetelde, verwende en verkleedde, met haar knuffelde en naar de film keek, haar haar vlocht. Ze was ongetwijfeld een kei in het maken van vissengraatvlechten. Ook de omgekeerde soort die Julienne altijd wilde hebben, maar die Faye nog nooit was gelukt.

En telkens als ze haar ogen sloot, zag ze Jack en Ylva voor zich. Ylva met haar perfecte lippen en puntige borsten. Hoe Jack bij haar binnendrong, zei hoe mooi ze was, hoe hij haar naam kreunde als hij klaarkwam.

Wat nog wel het meest ironisch was, was dat Ylva Lehndorf alles was wat Faye had kunnen zijn, ware het niet dat Jack had gewild dat ze thuis voor hem klaarstond als hij haar nodig had. Waarom was hij van gedachten veranderd?

Hij was tenslotte degene die haar in iemand anders had veranderd. Iemand die zijzelf niet eens meer kende. En als ze niet de vrouw van Jack Adelheim was, wie was ze dan? In de jaren met Jack had ze al het andere afgepeld, laagje voor laagje. Er was niets meer over.

Faye had de auto van Chris geleend. Haar handen beefden zo erg dat ze het stuur nauwelijks vast kon houden. Ze zou Julienne zien. Eindelijk.

Er was weinig verkeer op de Lidingövägen. De zon scheen en dunne wolken raasden langs de blauwe lucht. Ze volgde de instructies van het navigatiesysteem en bleef voor een heuvel staan. Helemaal bovenop lag een groot paleisachtig stenen huis. Een fantastisch object. Precies zo'n huis waar ze zelf altijd van had gedroomd.

Jacks Tesla stond op de oprit geparkeerd. Een paar mannen tilden verhuisdozen uit een grote vrachtwagen.

Ze drukte op een bel bij het hek, keek in de camera en moest een paar tellen wachten voordat ze met een dof gezoem werd binnengelaten. Ze reed de oprit op en parkeerde achter de vrachtwagen.

Een kale voorman schreeuwde dat ze haar auto moest verplaatsen omdat hij in de weg stond. Faye stak verontschuldigend haar hand omhoog en deed wat hij vroeg.

Julienne kwam naar buiten gehold. Faye wurmde zich uit haar gordel en sprong uit de auto. Drukte haar dochter tegen zich aan, snoof haar geur op. De tranen brandden achter haar oogleden hoewel ze zichzelf had beloofd niet te zullen huilen. Ze zou haar tanden op elkaar zetten, wat er ook gebeurde.

Jack verscheen op het bordes. Hij droeg een beige chinobroek en een groene pullover, waar de kraag van een lichtblauw overhemd boven uitstak. Hij was knapper dan ooit.

'O, liefje, wat heb ik ernaar verlangd jou te zien,' zei Faye en ze kuste het meisje op haar hoofd. 'Nu moet ik met papa praten. Kun je eventjes gaan spelen? Ik kom er zo aan.'

Julienne knikte, gaf haar een kus op haar wang en rende weer naar binnen.

Jack glimlachte onbezorgd naar Faye. Ze probeerde iets van schuldgevoel in zijn gezicht te ontdekken, maar zag niets. Een deel van haar wilde met haar nagels over zijn gezicht krabben. Een ander deel wilde zich in zijn armen werpen en haar wang tegen de pullover drukken.

'En, wat vind je ervan?' Zijn arm zwaaide naar de gevel achter hem.

Het was buitengewoon bizar. Hij gedroeg zich alsof er niets was gebeurd.

'We moeten praten,' zei ze kortaf.

De adrenaline joeg door haar lichaam, ze kon niet eens stilstaan.

'Waarover?'

'Over wat er is gebeurd. Over... ja, hierover.'

'Maar je moet dit toch hebben zien aankomen? Mijn god, dit kan niet bepaald een verrassing voor je zijn geweest.'

Hij zuchtte.

'Oké, kom dan maar binnen.'

Hij ging haar voor. In de hal stonden de verhuisdozen opgestapeld. Twee mannen droegen een bank de trap op.

'We gaan daar even zitten,' zei hij en hij leidde haar door een salon naar een serre met uitzicht op het water.

Faye ging op een stoel zitten die ze niet herkende. Die moest van Ylva zijn. Of ze hadden alles nieuw gekocht. Het oude eruit. Het nieuwe erin. Het maakte niet uit of het vrouwen of meubels waren.

'Ik heb geld nodig, Jack. Niet veel. Alleen totdat ik mijn leven weer op de rit heb gekregen.'

Hij keek naar zijn handen, knikte.

'Uiteraard. Ik maak een paar duizend kronen naar je over.'

Faye snoof en Jack trok verbaasd zijn wenkbrauwen op.

Achter hem zag ze het heldere water. Julienne zou het heerlijk vinden om hier van de zomer te zwemmen.

'Ik moet een appartement kopen. Je wilt toch dat Julienne het goed heeft als ze bij mij is?'

'Ik zie niet hoe jouw woonruimte mijn verantwoordelijkheid is. Die zaak zul je zelf moeten oplossen. Maar ik begrijp dat mijn dochter een zekere standaard moet hebben, ook al heeft haar moeder geen prioriteit gegeven aan eigen middelen van bestaan. Ik maak wat geld naar je over zodat je iets kunt huren. Maar ik stel voor dat je een baan gaat zoeken.'

Faye klemde haar tanden zo stevig op elkaar dat ze knarsten. Het stond haar tegen om haar hand te moeten ophouden. Maar al hun bezittingen waren van Jack. Ze had zelf geen spaargeld, geen baan. En ze moest aan Julienne denken. Het moederschap was belangrijker dan haar trots. Ze moest tijdelijk maar een flatje zien te vinden tot ze het geld van de scheiding had gekregen. Hoeveel ze zou krijgen wist ze niet, maar het zou toch een redelijk deel van Jacks vermogen moeten zijn. Ze had tenslotte een groot aandeel geleverd in de opbouw ervan. Hij had gezegd dat alles wat van hem was ook van haar was, dat het succes hun beider verdienste was. Hoe kon hij dat opeens zijn vergeten?

Ze keek naar hem. Zijn haar was korter dan anders. Ze herinnerde zich de begintijd, toen ze zijn haar in de keuken in Bergshamra knipte. *Hoe rijk ik ook ben, jij moet altijd mijn haar knippen. Het is zo prettig om door jou aangeraakt te worden*, had hij gezegd. Nog een belofte die hij had verbroken. De afgelopen drie jaar was hij naar Marre gegaan, dé kapper voor iedereen die bekend was.

'Hoe zullen we het met Julienne doen?' vroeg ze.

'Ze woont hier tot jij een behoorlijke woning hebt geregeld, iets anders is niet aan de orde. Ylva en zij zijn dol op elkaar, dus daar hoef je je geen zorgen over te maken.'

Jack glimlachte tevreden. Buiten liepen wat ganzen langs de strandlijn. Ik hoop dat ze flink schijten, dacht Faye.

Ze rukte haar blik los van de waggelende vogels.

'Je weet het zeker?' vroeg ze zachtjes.

'Ik weet het zeker?'

'Dat je haar wilt? Dat je dit wilt?'

Jack krabde aan zijn voorhoofd. Staarde haar aan alsof hij de vraag amper begreep.

'Is dat niet duidelijk?' zei hij. 'Ik was niet gelukkig met je, Faye.'

Faye voelde een steek in haar borst, alsof hij een mes tussen haar ribben had gestoken. Ze wilde vragen hoelang hij al een affaire met Ylva Lehndorf had, maar hield zich in. Ze kon maar één mes in haar hart tegelijk aan.

Ze stond abrupt op en riep Julienne.

'Je brengt haar vanavond om zes uur weer terug, hè?'

'Ja.'

Julienne kwam aangerend. Faye pakte haar bij de hand en leidde haar naar buiten. Terwijl ze wegreden babbelde het meisje vrolijk over haar nieuwe kamer. Die was kennelijk 'nog mooier dan de kamer van de barbieprinses'.

Faye drukte het gaspedaal dieper in.

De weken verstreken. Gingen in een stille nevel voorbij. Elke avond leende Faye de auto van Chris, reed naar Lidingö en parkeerde in de buurt van de magnifieke villa. Door de panoramaramen kon ze van buitenaf naar haar leven kijken, als was het een film, met dit verschil dat ze zelf niet langer de hoofdrol speelde. En dat het niet langer haar leven was. Jack en Ylva pakten verhuisdozen uit, dronken wijn, zoenden, dineerden, lachten. De waxinelichtjes flakkerden in hun kamer, ongetwijfeld samen met geurkaarsen van Bibliothèque. 'Nooit iets uit de uitverkoop, alleen het allerduurste,' zoals Jack vaak voor de grap had gezegd, al meende hij het wel degelijk. Soms ving ze een glimp op van Julienne. Altijd alleen. Of met de nanny die Jack fulltime in dienst had genomen.

Tegen Chris zei ze dat ze gewoon maar wat door de stad reed, maar haar vriendin kende haar veel te goed om zich om de tuin te laten leiden. Nog altijd kon Faye overweldigd worden door het verdriet, maar ze hield zichzelf voor dat het van voorbijgaande aard was. Jack was haar heroïne. Als ze hem eenmaal was ontwend zou ze herrijzen, en de pijn zou mettertijd wegsterven. Net als vroeger.

Vagelijk herinnerde ze zich dat ze ooit de sterkste van het gezin was geweest. Die kracht moest ergens zitten. Die kon Jack haar niet ook ontnomen hebben.

Faye zat bij Chris aan de keukentafel toen Jack belde. Een fractie van een seconde verbeeldde ze zich dat hij zou zeggen dat alles een vergissing was geweest en dat ze naar huis moest komen. Of dat de afgelopen tijd alleen maar een lange nachtmerrie was geweest. Ze zou hem zonder aarzelen terugnemen. Ze zou blij zijn als een puppy. Met een kwispelende staart keffend om hem heen springen.

In plaats daarvan legde Jack uit dat ze überhaupt geen geld zou krijgen.

'De huwelijkse voorwaarden zijn van kracht,' beëindigde hij zijn lange betoog. 'En die heb je zelf ondertekend. Ik meende al dat ze waterdicht waren, maar ik heb het nog een keer door mijn advocaten laten checken. Dus die gelden gewoon.'

Faye hield haar woede zo goed ze kon in, maar hoorde hoe geforceerd haar stem klonk.

'Ik ben met de Handelshogeschool gestopt om in jouw onderhoud te voorzien terwijl Henrik en jij Compare opzetten. Weet je dat nog? En toen ik vervolgens een baan wilde zoeken, zei jij dat dat niet nodig was en dat ik me geen zorgen hoefde te maken. Je hebt beloofd dat de huwelijkse voorwaarden slechts een formaliteit zouden zijn. Voor de directie. Dat ik uiteraard mijn deel zou krijgen. De opzet van het bedrijf is helemaal mijn idee!'

Jack antwoordde niet.

'Dit is haar idee, nietwaar?' zei ze toen.

'Ik begrijp niet wat je bedoelt.'

'Ylva. Zij wil niet dat ik geld krijg. Vind je niet dat je me genoeg hebt vernederd? Ik heb helemaal niets, Jack. Mijn leven is verwoest.'

'Laat Ylva erbuiten. Het geld is van mij, ik heb dat verdiend terwijl jij lekker thuiszat. Uitgebreid met je vriendinnen lunchen bij Riche heeft ons niet bepaald inkomsten opgeleverd.' Jack snoof. 'Je moet maar gewoon net als iedereen een baan zoeken. Voor de verandering eens in de realiteit leven. Niemand heeft altijd maar vakantie, zoals jij de afgelopen jaren. Terwijl ik hard moest werken om in ons onderhoud te voorzien.'

Faye moest zichzelf dwingen om kalm te blijven. Ademde in. En uit. Weigerde te geloven dat hij zo makkelijk een streep onder hun gezamenlijke tijd kon zetten. Onder alles wat ze hadden meegemaakt, alles wat ze hadden gedaan.

Jack onderbrak haar in haar gedachten.

'Als je blijft zaniken, laat ik niets van je heel. Laat Ylva en mij met rust.'

Toen hij had opgehangen, bleef Faye een hele tijd met de telefoon in haar hand zitten. Vervolgens begon ze tot haar eigen verbazing te brullen. Een oerschreeuw die ze in geen jaren had gehoord, die in een ander leven thuishoorde. Nu stuiterde die tussen de muren als een gewelddadige echo.

Faye viel stil. Hijgde. Leunde achterover in de stoel. Genoot van de pijn van de harde rugleuning. Verwelkomde de woede die als een oerkracht door haar heen golfde.

Ze voelde de vertrouwde duisternis door elke porie van haar lichaam sijpelen, de duisternis die ze jarenlang had weten te verbergen. Ze had gedaan alsof die er nooit was geweest, alsof die nooit deel van haar had uitgemaakt. Maar nu begon ze zich geleidelijk aan te herinneren wie ze was, wie ze was geweest.

De haat was vertrouwd en veilig. Wikkelde haar in een warme cocon, gaf haar een doel en een zin, gaf haar weer vaste grond onder de voeten. Ze zou Jack eens wat laten zien. Ze zou herrijzen.

Voor het eerst in jaren nam Faye de metro. Ze stapte in bij het Östermalmstorg, liet zich naar Norsborg brengen en reisde vervolgens weer terug. Stapte uit bij station T-centralen en liep over het Sergels torg, waar nog altijd drugs werden verkocht, net als toen ze dertien jaar geleden naar Stockholm kwam.

Toch voelde Stockholm als een nieuwe plek. Er viel zoveel te zien en te ontdekken nu ze niet langer rekening hoefde te houden met Jacks 'dat hoort niet zo'. Faye was tweeëndertig, maar had het gevoel herboren te zijn.

Bij de plaquette ter herinnering aan de moord op Olof Palme stak ze schuin de Sveavägen over.

Op een terrasje naast het kerkhof zaten een paar dappere zielen met een sigaretje en een glas bier in de voorjaarswind. Arm, werkloos, buitengesloten. Tuig van de richel, zoals Jack altijd zei.

Faye opende de deur en stapte naar binnen. De barkeeper trok zijn wenkbrauwen op, bestudeerde haar mantel, die zichtbaar duur was geweest. Jack had haar gelukkig wel haar kleding laten houden toen hij hun appartement uitruimde.

Ze bestelde een biertje en ging in een hoek zitten. Het smaakte waterig. Er schoten allerlei gedachten door haar hoofd. Hoe erg was ze eigenlijk vernederd? Was alles wat Jack had gezegd een leugen geweest? Was Ylva de enige, of waren er meer geweest? Ze had het nog nooit kunnen opbrengen hierover na te denken. Nu moest ze zich in die gedachten wentelen, haar woede brandstof geven. Natuurlijk waren er meer geweest. Ze kende Jack toch? Eigenlijk.

Ze pakte haar mobiel uit haar tas en zocht het nummer van Alice op.

'Heb je even?' vroeg ze toen Alice eindelijk opnam.

Faye hoorde haar aarzeling.

'Ik wil je een paar dingen vragen. En ik wil dat je eerlijk antwoord geeft.'

'Momentje...'

Achter haar werd het geschreeuw van kinderen luider. Alice riep de nanny, deed een deur dicht en het lawaai klonk steeds verder weg.

'Oké, ik luister,' zei ze.

'Je weet wat er is gebeurd met Ylva. Ik ga ervan uit dat het al een tijdje aan de gang was. Ik wil weten hoelang en of er anderen zijn geweest.'

'Faye, ik...'

'Draai er niet omheen, Alice. Ik begrijp heus wel dat je er aldoor van op de hoogte bent geweest. Dat is oké. Ik bel je niet om ruzie te maken. Ik wil alleen de waarheid weten.'

Alice was een hele tijd stil. Faye wachtte tot ze zover was. Uiteindelijk haalde Alice diep adem.

'Jack heeft je zolang ik Henrik ken bedrogen. Met iedereen, Faye. Jack neukte alles wat los- en vastzat. Soms had ik je graag met je hooghartige neus op de feiten gedrukt, vooral wanneer je Henrik weer eens veroordeelde. En mij. Maar dat heb ik nooit gedaan. Want ik weet hoe het voelt.'

Alice viel stil. Besefte waarschijnlijk dat ze nu had laten blijken dat de onverschilligheid die ze zo volhardend tentoonspreidde niet echt was. De onverschilligheid waar Faye diep vanbinnen nooit in had geloofd.

Faye liet de woorden tot zich doordringen. Het deed niet zo erg pijn als ze had verwacht. Ze voelde zich zelfs enigszins opgelucht. Ergens had ze dit ook geweten.

'Sorry,' zei Alice onzeker.

'Het is oké. Ik had al wel zo'n idee.'

'Zeg alsjeblieft niets tegen Jack over dit gesprek.'

'Erewoord.'

'Dank je wel.'

'Je zou bij Henrik weg moeten gaan,' ging Faye met droge, zakelijke stem verder. 'Wij zijn te goed voor dit soort smeerlapperij, te goed om vertrapt worden, om op deze manier gebruikt te worden. Ik denk dat je het op een dag zult begrijpen. Het ging bij mij niet vrijwillig, maar ondertussen ben ik wel zover. En als je de andere kant hebt bereikt is het zelfs bevrijdend.'

'Maar ik ben gelukkig.'

'Dat was ik ook. Dacht ik. Maar de tijd haalt je in, Alice. Vroeg of laat bereik jij ook het punt waar ik nu ben, en dat weet je.'

Faye wachtte Alice' reactie niet af en hing op. Ze wist dat haar vriendin geen antwoord had. Niets van wat ze had gezegd was nieuw voor Alice, die ongetwijfeld duizenden keren per dag met dezelfde gedachten worstelde. Maar dat was Alice' probleem. Niet het hare.

Ze was nu klaar voor de oorlog.

Faye wist dat ze een fantastisch wapen in haar arsenaal had: haar vrouwelijkheid. Haar vrouwelijkheid maakte dat mannen haar onderschatten en objectiveerden, dat ze dachten dat ze dom was. Jack zou deze strijd nooit kunnen winnen. Ze was slimmer dan hij. Was dat ook altijd al geweest. Ze had het hem en zichzelf alleen toegestaan dat te vergeten.

Maar nu zou ze hem eraan herinneren. Ze zou hen beiden eraan herinneren.

In eerste instantie moest ze hem laten denken dat alles bij het oude was – dat ze de onderworpen Faye was, hulpeloos verliefd en naïef. Dat was het makkelijke deel. Die rol had ze zo lang gespeeld dat ze die kon dromen.

Maar in het geniep zou ze een eigen bedrijf opzetten, rijk worden en uiteindelijk Jack vermorzelen. Ze wist alleen nog niet precies hoe, en er waren een aantal praktische zaken die getackeld moesten worden. Om te beginnen moest ze een eigen plek hebben. Ze kon niet op Chris blijven teren. De vraag was alleen waar. Ze had niet genoeg geld voor de binnenstad, maar kon ook niet te ver weg van het kinderdagverblijf van Julienne gaan wonen. Bovendien moest ze kapitaal opbouwen, fysiek in vorm komen, haar kennis van de financiële wereld bijspijkeren en een eigen netwerk zien te krijgen. Er waren duizenden dingen die ze moest doen. Duizenden doelen die ze moest bereiken voordat Jack vermorzeld was. Ze voelde zich opgeruimd.

'Heb je iets waarop ik kan schrijven?' vroeg ze de barkeeper. 'En een pen?'

Hij legde een pen op de bar en wees op een stapeltje servetten. Faye maakte een lijstje van alles wat ze moest regelen. Toen ze daarmee klaar was, belde ze Jack om een vrede tot stand te brengen. Het stond haar niet eens tegen. Het was maar een spel. Een eerste schaakzet. Ze had een staakt-het-vuren nodig om op krachten te komen en zich te herpakken.

Ze maakte haar stem zijdezacht en een beetje broos. Zoals hij zich die herinnerde.

'Ik ben heel erg verdrietig geweest,' zei ze. 'Daarom ben ik ook zo lelijk tegen je geweest. Maar ondertussen ben ik gekalmeerd en het is tot me doorgedrongen dat je in heel veel dingen gelijk had. Kun je me vergeven?'

Ze nam een slok bier. Haar glas was bijna leeg en ze gebaarde naar de barkeeper dat ze er nog eentje wilde.

'Ja, ik begrijp dat het zwaar voor je is geweest.' In Jacks stem weerklonk zowel verbazing als hoogdravende grootmoedigheid.

Net op het moment dat Faye haar laatste slokje bier opdronk, werd er een nieuw glas voor haar neergezet. Ze tekende kringetjes in het schuim. Herinnerde zich de keer dat Chris een hartje op het beslagen glas had getekend.

'Dat is het ook. Maar dat is geen excuus. Ik zal me vanaf nu beter gedragen. Omwille van Julienne. En jou. De moeder van je dochter zal zich niet onwaardig gedragen en over geld zeuren. Ik weet niet wat er in me was gevaren. Ik was… Ik was mezelf niet.'

Ze zweeg, bang dat ze misschien iets te veel overdreef. Maar Jack hoorde alleen dat ze bevestigde wat hij aldoor al had gevonden, namelijk dat hij gelijk had en dat zij het bij het verkeerde eind had.

Jack wilde zichzelf zien als de held, de verhevene. Nu gaf ze hem een mogelijkheid om dat beeld van hemzelf te bevestigen. Zoals iedereen in zijn omgeving altijd deed.

'Het is oké. Als je maar niet zo… lastig doet,' zei Jack.

Toen ze hadden opgehangen, dronk Faye haar bier op en bestelde er nog een. Niemand zou er ooit nog wat van zeggen. Ze begon te giechelen en kon niet ophouden. Dronken van alcohol en vrijheid.

Het rode jarentwintighuis met één bovenverdieping lag in een idyllische villawijk in Enskede. Faye opende een groengeschilderd hek, liep door een keurig onderhouden tuin en belde aan bij de voordeur.

De vrouw die opendeed, droeg een pantalon en een zwarte polo en had hoge geprononceerde jukbeenderen en wit haar, dat in een knotje op haar hoofd was gestoken. Haar houding was stijf, op het militaire af. Ze stak een knokige hand naar voren.

'Kerstin Tellermark. Kom verder,' zei ze en ze deed een pas opzij.

Faye werd via een kleine hal met zwart-witfoto's naar een gezellige woonkamer geleid. Oude schilderijen met zee- en landschapsmotieven sierden het bruine behang. Voor de ene wand stond een versleten bankstel en in een hoekje zag ze een aftandse piano.

'Wat gezellig is het hier,' zei Faye. En ze meende het.

'Het is een beetje ouderwets,' antwoordde Kerstin verontschuldigend, maar Faye kon zien dat ze blij was met de lof. 'Kan ik u een kopje koffie aanbieden?'

Faye schudde haar hoofd.

'Oké. U en uw dochter willen hier dus komen wonen?'

'Ja, Julienne. Ze is vier.'

'Een echtscheiding?'

Faye knikte.

'Een goede?'

'Nee.'

Kerstin fronste haar wenkbrauwen.

'Hebt u werk?'

'Nog niet. Maar daar ga ik iets aan doen. Ik... ik heb op de Handelshogeschool gezeten. Ik moet eerst alleen overeind krabbelen.'

Kerstin stond op en ging Faye voor naar de trap. Boven bevonden zich een kleine woonkamer en twee slaapkamers. Het was perfect, precies wat ze nodig had.

'Vijfduizend kronen per maand.'

'Afgesproken.'

Twee dagen later hielp Chris haar met de verhuizing. Kerstin stond met gekruiste armen op het stoepje toe te kijken terwijl ze de drie dozen met Fayes bezittingen naar binnen droegen. De kleding van vroeger had ze voor het merendeel in een van de chiquere tweedehandswinkels aan de Karlavägen verkocht. Alles om maar aan geld te komen.

Ze wilde niets meer van Jack hebben. Hem alleen iets afnemen. Dat zou een stuk leuker zijn.

Nadat Chris was vertrokken klopte Kerstin op de deur. Faye was haar kleren aan het uitpakken en nodigde haar uit binnen te komen, maar Kerstin bleef in de deuropening staan.

'De dochter over wie je het had, waar is die?'

'Bij haar vader. Ze komt later in de week,' zei Faye, terwijl ze een blouse ophield.

'Is hij bij je weggegaan?'

'Ja.'

'Wiens schuld was dat?'

'Wiens schuld?'

'Het is altijd iemands schuld.'

'In dat geval de zijne. Hij neukte alles en iedereen en ik was te dom om het te zien.'

Faye schrok van haar eigen woorden, maar Kerstin knikte.

Faye hing haar kleren in de kast, stofzuigde, maakte haar bed op met nieuwe lakens en ging er vervolgens met haar armen onder haar hoofd op liggen. Ze zou iets moeten vinden om in haar onderhoud te voorzien. Snel. In eerste instantie enkel en alleen om te overleven. Om de huur te kunnen betalen, hun eten en de dingen die Julienne nodig had. Maar het werk moest zo vrij zijn dat ze ernaast aan de slag kon gaan met een bedrijfsplan. Dan moest ze geen chef hebben die over haar schouder meekeek.

Ze liep naar het raam. Een blonde man van een jaar of vijftig kwam met een grote pronkrug langs die naar de naam Hasse leek te luisteren. De hond rukte en trok aan zijn riem en de man moest zijn uiterste best doen om overeind te blijven.

Faye volgde ze met een peinzende blik.

Een paar uur later had Kerstin een welkomstmaal bereid. Gehaktballetjes met aardappelen en jus. Op de ronde eettafel stonden de vossenbessenjam en de augurken al klaar.

'Wat lekker,' zei Faye.

'Dank je wel.'

Kerstin schepte Faye nog wat meer op.

Op de vensterbank stond een foto van Kerstin als jonge vrouw. Ze had bruin haar en een pagekapsel, en droeg een korte witte jurk.

Kerstin volgde Fayes blik.

'Londen, eind jaren zestig. Ik was daar als nanny bij een gezin en werd verliefd op een Engelsman, Lord Kensington. Dat waren mooie jaren.'

'Waarom ben je daar niet gebleven?'

'Omdat de moeder van Lord Kensington, Lady Ursula, het niet gepast vond dat haar enige zoon zijn leven met een Zweeds kindermeisje wilde delen. Een paar jaar later trouwde hij met een societymeisje. Mary.'

'Wat vervelend,' zei Faye.

'Het is zoals het is. Ik klaag niet.'

'Ben je getrouwd geweest?'

'O ja. Met Ragnar.'

Kerstin wendde haar hoofd af. Trok aan het kraagje van haar polo zonder dat ze zich daar bewust van leek te zijn.

Faye keek haar aan en liet haar ogen onderzoekend de kamer rondgaan. Ze zag geen foto's van Ragnar. Of van Ragnar en Kerstin.

Kerstin legde haar bestek met veel lawaai op haar bord. Ze stond op, verdween naar de woonkamer en keerde terug met een foto. Ze legde hem voor Faye op tafel neer. Een man in een witte korte broek zat met ontbloot bovenlijf op een strandstoel.

'Ragnar,' zei ze. 'Palma, 1981.'

'Mooi,' zei Faye. 'Het is vast moeilijk om iemand te verliezen met wie je heel lang je leven hebt gedeeld. Hoelang geleden is hij overleden?'

'Overleden?' Kerstin zette grote ogen op en keek haar niet-begrijpend aan. 'Nee, nee. Ragnar leeft. Die klootzak ligt in een verzorgingstehuis op Södermalm weg te rotten.'

'Ik begrijp het niet.'

'Hij heeft drie jaar geleden een beroerte gehad.'

'En sindsdien woon je alleen?'

Kerstin knikte.

'Ja. Maar ik heb het naar mijn zin,' zei ze en ze stopte een aardappel in haar mond. 'Het is heerlijk rustig. Het enige wat mijn kalmte en mijn gemoedsrust verstoort, is dat hij nog altijd ademhaalt.'

Ze keek naar de foto. Vervolgens legde ze hem op de kop neer en zei: 'Neem nog wat gehaktballetjes. Een lekkere maaltijd is als balsem voor de ziel.'

Faye knikte en pakte de ovenschaal aan. Het was voor het eerst in lange tijd dat het eten haar smaakte.

De volgende ochtend werd Faye vroeg wakker. Toen ze de krakende trap af liep, kwam de geur van verse koffie haar tegemoet.

Kerstin was al op. De *Dagens Nyheter* lag opengeslagen op de keukentafel met een dubbelgevouwen *Dagens industri* ernaast. De foto van Ragnar die er gisteren had gelegen, was weg.

'Goedemorgen,' zei Kerstin. 'Neem ook een kopje.'

Faye ging aan tafel zitten en pakte de *Dagens industri*. Las het hoofdartikel. Ploegde zich door een opiniestuk heen. Op de volgende pagina keek ze recht in de blauwe ogen van Jack. Ze veerde op, overwoog even om verder te bladeren, maar haar blik ging automatisch naar de kop. Brandstof. Ze had de brandstof nodig.

Adelheim wijst geruchten over een beursgang van de hand, stond er. Kerstin moest hebben gehoord dat ze naar adem snakte, want ze keek op van de ochtendkrant en wierp Faye een onderzoekende blik toe.

'Slecht nieuws?' vroeg ze.

'Nee, het is niets. Iemand die ik ooit heb gekend.'

In het artikel vertelde Jack in het kort dat er geen beursgang van Compare op stapel stond. Maar hij bevestigde dat het hoofd financiën, Ylva Lehndorf, het bedrijf verliet en bij de muziekdienst Musify ging werken. Die beslissing was volgens Jack in goed overleg genomen en hij wenste Ylva veel succes in haar verdere carrière. Geen woord over het feit dat hij met haar samenwoonde. Dat wisten ze bij het financiële dagblad ongetwijfeld, maar ze waren te chic om privégeroddel en zaken met elkaar te mengen.

Hij is Ylva al aan het veranderen, dacht Faye. De volgende stap is ongetwijfeld dat ze helemaal stopt met werken. Faye wist niet goed wat ze ervan moest denken. Moest ze leedvermaak voelen? Het spijtig vinden? In zekere zin was het makkelijker geweest als ze had kunnen geloven dat Ylva wel degelijk beter was dan zij. Slimmer, sterker. Maar Ylva was zich al aan het onderwerpen. Daardoor voelde Faye zich nog meer Jacks hoer. Gekocht door zijn geld en charme.

Ze liet haar ogen nog een keer over het artikel glijden voordat ze verder bladerde. Ze wist niet wat ze kon gebruiken, had geen duidelijk plan. Op dit moment verzamelde ze alleen maar informatie.

'Wat ga jij vandaag doen?' vroeg Kerstin.

'Ik wilde een wandeling gaan maken. Weet je hier in de buurt trouwens een plek waar je kunt printen?'

'Wat bedoel je?'

'Ik wil een bedrijfje opzetten.'

'O?'

Kerstin legde de krant neer en keek Faye onderzoekend aan.

'Ja, een hondenuitlaatservice. Iedereen die hier woont lijkt een hond te hebben. Ik kan overdag wel met ze gaan wandelen terwijl ik bedenk wat ik ga doen. Om op een snelle en makkelijke manier geld te verdienen. En daarna moet ik maar kijken. Het geeft me in elk geval een beetje tijd.'

Kerstin keek haar nog steeds onderzoekend aan. Daarna keerde ze terug naar haar krant.

'Je zou de bibliotheek in Dalen kunnen proberen,' zei ze.

Faye maakte twintig briefjes, die ze op strategische plekken in Enskede ophing. Ze vroeg zich af wat Alice en haar vriendinnen zouden zeggen als ze haar zagen. Tot haar vreugde besefte ze dat het haar niets kon schelen. Ze had geen geld voor een abonnement op de sportschool en overdag honden uitlaten zou haar voldoende beweging geven om af te vallen. Tegelijkertijd zou ze geld verdienen, en dat had ze hard nodig om verder te kunnen komen.

Chris zou haar ongetwijfeld een lening geven als ze haar daarom vroeg. Maar Chris had genoeg gedaan. Faye moest zich nu op eigen houtje redden, om zichzelf en alle anderen te laten zien dat ze dat kon. En voor het eerst in jaren voelde ze zich strijdlustig. Uiteindelijk had ze toch iets aan haar verleden. Het was niet alleen iets waar ze bezweet van wakker werd, met het beeld van Sebastian op haar netvlies. Aan haar vader weigerde ze te denken. Zoveel macht had ze nog altijd over zichzelf.

Ze versnelde haar pas, bleef bij een lantaarnpaal voor een gele villa staan en pakte het rolletje plakband dat ze bij de ICA-supermarkt had gekocht.

In de tuin van het gele huis stond een trampoline waar twee meisjes van Juliennes leeftijd op aan het springen waren. Ze lachten en joelden.

Faye bleef een hele tijd naar hen staan kijken.

Hoe vaak zouden zij bedrogen worden? Hun dromen verbrijzeld zien worden? Er lag hun allerlei gemeens van mannen te wachten. De ervaring buitenspel geplaatst te worden, beoordeeld te worden op grond van hun uiterlijk, het streven erbij te horen, te behagen – dat verenigde vrouwen van alle leeftijden, in alle landen en in alle tijden.

En toen drong het opeens tot haar door. Er was een heel leger beschikbaar. Een leger dat zat te wachten tot het de aanval kon inzetten. De meeste vrouwen – hoe rijk en geslaagd ook – zijn door een man bedrogen. De meeste vrouwen hebben zo'n ex, zo'n trouweloze hond, leugenaar, bedrieger die hun hart heeft gebroken en vertrapt. Zo'n mannelijke chef die een promotie aan een mannelijke collega met slechtere kwalificaties en minder competenties heeft gegeven. Ze kennen de opmerkingen, de kleffe handen tijdens de kerstviering op kantoor. De meeste vrouwen hebben oorlogsletsel opgelopen. Op de een of andere manier.

Toch hebben ze zich ingehouden. Gezwegen. Zich grootmoedig

gedragen. Begrip getoond en zich verontschuldigd. De kinderen getroost wanneer hij niet zoals beloofd is langsgekomen. Ze hebben geringschattende woorden goedgepraat. Zijn ouders toch weer voor de verjaardag van de kinderen uitgenodigd, hoewel ze bij de scheiding partij hebben gekozen en vrolijk vertellen hoe fantastisch zijn nieuwe vriendin is. Want zo zijn vrouwen. Ze richten hun woede naar binnen. Op zichzelf. Ze nemen geen ruimte in en verlangen geen gerechtigheid. Brave meisjes vechten niet. Brave meisjes verheffen hun stem niet. Dat krijgen vrouwen al heel jong mee. Vrouwen ontvangen, vergoelijken, dragen de verantwoordelijkheid voor alle relaties, slikken hun trots in, maken zichzelf klein tot ze vrijwel weggevaagd zijn.

Faye was niet de eerste vrouw in de wereldgeschiedenis die door haar man was vernederd, die als een idioot was behandeld, die door een jongere versie was vervangen.

Maar nu is dat afgelopen, dacht Faye. Samen staan we sterk en we zijn van plan niet langer onze mond te houden.

Faye was nog niet binnen of haar mobiel ging. In de loop van de avond belden er nog vier mensen die vroegen of ze tijd had om met hun hond te gaan wandelen. Haar onderbuikgevoel was juist geweest. De behoefte aan deze service was groot.

Vanuit de keuken beneden weerklonk het gerammel van potten en pannen. Faye had aangeboden om te koken, maar Kerstin stond erop dat zelf te doen. Ze had het wel goed gevonden dat Faye elke maand tweeduizend kronen in een gemeenschappelijke huishoudbeurs deed. Een oplossing waar ze alle twee tevreden mee waren.

Faye klapte haar computer open, klikte op Excel en maakte een simpel schema van haar toekomstige activiteiten. Voor de volgende dag waren er al twee wandelingen geboekt. Ze vroeg honderdtwintig kronen per uur. Toen het schema klaar was registreerde ze een eenmanszaak op haar eigen naam. Ze wist nu al hoe ze haar bedrijf zou noemen wanneer ze er een vennootschap van ging maken.

De regen viel met bakken uit de lucht, sijpelde bij haar mantel naar binnen, drong overal doorheen. Faye kon zich niet herinneren wanneer ze voor het laatst zo nat was geweest. Zorro en Alfred trokken aan hun lijn, leken geen last te hebben van het weer.

Als iemand een paar maanden geleden had gezegd dat ze haar verjaardag in de stromende regen zou doorbrengen, samen met twee golden retrievers, dan had ze die persoon voor gek verklaard.

Maar het leven nam onverwachte wendingen. Zij wist dat als geen ander.

De afgelopen weken had ze nieuwe gewoonten gekregen. Ze stond elke dag om halfzes op, douchte, at staand een ei met kaviaarcrème en ging op pad. Twee wandelingen met honden per dag was algauw opgelopen tot acht, sommige mensen boekten haar twee keer op een dag. Kerstin had er niets op tegen dat ze daarnaast af en toe 's avonds op een hond paste.

Faye snoof. Ze verlangde naar huis en een warm bad; het was heerlijk om zich daar elke dag na de laatste wandeling in te laten zakken.

'Nu moet het maar genoeg zijn, jongens,' zei ze toen de hemel zich nog verder opende.

Nadat Faye de honden had teruggebracht naar mevrouw Lönnberg liep ze snel naar huis. Het was lang geleden dat haar voeten zo moe waren geweest.

Kerstin zat op dit uur meestal te lezen en om haar niet te storen deed Faye voorzichtig de deur open en liep zachtjes de trap op. Toen ze in de badkamer kwam, ontdekte ze dat de voorbereidingen voor een warm bad al waren getroffen. Op de wastafel stond een vaas met bloemen uit de tuin.

Kerstin verscheen achter haar.

'Dank je wel,' fluisterde Faye.

'Ik dacht dat je er wel aan toe zou zijn,' zei Kerstin. 'Er... Ik heb iets voor je gekocht. Een cadeautje. Het ligt op de keukentafel.'

'Hoe weet je het?'

'Dat je jarig bent? Dat staat in het huurcontract. Ik mag dan wel oud zijn, maar ik ben niet blind. Ga nu maar gauw in bad.'

Toen Faye uit het water stapte schreeuwde haar maag van de honger. Ze sloop naar beneden, opende de koelkast en pakte er een paar hardgekookte eieren uit, die ze in plakjes sneed en met een dikke laag kaviaarcrème op wat sneetjes knäckebröd legde. Ze ging met haar bordje aan tafel zitten en opende het groene pakje.

Het was een paar zwarte Nikes.

De tranen sprongen haar in de ogen.

Ze trok de schoenen aan en liep door de woonkamer. Ze voelden zacht en sloten perfect om haar voeten. Bij Kerstins slaapkamer bleef ze staan. Er kwam licht onder de deur door, dus klopte ze aan.

Kerstin lag te lezen. Faye ging op de rand van het bed zitten en stak een voet omhoog zodat Kerstin de schoen kon zien.

'Ze zitten als gegoten. Dank je wel.'

Kerstin sloeg haar boek dicht en legde het op haar buik.

'Heb ik je al eens verteld hoe ik Ragnar heb ontmoet?'

Faye schudde haar hoofd.

'Ik was zijn secretaresse. Hij was getrouwd. Tien jaar ouder dan ik, directeur en miljonair, met een glimlach waarvan je knikkende knieën kreeg. Hij nodigde me uit voor chique lunches, gaf me bloemen, overspoelde me met complimentjes.'

Ze pauzeerde even. Streek met haar hand over het dekbed.

'Ik werd verliefd. Hij ook. Uiteindelijk ging hij bij zijn vrouw weg; zij verhuisde met de kinderen naar een andere woning en ik trok bij hem in. Zegde mijn baan op. Vulde mijn dagen met tennissen, de huishouding en Ragnar. 's Zomers gingen we op reis, naar Spanje, Griekenland. We zijn ook een keer naar de Verenigde Staten geweest. Er verstreken vier jaar. Vijf. Zes. Ik schaamde me niet eens voor wat ik zijn eerste vrouw had aangedaan. Had niet de moed er iets van te zeggen als ik zag hoe hij haar en de kinderen behandelde. Integendeel, ik vond het fijn dat ik hem niet met hen hoefde te delen. Ik hield mezelf voor dat ze het hadden verdiend. Dat ze nooit zoveel van hem hadden gehouden als ik.'

Haar tong gleed langs haar onderlip.

'Het andere... Het andere kwam als het ware sluipend opzetten. De duisternis. Het geweld. De eerste keren beschouwde ik het als opzichzelfstaande gebeurtenissen. Hij bood zijn verontschuldigingen aan. Kwam met een verklaring. En die accepteerde ik heel bereidwillig. Maar geleidelijk aan werd het erger. En ik kon mezelf niet aan de situatie onttrekken. Vraag me niet waarom, ik weet het zelf niet eens.'

Kerstin hoestte achter een gebalde hand.

'Ik had niet de moed om te vertrekken,' ging ze verder. Haar stem was zwak en sterk tegelijk. 'Hoewel ik hem met elke vezel in mijn lichaam ging haten. Met zijn ontrouw kon ik wel leven. Dat was niets vergeleken met een steeds meer gehavend lichaam. En met wat hij van me afnam. We... Ik was in verwachting. Maar hij mishandelde me zo erg dat ik het kind verloor. Sindsdien wens ik hem dood. Elke wakkere seconde droom ik ervan dat hij doodgaat. Ophoudt met ademen. Toen hij die beroerte kreeg wilde ik in eerste instantie geen ambulance bellen. Ik zat toe te kijken terwijl hij lijdend op de vloer lag. Zijn ogen smeekten me om hulp. Ik vond het fijn om te zien dat hij zwak was, dat hij mijn hulp nodig had. Ik was van plan hem daar te laten liggen, maar een van de buren had zijn kreten gehoord en belde aan. Ik moest wel opendoen. Uiteindelijk moest ik ook een ambulance bellen. Ik speelde mijn rol als geschrokken echtgenote goed, maar toen ze Ragnar de ambulance in tilden zag ik in zijn ogen dat hij het begreep. En dat hij mij zou doden mocht hij weer gezond worden.'

Faye wist niet of Kerstin had verwacht dat ze geschokt zou zijn, maar als het om de wreedheid van mannen ging verbaasde haar niets meer.

Kerstin streek een verdwaalde lok van haar witte haar goed.

'Ik weet wie je bent,' zei ze. 'En ik begrijp wel zo ongeveer wat er is gebeurd. Je bent getrouwd geweest met Jack Adelheim.'

Faye knikte.

Kerstin plukte aan de sprei. Vervolgens keek ze Faye recht aan.

'Ik heb begrepen dat je ergens mee bezig bent. Ik heb je gezien met je notitieboeken, je lijsten en je schetsen voor de toekomst. Zeg wat ik voor je kan doen en dan help ik je.'

Faye schoof iets verder het bed op. Leunde met haar achterhoofd tegen het hoofdeinde en keek naar haar huurbaas. Wat Kerstin vertelde was schrijnend, al had Faye van sommige dingen wel zo'n vermoeden gehad. Dat Kerstin een heleboel had moeten doorstaan leed geen enkele twijfel, maar kon Faye van haar op aan? Ze wist dat ze afhankelijk was van de hulp van anderen, en ze had besloten zich op de zusterschap te verlaten. Maar dat betekende niet dat alle vrouwen te vertrouwen waren. Zo naïef was ze niet. In de haat van de oudere vrouw weerklonk echter dezelfde duisternis als in de hare. Ze sloot haar ogen en gooide alles eruit, haar hele plan om Jacks leven te verwoesten.

Het precieze idee was ontstaan tijdens de wandelingen met de honden, toen ze in alle rust een strategie had kunnen bedenken.

Kerstin luisterde en knikte. Glimlachte af en toe.

'Ik kan heel goed organiseren. Ik zal je zeker kunnen helpen,' zei ze.

Droog. Zakelijk. Vervolgens pakte ze haar boek en ging verder met lezen. Faye beschouwde het als een teken om naar haar eigen kamer te gaan.

Alles was in beweging gezet. Er was geen weg terug. En ze was niet langer alleen.

Met hulp van Kerstin ontwikkelde Faye haar bedrijf. En terwijl de maanden voorbijvlogen, werd het steeds groter. Ze stelden twee parttimemedewerksters aan, vergrootten hun werkterrein en verbouwden de kelder, zodat ze 's nachts ook honden konden opvangen.

Kerstin hielp Faye met de administratie en wat ze na alle jaren als huisvrouw niet wist, zocht ze op internet op. Ze was een wonder van efficiëntie en met haar hulp schreef het bedrijf algauw zwarte cijfers. Het kostte tijd om het kapitaal op te bouwen dat Faye nodig had – haar doel was tweehonderdduizend kronen – maar ze dwong zichzelf geduld te hebben. Het duurde zo lang als het duurde.

Natuurlijk kon Faye het kapitaal niet uitsluitend op basis van de hondenservice opbouwen, maar ze investeerde elke kroon die ze overhield. Ze las de financiële bladen om haar kennis te vergroten en volgde alle grote nieuwsmedia zodat ze goed op de hoogte was van de laatste ontwikkelingen. Ze had een natuurlijke aanleg voor financiën, maar nam geen overdreven risico's. Ze hield zich op een niveau waar het kapitaal langzaam maar zeker groeide.

Sinds het moment waarop Jack had gezegd dat hij een scheiding wilde, was ze vijftien kilo afgevallen. Niet dat het haar nog iets kon schelen, maar ze kende Jacks zwakke kanten. De zwakke kanten van mannen. Dun worden was een noodzakelijke stap om het doel te bereiken dat ze zichzelf had gesteld.

Haar oude kleren slobberden en Kerstin had een paar extra gaten in de riem van haar spijkerbroek moeten maken. Faye lachte alleen maar als Kerstin zei dat ze iets nieuws verdiende. Geen denken aan. Tweehonderdduizend. Voor die tijd zou ze geen öre uitgeven aan futiliteiten.

Sinds Faye bij Kerstin woonde, was Julienne om de week bij haar, maar nu werd het duidelijk dat Ylva Lehndorf het beu was om vadertje en moedertje te spelen. Dat Jack Julienne niet vaker wilde hebben dan strikt noodzakelijk was, wist Faye al. De omgang tussen moeder en dochter bemoeilijken was alleen maar een manier geweest om Faye onder de duim te houden. Nu belde Jack steeds vaker om te vragen of ze voor het meisje kon zorgen.

Kerstin was dolgelukkig dat er een kind in huis was. Ze deed alles wat het meisje wilde en vond het heerlijk om haar 's ochtends naar het kinderdagverblijf te brengen.

Faye en Kerstin deelden de verantwoordelijkheid voor Julienne. Als een klein gezin. Wanneer Faye Kerstin vroeg of Julienne niet te veel tijd in beslag nam, keek de oudere vrouw haar aan alsof Faye niet goed bij haar hoofd was.

'Jouw dochter is het meisje van wie ik altijd heb gedroomd; ik ben zo blij dat ik hier niet in mijn eentje zit,' zei ze, terwijl ze naar de woonkamer wees, waar Julienne op haar hurken zat te tekenen. 'Ze is een wonder en een engel. Ik zie nu al op tegen de dag dat jullie weer weggaan.'

Verbaasd besefte Faye dat zij dat ook deed.

Er stond een lekker augustuszonnetje toen Faye en Chris langs het sportveld van Enskede wandelden met drie honden: een dwergschnauzer en twee golden retrievers. Tot hun beider verbazing hield Chris de lijn met de dwergschnauzer vast, die luisterde naar de naam Ludde. Chris had altijd een hekel gehad aan dieren.

'Ik zou me best kunnen voorstellen zo'n hondje te kopen,' zei Chris. 'Dan hoef ik niet langer op zoek te gaan naar mannen met wie ik mijn leven kan delen.'

'Dat is wel een goed idee. Nu ik het zelf kan vergelijken, moet ik zeggen dat ik honderd keer liever een hond heb dan een man.'

'Over neanderthalers gesproken. Hoe gaat het? Het lijkt alsof het ontzettend goed met je gaat.'

Faye keek haar aan.

'Dat is ook zo.'

'Het is fijn je zo te zien, al begrijp ik dat je niet de rest van je leven honden wilt blijven uitlaten. Dat die maanden zonder die smeerlap je toch zo goed hebben gedaan.'

Faye keek toe terwijl een van de golden retrievers van mevrouw Lönnberg een lantaarnpaal onderplaste.

'Ik heb een zakelijk voorstel voor je,' zei ze toen. 'Een mogelijkheid om geld te investeren.'

'Kijk aan. Nou, laat maar horen.'

'Niet hier. Niet zo.'

Ze knikte naar de kwijlende hond, die nu geestdriftig op de dwergschnauzer reed. Trok aan de lijn om de dieren uit elkaar te halen.

'Heb je van het weekend tijd om samen uit eten te gaan? Ik wil je mijn bedrijfsplan voorleggen.'

'Tuurlijk. Op één voorwaarde.'

'En die is?'

'Dat we daarna samen gaan stappen. Een glaasje wijn drinken, kletsen, een man versieren. Ik reserveer een tafeltje. En betaal. Het enige wat jij hoeft te doen is met dat bedrijfsplan verschijnen. En die mooie glimlach die ik zo heb gemist. Trek ook vooral iets straks over dat lijf. Als je niets hebt, kun je gerust iets van me lenen. Ik laat wel wat dingetjes langsbrengen. Het is tijd dat je alle stof van je afschudt. Nog even en er is een blikopener nodig om tussen jouw benen naar binnen te kunnen. Je weet dat je dicht kunt groeien als je de boel heel lang niet gebruikt, hè?'

Chris grijnsde en Faye glimlachte breed. En avondje uit met Chris leek een goed plan. Eindelijk had ze energie om weer te gaan leven.

Toen Jack, zoals gewoonlijk op het allerlaatste moment, belde om te vragen of ze Julienne het weekend kon hebben, zei Faye voor het eerst nee.

'Waarom niet?'

'Omdat ik met Chris uitga.'

'Maar Ylva en ik moeten weg, we hebben de suite in het Seglarhotel in Sandhamn geboekt.'

'Wat een geluk dat ze daar een uitstekend kinderbuffet hebben.'

'Maar...'

'Geen gemaar, Jack. Het spijt me, maar met zo'n vraag kun je niet op vrijdagochtend aan komen zetten. Veel plezier in Sandhamn.'

Zonder naar zijn protesten te luisteren verbrak ze de verbinding.

Bij Teatergrillen gaf de gerant haar een vriendelijk knikje en ging haar voor naar haar tafeltje. Faye voelde de blikken in haar rug toen ze door het etablissement schreed. Ze droeg een kort zwart jurkje dat strak om haar taille zat en had schoenen met hoge hakken aan. Beide van Chris geleend. Haar haar hing los. Het was jaren geleden dat ze zich zo sexy had gevoeld.

Chris ging staan en applaudisseerde theatraal. Een paar oude mannen met een uitdijend middel die zich in double-breasted pak tegoeddeden aan eendenlever en oesters staarden hen aan.

'Mijn god, wat zie jij er goed uit.'

'Je mag er zelf ook zijn,' zei Faye en ze streek met haar hand over de zilverkleurige paillettenjurk van haar vriendin.

'Chanel,' zei Chris en ze ging zitten. 'Omdat we het aangename met het nuttige willen verenigen, moeten we maar meteen beginnen. Want ik wil straks dronken kunnen worden zonder door jouw idiote verzinsels te worden meegesleurd. De beslissingen die ik met alcohol op heb genomen zijn nooit mijn beste beslissingen geweest. Wel de leukste, dat zonder meer, maar niet de beste.'

Faye ging tegenover Chris in het ronde zitje zitten, waar de banken met rood fluweel waren bekleed.

Een ober vulde Fayes glas, terwijl zij het papier dat haar bedrijfsplan vormde uit haar tas viste.

'Hier,' zei ze en ze schoof het over de tafel naar haar vriendin toe.

Chris pakte het papier en las het enige woord dat erop stond: *Revenge*. Ze schaterde het uit.

'Wat...?'

'Weet je nog wat je tegen me zei toen je me een baan aanbood? Je zei dat ik vrouwen begreep. De afgelopen maanden heb ik de behoeften en wensen van vrouwen geanalyseerd. En weet je wat ze allemaal willen? Wraak nemen. Voor alle medezusters die door idioten de grond in zijn getrapt, voor alle ontrouwe echtgenoten die ons voor een jonger exemplaar hebben verruild. Voor alle jongens en mannen die ons hebben gebruikt, gekleineerd en bedrogen.'

Chris keek haar geamuseerd aan.

'En hoe wil je wraak nemen?' Ze nipte van haar champagne.

Ze zag er rijk en slim uit. Een levensgevaarlijke combinatie.

'Ik zal Jack laten zien dat ik slimmer ben dan hij en zijn bedrijf overnemen. En dat ga ik doen door een imperium op te bouwen. Samen met andere vrouwen. Heb je er weleens bij stilgestaan dat we heel veel fantastische vrouwelijke ondernemers in dit land hebben? Die warenhuizen, marketingbureaus en financieringsmaatschappijen bezitten. Het zijn er helaas nog veel te weinig, maar ze zijn er wel en ze beginnen ruimte in te nemen. Ik ga een bedrijfsmodel ontwikkelen waarbij ik eenenvijftig procent van de onderneming bezit en negenenveertig procent kan verkopen aan investeerders.

Dan zal ik negenenveertig zakenvrouwen ieder een procent van het bedrijf geven. Ik zal bij ze allemaal langsgaan. Mijn verhaal vertellen, hun verhaal aanhoren – en ervoor zorgen dat ze investeren. Maar het allerbelangrijkste zijn social media. Iedere vrouw met een Instagramaccount of een blog zal naar mijn Revenge-serie linken, gewoon omdat ze me willen supporten. Het zal geen enkel probleem zijn om iets te creëren wat viral gaat.'

'Maar wat ga je verkopen?'

Chris gebaarde de ober dat hij champagne bij kon schenken. Haar glas was al na drie slokken leeg geweest. Een groepje zakenmannen naast hen begon wellustige blikken op hen te werpen en Chris keerde hun de rug toe.

'Huidverzorgingsproducten en parfums,' zei Faye.

Chris knikte langzaam, maar keek nog altijd sceptisch.

'Dat is een moeilijke markt,' zei ze droog. 'Met te veel spelers. De concurrentie is moordend. En het is een branche die om grote investeringen en veel kapitaal vraagt, vooral voor de marketing en de pr. Het is een enorm risico.'

'Ja. Dat weet ik allemaal. Het zou kunnen dat het een fiasco wordt. Al denk ik dat niet. Wat ik je wil vragen, is of jij mijn eerste eenprocentinvesteerder wilt worden.'

'Wat gaat dat me kosten?'

'Honderdduizend kronen.'

'Waar kan ik mijn handtekening zetten?'

Chris hield haar glas voor de ober op, die het tot de rand toe bijvulde. Faye stak het hare ook omhoog. Ze had geweten dat Chris het zou begrijpen. De eerste, makkelijke procent was klaar. Nu resteerden slechts achtenveertig moeilijke.

Na het eten verzochten ze de gerant om een tafeltje voor hen te regelen bij Riche. Ze werden via de keuken binnengelaten, de sluiproute die alleen de ingewijden kenden. Fel licht, bevelen van de koks door het luik, het geluid van servies, gehaaste voetstappen.

Riche zat zoals altijd vol. Chris liet meteen een fles cava brengen.

Ze waren ondertussen te aangeschoten om champagne te drinken. Dat was zonde van het geld, en bovendien dronk Faye eigenlijk ook liever cava en prosecco dan champagne. Bij een blinde test zou ze het verschil waarschijnlijk niet eens proeven.

Bij de bar stond een deinende, dronken vleesmassa. De meeste mensen waren een paar jaar ouder dan zij. Niet vreemd dat dit etablissement de echtscheidingsgoot werd genoemd. Het was een vleesmarkt voor gescheiden mensen van middelbare leeftijd. Waar de grootte van iemands portemonnee belangrijker was dan die van zijn lul. En waar vrouwen met veel te veel botox zich wanhopig vastklampten aan de illusie dat ze bij de juiste verlichting nog altijd twintig leken.

De fles werd in een ijsemmer gebracht en Faye hief haar glas naar Chris.

'Op de vrijheid,' zei ze. Het klonk plechtiger dan ze had bedoeld. De alcohol had haar vermogen om het banale weg te filteren verminderd.

Maar Chris keek haar ernstig aan.

'Ja, het heeft maar een paar jaar geduurd voordat je het doorhad,' zei ze. 'En nu ben je vrij. Proost. Op Jack! Moge God zich over hem erbarmen.'

Ze giechelde.

'Denk je dat ik een kans van slagen heb?' vroeg Faye en ze zette haar glas weer neer. 'Met Revenge?'

'Het eerste deel, het vinden van investeerders, is volgens mij het makkelijkst. Zoals je al zei, zijn we allemaal weleens door iemand bedrogen. Op de een of andere manier. We willen dat die ander allemaal betaald zetten en kunnen ons identificeren met je boodschap; het is een geniale invalshoek voor de pr en de marketing. Wraak verkoopt.'

Chris grijnsde en leegde haar glas. De ober kwam meteen aangesneld om haar bij te schenken. Hier waren ze het gewend dat vrouwen naar wijn dorstten.

'Het zal jaren duren. Is het gestoord? Dat ik bereid ben om zoveel tijd in wraak te investeren?'

Faye voelde een kort moment van twijfel.

'Nee. Niet als je kijkt naar alles wat hij heeft gedaan. Krijg je last van gewetenswroeging?'

Voordat Faye antwoord kon geven ging Chris verder, met geheven glas.

'Vergeet niet dat jij Compare hebt helpen opbouwen. Zonder jou was het Jack en Henrik nooit gelukt. Het is oké om te scheiden, die dingen gebeuren, maar het is niet oké om je vroegere levensgezel en de moeder van je kind berooid achter te laten. Niet na alles wat je hebt gedaan en hebt moeten verdragen. Na alles wat hij jou heeft aangedaan. En dan bedoel ik niet alleen nadat jullie uit elkaar waren.'

'Je hebt gelijk. Ik weet dat je gelijk hebt.'

'Een man had nooit gedacht zoals jij. Hij was meteen van start gegaan, had geen seconde geaarzeld.'

Op hetzelfde moment kwam er iemand bij hun tafeltje staan. Faye keek op. Een man van een jaar of vijfentwintig keek haar recht aan. Hij droeg een nauwsluitend zwart T-shirt en een donkere broek. Zijn armen zaten onder de tatoeages. Een geschoren hoofd, volle lippen. Hij was ondraaglijk knap. Als een jonge Jack.

'Sorry dat ik stoor,' zei hij, 'maar mijn vrienden en ik zijn het zat om in de bar te staan dringen met de andere losers. We vroegen ons af of we daarom bij jullie tafeltje asiel konden krijgen. Of in elk geval een tijdelijke verblijfsvergunning.'

Een paar meter verderop wuifden twee andere mannen.

'Momentje,' zei Chris.

'Natuurlijk, ik wacht wel even,' zei hij en hij voegde zich weer bij zijn maten.

Chris lachte.

'Wat dacht je ervan?' vroeg ze.

Faye haalde haar schouders op.

'Waarom niet?'

'Omdat jij het nog maar een paar maanden geleden gênant zou hebben gevonden om hier met van die knappe jonge kerels te zitten.'

'Toen was ik getrouwd. Daarnaast hebben mannen zich altijd ongegeneerd omringd met jongere vrouwen. Het wordt hoog tijd dat wij dat ook doen en...'

Ze zweeg toen ze recht in de ogen van Alice keek, die een paar tafels verderop met een gezelschap zat. Toen zij in de gaten kreeg dat Faye haar had gezien, richtte ze haar blik meteen op iets anders.

'Laat ze maar komen, dat is gezellig,' zei Faye en ze dronk haar glas leeg.

Ze voelde Alice' ogen branden toen ze weer werd bijgeschonken, zag hoe ze verderop zaten te fluisteren.

Chris bestelde nog twee flessen cava en schoof opzij om ruimte te maken voor de mannen. Drie gezellige kerels met grote ogen die onder de indruk waren. Deze generatie mannen was anders dan die van Jack, dacht Faye. Voor hen waren succesvolle vrouwen niet bedreigend. Ze behandelden hen met vriendelijke nieuwsgierigheid en stelden vragen over Chris' bedrijf. Hadden alleen maar bewondering voor wat ze had bereikt.

Faye begreep ook wat er zo leuk aan was om door jongere, mooie mensen te worden omringd. Het was bedwelmend.

Het gesprek verliep vlot. Bleef aan de oppervlakte. Voor deze mannen, die de druk van het leven nog niet voelden, was niets gecompliceerd. Ze flirtten schaamteloos. Fayes wangen gloeiden, zowel van de wijn als van hun complimenten. De hele tijd voelde ze hoe Alice en haar gezelschap in de gaten hielden wat er aan hun tafel gebeurde. Geen enkele botox ter wereld had hun ontzette gezichten kunnen verhullen. Het was maar de vraag of ze na afloop hun wenkbrauwen weer omlaag kregen.

Jack zou woest zijn en haar uitschelden, maar hij kon haar geen kwaad doen. Wat zij deed, en met wie, ging hem niet langer aan. Die gedachte bedwelmde haar nog meer dan de cava. En voor het eerst in maanden voelde ze het heet worden tussen haar benen. Ze greep de man in het zwarte T-shirt, degene die als eerste naar hun tafeltje was gekomen, trok hem naar zich toe en kuste hem. Ze werd nat toen ze zijn tong tegen de hare voelde, zijn handen op haar dijen. De hele tijd bleef ze Alice strak aankijken.

De kus duurde slechts enkele seconden. Toen ze elkaar loslieten knikte ze naar Alice, pakte haar glas en hief het in een toost. Alice staarde een paar tellen terug maar wendde zich toen demonstratief tot degene die naast haar zat.

'Hoe heet je?' lachte Faye en ze richtte haar aandacht op de man in het zwarte T-shirt.

Ze zag aan zijn blik dat hij haar wilde hebben en toen ze met een schuin oog naar beneden keek, zag ze het bollen bij zijn kruis. Ze moest zich inhouden om niet nu, hier, onder de tafel bij Riche, zijn erectie te strelen. In plaats daarvan boog ze zich naar hem toe zodat hij beter in haar decolleté kon kijken. Ze wist dat haar harde tepels zich duidelijk onder de stof aftekenden. Zoals gebruikelijk had Chris haar weten over te halen geen beha te dragen.

'Robin.' Hij staarde naar haar borsten. 'Ik heet Robin.'

'Ik heet Faye. En ik ben van plan vanavond met je mee naar huis te gaan.'

Ze boog zich naar voren en kuste hem weer.

Faye werd met een knallende koppijn wakker. Beelden van de vorige dag flitsten voorbij terwijl ze zich uitstrekte. Haar hand raakte een getatoeëerde arm, hard van de spieren. Ze stond op, liep naar het raam en keek naar buiten. Een parkeerplaats en een paar flatgebouwen. De lucht was grijzig. Achter haar kwam de man met de getatoeëerde armen in beweging. Robert? Robin?

'Hoe laat is het?' vroeg hij slaapdronken.

'Geen idee,' zei Faye. 'Maar voor mij is het tijd om te gaan.'

Ze voelde zich niet op haar gemak in deze eenkamerflat in Solna.

'Jammer.'

Hij rekte zich uit op het zwarte beddengoed en keek haar met hondenogen aan. Bonzend produceerde Fayes hoofd nieuwe beelden van de nacht die achter haar lag. Mijn god, het was heel lang geleden dat ze seks had gehad in een eenpersoonsbed in zo'n typische vrijgezellenflat, omringd door een glazen tafel, een zwartleren bank, een yucca en een plank met de verplichte verzameling Absolut Vodka-flessen. Jonge mannen leken alle modegrillen te weerstaan.

'O, vind je?' zei ze en ze keek waar haar kleren lagen. 'Wat ga je vandaag doen?'

'Wat chillen. Een beetje voetbal kijken.'

'Chillen.' Ze kon het niet nalaten hem na te doen. 'Helaas heeft deze oude dame vandaag geen tijd om te chillen. Ik moet naar huis.'

'Jij bent geen oude dame...' Zijn glimlach was schattig en sexy tegelijk. 'Je geeft me toch wel je nummer, hè?'

'Helaas, schatje. Ik heb het leuk gehad. Maar op dit moment heb ik geen tijd voor mannen.'

Ze hoorde zelf dat ze bitter klonk. Gisteravond leek ver weg, de kater bonsde tegen haar voorhoofd en haar tong voelde ruig.

Hij lachte en gooide een kussen naar haar. Ze sprong opzij.

'Je bent ontzettend sexy, weet je dat wel?' zei hij.

Hij kwam uit bed. Naakt. Zijn sixpack straalde haar tegemoet. Ze liet haar blik op hem rusten. Ze was vergeten hoe snel jonge kerels zich opnieuw oplaadden. De nacht was een nevel, maar ze herinnerde zich dat ze de tel was kwijtgeraakt van het aantal keren dat hij haar had genomen.

Hij kwam naar haar toe en ze liep met een glimlach achteruit tot ze tegen het raam stond. Het was koel tegen haar achterwerk. Robin kuste haar. Drukte zich tegen haar aan. Ze voelde zijn erectie tegen haar dij. Voelde hoe haar lichaam om meer schreeuwde en ging in de vensterbank zitten. Zijn gezicht bewoog zich over haar hele lichaam. Beet, kuste, kietelde. Haar dijen, haar liezen, haar buik. Ze kreunde luid, greep zijn hoofd vast en drukte het tussen haar benen. Boog zich achterover en stond het zichzelf toe alleen maar te genieten. Zonder het gevoel te hebben dat ze hem moest behagen. Hij vond het fijn haar te bevredigen, raakte opgewonden doordat zij het naar haar zin had. Iets wat ze al heel lang niet meer had meegemaakt.

Toen ze klaarkwam, streelde ze zijn nek en lachte luid.

Er was een nieuwe tijd in haar leven aangebroken; het was haar beurt om te genieten.

Faye keek door het raam naar buiten, naar de bomen die langsstoven. Ze zat met een tas vol schetsen in de trein naar Västerås. Gisteren had ze de werkzaamheden voor de hondenservice overgedragen aan Kerstin en nu was ze op weg naar een bedrijf dat verpakkingen ontwierp.

Haar producten moesten goed zijn, maar er was iets wat nog belangrijker was om echt te kunnen slagen. Social media. Ze moest zichtbaar zijn, opvallen tussen de andere berichten, viral gaan. Met de verpakking kon ze op een simpele manier de kooplust wekken en belangrijke influencers zover krijgen dat ze op Instagram en Facebook reclame voor haar producten gingen maken. Producten die consumenten het gevoel moesten geven dat ze uitverkoren waren en die er goed uitzagen op foto's die met mobieltjes werden genomen.

Faye had besloten dat de potjes voor de huidcrème zwart werden en dat een goudkleurige sierlijke R het ronde deksel zou sieren. Maar de verpakking ging niet alleen om het uiterlijk van de potjes. Er moest ook een verhaal achter zitten. Alle succesvolle producten hadden tegenwoordig een verhaal. Zoals de Eight Hour Cream van Elizabeth Arden. Het maakte niet uit of het waar was dat ze de crème voor een wond op het been van een van haar drafpaarden had gebruikt en dat die wond binnen acht uur genezen was. Het enige wat iets betekende was dat de klanten het verhaal wilden geloven. Iedereen was dol op een goed verhaal. En Faye had een verdomd goed verhaal.

Terwijl de trein door het Mälardal zoefde voelde ze niets dan puur geluk. Dit was waarnaar ze had verlangd: een bedrijf vanaf de grond opbouwen. De droom die Jack haar had ontnomen. Zonder dat ze had geprotesteerd. Wanneer was hij haar voor het eerst ontrouw geweest? Was hij überhaupt ooit trouw geweest? Zelfs toen ze zeker wist dat hij van haar hield en haar begeerde?

Ze had zich lange tijd afgevraagd waarom Jack haar had verruild voor de carrièrevrouw Ylva terwijl hij wilde dat Faye thuis was, maar besefte steeds meer dat het voor mannen zoals Jack vooral om de jacht ging. Ze wilden aldoor een nieuw speeltje hebben.

Ze had zich ook gerealiseerd dat hij van de macht had genoten. De macht om haar om te vormen tot iemand die ze eigenlijk niet was.

Nooit zou een man haar weer als zijn bezit kunnen beschouwen.

Toen ze in Västerås het station uit stapte was het druilerig weer. Ze vond een taxi, stapte in en gaf het adres aan de chauffeur. Västerås was stukken groter dan Fjällbacka, maar om de een of andere reden deden de mensen haar aan haar geboortestad denken. Vroeger had ze dergelijke herinneringen weggewuifd als die zich aandienden. Maar na de turbulentie van de afgelopen maanden was er iets veranderd. Mensen uit haar jeugd en tienertijd passeerden vaak de revue. De blik van haar vader als iets niet was zoals hij het wilde hebben. Het verbeten gezicht van Sebastian. Het ongeluk dat van invloed was geweest op het hele dorp. De bleke armen en het luide gehuil van haar moeder. De blikken van haar klasgenoten na wat er vervolgens gebeurde. Medelijdend. Nieuwsgierig. Opdringerig.

Dat alles had ze achter zich gelaten. Maar zou ze er ooit aan ontsnappen?

Terwijl zij helemaal was opgegaan in haar herinneringen, was de auto tot stilstand gekomen. De chauffeur draaide zich naar haar om. Zijn mond bewoog, maar Faye hoorde niets.

'Sorry?'

'Cash of kaart?'

'Kaart,' zei ze en ze grabbelde in haar handtas naar haar portemonnee.

Toen ze uit de taxi stapte, doemde een beige fabrieksgebouw voor haar op. Het regende nu minder, maar er vielen nog altijd kleine koude druppels. Ze deed de entreedeur open en stapte een hal binnen. Een receptioniste met gepermanent rood haar keek haar aan.

'Welkom,' zei ze, maar het klonk alsof ze bedoelde: 'Haal me hier alsjeblieft weg.' Toen Faye binnenkwam, was ze druk bezig geweest haar nagels te vijlen.

'Hallo, ik heb een afspraak met Louis Widerström Bergh.'

De receptioniste knikte. Toetste iets in op haar computer.

'Neemt u daar maar even plaats.' Ze wees naar een bankstel bij het raam. 'Wilt u een kopje koffie?'

Faye schudde haar hoofd. Op de vensterbank achter de bank lag een stapel tijdschriften. Ze pakte een drie weken oude *Se&Hör* en bladerde er wat in. John Descentis had het volgens een artikel in het roddelblad uitgemaakt met zijn vriendin. Faye bestudeerde de foto. Het was de vrouw met wie ze hem bij Riche had gezien; blijkbaar heette ze Suzanne Lund. Volgens de journalist was ze model en zangeres.

Ik ben niet makkelijk om mee te leven, legde John in een citaat uit. Maar wie is dat wel, dacht Faye. Ze herinnerde zich de wanhopige, zinloze seks in de bioscoopzaal. Hoe vies en weerzinwekkend die was geweest. Iets beters verdiende ze niet, had ze toen gedacht. Nu, naderhand, wilde ze dat ze het aan Jack had verteld, dat ze het hem onder de neus had gewreven. Ze had een paar keer op het punt gestaan, maar er telkens van afgezien. Uit angst voor een onverschillige reactie.

Voetstappen in de gang. Een vrouw in een blouse en pantalon kwam naar haar toe. Een koel voorkomen, ogen die Faye van top tot teen in zich op leken te nemen.

'Louis Widerström Bergh,' zei ze en ze stak een slappe, vochtige hand naar voren.

'Faye. Faye Adelheim.'

Op hetzelfde moment dat ze Louiss kantoor binnenstapten, ging Fayes telefoon.

Het was Jack. Waarschijnlijk wilde hij haar op haar donder geven voor haar gedrag in Riche. Ze drukte het gesprek weg en pakte haar schetsen. Zelf kon ze niet tekenen, maar Chris hielp haar tot ze een professional in de arm konden nemen. Louis was achter het bureau gaan zitten terwijl Faye op de bezoekersstoel plaatsnam.

'Dit zou geen enkel probleem moeten zijn,' zei Louis en ze zette een leesbril op haar neus. 'Een leuk projectje om u mee te vermaken?'

'Sorry?'

'Ja, ik weet natuurlijk wie u bent. Ik neem aan dat dit voor een feestje is of zo?'

Faye haalde diep adem.

'Ik wil van alle drie de verpakkingen op de schetsen dertigduizend stuks hebben. Kunt u dat regelen of moet ik op zoek gaan naar iemand anders?'

Louis trok een zuinig gezicht.

'Dertigduizend? Hiervan? Ik neem aan dat u garanties hebt? De markt voor dit soort producten is al overbelast en wij kunnen het ons niet veroorloven om geld te besteden aan dingen waarvoor we vervolgens niet betaald krijgen, ik hoop dat u dat begrijpt. Als u nog getrouwd was, was het een heel andere zaak geweest. Jack Adelheim is een goede garantie voor betaling, maar ik heb begrepen dat u gescheiden bent...'

'Hebt u mijn beschrijving van het concept niet gelezen? Die ik u per mail heb gestuurd? Beseft u niet welk uniek product ik deze kieskeurige markt te bieden heb?'

Faye voelde de frustratie in haar keel branden.

Louis Widerström Bergh snoof en zette haar leesbril af. Ze glimlachte toegeeflijk naar Faye.

'Jawel, maar ik dacht zoals gezegd dat het om een soort themafeest ging. Ik weet wat voor leven jullie als Östermalm-echtgenotes leiden, maar dat is voor de rest van ons niet bepaald de realiteit. Dat u de verkoop van een merk op een soort girlpower wilt baseren, wijst er eerlijk gezegd op dat u op een wolk leeft. Alleen in de grote stad hebben jullie daar geld voor, hier op het platteland laten wij vrouwen vrouw zijn en mannen man. Nee, ik zal deze verpakkingen niet in productie nemen met het risico dat ik vervolgens een incassobureau moet inschakelen om betaald te krijgen.'

Ze begon te lachen en Faye ging staan. Ze voelde het bloed bij haar slapen bonken.

'Ik heb voldoende kapitaal om de hele bestelling van tevoren te voldoen. U had het geld morgen op uw rekening kunnen hebben. En als dit gaat zoals ik denk, dan had dit een goede, vaste bron van inkomsten voor uw bedrijf kunnen zijn. Misschien had u er een paar extra vakanties voor u en uw gezin van kunnen betalen. Of een heerlijk zomerhuisje aan het water. Of waar u maar van droomt. Maar ik zal naar iemand anders gaan. En het vakantiehuis of de kerstvakantie op de Malediven van iemand anders bekostigen. En geloof maar dat ik hun zal vragen u daarvandaan een kerstkaart te sturen.'

Ze draaide zich abrupt om en vertrok. Voelde Louiss blik in haar rug branden.

Ze had twintig gemiste oproepen van Jack, maar Faye belde hem pas terug toen de trein uit Västerås wegreed. Na een lange 'Waar ben je in godsnaam mee bezig?'-tirade, kwam er een heel verhaal over hoe ongepast het was om in het openbaar om te gaan met bijstandslui.

'Waar ben je nou eigenlijk zo boos over?' vroeg Faye toen hij even pauzeerde om adem te halen.

Ze voelde zich nog altijd geïrriteerd en gefrustreerd over de mislukte bijeenkomst.

Buiten gleed het landschap steeds sneller voorbij. Jacks woede deed haar niets. Ze sloot haar ogen en dacht terug aan de nacht met Robin. Tegen beter weten in had ze hem uiteindelijk haar nummer gegeven en er stonden al vijf berichtjes op haar telefoon waarin hij beschreef wat hij met haar wilde doen. Jacks stem onderbrak haar in haar fantasieën en ze opende geïrriteerd haar ogen. Met een schelle en zeurderige stem ging hij maar door. Als een kind dat zijn favoriete speeltje kwijt was.

'En dan zit je daar bij Riche een jonge vent af te lebberen die je zoon had kunnen zijn. In het openbaar. Dat soort toestanden is nadelig voor mij.'

'O, je hebt het over Robin? Hij is vijfentwintig. Ik ben tweeëndertig. Dan zou ik zeven zijn geweest toen ik hem kreeg. Je bent toch zo dol op cijfertjes, Jack? Wat dacht je hiervan: het leeftijdsverschil tussen Ylva Lehndorf en jou is groter dan tussen Robin en mij.'

'Verdomme, dat is toch heel wat anders!'

'O ja? Vertel!'

'Ik gedraag me in elk geval niet in het openbaar als een hoer, zonder aan de goede naam van ons gezin te denken.'

'Nee, jij hebt haar gewoon achter mijn rug om geneukt, in ons huis, in ons bed. En ik weet eerlijk gezegd niet over welk gezin je het nu hebt, Jack.'

Hij mopperde. Iets makker.

'Als je het in het vervolg maar uit je hoofd laat.'

'Ik doe precies wat ik wil. Het is niet aan jou om te bepalen hoe ik mijn leven moet leiden, met wie ik naar bed ga of waar ik dat doe. Dag, Jack.'

Ze verbrak de verbinding. Sloot haar ogen. Voelde Robins tong over haar clitoris fladderen. Haar telefoon plingde. Weer een berichtje van Robin. Ze aarzelde even, maar schreef toen terug. *Ik zit in de trein uit Västerås. Ben over een paar uur bij je. Wie kan zo'n aanbod afslaan?*

Faye nam nog een slok wijn. Ze kon de blikken van diverse gasten bij Sturehof voelen, maar negeerde die. Laat ze maar raden naar wat er tussen Jack en mij is gebeurd, dacht ze, laat ze maar smiespelen. Op een dag zal ik ze eens wat laten zien.

Ze keek weer op haar horloge. Sophie Duval was veel te laat.

Om een nieuwe samenwerkingspartner te vinden nu Louis Widerström Bergh nee had gezegd, moest ze laten zien dat ze investeerders had. Investeerders die niet alleen kapitaal leverden, maar die ook de mythe van Revenge konden steunen.

Ze had Sophie Duval een paar keer samen met Jack ontmoet. Ze was altijd heel uitbundig geweest tegen Faye en zou, na Chris, een perfecte eerste investeerder zijn. Ze was een bekende naam in de zakenwereld en ze was jong, zag er goed uit en was zeer geliefd bij de pers, gaf vaak aanleiding tot vette koppen. Ze had altijd een andere man aan haar zij en sprak voortdurend over nieuwe investeringen.

Faye had Sophie nooit aardig gevonden, maar nu het haar bedrijf betrof was ze ervan overtuigd dat ze Sophie kon laten zien dat het de moeite waard was om in Revenge te investeren.

Faye had haar eerste glas net leeg toen Sophie naar binnen wandelde.

'Een glas champagne graag. En ik heb vandaag geloof ik zin in een plateau met schaal- en schelpdieren,' zei Sophie zonder de ober aan te kijken toen ze ging zitten.

Ze wierp haar donkere haar over haar schouder en wendde zich tot Faye.

'Wat leuk om van je te horen! De laatste keer dat we elkaar zagen was zeker in Cannes, voor de vijftigste verjaardag van Oscar?'

Nog voordat Faye kon antwoorden, had Sophie zich omgedraaid en in haar handen geklapt om de aandacht van de ober te vangen.

'Dat het zo lang moet duren om een glas champagne te krijgen.' Ze keek nijdig naar de ober die met een glas en een fles aan kwam snellen. 'Misschien is het nog geen champagne o'clock, maar ik ben gisteren uit Hongkong gekomen dus ik leef nog op Hongkong-tijd.'

Faye zuchtte stilletjes toen ze Sophie schel hoorde lachen. Maar als Sophie investeerde, mocht ze net zo gemaakt doen als ze wilde.

De zeevruchten werden tegelijk gebracht met Fayes beekridder.

'Mijn god, wat lekker,' zei Sophie, terwijl ze genietend een oester naar binnen slurpte. 'Beter dan seks als je het mij vraagt.'

Ze nam een grote slok van haar derde glas champagne en keek vervolgens naar Faye.

'Vertel eens, liefje. Hoe gaat het met je? Ben je al een beetje gewend? Een echtscheiding is nooit leuk, als iemand dat weet, ben ik het wel. Ik liep Jack en Ylva vorig weekend in Båstad tegen het lijf en ze zijn echt heel aardig. Ik begreep dat jullie kleine Julienne echt een schatje is. Ja, ze vonden het heel jammer dat het jou niet uitkwam en dat ze haar niet mee hadden kunnen nemen.'

Ze veegde haar mond af met het linnen servet.

'Als je het mij vraagt, moet je in dit soort situaties altijd aan het belang van het kind denken, hoe verdrietig en gekwetst je ook bent.' Sophie legde haar hand op die van Faye. 'Het allerbelangrijkste is toch het welzijn van onze kinderen?'

Faye slikte een paar keer, wilde niet laten blijken dat ze geïrriteerd was. Het was Jacks weekend geweest, maar drie uur van tevoren had hij Faye een berichtje gestuurd dat hij Julienne helaas niet kon hebben vanwege een onverwachte zakenreis.

Ze glimlachte naar Sophie. Het belangrijkste was dat ze het totaalplaatje voor ogen hield, dat ze het geld en de investeerders kreeg die ze nodig had.

'Dank je, Sophie,' zei ze en ze boog zich voorover om de map met haar prospectus van Revenge te pakken.

Sophie wilde net een halve zeekreeft pakken en gebaarde afwerend met haar hand.

'Laten we eerst eten en daarna over zaken spreken.'

Faye stopte de map weer in haar tas en nam tegen haar zin een hap van haar vis. Ze begon haar eetlust te verliezen, maar Sophie ging helemaal op in het voedsel. Ze likte hoorbaar haar vingers af en gilde af en toe schel 'hé, liefje' als ze iemand in de gaten kreeg die ze kende.

Ze wist nog twee glazen champagne te bestellen voordat het plateau op was en leunde vervolgens tevreden achterover.

'Wat zeg je ervan, zullen we het dan nu over zaken hebben?' Faye reikte weer naar de map.

'Natuurlijk, liefje,' zei Sophie.

Ze wierp een blik op haar horloge.

'Mijn god, is het al zo laat? Ik moet hoognodig naar mijn volgende afspraak! Liefje! Het was gewoon veel te gezellig! We moeten dit gauw overdoen! Bel mijn secretaresse maar, dan maken we een nieuwe afspraak. Het wordt alleen wel pas over een week of vier, want ik moet eerst naar Parijs, Londen, New York en Dubai. Mijn god, ik woon tegenwoordig bijna in de viplounge op Arlanda!'

Opnieuw een schelle lach en vervolgens was ze verdwenen.

Faye bleef in stomme verbijstering achter. Met een rekening die net zo hoog was als haar weekbudget.

Aanvankelijk wist Faye niet waarom ze zich zo leeg voelde. Toen begreep ze het. Ze was ontmoedigd. Voor het eerst was ze ontmoedigd, en het was een diep, overweldigend gevoel.

Naast zich zag ze Julienne rustig slapen. Haar wimpers lagen als waaiers op haar wangen, haar gezicht was ontspannen en kalm en ze trok haar neus een klein beetje op. Het was precies dezelfde uitdrukking als toen ze als baby in haar wieg sliep. Destijds had Faye om haar moeten lachen en aan een konijntje met een gefronste neus moeten denken. Nu kon ze alleen nog maar een klein glimlachje opbrengen. Ze was moe tot in haar ziel; de afspraken met Louis en Sophie hadden alle energie uit haar weggezogen.

Ze wist niet wat ze had verwacht. Natuurlijk had ze er rekening mee gehouden dat niet alle vrouwen automatisch begrepen wat ze wilde doen, wat ze wilde zeggen, enkel en alleen omdat ze vrouw waren. En, hoewel het naïef was, had ze daar toch een beetje op gehoopt. Nu wist ze niet goed hoe ze zichzelf weer moest oppeppen. De allerbelangrijkste afspraak moest nog komen. Wat als die ook mislukte? Dan stortte alles in. Ze zou haar plannen niet ten uitvoer kunnen brengen. Jack zou doorgaan met zijn leven, alsof er niets was gebeurd, zonder een prijs te moeten betalen. Bij die gedachte voelde ze haar huid branden.

Ze werd in haar gepieker onderbroken door Kerstins gestommel in de keuken. Kerstin had erop gestaan vanavond te koken en Faye vermoedde dat ze een van haar lievelingsgerechten zou klaarmaken. Waarschijnlijk gevulde koolrolletjes. Julienne had al gegeten voordat ze naar bed ging; Kerstin wilde dat Faye en zij in alle rust met elkaar konden praten, onder vier ogen. Al toen Faye eerder op de avond was thuisgekomen, had ze beseft dat je aan haar kon zien dat ze erdoorheen zat. Meestal wist Kerstin haar wel op te monteren, maar Faye betwijfelde of het haar vanavond zou lukken. De twijfel bleef aan haar plakken als stroperige teer.

Julienne bewoog zich onrustig. Meestal mocht ze niet in haar moeders bed slapen, maar vannacht wilde Faye haar dochter dicht bij zich hebben. Ze zou met Kerstin eten, bespreken wat er was gebeurd en daarna voorzichtig weer naast Julienne kruipen en bij het geluid van haar ademhaling in slaap vallen. Ze keek naar haar dochter in het dunne witte nachthemd met een eenhoorn erop, legde zachtjes haar vrije hand op haar borstkas en voelde haar hart kloppen. Boem. Kaboem. Kaboem. Langzaam paste haar eigen hart zich aan dat ritme aan. Haar gedachten werden weer helder. In de keuken hoorde ze Kerstin met de potten en pannen rammelen. De geur van eten verspreidde zich naar de slaapkamer en Faye merkte dat haar maag knorde. Opnieuw voelde ze haar dochters ritmische hartslag onder haar handpalm. Boem. Kaboem. Kaboem. Langzaam zakten het ontmoedigde gevoel en de frustratie over de mislukte afspraken weg. De strijd was nog niet gestreden. De belangrijkste afspraak moest nog komen. En ze was niet van plan te falen.

Faye liep moeizaam over de keien in de richting van Blasieholmen. Besefte dat ze zenuwachtig was. De afspraak met Irene Ahrnell was buitengewoon belangrijk. Via haar beleggingsmaatschappij Ahrnell Invest bezat ze grote taartpunten van de drie grootste warenhuisketens van Zweden. Irene Ahrnell zou niet alleen in Revenge kunnen investeren maar ook, via de warenhuizen, Fayes producten op de markt kunnen brengen. Faye had van meet af aan geweten dat Irene kon bepalen of Revenge een succes werd, dan wel een van de duizenden mislukte pogingen om huidverzorgingsproducten en parfums te lanceren.

Eigenlijk was dit een idiote markt om zich op te begeven. Een van de moeilijkste. Vooral voor iemand zoals Faye, die helemaal geen ervaring of platform op dit gebied had.

De afspraken met Louis Widerström Bergh en Sophie Duval waren dan wel niet naar wens verlopen, maar Irene Ahrnell speelde een veel grotere rol voor het al dan niet slagen van Fayes bedrijf. Als ze Irene achter zich had, was alles mogelijk. Ook internationaal.

Faye had zich net zolang ingelezen tot ze alles over de vrouw wist. Opgegroeid in Göteborg met vermogende ouders, opgeleid aan Yale en Oxford. Doneerde gul aan vrouwenorganisaties en steunde vrouwelijke ondernemers. Had een indrukwekkend netwerk dat zich over heel Europa en zelfs tot in de VS uitstrekte. Dat Irene überhaupt een afspraak met Faye had willen maken kwam waarschijnlijk doordat ze nieuwsgierig naar haar was na alles wat er naar aanleiding van haar scheiding over haar was geschreven.

Ongeacht de reden had ze een afspraak. Het hoe en waarom kon Faye niet schelen. Nu was het aan haar.

Ahrnell Invest lag op de vierde verdieping van een mooi gebouw uit het begin van de negentiende eeuw. Het uitzicht over het water was magnifiek. Faye kreeg een kop koffie in haar hand gedrukt en werd naar een kleine vergaderzaal gebracht.

Om de tafel stonden zes stoelen. Ze bleef staan, niet wetend waar ze moest gaan zitten. Ze had een gedurfde inleiding in gedachten. De vraag was hoe Irene Ahrnell zou reageren. De kans bestond dat ze het onprofessioneel zou vinden. Maar door de afspraak met Sophie had Faye beseft dat ze het zich niet kon veroorloven om zich te laten afschepen. Ze moest haar inleiding met vuurwerk brengen en de aandacht opeisen die ze verdiende. Niet braaf blijven wachten tot ze die kreeg.

Faye voelde dat haar onderrug nat was van het zweet. En ze begon dat te doen wat ze nu juist niet moest doen. Ze begon te aarzelen en te twijfelen. Aan zichzelf en aan het hele idee.

Irene kwam in een marineblauw broekpak de vergaderzaal binnen. Faye gokte dat haar crèmekleurige zijden blouse met strikbanden van Vesna W was. Ze had er zelf graag ook zo een gehad, maar kon zich die niet veroorloven zolang ze haar startkapitaal nog niet bij elkaar had. Het Stella McCartney-pak dat ze nu droeg had ze van Chris geleend. Een paar maanden geleden had ze de broek niet over haar knieën kunnen trekken, maar nu zat het pak haar als gegoten. Ze had Chris niet durven vragen wat het had gekost.

Irene zette eenzelfde koffiebeker als die van Faye op tafel en stak haar hand uit.

'Irene,' zei ze neutraal. 'We hebben tien minuten. Dan moet ik weg.'

De stoelpoten krasten over de vloer en ze namen tegenover elkaar plaats.

Faye haalde diep adem om haar zenuwen tot bedaren te brengen. Herinnerde zichzelf aan de reden waarom ze dit deed. Riep het beeld op van Jacks achterwerk dat tussen de benen van Ylva op en neer bewoog, in hun huis, in hun bed.

'Hoe vaak in je leven ben je door een man bedrogen?' Faye dwong zichzelf om Irene kalm aan te kijken.

Op haar netvlies stond nog altijd het beeld van Jack. Haar hartslag kwam tot rust. Haar onzekerheid verdween. Het eerste schot was gelost.

Irene keek onthutst, maar herpakte zich snel. De uitdrukking op haar gezicht veranderde van verbaasd in beledigd.

'Die vraag vind ik veel te privé om in dit verband te beantwoorden.'

Het leek alsof ze op wilde staan.

Faye dwong haar met haar blik te blijven zitten. Weigerde om zich door Irenes eerste reactie te laten afschrikken. Ze had de investeerder willen schokken en het leed geen twijfel dat ze nu haar volledige aandacht had. Ze boog zich naar voren en vouwde haar handen op de vergadertafel.

'Het antwoord op die vraag vormt de grondslag van mijn hele bedrijfsidee,' zei ze toen. 'Maar voor ik verderga: ik heb je niet gevraagd óf je bedrogen bent. Ik ga er namelijk van uit dát je dat bent. En waarom is dat zo'n schande dat je op deze manier reageert? Jij bent niet degene die iets verkeerd heeft gedaan.'

Irene strekte haar nek en boog zich naar voren. Ze zag er zowel geamuseerd als licht ontdaan uit. Ze leek een besluit te nemen.

'Twee keer,' mompelde ze.

Even kreeg haar blik iets opens, toen had ze zichzelf weer onder controle. Buiten, op de Strandvägen, werd nijdig getoeterd.

Faye knikte.

'En je bent bepaald niet de enige. Als vrouw ben je, ongeacht je sociale positie in de samenleving, doorgaans minstens één keer door een man bedrogen. En toch voelen wij ons beschaamd. Vragen wij ons af wat we verkeerd hebben gedaan. Waarom is dat?'

'Ik weet het niet. Jij?'

Irenes belangstelling was zonder meer gewekt. De deur stond op een kier en nu moest Faye zich naar binnen zien te werken. En uitgenodigd worden om te blijven.

'Ik heb reden gehad om daarover na te denken,' zei ze. 'Omdat het vernederend is om afgedankt worden, om te merken dat iemand niet langer voor je kiest. Soms omdat onze mannen iemand anders hebben gevonden met wie ze de rest van hun leven willen delen, soms omdat ze een vlugge wip hebben gehad in een hotelkamer tijdens een conferentie in Örebro. Liefde, kinderen, tijd en werk – alles wat we hebben geïnvesteerd kan weggegooid worden vanwege een dronken neukpartij in een conferentieoord. We zijn uitwisselbaar. En ze lijken niet eens spijt te hebben. Of het benul zich te schamen. Het is alsof het hun recht is om ons op de ziel te trappen. En ze hebben een onzichtbaar netwerk waartoe wij geen toegang hebben. Daar geven ze elkaar voordelen die ze niet aan ons geven. Omdat ze ons als inferieur beschouwen.'

Irene zei niets toen Faye even pauzeerde om op adem te komen. Maar de harde uitdrukking op haar gezicht was zachter geworden. Ze keek nieuwsgierig.

'Heb je er nooit van gedroomd om wraak te nemen op een man die je heeft bedrogen, die je heeft gekwetst, die je slecht heeft behandeld?' vroeg Faye.

'Uiteraard. Wie niet?' Irenes gezicht zag er opeens naakt en kwetsbaar uit.

Faye vermoedde dat ze beelden voor zich zag. Van die beelden waarmee je de rest van je leven moet leven, als oorlogswonden, al zitten ze in je hart, niet op je huid.

'Heb je dat gedaan?'

'Nee.'

'Waarom niet?

Irene dacht na.

'Dat weet ik eigenlijk niet.'

'Mijn ex, Jack Adelheim, de zakenman, heeft me jarenlang bedrogen. Hoeveel vrouwen hij wist te versieren, weet ik niet. Afgelopen voorjaar heb ik hem betrapt toen hij met het hoofd financiën van zijn bedrijf, Ylva, in ons bed lag. En dat is maar een deel van het verraad. Eigenlijk het kleinste deel. Ik heb hem geholpen zijn imperium op te bouwen. Ik kan je het hele verhaal op een ander moment vertellen, bij een wijntje. Waar het in het kort op neerkomt, is dat hij alles wat hij nu bezit voor een groot deel aan mij te danken heeft. Toch heeft hij me niet alleen bedrogen, maar me ook op zwart zaad laten zitten. En weet je, Irene? Ik heb hem gesmeekt hem te mogen vergeven zodat alles weer bij het oude kon worden. Zo ontzettend graag wilde ik mijn gezin redden. Hoewel hij me alles had ontnomen. Mijn carrière, mijn huis, mijn geborgenheid, mijn zelfrespect. Uiteindelijk besloot ik echter dat het afgelopen moest zijn.'

'En nu?'

'Nu pak ik alles terug. En een beetje meer.'

'Hoe ga je dat doen?'

De rollen waren omgedraaid. Irene stelde de vragen. Daaruit bleek dat ze geïnteresseerd was. Ze boog zich nog dichter naar Faye toe.

'Door me niet langer te schamen,' zei Faye en ze schoof een schets van de Revenge-verpakking over de tafel. 'En een enorme doelgroep te vangen. Slimme marketing die een snaar raakt die nog nooit eerder is geraakt. Persoonlijke marketing, tot het uiterste doorgevoerd. Storytelling in combinatie met goede producten.'

Irene hield de schets omhoog en bestudeerde die zorgvuldig.

'Waar staat de R voor?'

'Revenge.'

'Ik begrijp het,' zei ze met een scheve glimlach. 'Waar heb je mij voor nodig?'

'Distributie en reclamecampagnes in de warenhuizen waarvan je mede-eigenaar bent. Ik zorg voor de rest. Ik zal zoveel succesvolle vrouwen voor dit project strikken als ik maar kan, en ik heb een campagnestrategie ontwikkeld die haar weerga niet kent. Vooral niet voor dit soort producten. En ik vraag je niet om te investeren op grond van een soort ideologische overweging. Ik leg mijn manier van denken uit zodat je het potentieel van dit project kunt zien. De doelgroep voor onze producten bestaat niet zomaar uit vrouwen, maar uit vrouwen die het zat zijn om door hun man te worden verraden.'

Irenes ogen glommen. Ze pakte de schets weer op, bestudeerde die nadenkend.

Faye zweeg. Gaf Irene de tijd om na te denken.

Ze had besloten haar niets aan te bieden, maar te wachten tot ze het onderwerp zelf ter tafel bracht. Het eigenaarsaandeel van Irene zou groter zijn dan de ene procent die ze de andere investeerders wilde aanbieden. Irene zou meer krijgen. Faye had Kerstin al vijf procent van het bedrijf gegeven. Aanvankelijk had ze haar tien geboden, maar dat had Kerstin niet gewild.

'Ik wil tien procent hebben,' zei Irene.

'Je krijgt vijf,' zei Faye. Ze voelde haar hart in haar borstkas bonken.

'Zeven.'

'Deal.'

Ze had wel willen dansen en jubelen van vreugde. In plaats daarvan ging ze staan en Irene deed hetzelfde. Midden in de kamer schudden ze elkaar de hand.

Irene viste een kaartje uit haar handtas.

'Bel me als je iets nodig hebt. Het maakt niet uit wat. Dit is mijn rechtstreekse nummer. Je hoeft niet via mijn secretaresse te gaan.'

Toen Faye weer op straat stond trilde haar mobiel. Eigenlijk wilde ze niet gestoord worden, wilde ze van het moment genieten. Maar toen ze zag dat het Chris was nam ze toch op.

'Ze doet mee, Chris! Irene fucking Ahrnell doet mee!'

'Geweldig,' zei Chris enthousiast. 'Dan neem ik aan dat je nu blij bent.'

'Blij?' zei Faye en ze liep in de richting van het Stureplan. 'Ik ben dolgelukkig. Revenge zal in al haar warenhuizen worden verkocht. En ze heeft beloofd haar internationale contacten te benaderen als de lancering in Zweden slaagt. Begrijp je wel hoe fantastisch dat is?'

'Ja, dat begrijp ik zeker. We moeten het later maar vieren. Ik heb nu twee mensen die je willen spreken.'

'Oké?' zei Faye onzeker.

'Wacht even, dan zet ik je op de speaker.'

'Hallo Faye, ik heet Paulina Dafman,' zei een hese stem. 'Ik zit hier samen met mijn vriendin Olga Niklasson. Heb je een momentje?'

Fayes hart maakte een sprongetje. Olga Niklasson en Paulina Dafman waren de twee grootste Instagramprofielen in Zweden. Samen hadden ze drie miljoen volgers.

'Ja, dat heb ik zeker.'

'Het zit zo. We zitten hier bij het Grand Hôtel gezellig een glaasje cava te drinken met Chris. En we zijn dol op Chris! Ze heeft over jou verteld, over die ontrouwe hond en over je bedrijfsidee, en dat vonden we heel interessant. Kunnen wij je op de een of andere manier hierbij helpen?'

'Jullie willen meedoen?'

'Jazeker,' zeiden ze in koor. 'En er zijn vast wel meer mooie meiden met goede accounts die dat willen. Wij kennen iedereen die iets betekent, weet je.'

'Dat is echt waar,' zei Chris. 'Ze kennen mij bijvoorbeeld ook...'

Faye smoorde een giechel.

Ze maakte een sprongetje van vreugde toen ze de verbinding verbrak. Een oudere dame met een kleine teckel in haar armen keek haar verbaasd aan. Faye glimlachte breed naar haar en de dame liep haastig door.

Faye bleef even staan, zag haar spiegelbeeld in de etalages van het chique Svenskt Tenn en wist dat ze naar een winnaar keek.

Deel 3

Ergens zoemde een ventilator veel te luid, deed afbreuk aan de luxe indruk die het advocatenkantoor probeerde te maken.

Jack had haar willen zien terwijl hij in voorarrest zat. Fayes advocaat had minachtend zijn hoofd geschud toen ze het hem vertelde.

'Hij heeft wel lef, zeg. Hoe kan hij in vredesnaam denken dat je dat zou willen? Na wat hij heeft gedaan.'

Ze zaten in de vergaderzaal. Faye antwoordde niet. Roerde in haar kopje en staarde als gehypnotiseerd naar de kolken in de rode thee, de maalstroom met een centrum dat alles leek op te slokken.

De advocaat legde meelevend een hand op haar schouder.

'De officier van justitie zal levenslang eisen. Gezien het bewijs is er geen enkele kans dat hij een kortere straf krijgt. Na de rechtszaak hoef je hem nooit meer te zien.'

'Maar zal er iets te bewijzen zijn? Zonder haar...' Fayes stem brak. 'Zonder haar lichaam?'

'Er is hoe dan ook voldoende bewijs. En dan is er nog het feit dat hij jou heeft mishandeld. Geloof me. Hij zal heel lang achter slot en grendel verdwijnen.'

Faye hield op met roeren. Ze legde het lepeltje op een wit servet, bracht het kopje voorzichtig naar haar mond. Ze brandde haar tong, maar verwelkomde de pijn. Pijn was tegenwoordig haar vriend en had zich gehuisvest in het troebele water waar ze al haar geheimen bewaarde.

De verslaggeefster van *Dagens industri*, Ingrid Hansson, prikte in een caesarsalade. Faye nam genoegen met groene thee. De dictafoon lag tussen hen in, het opnamelampje brandde.

'U hebt werkelijk een onvoorstelbare reis gemaakt met Revenge,' zei Ingrid Hansson. 'Na de scheiding van Jack Adelheim werd u van huisvrouw opeens CEO en eigenaar van een bedrijf waarvan de omzet dit jaar op anderhalf miljard kronen wordt geschat. Wat is het geheim?'

Faye bracht het kopje naar haar mond en nam een slokje.

'Hard werken, zou ik zeggen. En deskundige en betrokken investeerders.'

'Maar het is allemaal dus met de scheiding begonnen?'

Faye knikte.

'Toen Jack en ik uit elkaar gingen, wist ik niet goed wat ik met mijn leven wilde. Ik begon een hondenuitlaatservice en was daarmee overdag druk in de weer. 's Avonds werkte ik aan mijn bedrijfsplan.'

'Was het een vechtscheiding? Gezien de naam, bedoel ik. Revenge.'

De vraag werd neutraal gesteld, maar Faye vermoedde dat het een valkuil was. Het spel van de pers kende ze ondertussen maar al te goed. Het ergst van allemaal waren de journalisten die deden alsof ze aan jouw kant stonden, die je sympathie probeerden te wekken. Die, nadat de opname was stopgezet, graag nog even off the record verder babbelden.

In de wereld van de media bestond zoiets als off the record of 'dat mag u niet schrijven' niet. Ze waren meedogenloos. Maar Faye wist hoe ze hen kon gebruiken. Ze sloeg haar benen over elkaar en vouwde haar handen op haar schoot. Ze kon zich nu een dure garderobe veroorloven, en haar kleren waren als een uniform, een wapenrusting. Ze straalden macht en succes uit. Vandaag had ze gekozen voor een colbertje van Isabelle Marant en een rok van Chanel. De blouse was echter een koopje van Zara. Ze vond het leuk om te mixen en matchen, om niet uitsluitend dure designerkleding te dragen.

'Een vechtscheiding, nee. Maar wel moeilijk. Net als alle andere scheidingen.'

'Hoe zou u jullie relatie op dit moment willen beschrijven?'

'We hebben samen een dochter en ook ruim tien jaar ons leven gedeeld. Nu Compare naar de beurs gaat, zal ik wel een paar aandelen kopen.'

'O ja?'

'Ja, ik was in het prille begin bij het bedrijf betrokken. Natuurlijk steun ik het nu weer.'

Ingrid Hansson veegde haar mond af.

'De naam "Revenge" heeft dus niets met uw scheiding te maken?' vroeg ze. 'Er doen allerlei geruchten de ronde over hoe u de investeerders warm hebt gemaakt voor uw idee.'

Faye moest lachen.

'Alle goede producten hebben een goed verhaal. Verhalen die een eigen leven gaan leiden en razendsnel via internet en social media worden verspreid. Dat was bepaald geen nadeel. Het vinden van een gemeenschappelijke factor, iets wat veel vrouwen delen, is gewoon een slimme manier van zakendoen.'

Ingrid knikte en bracht het gesprek op financiële ratio's, het laatste jaarverslag, de internationale uitbreiding en de prestigieuze prijzen die Revenge voor zijn marketingcampagnes had gekregen. Vervolgens stelde ze vragen over Fayes privé-investeringen, vooral in onroerende zaken, die ertoe hadden geleid dat haar vermogen flink was toegenomen. Faye gaf graag informatie en advies. Ze had niets te verbergen. In elk geval niet over haar financiën.

Een halfuur later was het interview voorbij. Ingrid Hansson verliet Fayes kantoor in het roemruchte pand aan de Birger Jarlsgatan. Faye gunde zich een zeldzame pauze van een paar minuten en keek de journaliste peinzend na vanuit de nis bij het raam.

Toen de mallemolen eenmaal was gaan draaien was het razendsnel gegaan. De drie jaren die sinds de echtscheiding waren verstreken, hadden al haar verwachtingen overtroffen. Revenge was een gigantisch succes. Zelfs groter dan ze had durven dromen. Ze had onderschat hoe goed haar campagnes en producten zouden aanslaan. Vrouwen hadden het een fantastische invalshoek gevonden en al na zes maanden hadden warenhuizen in Frankrijk en Groot-Brittannië haar producten willen verkopen. In de Verenigde Staten had ze zojuist een contract getekend met een van de grootste distributeurs daar.

Haar grote doorbraak was te danken aan Instagram. De invloed van Paulina Dafman, Olga Niklasson en hun influencervrienden op een nieuwe, jonge generatie vrouwen was groter gebleken dan ze zich had kunnen voorstellen. Voor honderdduizenden vrouwen in heel Zweden waren zij het nieuwe ideaal. De Sophia Loren, Marilyn Monroe en Elizabeth Taylor van begin eenentwintigste eeuw. Alles wat zij droegen wilden andere vrouwen dragen. Alles wat zij kochten wilden andere vrouwen kopen. Als ambassadeurs van Revenge hadden ze inspirerende teksten over girlpower geschreven en reclame gemaakt voor producten die op één lijn lagen met de feministische winden die in Zweden woeien. De timing van Revenge had niet beter kunnen zijn.

Op cynische momenten vroeg Faye zich stilletjes af wat de feministische boodschap was van bikinifoto's waarop een goedgetraind achterwerk naar de camera was gedraaid en reclame werd gemaakt voor thee waarvan je zou afvallen. Maar Chris had haar er droog op gewezen dat je het feminisme soms moest nemen zoals het kwam, en dat de weg niet altijd kaarsrecht kon zijn. Het wemelde op internet trouwens van mannelijke influencers die foto's van hun ontblote bovenlijven namen en reclame maakten voor eiwitpoeder. Dus wat was nou helemaal het verschil?

De webshop die ze had gelanceerd, met een apart forum waar vrouwen konden vertellen hoe ze wraak hadden genomen op hun man, kon de vraag amper aan. En het forum puilde uit van de verhalen. Het werden er elke dag meer, er leek geen einde aan te komen. Een ander middel dat bepalend was gebleken, was Facebook. Ze hadden hun advertenties precies kunnen richten op de doelgroep die ze wilden bereiken: bewuste, hoogopgeleide vrouwen. Klanten die over middelen beschikten, waardoor ze een hogere prijs konden vragen en een grotere marge op elk verkocht product hadden.

Aanvankelijk had alle verkoop via internet plaatsgevonden. Toen ze zover waren dat Revenge in het assortiment kon worden opgenomen van de warenhuizen van Irene Ahrnell, begreep Faye dat er iets extra's nodig was om de hype en de mystiek in stand te houden die online waren gecreëerd. Ze zocht contact met een stuk of tien vrouwelijke artiesten, schrijfsters en actrices, en vroeg hun om allemaal een verpakking te ontwerpen. Ze kregen volledig de vrije hand. Alles werd ondersteund door een enorme socialmediacampagne. En gelanceerd met het magische begrip *limited edition.*

Jonge vrouwen stonden voor de warenhuizen in de rij om het Revenge-product van hun idool te bemachtigen dat de boodschap van zusterschap uitdroeg. Er werden nieuwe doelgroepen bereikt. Binnen hun kleine, beperkte forum hadden ze het gevoel een revolutie te hebben bewerkstelligd.

Kerstin stond in de deuropening en schraapte haar keel.

'Je moet vanmiddag om vier uur Julienne ophalen.'

'Heb ik voor die tijd nog afspraken?'

'Nee, je wilde dat ik je middag verder vrijhield.'

'Dat is ook zo. Dank je wel.'

'Dan zien we elkaar straks thuis,' zei Kerstin en ze sloot de deur.

Ze leek vandaag extra gespannen en Faye vroeg zich af waarom.

Toen besefte ze dat Kerstin tijdens de lunch op bezoek was geweest bij Ragnar. Na afloop voelde ze zich altijd rot. Toen Faye haar een keer vroeg waarom ze nog steeds naar hem toe ging, had Kerstin geantwoord: 'Ik ben ondanks alles zijn vrouw. Ik ga naar hem toe om te voorkomen dat het personeel opbelt en me aan mijn hoofd zeurt. Bovendien geeft het me een zekere voldoening om hem zo te zien liggen. Hulpeloos. Maar ik fantaseer er altijd over dat ik op een goede dag een kussen op zijn gezicht druk tot hij niet langer ademt.'

Faye keek opnieuw door het raam naar buiten. Buiten stroomde het verkeer voorbij. Weldra was het oktober en zou Compare na jaren van speculaties naar de beurs gaan. Dan kon het volgende deel van haar plan in werking gesteld worden. Na een aantal jaren van hard werken stond of viel alles met het succes van de stappen die ze nu ging zetten. Ze pakte haar tas, met daarin een nieuwe Dell-computer, en verliet het kantoor. In de winkelpassage Sturegallerian vond ze een café waar het merendeel van de klanten uit spijbelende leerlingen van de upperclasscolleges in de buurt bestond.

Verstrooid luisterde ze naar hun gesprekken. De een wilde een Gucci-tas voor haar verjaardag. Iemand anders klaagde erover dat ze in de kerstvakantie met haar familie naar de Malediven moest, terwijl 'daar echt helemaal niets te beleven viel'. Faye bestelde koffie bij een ongeïnteresseerde serveerster, ging aan een hoektafeltje zitten, klapte de computer open en logde in op de wifi. Jack had sinds de geboorte van Julienne altijd hetzelfde wachtwoord gehad. In alle jaren dat ze samen waren geweest had hij het maar twee keer veranderd. Bovendien was hij nostalgisch.

Althans, dat was hij altijd geweest.

De eerste documenten van Compare waren als pdf in zijn Gmail-account opgeslagen. Maar om daarbij te kunnen moest zijn wachtwoord nog altijd hetzelfde zijn als dat van zijn computer, *Julienne2010*. Faye bracht het witte koffiekopje naar haar lippen en nam een slok. Haar hand beefde. Alles wat ze de afgelopen drie jaar had gedaan, had naar dit moment geleid. Alles hing af van de vraag of Jack nog altijd een gewoontemens was die te lui was om zijn wachtwoord te wijzigen.

Ze tikte de letters en cijfers in en klikte op inloggen.

Het verkeerde wachtwoord.

Ze probeerde het nog een keer.

Het verkeerde wachtwoord.

Ze smoorde een gefrustreerde kreet. Die klootzak had zijn wachtwoord uiteindelijk toch veranderd. Ze deed de computer met een klap dicht en verliet het café.

Wat zou ze nu doen? Ze moest en zou toegang krijgen tot zijn mail.

Tien minuten later was ze terug op kantoor. Toen ze door de portiekdeur naar binnen stapte, vielen de eerste regendruppels. Kerstin keek haar verwachtingsvol aan.

Faye schudde haar hoofd.

'Wil je Nima vragen of hij even bij me wil komen?' vroeg ze en ze haastte zich naar haar kamer.

Nima, die zo mager was als een lat en een bleke huid en behaarde armen had, was de IT-specialist van Revenge. Sociaal incompetent maar briljant op zijn vakgebied.

Faye deed haar mantel uit en wachtte achter haar bureau.

Een paar minuten later stond hij in de deuropening.

'Had je hulp nodig?' zei hij.

Faye glimlachte.

'Kom verder.' Ze gebaarde naar de bezoekersstoel.

Hij ging zitten. Wreef onrustig in zijn handen. 'Is er iets mis?'

'Nee, helemaal niet,' zei ze met een ontwapenende glimlach. 'Integendeel. Ik heb je hulp ergens bij nodig. Het is een beetje gênant.'

'Oké…'

'Het gaat om Julienne, mijn dochter. Ze heeft een computer gekregen en ik ben een beetje bang dat ze per ongeluk op websites komt die niet geschikt voor haar zijn. Ik wil in de gaten kunnen houden wat ze eigenlijk doet. Ik ben een echte moederkloek, ik maak me overal zorgen om.'

Nima knikte.

'Ik begrijp het.'

'Kan ik iets doen?'

'Wat voor soort informatie wil je hebben?'

'Haar wachtwoord van Facebook en zo. Ik vind het allemaal wat eng, kinderen kunnen met willekeurig wie in gesprek raken en zijn zo naïef.'

Nima fronste even zijn voorhoofd.

'Dat valt wel te regelen. Ik stel voor dat je een *keylogger* op haar computer installeert. Dan kun je alles zien, zonder dat je op haar social media hoeft in te loggen.'

'Hoe werkt zo'n...?'

'Keylogger. Nou, die activeer je op haar computer. Vervolgens kun je wanneer je maar wilt alles wat is ingetypt als een gewoon tekstbestand downloaden. Alle aanslagen worden geregistreerd, het is zo simpel als wat. Je hoeft bovendien niet in te loggen op haar Facebook of Snapchat.'

'En dat ontdekt ze niet?'

'Nee, niet als het tussen andere bestanden wordt verstopt. Het draait op de achtergrond. En registreert alles in het geniep.'

'Mooi. Hoe kom ik in het bezit van zo'n keylogger?'

'Momentje,' zei Nima en hij stond op.

Even later kwam hij terug met een zwarte usb-stick.

Faye schoof haar stoel opzij en hij stak het stickje in een van de poorten van haar computer om te laten zien hoe de keylogger geïnstalleerd moest worden.

'Ik heb ook een kind, dus ik weet precies hoe ze zijn,' zei hij.

Faye keek hem verbaasd aan. Ze had niet eens gedacht dat hij een vriendin had.

'Dat wist ik niet.'

'Astrid. Tien jaar en aldoor op internet. Natuurlijk maak je je als ouders zorgen.'

'Je moet heel jong zijn geweest toen je haar kreeg.'

'Twintig. En het was gepland, vreemd genoeg. Ik ben altijd wat ouwelijk geweest.'

'En je ben nog steeds samen met...?'

'Johanna.' Zijn gezicht lichtte op toen hij haar naam noemde. 'Zeker weten. We zijn getrouwd.'

Faye trok haar wenkbrauwen op. Mensen bleven haar verbazen.

Geld doet iets met mensen. In de tijd dat Faye nog mevrouw Adelheim was, belden de ouders van de andere kinderen vrijwel elk weekend om Julienne uit te nodigen voor een feestje of een speelafspraak. Ze gingen tot het uiterste om de indruk te wekken dat hun kinderen met Julienne wilden spelen. De waarheid was dat zijzelf bij Jack en haar in de buurt wilden komen. Of, als je cynisch wilde zijn, bij Jack. Faye was meer een aanhangsel, een weg naar een succesvolle man.

Via Julienne wilden ze uitgenodigd worden voor etentjes en zich in hun licht spiegelen, in de hoop dat een deel van het succes op hen zou afstralen.

Na de scheiding kwamen ze niet meer langs. De telefoon rinkelde niet meer. Enskede had in hun ogen net zo goed Mogadishu of Bagdad kunnen zijn. Geen enkele ouder op Lidingö haalde het in zijn hoofd om zijn kind daar zonder lijfwachten en een vaccinatiespuit naartoe te sturen. Dus toen waren ze Jack gaan bellen. En hij, op zijn beurt, delegeerde de telefoontjes naar Ylva, die veel tijd kwijt was met het coördineren van feestjes en speelafspraken in de weekenden dat Julienne bij hen was, al was dat niet vaker dan één keer per maand.

Geen enkele verandering had groter kunnen zijn na Fayes succes met Revenge.

Julienne was op de Östermalm-school begonnen. Jack had haar naar het particuliere Carlssons willen sturen, waar de kinderen van de koninklijke familie op hadden gezeten, of naar de Fredrikhov-school, waar Zlatan Ibrahimović volgens de geruchten zijn zonen naartoe wilde sturen, maar Faye had dat geweigerd. Ze wilde niet dat Julienne als tiener luidkeels haar beklag zou doen over een exclusieve vakantie.

Nu zaten er op de Östermalm-school ook bepaald geen bijstandskinderen, maar er waren in elk geval een paar voor wie het niet vanzelfsprekend was om de zomer door te brengen in Marbella of New York, de kerstvakantie op de Malediven en de voorjaarsvakantie in hun huisje in Verbier of Chamonix.

En Julienne had het er erg naar haar zin. Faye was haar zon en Kerstin haar maan. Ze verheugde zich altijd op de weekenden bij Jack, maar als ze thuiskwam was ze gesloten. Zoals gewoonlijk had hij meer beloofd dan hij kon waarmaken.

Faye parkeerde de auto in de Banérgatan. Julienne zat op een bankje bij de lift te wachten en keek op haar iPad. Faye nam ongemerkt naast haar plaats. Pas toen ze haar dochter in haar zij porde, keek die op.

Julienne lachte en omhelsde Faye.

'Wat ben je aan het spelen?'

'Pokémon,' zei Julienne en ze stopte de iPad in haar rugzak.

Faye pakte Julienne bij de hand.

'Heb je het naar je zin gehad?' vroeg ze, terwijl ze naar de auto liepen.

'Ja.'

'Je weet dat je dit weekend naar papa gaat?'

'Hmm.'

Faye opende het portier voor Julienne, maakte haar gordel vast.

'Dat is toch leuk?'

'Gaat wel.'

'Vind je het niet leuk om daar te zijn?'

'Soms. Ze maken vaak ruzie en dat vind ik niet leuk. En papa is meestal naar zijn werk.'

'Soms maken volwassenen ruzie, Julienne. Dat deden papa en ik ook. Maar dat heeft niets met jou te maken, al begrijp ik dat het vervelend is om het aan te moeten horen. En papa werkt zo hard voor jou.'

Ze streek haar dochter over haar wang.

'Wil je dat ik er met papa over praat?'

Julienne schudde heftig haar hoofd.

'Dan wordt hij alleen maar boos.'

'Waarom zou hij?' Faye omhelsde haar.

'Ach, het is allemaal niet zo erg,' zei Julienne zachtjes.

'Weet je het zeker?'

Julienne knikte tegen haar borst.

Toen Faye de deur van hun appartement opende, stoof Julienne voor haar uit naar de keuken.

Het vierkamerappartement was honderdzeventig vierkante meter groot en lag aan de Karlavägen, tegenover de ICA-supermarkt Esplanad. Het had vijftien miljoen kronen gekost. Maar het was van haar. Van haar en Julienne.

'Kerstin, we zijn thuis!' riep Julienne en Faye volgde haar naar de keuken.

'Hoi, meisje van me,' zei Kerstin en ze nam Julienne in haar armen.

Faye glimlachte. Ze had Kerstin geholpen om het aangrenzende appartement te kopen en ze aten vrijwel iedere avond samen. Als Faye moest werken, paste Kerstin met alle liefde op Julienne. Er waren geen nanny's meer in hun leven.

Kerstin verwende Julienne veel te veel. Eigenlijk vond Faye dat niet prettig, maar ze had niet het hart er iets van te zeggen. Kerstin was haar steun en toeverlaat.

Terwijl Faye de waterkoker aanzette en de afwas in de vaatwasser plaatste, stoof Julienne naar de woonkamer.

'Wat is er misgegaan?' fluisterde Kerstin.

'Hij heeft zijn wachtwoord vervangen. Ik heb het op een andere manier geregeld, maar het gaat vermoedelijk wat langer duren dan ik had gedacht.'

In de woonkamer werd de tv aangezet.

'Er is alleen één probleem,' ging Faye verder.

'En dat is?'

'Ik heb hulp nodig van...' Ze knikte in de richting van het lawaai.

Kerstin sperde haar ogen.

'Je hebt toch zeker niets gezegd over...'

'Natuurlijk niet. Ze moet er niet bij betrokken zijn, in elk geval niet bewust.'

'Weet je, Faye, je meeste plannen vind ik oké, ik steun je en bewonder je, maar dit vind ik niet fijn.'

'Ik ook niet,' zei Faye. 'Maar het is de enige manier waarop ik bij zijn computer kan komen.'

Een klikje van de waterkoker. Ze pakte twee kopjes en zette ze op tafel.

'Er is geen enkele garantie dat het lukt,' zei ze zachtjes. 'Ik weet niet eens of de documenten er nog zijn. Maar het is onze beste kans. Het belangrijkste is om niet wanhopig te worden en geen fouten te maken die naar mij getraceerd kunnen worden.'

'Naar ons,' zei Kerstin en ze blies op de thee. 'We doen dit samen. Ik steun je in alles, maar ik vind het toch niet fijn.'

Faye knikte. Het voelde buitengewoon onaangenaam om Julienne te moeten gebruiken. Maar ze had geen keuze.

Ze lagen in Juliennes bed en Faye las *De gebroeders Leeuwenhart* voor. In de keuken zoemde de vaatwasser.

Voordat ze naar bed waren gegaan had Faye Julienne de usb-stick laten zien.

'Lieverd, ik heb je hulp ergens bij nodig.' Ze hadden aan de keukentafel gezeten. 'Ik ben een verrassing voor papa aan het voorbereiden.'

'Wat voor verrassing?'

Faye had de usb-stick omhooggehouden.

'Dat kan ik nog niet vertellen, maar je weet dat papa de computer altijd aan laat staan als hij het financieel-economische nieuws gaat kijken, hè? Ik wil dat je deze dan in zijn computer steekt. En daarna, als je dat hebt gedaan, wil ik dat je op dit knopje drukt.'

Ze wees.

'Dat is alles. Daarna kun je hem eruit halen.'

'Waarom mag ik niets tegen papa zeggen? Hij heeft gezegd dat we geen geheimen voor elkaar mogen hebben. We hebben alleen geheimen voor jou.'

Faye fronste haar wenkbrauwen. Wat bedoelde haar dochter daarmee?

'Omdat de verrassing dan geen verrassing meer is,' antwoordde ze. 'En daarna, als je dit hebt gedaan en ik je kom ophalen, heb ik een verrassing voor jou.'

'Wat dan?'

'Iets wat je al heel lang wilt hebben.'

'Een mobiel?'

'Je bent een slimme meid. Ja, een mobiel die helemaal van jou alleen is. Dan hoef je die van mij niet aldoor te lenen.'

'Wanneer krijg ik hem?'

'Zondag. Dan ligt hij hier op je te wachten, als je me helpt.'

Faye voelde zich door en door slecht. Maar er was niets aan te doen. Ze moest die bestanden gewoon hebben.

Ondertussen was Julienne naast haar in slaap gevallen. Faye legde het boek op het nachtkastje en kuste haar dochter op haar vochtige hoofd. Haar slapende gezicht zag er vredig uit, maar de laatste tijd was ze een beetje veranderd. Had zich teruggetrokken, was stiller geworden. Faye kon de bezorgdheid in haar hele lichaam voelen en vroeg zich af welke geheimen Jack en haar dochter deelden. Vermoedelijk was het iets banaals als ijs bij het ontbijt. Maar wat als ze iets belangrijks voor haar verborgen hielden?

Faye lag op haar rug in haar eigen bed; na de borstvergroting vond ze het nog steeds niet prettig om op haar buik te slapen. De lucht in de slaapkamer ademde zwaar. Ze stond op, trok haar ochtendjas naar zich toe en schoof de balkondeur open. De herfstlucht voelde fris tegen haar huid. Ze stak een sigaret aan en liet zich op de rotanbank zakken. Af en toe kwam er een auto over de Karlavägen voorbij, verder was Stockholm diep in slaap.

Er waren drie jaren verstreken. Drie fantastische, intensieve, geslaagde jaren. Wanneer ze zichzelf de tijd gunde om stil te staan bij alles wat er was gebeurd, was ze er telkens weer ondersteboven van.

Ze had een goedlopend bedrijf opgebouwd, verstandig geïnvesteerd, een appartement voor Julienne en zichzelf gekocht, en een voor Kerstin, en was er weer helemaal bovenop. Maar bizar genoeg vroeg ze zichzelf af en toe af of ze Jack toch niet miste. Of in elk geval de droom van Jack.

Was dat de reden dat haar haat nooit afnam? De reden waarom ze het plan doorzette dat ze drie jaar geleden had bedacht? O, er waren in de loop van de tijd best andere mannen geweest, maar voordat Jack helemaal verleden tijd was durfde ze geen serieuze relatie aan te gaan. Ze mocht haar focus niet verliezen. Het doel gaf alles zin.

Soms vroeg ze zich af of ze genoegen moest nemen met wat ze al had bereikt. Ze had tenslotte alles wat haar hartje begeerde. Ze had weer succes. Geld. Sociale status. Julienne. Maar diep vanbinnen wist ze dat het niet genoeg was. Hij had haar zoveel meer ontnomen. Hij had haar op haar ziel getrapt tot ze nauwelijks meer in staat was om op te krabbelen. Ze kon hem niet vergeven.

En haar haat was gevoed door alle verhalen die ze in de loop van deze drie jaren van vrouwen te horen had gekregen. Elke dag ging ze eerst naar het Instagramaccount van Revenge en het forum van de webshop om alle nieuwe berichten te lezen. Er was zoveel behoefte aan eerherstel, aan het hervinden van verloren trots, aan terugslaan, terugnemen, aan wraak.

Het verlangen had iets primitiefs. Al in het Oude Testament werd over wraak gesproken. Oog om oog, tand om tand. Rechtvaardigheid scheppen. Haar eigen haat was niet langer haar enige drijfveer; die werd versterkt door de stemmen van duizenden en nog eens duizenden vrouwen. Ze had iets wakker geschud wat veel te lang had liggen sluimeren.

Hun boosheid was de hare. En haar boosheid was die van hen.

Faye blies wat as van haar ochtendjas, greep haar mobiel en zette Spotify aan. 'Alice' van Eldkvarn. Zachtjes.

Haar moeder was dol geweest op Eldkvarn. Hoe vaak had ze niet verteld over de eerste keer dat ze de band live had gezien en het plectrum van de zanger Plura Jonsson had gevangen? Dat was voordat ze Fayes vader had ontmoet. Toen was de muziek voor haar verstomd.

Het nummer en de sigaret wierpen Faye dertig jaar terug in de tijd. Terug naar haar kindertijd, naar Fjällbacka, naar het kleine huis waar ze hadden gewoond. Haar vader, haar moeder, Sebastian en zij.

Ze had de post van vandaag op het tafeltje voor zich gelegd. Helemaal boven op de stapel lag weer een brief van haar vader. Iedereen die ze ooit had gekend was nu verdwenen. Alleen haar vader was er nog. Hij had haar herkend toen de kranten over Revenge begonnen te schrijven. En weer waren er brieven gekomen, na jaren van stilte. Aanvankelijk één per week. Daarna twee. Toen drie. Faye opende ze nooit.

Ze had haar advocaat opgedragen de juridische kant goed in de gaten te houden. Haar vader mocht nu niet vrijkomen. Ze wist hoe het zat in Zweden, levenslang bestond eigenlijk niet. Zelfs niet voor haar vader. Vroeg of laat zouden ze hem laten gaan. Maar niet nu. Absoluut niet nu. Eerst moest ze haar plannen ten uitvoer brengen.

Ze stak de brief omhoog en hield haar sigaret ertegenaan. Toen hij begon te branden voelde ze zich onbeschrijflijk opgelucht.

Fjällbacka – toen

Het gebruis van de zee voor mijn slaapkamerraam kon de geluiden uit de keuken niet overstemmen. De stemmen die steeds harder klonken. Die van papa vol woede, die van mama smekend. Nog altijd hopend dat ze het onvermijdelijke kon tegenhouden. Het was mijn schuld dat ze ruzie hadden. Ik had er niet aan gedacht om af te ruimen toen ik na school een boterham had klaargemaakt. Hoe had ik dat nou kunnen vergeten? Ik wist toch dat papa per se wilde dat de tafel er keurig uitzag. Behalve wanneer hij zelf iets te eten had gepakt. Hij ruimde zijn eigen spullen nooit op, maar de rest van ons moest ervoor zorgen dat alles spic en span was. Mama, Sebastian en ik.

Mama, die altijd de schuld op zich nam. Daarom hield ik ook zo van haar. Wat was ik graag groter geweest, langer en sterker, zodat zij niet gestraft hoefde te worden voor iets wat mijn schuld was. Maar voorlopig was ik heel klein en durfde hij mij niet te straffen. Soms balde hij zijn vuisten als ik iets fout had gedaan, maar hij was bang mijn broze botten te breken, me zo hard te slaan dat niemand me nog kon redden. Dus mama moest het ontgelden. Zij kon het beter hebben.

De eerste keer dat ik besefte dat iedereen bang was voor papa, was ik vijf en mocht ik met hem mee naar de ICA-supermarkt. Hij had hetzelfde gekocht als anders, een *Expressen,* een pakje sigaretten en een grote chocoladereep. Sebastian en ik kregen daar echter nooit een stukje van.

Toen we bij de kassa in de rij stonden, was iemand voorgedrongen. Vlak voordat papa bij de band ging staan, had een man zijn boodschappen erop gesmeten. Je kon aan zijn kleding zien dat hij een zomergast was. Ik schrok van de ontzette blik van de caissière. Van haar angst voor papa's woede.

Papa accepteerde het niet dat een van die klootzakken, zoals hij de zomergasten noemde, voorkroop. Later kreeg ik te horen dat de man met twee gebroken ribben in het ziekenhuis van Uddevalla was beland.

Het wiskundeboek voor mijn neus bleef op dezelfde pagina open liggen nadat de eerste slagen in de keuken waren gevallen. Deling. Eigenlijk niets aan. Ik vond rekenen niet moeilijk. Maar toen de klappen begonnen te vallen, liet ik mijn pen los en sloeg mijn handen voor mijn oren.

Ik schrok op toen ik een hand op mijn schouder voelde. Ik negeerde Sebastian. Hield mijn handen voor mijn oren. Vanuit mijn ooghoek zag ik dat hij op mijn bed kwam zitten. Hij leunde met gesloten ogen tegen de muur, probeerde net als ik alles buiten te sluiten.

Ik bleef in mijn bubbel. Daar was geen ruimte voor anderen.

Faye had met Chris voor een hapje en een drankje afgesproken bij het Grand Hôtel. Eigenlijk had ze geen zin – ze had het weekend het liefst zo snel mogelijk achter de rug zodat ze wist of Julienne in haar opdracht was geslaagd. Maar ze besefte dat een avondje stappen met Chris, dronken worden en iemand versieren, of zelf versierd worden, beter was dan thuis tegen de muren op vliegen. De gerant had in de serre gedekt, met uitzicht over de inham en het koninklijk paleis. Om hen heen geroezemoes. In de pianobar, aan de andere kant van de ruimte, een mooie vrouwenstem die 'Heal the world' zong.

Chris bestelde een hamburger, terwijl Faye het bij een caesarsalade hield. Op hetzelfde moment dat hun mojito's werden gebracht, kwamen er twee vrouwen van een jaar of vijfentwintig naar hun tafeltje toe die graag met haar op de foto wilden.

'We zijn dol op je,' piepten ze opgewonden toen ze weer verdwenen. 'Je bent zo'n geweldig voorbeeld.'

'De volgende keer moet ik zeker een chambre séparée boeken als ik met je wil praten,' zei Chris geamuseerd, terwijl ze het roerstaafje door haar mojito bewoog.

'Je bent zelf ook niet bepaald onbekend,' zei Faye.

Chris glimlachte scheef.

'Hoe gaat het met je tieten?'

'Onwennig,' zei Faye kortaf.

Eigenlijk was ze best tevreden geweest met haar oude borsten, maar ze deed wat gedaan moest worden. Haar lichaam was een van de middelen om haar doel te bereiken.

'Heb je ze al getest wanneer het erop aankomt?'

Faye trok haar wenkbrauwen op.

'Met een man, dus.'

'Nee, nog niet.'

'Zorg dat je een beurt krijgt. Dat is goed voor de ziel.' Chris keek rond. 'Al wordt het hier lastig, natuurlijk. De meeste mannen die hier zitten krijgen hem vermoedelijk al sinds de val van de Berlijnse Muur niet meer op natuurlijke wijze omhoog.'

Faye schaterde en keek naar de gasten. Chris had gelijk. Veel geld, weinig haar, dozen vol blauwe pilletjes – zo kon je de situatie samenvatten.

Chris boog zich naar voren.

'Hoe staat het ervoor met Jack? Die beursgang is al binnenkort.'

'Na een tijdelijk probleem zouden we nu aangesloten moeten zijn,' zei ze en ze legde uit wat een keylogger was. 'Maar genoeg over mij. Wat gebeurt er in jouw leven?'

Chris nam een slok van haar mojito, smakte lichtjes.

'Een paar maanden geleden heb ik serieus overwogen om met pensioen te gaan en naar de warmte te verhuizen. De Queen-groep regelt zichzelf, en meer geld heb ik niet nodig. Maar ik heb me bedacht.'

'O?'

'Ja,' zei Chris zonder haar recht aan te kijken.

'Ga je vertellen waarom, of moet ik het uit je slaan?'

'Het is heel gênant, maar ik ben verliefd. Hopeloos tot over mijn oren verliefd.'

Faye verslikte zich bijna in een blaadje munt. Ze hoestte.

'Verliefd?' herhaalde ze onnozel. 'Op wie dan?'

'Je zult het niet geloven. Maar hij heet Johan en is leraar Zweeds.'

'Dat klinkt heel... gewoontjes,' zei Faye, die een getatoeëerde deelnemer van *Paradise Hotel* met stevige bicepsen had verwacht, iemand die nog altijd jeugdkorting kreeg wanneer hij vloog.

'Dat is nou net het vreemde,' zuchtte Chris.

'Hoe hebben jullie elkaar ontmoet?'

'Hij kwam met zijn nichtje naar onze salon in de winkelpassage Sturegallerian. Droeg zelfs zo'n truttig colbert met elleboogstukken. Toen zijn nichtje in de stoel ging zitten zei ze dat ze een hanenkam wilde. Dat wekte mijn nieuwsgierigheid. Hoe zou hij reageren? Maar hij knikte slechts en zei: "Dat zou ik ook hebben gewild, lekker stoer."'

Chris viel stil en keek door het raam naar buiten.

'Jammer dat hij bezet is, dacht ik, omdat ik ervan uitging dat het meisje zijn dochter was. Maar ik bleef in de salon hangen, alleen om met hem te kunnen praten. En toen hij wilde betalen, vroeg ze wanneer haar vader haar zou ophalen. Toen zonk het hart me echt in de schoenen. Ik dacht namelijk dat hij homo was.'

'Maar?'

'Het meisje werd buiten opgehaald door een vent met een kaal hoofd, die vuurrood werd toen hij het kapsel van zijn dochter zag. Ze namen afscheid en ik... Shit, ik kan ook maar beter zeggen hoe het is gegaan. Ik heb al mijn afspraken afgezegd en ben hem gevolgd.'

'Als een stalker?'

Faye keek haar vriendin grijnzend aan. Dit was compleet gestoord, zelfs voor iemand als Chris.

'Ja, zoiets.'

'En wat is zoiets?'

'Tot Farsta.'

'Zo ver van de binnenstad ben je niet meer geweest sinds...'

'Sinds het jaar onzes Heren 2006, ik weet het. Hoe dan ook. Daar, in het winkelcentrum, draaide hij zich op een gegeven moment naar me om. Ik ben natuurlijk niet bepaald James Bond, dus hij had al op het Stureplan gemerkt dat ik hem volgde.'

'En wat zei hij toen?'

'Dat hij gevleid was door de aandacht en dat hij vermoedde dat ik wel dorst zou hebben na al mijn gesluip. Dat moest ik natuurlijk toegeven en toen vroeg hij of hij me een kopje koffie mocht aanbieden.'

'Mijn god, Chris. Ik vind het zo fijn voor je.'

Chris kon een glimlach niet onderdrukken.

'Ik ook.'

'En toen?'

'Toen trakteerde hij me op een kopje koffie en ik werd hopeloos verliefd. We zijn naar zijn huis gegaan en ik ben daar twee dagen gebleven.'

Ze lachte en Faye merkte dat haar hele buik warm werd.

'En nu?'

'Nu ben ik nog net zo hopeloos verliefd. Hij is het, Faye. De man op wie ik mijn hele leven heb gewacht.'

Een fractie van een seconde veranderde haar glimlach in een grimas. Iemand die Chris minder lang kende dan Faye zou de verschuiving niet hebben gezien.

Er was iets mis.

'Chris, wat is er?'

'Hoe bedoel je?' Ze probeerde er onbezorgd uit te zien.

'Ik ken je. Wat is er?'

Chris hief haar glas en nam een slok. Zette het toen neer.

'Ik heb kanker,' zei ze met dikke stem.

De tijd stond stil, de geluiden om hen heen verdwenen, de contouren vervaagden, scherpe randen werden rond.

Chris' stem klonk dof en vreemd.

Faye kon het niet bevatten. Haar levendige, energieke Chris kon geen kanker hebben. Maar ze had het wel. Een ongewone vorm van baarmoederhalskanker. Wat, zoals Chris benadrukte, ironisch was als je bedacht hoe weinig ze haar baarmoeder had gebruikt. Rondom weerklonk het gerinkel van glas. Het water in de inham lag er zonnig en glad bij, en het koninklijk paleis dat zich aan de overkant verhief zag er zoals gebruikelijk eerder uit als een stadsgevangenis dan als een sprookjeskasteel. Het was een mooie herfstdag die de inwoners van de stad massaal naar buiten had gelokt. Aan de tafeltjes naast hen aten mensen met kletterende gouden sieraden sandwiches van zilveren borden, en Faye vroeg zich af hoe ze nog altijd konden lachen terwijl haar eigen wereld zojuist was ingestort.

'Eigenlijk had ik het tegen niemand willen zeggen voordat ik ervanaf was. Maar nu is het zoals het is.'

Chris haalde haar schouders op. Als de artsen er niet in slaagden de kanker te stoppen, zou ze het niet overleven. Faye probeerde te zien of ze een grapje maakte, wachtte op Chris' veel te luide, verlossende lach. Maar die kwam niet.

'We moeten hier weg,' zei ze. Ze kreeg bijna geen adem. 'Ik kan niet op zo'n stomme caesarsalade zitten kauwen terwijl jij vertelt dat je kanker hebt.'

Ze kon haar tong wel afbijten. Ze begreep dat Chris doodsbenauwd moest zijn, dat ze haar uiterste best moest doen om niet in te storten. Het was niet bepaald het juiste moment om te zeggen wat zij wilde. En het was ook niet het juiste moment om medelijden met zichzelf te hebben.

'Sorry. Maar ik vind het zo ontzettend verdrietig,' zei ze.

Chris glimlachte. Droef deze keer. Een uitdrukking die Faye zelden, misschien wel nooit op het gezicht van haar dierbare vriendin had gezien. Ze zette zich ertoe een stukje kip op te eten. Het voelde alsof het in haar keel bleef steken. Ze legde haar bestek weg, greep een voorbijsnellende ober bij de arm en bestelde twee gin-tonic.

'Sterke graag.'

Ze bleven zwijgen tot de drankjes werden gebracht.

'Wil je er überhaupt over praten?' vroeg Faye toen ze een slok had genomen.

'Ik weet het niet. Ik geloof van wel. Ik weet alleen niet hoe je dat doet.'

'Ik ook niet. Maar je móét gewoon beter worden.'

'Natuurlijk word ik weer beter. De timing is alleen ontzettend beroerd, met Johan en zo. Ben je eindelijk verliefd, krijg je een tumor in je baarmoeder en staat je hele wereld op zijn kop. Iemand daarboven heeft humor.'

Chris' lach bereikte haar ogen niet.

Faye knikte. Sloot haar lippen om het rietje en zoog nog meer drank naar binnen. Voelde hoe die zich verspreidde, haar verwarmde, haar makkelijker deed ademen.

'Ben je bang dat hij bij je weggaat, bedoel je dat?'

'Ja, natuurlijk. Het zou me verbazen als hij dat niet deed. We kennen elkaar nog maar een paar weken en ik zal al mijn energie nodig hebben om deze ziekte te overwinnen. Ik zal lelijk, onaantrekkelijk en moe worden, geen zin meer hebben in seks. Natuurlijk maak ik me zorgen. Ik hou echt van hem, Faye, ik hou heel veel van hem.'

'Ben je bang om...'

'... dood te gaan? Ja, heel erg. Maar dat ben ik niet van plan. Ik wil bij Johan zijn, reizen met hem maken, oud met hem worden. Ik heb nog nooit zo graag willen leven als nu.'

Een nieuwe grimas. Faye voelde zich onhandig en onzeker. Uiteindelijk legde ze haar hand op die van Chris. De hand die haar tijdens de abortus zoveel kracht had gegeven. Nu beefde die en voelde ijskoud.

'Vroeg of laat moet je het hem vertellen. Of hij nu bij je weggaat of niet.'

Chris knikte en sloeg haar gin-tonic achterover. Faye liet haar hand op die van Chris liggen.

Toen Faye Julienne op zondag ophaalde keek het meisje haar verwachtingsvol aan. Faye had totaal vergeten wat ze haar had gevraagd – door de ziekte van Chris lag haar hele bestaan overhoop.

'Waar is hij?' vroeg Julienne.

'Wat bedoel je?'

'De mobiel. Ik heb bij papa thuis gedaan wat je me vroeg.'

'Wat goed van je, lieverd. Je krijgt hem morgen.'

Julienne begon te protesteren, maar Faye legde uit dat ze moest wachten. Mokkend ging het meisje naar haar kamer, maar Faye had geen puf haar terug te roepen.

Ze kon zich er ook niet op verheugen dat ze binnenkort het wachtwoord van Jack zou hebben.

Chris had haar gevraagd om niet verder te vertellen dat ze kanker had. Ze wilde geen medelijden, geen bordje KANKERPATIËNT op haar voorhoofd, zoals ze had gezegd. Ze hadden afgesproken dat Faye mee zou gaan naar de eerste behandeling, en tot die tijd zouden ze het er niet over hebben.

Maar het was onmogelijk om ergens anders aan te denken.

Een leven zonder Chris? Chris, die er altijd was geweest, die sterk was geweest wanneer Faye zich het liefst had verstopt. Nu waren de rollen omgedraaid. Nu zou Chris haar nodig hebben. Volledig.

Faye had geld. Ze had een succesvol bedrijf. Ze had Jack en de rest van de wereld laten zien dat ze op eigen benen kon staan. Met die keylogger die al zijn wachtwoorden en alles wat hij op zijn computer typte opsloeg, moest ze misschien maar niets doen. Ze moest dit hele plan misschien maar gewoon laten varen.

Maar dat lukte haar domweg niet. Alleen al bij de gedachte om niet volledig wraak te nemen werd ze misselijk. Ze kon het idee niet loslaten. Ze wilde het niet loslaten. Tot wat voor mens maakte dat haar eigenlijk? Haar beste vriendin was ziek. Mogelijk terminaal. En zij dacht er nog altijd over na hoe ze Jacks leven kon verwoesten.

Fjällbacka – toen

De eerste keer dat papa me sloeg, was ik twaalf. Mama was net weg, ze zou naar de ICA-supermarkt gaan. Ik zat aan de keukentafel en papa zat naast me, aan het hoofdeinde, verzonken in een kruiswoordraadsel. Ik wilde me omdraaien, maar stootte per ongeluk tegen mijn kopje. In slow motion zag ik het omvallen, kon nog voelen hoe ik het met mijn hand had geraakt.

De chocolademelk stroomde over papa's krant met het bijna opgeloste raadsel. Het was alsof het lot ingreep, alsof het wilde zeggen dat het nu mijn beurt was.

Papa leek haast blasé toen zijn hand uitschoot en mij precies boven mijn oor raakte. Toch sprongen de tranen me in de ogen van de pijn. Ik hoorde dat Sebastian de deur van zijn kamer dichtdeed; hij zou pas weer naar buiten durven komen als mama terug was.

Er volgde meteen een nieuwe klap. Papa stond op en deze keer trof zijn hand mijn rechterwang. Ik sloot mijn ogen en keerde naar binnen, zocht een duisternis op die me verwelkomde. Zoals die mij op school verwelkomde wanneer ik al het geroep en geschreeuw buitensloot.

Papa's handpalm stuiterde tegen mijn huid. Ik schrok er bijna van hoe goed ik de pijn kon weerstaan.

Toen mama's voetstappen uiteindelijk in de hal weerklonken, wist ik dat het voorbij was. Voor deze keer.

Faye had met Chris afgesproken bij het Karolinska-ziekenhuis. Een wolkendek omhulde de stad. Stockholm was grijs en vochtig zoals zo vaak in de herfst. De eerste bladeren waren al gevallen en vormden kleine, plakkerige hoopjes op de grond.

Chris stond huiverend voor de entree.

'Het ergste is dat ik vanochtend bijna geen trek had, terwijl je eigenlijk van tevoren iets moet eten,' mopperde ze met een schuin oog op de 7-Eleven-beker met slechte latte die Faye in haar hand hield. 'Ik word al misselijk als ik maar aan koffie denk.'

Faye wierp de beker meteen in een groene afvalbak.

'Dat had je niet hoeven doen,' zei Chris, terwijl ze door de schuifdeuren naar binnen liepen.

'We doen dit samen. Oké?'

'Ja,' zei Chris en ze keek haar dankbaar aan.

'Als ik ziek was geweest, had je me vermoedelijk eigenhandig opengesneden en de tumoren eruit gehaald,' zei Faye. 'Helaas ben ik bang voor bloed, dus ik beperk me ertoe je gezelschap te houden en geen slootwater te drinken. De prijs die ik moet betalen om een paar uur met mijn beste vriendin door te brengen is dus best laag.'

Ze trok Chris naar zich toe.

'Hoe voel je je?'

'Als een kankerpatiënt. En jij...' Chris fluisterde in haar oor, '... jij bent nergens bang voor. Maar het is fijn dat je net doet alsof. Voor mij.'

Faye zei niets. Want de waarheid was dat ze wel degelijk bang was. Bang dat haar beste vriendin zou sterven.

Toen ze het ziekenhuis verlieten was Chris zo moe dat ze op Fayes schouder moest leunen. Faye wist niet zeker of dat lichamelijk of mentaal was. Ze wist niets van kanker. Of kankerbehandelingen.

Eigenlijk had Chris met een taxi naar huis zullen gaan, maar Faye besloot haar zelf te brengen en bij haar te blijven slapen. Ze stuurde een berichtje naar Kerstin, die antwoordde dat ze met Julienne naar de bioscoop zou gaan.

Chris leunde met halfgesloten ogen tegen het raam terwijl de stad voorbijgleed.

'Is Johan bij je?' vroeg Faye.

'Nee, ik heb gezegd... Ik heb gezegd dat ik dit weekend allerlei afspraken heb en geen tijd voor hem heb.'

'Je moet het hem vertellen.'

'Ik weet het.'

Chris peuterde met een rode nagel aan het portier.

'Maar ik wil dat jij hem eerst ontmoet. Voor het geval hij...'

'Voor het geval hij wat?'

'Voor het geval hij bij me weggaat.'

'Wat is hij verdomme voor vent als hij bij je weggaat?'

'Een vent als alle andere,' zei Chris met gesloten ogen. Ze glimlachte moe. 'Jij zou dat als geen ander moeten weten. Waarom zou Johan anders zijn?'

Faye wist niet wat ze moest antwoorden, de duizenden verhalen van het internetforum lagen als ijsklontjes in haar hart. Het verraad. De leugens. De onverschilligheid en het egoïsme. Tegen Chris zeggen dat ze het ongetwijfeld bij het verkeerde eind had zou niet geloofwaardig zijn.

Al had ze dat nog zo graag gedaan.

Het duurde een eeuwigheid voordat ze het korte stukje van de parkeerplaats naar de lift waren gelopen. Toen ze uiteindelijk boven waren, vloog Chris meteen naar de wc om over te geven. Faye hield haar haar naar achteren. De laatste keer dat ze zo hadden gestaan was vijftien jaar geleden. Het voelde als een heel leven.

Natuurlijk had Faye na de korte aanval van twijfel besloten om de informatie die ze met behulp van de keylogger kon bemachtigen toch te gebruiken. Nu het programma op Jacks computer was geïnstalleerd was ze al een aardig eind op weg, maar ze moest nog wel een manier zien te vinden om het logbestand met alle tekst naar een usb-stick te kopiëren. Daarna kon ze alleen maar duimen dat alles nog altijd in het Gmail-account werd bewaard. De Jack die zij had gekend ruimde zelden iets op en wilde altijd alles bewaren, voor de zekerheid, 'je weet nooit wanneer je het nodig hebt'.

Hopelijk kon ze het dit weekend tijdens Juliennes verjaardagsfeestje doen.

En dan was Ylva er nog. Hoewel Jack haar al had gereduceerd tot een schaduw van haar vroegere ik, was Faye de verachtende blik waarmee Ylva haar had aangekeken niet vergeten. In haar eigen slaapkamer. Naakt en net geneukt door Fayes echtgenoot. Dun, gespierd en met perfecte siliconentieten.

Langzaam maar zeker had Faye nu Ylva's territorium veroverd, terwijl Ylva steeds meer een kopie werd van de eerdere Faye. Fayes lichaam was nu dun en gespierd. Haar borsten waren nieuw. De verandering was Jack niet ontgaan. Telkens als ze elkaar zagen om Julienne te halen of te brengen waren zijn ogen over haar lichaam gegleden. Op dezelfde manier als vroeger. Toen zij degene was van wie hij geen genoeg kon krijgen. Hoewel ze hem haatte, had hij nog altijd een merkwaardige invloed op haar. Ze was er ook nog steeds niet aan gewend om hem samen met Ylva te zien. Waarschijnlijk zou ze daar ook nooit aan wennen.

Haar eigen liefdesleven beperkte zich tot tijdelijke relaties met doorgaans jongere mannen die ze in een café opdeed, en met wie ze een paar keer seks had voordat ze weer met hen brak. Niemand mocht dichtbij komen. Niemand mocht blijven. Op haar zwakste momenten droomde ze ervan Jack te verpletteren, voor eens en voor altijd... En hem vervolgens terug te nemen. Nog zo'n vies, beschamend geheim. De duistere wateren werden voortdurend aangevuld.

Niemand kon Jack ervan beschuldigen dat hij zich had ingehouden, dacht Faye toen ze naar het huis toe reed. Julienne had voor haar zevende verjaardag een 'gala' willen hebben en Jack had een bedrijf in de arm genomen dat gespecialiseerd was in kinderfeestjes. Ze hadden de tuin versierd met roze ballonnen, een partytent met bijbehorend podium en uiteraard een rode loper, die in dit geval roze was. Een professionele fotograaf zou foto's maken wanneer de kinderen aankwamen en die op een fotowand ophangen. In de tuin stonden tafels die nu al doorbogen onder het gewicht van alle cadeaus en gerechten. Zelfs naar de maatstaven van Lidingö was het overdadig.

Maar Jack had dan ook een grotere behoefte om zich te laten gelden dan de andere vaders op het eiland.

Julienne slaakte een gilletje, sprong uit de auto en rende de oprit op. Jack en Ylva verschenen op het bordes om haar te begroeten. Faye stapte uit en liep de kleine heuvel op. Ze had een strakke, nudekleurige jurk met een diep decolleté en korte mouwen van Hervé Léger uitgekozen en voelde Jacks blikken. Ylva leek ze ook te zien. Demonstratief opende ze haar armen voor Julienne. Faye voelde een steek in haar buik toen Julienne haar omhelsde, maar deed haar best om te blijven glimlachen.

'Wat mooi is het geworden,' zei ze.

'We wilden vandaag echt iets speciaals voor haar doen,' zei Ylva opgewekt en ze gaf Faye een kus op haar wang.

Ze rook lekker naar shampoo en parfum. Ook zij was op een onderdanige, zogenaamd vertrouwelijke toon tegen Faye gaan praten toen het succes van Revenge zo groot en zichtbaar werd dat ze het niet meer negeren kon.

Terwijl ze zich uit de omhelzing losmaakte keek Faye Ylva nog eens goed aan. Kreeg ze niet net zulke bittere trekken om haar mond als Faye bij zichzelf had gezien die laatste periode dat Jack en zij nog bij elkaar waren? Èn had ze niet iets te veel botox in haar voorhoofd laten spuiten?

'Als je snel naar je kamer gaat, dan vind je daar de eerste verrassing die we voor je hebben geregeld,' zei Jack en hij streek Julienne over haar wang.

Het meisje holde naar binnen; haar voetstappen weergalmden op de trap. Jack wendde zich tot Faye.

'Ylva heeft een... Hoe heet het ook alweer wat je hebt geregeld?'

'Een make-upartiest,' antwoordde Ylva. 'Dezelfde die Carola altijd heeft, je weet wel, die zangeres.'

Er kwam een jongeman aangelopen, die zich voorstelde als goochelaar. Jack en hij verdwenen in het huis terwijl Faye en Ylva naar de tuin bleven kijken. Twee mannen droegen een tafel tussen zich in.

'Jullie hebben er echt iets moois van gemaakt,' zei Faye om de stilte te doorbreken.

Daar was geen woord van gelogen. Het huis was prachtig en de tuin heerlijk. Ze zouden de tuinman een bonus moeten geven. Ze leken ook geen last meer te hebben van de ganzen die het strand naast het huis hadden volgescheten. Het gerucht ging dat Jack iemand had betaald om ze 's nachts af te schieten.

Ylva glimlachte.

'Heb je zin om te blijven? July wil waarschijnlijk dat we ons zo veel mogelijk afzijdig houden, maar het kan toch best gezellig zijn.'

Haar hartelijkheid leek een spontane reactie op Fayes opmerking over haar huis. Daar leek ze ook meteen weer spijt van te hebben, maar gezegd was gezegd.

Dat Ylva Julienne 'July' noemde was om van te kotsen. Maar in plaats van erop te wijzen dat haar dochter geen cavia was, knikte Faye. Gedeeltelijk omdat ze hoopte bij Jacks computer te kunnen komen, maar ook omdat ze zag dat Ylva meteen spijt had van haar impulsieve uitnodiging.

'Graag.'

'Mooi zo. Echt. Jack heeft geregeld dat Sean en Ville twee liedjes komen zingen.'

Sean en Ville vormden een bandje waar Julienne en haar vriendinnen helemaal bezeten van waren. Ze kenden alle liedjes en misten geen enkele dag hun updates op YouTube. In het weekend kreeg Julienne Faye soms zelfs zover dat ze samen bij hun studio gingen staan wachten tot ze naar buiten kwamen, om vervolgens te zien hoe de twee lummels zich in een taxi wierpen zonder ook maar één keer naar de wachtende meisjes te kijken die eerst schreeuwden van opwinding en vervolgens huilden van teleurstelling.

'Dat zal een aardige duit hebben gekost,' zei ze.

'Ja, hun manager vroeg tachtigduizend kronen voor een paar liedjes. Daarnaast eisten ze champagne – en chocoladebollen...'

'Mijn god.'

'Jack aarzelde in eerste instantie, maar ik heb hem overgehaald. Ik wil dat ze een onvergetelijke dag heeft. Wil je een glaasje champagne? Je kunt je auto altijd hier laten staan en met een taxi naar huis gaan. Of we regelen dat iemand van Ryska Posten jou en de auto naar huis brengt.'

'Graag.'

'Laten we naar binnen gaan.'

In de woonkamer stond een zinken bar. Ylva liep eromheen, boog zich voorover en pakte een fles.

'Cava?' vroeg ze. 'Lekkerder dan champagne vind ik zelf, dus ik heb het altijd in huis.'

'Graag.'

Ylva pakte een glas, opende de fles en schonk Faye in.

'Neem je zelf niet?'

Ylva schudde haar hoofd.

'We hebben het nooit gehad over... eh... over wat er is gebeurd,' zei ze.

Ze zag er bijna spijtig uit. Opeens besefte Faye hoezeer ze deze vrouw haatte. Ylva was maandenlang achter haar rug om met haar man naar bed gegaan. En nu stond ze hier. In dit enorme kuthuis, mooi en fris, zij het met iets te veel botox, en deed begripvol en dacht dat alles vergeven was. Het was eerlijker geweest als ze zich net zo verwaand en superieur had gedragen als toen ze naakt in de slaapkamer zat. Dan had Faye haar minder gehaat.

Nu verlangde ze naar het moment dat ze haar voor haar ogen kapot zag gaan.

Ylva en Jack. Die twee hadden elkaar werkelijk verdiend. Ze verdienden wat aan de horizon dreigde en binnenkort hun perfecte leven zou verwoesten.

'Dat is niet nodig,' zei ze. 'Jack en jij passen goed bij elkaar. En het is ons alle drie goed vergaan.'

Ze hief haar glas.

'Ik ben erg onder de indruk van wat je met Revenge hebt gedaan,' zei Ylva en ze ging in een grote gebloemde fauteuil zitten.

Een design van Josef Frank, gekocht bij Svenskt Tenn. Jack had hun stoffen altijd heel mooi gevonden, terwijl Faye ze eerder bij bejaarden vond passen.

'Hmm, dank je. En hoe gaat het met jou? Heb je het naar je zin bij Musify?'

'Ik ga daar weg. Ik... ik werk al een paar jaar parttime. Jacks werk vraagt veel ondersteuning, representatie, het huis, Julienne... Nou ja, je kent het wel.'

Ylva spreidde haar handen, maar keek Faye niet aan.

Faye vroeg zich af hoeveel tijd Julienne in beslag kon nemen terwijl ze haar slechts een paar uur per maand hadden. Maar ze zei alleen: 'O?'

'We... Ja, het zit zo... Julienne krijgt een broertje of een zusje. En je weet hoe Jack is, hij wil het liefst dat ik thuisblijf. Ik verheug me erop, ik heb zelf tenslotte geen familie.'

Faye staarde haar aan. Ze had zich al afgevraagd wanneer deze dag zou komen. Was er bang voor geweest. Toch had niets haar kunnen voorbereiden op de trap in haar solar plexus die ze nu voelde. Tegelijk besefte ze dat dit voor Ylva het einde inluidde. Een deel van Faye had medelijden met haar, een ander deel wilde haar een draai om haar oren geven.

'Wat leuk voor jullie. Gefeliciteerd.'

Faye deed haar best een glimlach op haar gezicht te toveren, hoewel haar darmen zo erg kronkelden dat ze zich het liefst voorover had gebogen van de pijn.

Ylva bracht haar handen naar haar onzichtbare buik en keek haar stralend aan. Faye glimlachte terug en nam een grote slok. Herinneringen aan de abortus drongen zich op. Jacks kilte en onverschilligheid. De geboorte van Julienne. Met honderd onbeantwoorde telefoontjes en berichtjes aan Jack, terwijl zij in pijn en paniek hun dochter baarde.

Ze keek door het raam naar buiten, waar allerlei personeel druk bezig was de komst van de gasten voor te bereiden.

'Wanneer ben je uitgerekend?' vroeg ze.

'Over een halfjaar.'

Ylva's gezicht lichtte op toen Jack achter hen verscheen. Hij schonk een glas whisky in bij de bar en ging in de andere fauteuil zitten, niet naast Ylva. Met vrij uitzicht op Fayes decolleté.

Ylva zag het ook.

'Is alles klaar?' vroeg ze stijfjes.

'Zo goed als. De andere kinderen komen over drie kwartier.'

Hij hield zijn horloge naar haar op. Een Audemars Piguet van zo'n half miljoen. Geen Rolex, dat vond Jack ongetwijfeld te mainstream. Iedereen had tegenwoordig een Rolex. Mensen die echt iemand waren droegen Audemars Piguet. Of anders Patek Philippe.

'Die zangers komen om drie uur. Maar zeg niets tegen Julienne, ze weet van niets.'

Hij knikte naar Faye.

'Hoe gaat het met de zaken?'

'Uitstekend, dank je. En voor jou ook. Spannend, die beursgang.'

'Het is wel een heleboel werk. Maar dat is het waard na alles wat ik heb doorstaan.'

Faye glimlachte naar hem en Ylva.

'Gefeliciteerd met de baby. Ylva vertelde het zonet.'

Ze draaide zich iets om. Ging zo zitten dat hij iets verder onder haar rok kon kijken. Ze droeg geen slipje, want dat zou onder het strakke jurkje te zien zijn geweest.

Jacks blik volgde haar bewegingen.

Hij hief zijn glas naar haar. Zijn broek spande bij zijn kruis.

'Hmm, heel leuk,' zei hij met dikke stem, terwijl hij geforceerd glimlachte. Zijn blik was nevelig.

Ylva schraapte haar keel.

'Jack was eerst een beetje sceptisch. Er is nu zoveel te doen op het werk en jij weet als geen ander hoe serieus Jack zijn rol als vader neemt.'

Had zijzelf ook zo geklonken? *Jack vindt, Jack wil, Jack denkt*? Mijn god, ze moest ondraaglijk zijn geweest. En nu zat Ylva hier, een jongere versie van haarzelf, met haar handen op haar buik en een stomme grijns op haar gezicht dezelfde man te huldigen. Verblind door liefde en bewondering. En afhankelijk.

Zo had Jack zijn vrouwen het liefst, dat begreep Faye nu. Haar verachting voor Ylva werd er echter alleen maar groter door. Had Ylva überhaupt ooit wroeging gevoeld? De ongetwijfeld ontelbare keren dat ze seks had gehad met Jack, op kantoor, in hun huis, in haar appartement, terwijl Faye thuis zat te wachten. Vermoedelijk wel. Maar ze was verblind door haar liefde voor Jack. En keek neer op zijn pathetische vrouw, die thuis maar wat rondhing, zonder carrière, zonder ambities. Ylva had zichzelf ongetwijfeld met haar vergeleken en zichzelf superieur gevoeld. Gedacht dat Faye iemand zoals Jack niet waard was.

Faye dronk het laatste slokje op. Keek somber naar de bodem van het smalle glas. Voelde zich niet heldhaftig genoeg om zelf haar glas bij de bar bij te vullen.

'Ik ga even liggen voordat het feest begint,' zei Ylva en ze stond met een laatste blik op Faye op.

Toen ze weg was bleef het stil in de kamer. Na een tijdje schraapte Jack zijn keel.

'Je ziet er echt fantastisch uit,' zei hij zachtjes.

Hij kon zijn ogen niet van haar decolleté afhouden. Ze liet hem kijken. Streek haar haar opzij waardoor haar nek en haar sleutelbeen zichtbaar werden. Ze zou liegen als ze zei dat ze niet van zijn blik genoot, maar dat haar lichaam nog altijd op hem reageerde betekende niet dat hij de controle over haar had.

Een deel van haar wilde hem laten zien dat ze hem niet langer nodig had. Maar ze mocht zich er niet toe laten verleiden haar superioriteit te tonen. Enerzijds omdat ze ervoor moesten zorgen dat hij weer verliefd op haar werd, wat nooit zou gebeuren als hij niet dacht dat hij haar in zijn macht kon krijgen. Anderzijds omdat hij – ondanks alles wat hij haar had aangedaan – Jack was. Zijn woord betekende nog altijd iets voor haar. Hoezeer ze dat ook probeerde te ontkennen.

'Dank je,' antwoordde ze koel.

Zijn blik ging weer naar haar decolleté en bleef daar hangen. Ze pakte haar mobiel en deed alsof ze een berichtje stuurde.

'Weet je dat ik soms van je droom?' Hij stond op, liep naar de bar om de fles cava te halen en schonk hen alle twee bij.

Hij kwam naast haar op de bank zitten, veel te dichtbij.

De geur van Jacks parfum verwarde haar even. Het was dezelfde geur als in Barcelona. Ze hapte naar adem, prentte zich in dat ze zich niet door haar herinneringen mocht laten bedwelmen; alles waarvan ze destijds had geloofd dat het waar was, was een leugen gebleken.

Ze zou hem moeten afwijzen maar mocht zijn belangstelling niet verliezen. Een precair evenwicht. Jack genoot van de jacht. Zo had ze hem de eerste keer gekregen, lang geleden, in een ander leven. Ze draaide zich naar hem toe en keek recht in zijn blauwe ogen, die nu volledig op haar gefocust waren.

Mannen als Jack willen altijd hebben wat niet van hen is. Daarom had hij haar bedrogen. Daarom zou hij Ylva ook bedriegen, als hij dat niet al had gedaan. Daarom zou hij ook in de toekomst alle vrouwen in zijn leven bedriegen.

Achter hen weerklonken voetstappen. Jack en zij draaiden zich tegelijk om en zagen Julienne aan komen lopen. Ze droeg een mooie roze jurk. Haar gezicht was opgemaakt waardoor ze er volwassen uitzag. Faye wist niet goed wat ze ervan vond.

'Wat ben je mooi, lieverd,' zei ze desondanks. 'Je ziet eruit als een echte prinses.'

Het meisje draaide rond.

'Jessica zegt dat ik model kan worden,' zei ze.

'Jessica?' Faye zocht in haar geheugen tussen de namen van vriendinnetjes.

'De make-upartiest,' zei Jack, die haar verwarring zag. 'Daar heeft ze helemaal gelijk in.'

Hij nam Julienne op schoot en Faye voelde een zekere aarzeling. Met Julienne zo tussen hen in op de bank was het even alsof ze weer een gezin vormden. Daardoor voelde ze zich gedesoriënteerd, verloren.

Ze stak haar hand uit naar haar glas en bracht het naar haar lippen terwijl Jack haar begerig bekeek.

Er kwamen schelle stemmen vanuit de tuin. De eerste meisjes waren er. De ene slee na de andere draaide de oprit op en er kwamen feestelijk geklede zes- en zevenjarige kinderen uit gesprongen. Faye hield zich op de achtergrond, terwijl Jack en Ylva een babbeltje maakten met de ouders. De stapel cadeaus op de tafel groeide. De meeste waren ingepakt in wit cadeaupapier met het zwarte logo van het chique warenhuis NK. De goochelaar ging op het podium staan en de meisjes jubelden. Obers brachten frisdrank en hapjes naar de feestelijk geklede kinderen, die om ronde tafels in de partytent zaten alsof het een echt galadiner was. Julienne klapte dolblij in haar handen. Een bekende presentator van een kinderprogramma praatte de verschillende onderdelen aan elkaar.

Toen Sean en Ville als allerlaatsten het podium betraden kende het gejubel geen grenzen. Faye besefte dat dit het moment was waarop ze de keylogger kon uitlezen. De meisjes stonden op van de tafels en renden naar het podium. Ylva en Jack leken helemaal op te gaan in alle commotie toen de idolen verschenen. Onopvallend verliet Faye de tent, ging naar binnen en nam de trap naar boven, waar de werkkamer van Jack was. Hij had nog hetzelfde bureau als in hun tijd samen. Even miste ze de torenkamer. De majestueuze stilte hoog boven de stad, een herinnering aan een lang vervlogen tijd. Ze schudde het gevoel van zich af en probeerde zich te concentreren. Door het moment met Jack en Julienne op de bank was ze uit haar evenwicht geraakt. Dat kon ze zich niet veroorloven.

Ze zette haar handtas op het bureau en boog zich over de computer. Naast het scherm stonden twee ingelijste foto's. Een zwart-wit-polaroid van Ylva die jaren geleden genomen moest zijn. Ze keek ernstig, met licht geopende lippen, recht de camera in. Neukte de camera, zoals Chris gezegd zou hebben. De andere foto was van Jack, Ylva en Julienne in een restaurant. Ylva en Julienne hadden hun jurken op elkaar afgestemd. Ze zagen eruit als een gelukkig gezinnetje en lachten alle drie. Faye haalde diep adem. Het was maar een illusie, een façade die Jack had geschapen. Meer niet.

Ze bewoog de muis, de computer kwam tot leven en ze typte Jacks oude wachtwoord in. Hield haar adem in. Maar nee. Dat had hij niet vervangen. Er verscheen een gigantische foto van Jack en Ylva. Ze hadden elkaar stevig vast op een waterscooter. Ze moest zichzelf dwingen om niet naar de foto te blijven staren, stopte de usb-stick die ze in haar hand had in het apparaat en volgde Nima's instructies.

Een paar tellen later had ze het verborgen bestand met Jacks activiteiten gevonden en naar de stick gekopieerd. Vervolgens ging ze naar 'Mijn documenten' en kopieerde de mappen die ze daar vond, ook al betwijfelde ze dat daar iets interessants in zou zitten.

Ze hoorde een schrapend geluid vanuit de gang. Snel sloot ze de computer af en keek wanhopig of ze zich ergens kon verbergen, maar voordat ze iets kon doen ging de deur open. Ze draaide zich snel om.

Jack stond in de deuropening. De uitdrukking op zijn gezicht veranderde van verbaasd naar wantrouwend.

Faye dacht snel na. Glimlachte naar hem. Onderdanig. Verontschuldigend.

'Ik... Ik wilde alleen maar even zien hoe je de werkkamer had ingericht. Je weet dat ik altijd weg was van dit bureau. Ik was benieuwd of je het nog had.'

Hij verwerkte de informatie. Leek tot de conclusie te komen dat ze nog even naïef en pathetisch was als vroeger.

'Hoe dat zo?'

'Ach, het is gewoon stom,' zei ze en ze keek naar haar schoenen. 'Sorry, ik hoor hier niet te zijn, dit is jullie huis, het is niet oké. Ik werd alleen een beetje nostalgisch...'

Ze deed een paar passen in de richting van de deur, maar toen ze langs hem heen wilde lopen greep hij haar bij haar pols. Bijna liet ze de usb-stick, die ze in die hand vasthield, vallen.

'Waarom wilde je zien hoe ik mijn werkkamer heb ingericht?' vroeg hij glimlachend, terwijl hij haar naar zich toe trok.

Opnieuw rook ze de vertrouwde geur van zijn parfum. Zijn harde lid drukte tegen haar heup en tegen haar zin constateerde ze dat ze opgewonden raakte.

'Mis je me soms? Gaat jouw "nostalgie" daar misschien om?' fluisterde Jack hees in haar oor.

'Jack, houd op,' mompelde ze.

Maar haar protesten lieten hem koud. Zijn ogen brandden. Hij vond het niet leuk dat ze protesteerde. De oude Faye had nooit nee gezegd, maar juist gesmeekt om zijn aanraking, zijn aandacht.

Zijn stem werd spottend, maar hij liet haar niet los.

'Dus de kleine Faye heeft haar borsten laten opereren om in de kroeg bevestiging te krijgen. Heb je het gemist om door een echte man geneukt te worden? Kom je daarom hier om een beurt smeken? Ik heb heus wel gehoord hoe jij je gedraagt. Hoe je de ene man na de andere in de stad oppikt. Nee, geen mannen. Jongens. Met hoeveel van die knapen heb je seks gehad sinds wij gescheiden zijn, Faye? Had een van hen een grotere lul dan ik? Ik durf er wat om te verwedden dat je er ook meerdere tegelijk hebt gehad.'

Hij moest luid kreunen door zijn eigen woorden en zijn lid tegen haar heup werd nog harder, werd tegen haar aan gedrukt. Fayes lichaam reageerde en ze liet het gebeuren omdat ze de usb-stick wilde beschermen. Ze protesteerde niet toen hij de rits op haar rug naar beneden trok en haar jurk tot op haar middel afrolde. Hij rukte haar beha stuk. Liet zijn vingers over haar borsten glijden en kneep er stevig in. Ze waren goed genezen, maar ze ervoer nog altijd geen sensaties bij de snedes, dus het voelde vreemd toen hij ze aanraakte.

'Kleine Faye, die geneukt wil worden.'

Jack draaide haar om. Schoof het onderste deel van haar jurk over haar heupen omhoog. Maakte zijn broek los. Duwde haar voorover, over het bureau dat ooit van Ingmar Bergman was geweest en drong bij haar naar binnen. Ze hapte naar adem. Het was alsof ze werd binnengevallen.

'Dit vind je lekker, hè?' snauwde hij. 'Van achteren genomen worden als een geile secretaresse. Je bent nu dan wel CEO, maar je vindt het nog steeds lekker om als een hoer genomen te worden. Doen zij dit ook met jou, Faye? Nemen ze je ook zo? Die jonge kerels? Draaien ze je om en neuken ze je van achteren?'

Hij hijgde nog zwaarder, schopte haar benen nog verder uit elkaar zodat hij helemaal naar binnen kon dringen, drukte haar omlaag, met zijn rechterhand stevig in haar haar gewikkeld.

Zijn bewegingen werden harder. Faye hield zich met haar vrije hand vast, kreunde meisjesachtig, want ze wist dat hij dat prettig vond. Met haar linkerwang op het bureau keek ze precies uit op de foto van Ylva's ernstige, zwart-witte gezicht.

Hij kwam klaar. Faye voelde pijn toen hij zich nog harder naar binnen drong. Hij kreunde een laatste keer, trok zich terug, deed een pas naar achteren en knoopte zijn broek dicht. Ze bleef een paar tellen in dezelfde houding liggen voordat ze overeind kwam en haar jurk naar beneden trok.

'Je hebt altijd al kunnen neuken als geen ander,' zei Jack. 'Ik heb dit gemist.'

Hij glimlachte naar haar en wees op haar vlammend rode borsten met grote, opgezwollen tepels.

'Ze zijn goed gelukt, ik vind ze mooi.'

Jack zag er zelfverzekerd uit. De orde was hersteld. Hij had haar een beurt gegeven, teruggenomen wat van hem was, in elk geval voor even. Ze liet hem in de waan.

Met de usb-stick nog altijd in haar hand wurmde ze haar armen in de mouwen van de jurk en wist die over haar schouders te krijgen. Daarna draaide ze Jack de rug toe en hield haar haar omhoog zodat hij de rits dicht kon doen. Eén tel later was hij weg.

Toen Faye de partytent binnenstapte stonden de kleine meisjes in hun dure designerjurken voor Julienne te zingen. Sean en Ville leidden het koor.

Ylva keek haar met een schuin oog aan en wees op Julienne, die een glinsterende prinsessenkroon op haar hoofd had. Haar blik was wantrouwend maar gelaten. Ze zag er een beetje groen en misselijk uit in de warmte van de tent en haar blonde haar plakte op haar hoofd.

Toen iedereen hoera riep ging Jack naast Ylva staan, kuste haar op haar wang en sloeg zijn arm om haar heen. Ylva ontspande. Faye kon een kleine glimlach niet onderdrukken. Aan de binnenkant van haar dij voelde ze Jacks sperma langzaam omlaag druipen.

Fjällbacka – toen

Mama zat beneden in de keuken te snikken, maar ik kon niet uit mijn bed komen, kon de slagen van papa niet tegenhouden wanneer ze werden uitgedeeld. In plaats daarvan liet ik de duisternis al mijn bezorgdheid omsluiten, al mijn angst buitensluiten.

Het najaar kwam eraan en papa zou steeds ergere dingen met mama doen. Met Sebastian en mij. Het was alsof de stormachtige herfsten geen einde kenden, met papa als een razend dier dat met zijn buit opgesloten zat in een kooi. We draaiden allemaal rondjes om elkaar heen: een kleine geïsoleerde eenheid in een kleine geïsoleerde gemeenschap.

Soms droomde ik dat iemand ons kwam redden. Iedereen was er tenslotte van op de hoogte. Hoewel de mensen om ons heen geen flauw idee hadden hoe erg het echt was, wisten ze genoeg. Waarom kwam niemand ons halen? Ons bevrijden? Maar iedereen keek laf weg, blind voor alle blauwe plekken en wonden. Geen enkele leraar zei ooit iets. Geen enkele arts van het gezondheidscentrum reageerde op mama's verwondingen of die van ons. Vorige winter had mama acht keer naar de dokter gemoeten. Een schouder uit de kom. Een gebroken pols. Een barstje in haar kaak. Niemand plaatste vraagtekens bij haar verhalen over onhandige duikelingen van de keldertrap, keukenkastjes die opeens openschoten en in de aanval gingen. Iedereen sloot zijn ogen.

Hoe zou het deze winter gaan?

Ik kon mama's gehuil nog duidelijker horen toen mijn deur open- en weer dichtging. Sebastian schuifelde naar mijn bed en kroop naast me. Tegen me aan gekruld viel hij in slaap, als een hond die warmte zocht. Maar ik vond geen geborgenheid in zijn nabijheid. Niemand hoefde me te vertellen dat ik alleen bij mezelf geborgenheid kon vinden. Dat had ik in mijn eentje uitgevogeld.

Ik was sterker dan zij. Vooral sterker dan Sebastian.

Zijn ademhaling vermengde zich met het geluid van de woeste zee buiten. De laatste zomergasten van het seizoen waren vertrokken. Geen van hen had het geschreeuw willen horen dat bij ons vandaan kwam, een van de weinige huizen die permanent werden bewoond. Ze wilden hun zomervakantie vermoedelijk niet met allerlei naars bederven. In zekere zin begreep ik hen wel. Maar soms vroeg ik me af of ze ook aan hun buurkinderen dachten wanneer ze hun vakantiewoning afsloten en terugkeerden naar hun chique villa's in Göteborg. Waarschijnlijk niet.

Nadat Faye Julienne de volgende dag naar school had gebracht, sloot ze zich op in haar kantoor, klapte haar computer open en nam het logbestand door. Het kostte haar tien minuten om het nieuwe wachtwoord van Jacks Gmail te vinden: *venividivici3848*.

Ze had niemand verteld wat er in Jacks werkkamer was gebeurd. Hoezeer het haar ook had tegengestaan om de vernederende rol van de naar bevestiging zoekende Faye te spelen, ze had geen andere keuze gehad. Jack mocht geen wantrouwen gaan koesteren. Ze had zich genoodzaakt gevoeld zijn spel mee te spelen om te voorkomen dat hij de usb-stick ontdekte die in haar hand brandde. Maar ze kon niet ontkennen dat ze ervan had genoten Jack weer in zich te voelen. Dat verontrustte haar. Stoorde haar. Het was een barstje in haar pantser dat ze zich niet kon veroorloven.

Faye logde in op het Gmail-account, scrolde langs alle documenten en vond wat ze zocht. Ze downloadde alles, keurig, methodisch.

Alles wat ze nodig had was er.

De rest van de ochtend nam ze het logbestand door om te zien wat hij allemaal op zijn computer had gedaan. Zag zijn zoekopdrachten naar porno, *young girl*, *teen* en *petite*, het mannen-onder-elkaargeleuter met Henrik over 'het wijf' dat hij op kantoor had geneukt en zijn spottende woorden over het gewicht van een vrouwelijke werknemer. Alles kon ooit van pas komen.

Faye pakte haar nieuwe computer en vertelde Kerstin dat ze wegging. Ze liep naar de Starbucks aan het Stureplan, waar ze de documenten verder bekeek. Volgende week dinsdag zou Compare naar de beurs gaan. Dat gaf haar voldoende tijd om uit te denken wat ze precies met de gevonden informatie ging doen. Waarschijnlijk zou ze de bal vrijdag aan het rollen brengen. Over vier dagen.

Een pling van haar mobiel. Het was Jack. *Moet er aldoor aan denken hoe fijn we het laatst hadden. Zullen we afspreken?* schreef hij.

Ze overwoog wat ze terug zou schrijven. Het ging allemaal sneller dan ze had verwacht. Ze zou zijn belangstelling vast moeten houden tot het tijd was voor de laatste stappen. Ze dacht even na. Vervolgens toetste ze een snel antwoord in en drukte op verzenden.

Chris zat aan een tafeltje op de eerste verdieping van het Sturebad een glas sinaasappelsap te drinken. De lucht was vochtig. Senioren in witte badstof ochtendjassen aten salades die tweehonderd kronen moesten kosten, alles omlijst met het geluid van borrelend water in de bassins beneden.

Faye trok een stoel naar achteren en plofte tegenover haar neer.

'Waarom wilde je hier afspreken?' vroeg ze.

Chris keek verbaasd op.

'Hé, hallo. Ik zag je niet. Ik weet het niet. Het geluid is op de een of andere manier rustgevend. Het is alsof ik in een grote, warme baarmoeder lig.'

Terwijl Faye haar jack over de rugleuning hing, keek ze haar vriendin onderzoekend aan. Chris had iets afwezigs in haar blik.

'Hoe voel je je?'

'Vandaag is een goede dag,' zei ze. 'Maar ik ben niet naar het ziekenhuis geweest. Ik ga vanavond samen met Johan eten.'

'Wat zei hij toen je het vertelde?'

Chris keek naar het tafelblad.

'Ik heb het hem niet verteld. Ik... Ik kan het gewoon niet. Ik mag hem niet verliezen.'

Haar ogen stonden beschaamd. En angstig. Dat verontrustte

Faye. Ze had nog nooit gezien dat Chris zich tegenover iemand schaamde. Dat ze haar angst toonde.

Ze pakte de hand van haar vriendin.

'Lieve Chris, ik begrijp het. Zou het makkelijker voor je zijn als ik erbij ben wanneer je het hem vertelt? Voor het geval... Nou ja, voor het geval dat.'

Chris knikte langzaam.

'Zou je dat voor me willen doen?'

'Natuurlijk, als jij je daar beter bij voelt.'

'Ik wil gewoon niet lastig zijn. Maar ik voel me zo zwak, zo hulpeloos. De paar uur dat ik mezelf kan zijn kosten me zoveel energie dat ik alleen nog maar puf heb om hier te zitten wanneer ik niet bij Johan ben. Wie had ooit gedacht dat ik hier mijn laatste dagen zou slijten. In het Sturebad.'

En daar kwam een echte glimlach. Een flintertje van de echte Chris, dacht Faye en ze glimlachte terug.

De school waar Johan werkte lag aan de Valhallavägen. Een rood bakstenen gebouw. Bij het hek hingen een paar jongens en meisjes van Juliennes leeftijd rond. Ze draaiden hun hoofd om toen Faye en Chris uit de taxi stapten en het schoolplein op liepen.

Ze kwamen in een lange gang vol turquoise lockers. Er was geen kip te bekennen.

'Weet je waar hij zit?' vroeg Faye.

'Nee, maar zouden ze nu niet lunchpauze moeten hebben?'

Faye keek op haar horloge. Het was twaalf uur. Op hetzelfde moment werden de deuren van de klaslokalen als in een gesynchroniseerde beweging opengegooid en kwamen de leerlingen naar buiten gestroomd. Ze greep een puisterige knul met een pet en een gewatteerd jack bij de arm en vroeg of hij wist waar de leraar Zweeds was die Johan heette.

'Johan Sjölander,' vulde Chris aan.

De jongen schudde zijn hoofd en verdween.

Ze drukten zich tegen de lockers om te voorkomen dat ze omvergelopen werden door een stel schreeuwende knapen.

'Bel hem.'

Chris hield haar mobiel tegen haar rechteroor terwijl ze met haar vrije hand het linker dichtdrukte. Ze draaide zich om toen hij opnam.

Langzaam stroomde de gang weer leeg. Het liet Faye niet onberoerd om in een basisschool te zijn. De verschillen in lengte, de onzekere blikken die alle kanten op gingen, de hiërarchieën. De spanningen die vlak onder het oppervlak lagen en elk moment tot ontploffing konden komen. Matilda had geprobeerd zo onopvallend mogelijk door dit soort gangen te lopen, maar het was haar nooit gelukt. Iedereen had geweten wie ze was. Iedereen had geweten wat er was gebeurd.

Chris tikte haar op de schouder.

'We hebben buiten afgesproken.'

'Wat zei hij?'

'Hij klonk alleen maar... verbaasd dat ik hier was. En blij.'

Ze klonk nerveus en opgeruimd tegelijk. Ze volgden de leerlingen door een glazen deur en kwamen via een trap weer bij het schoolplein, waar ze naast wat struiken een vrij bankje vonden.

'Hoe voel je je?' vroeg Faye.

'Zenuwachtig.'

'Alles komt goed. Hartstikke goed.'

Chris knikte, maar leek niet overtuigd. Er ging een deur open en een lange dunne man in een spijkerbroek en een geruit overhemd stapte naar buiten. Zijn blonde haar zat in de war. Toen hij hen in de gaten kreeg, kwam hij breed glimlachend naar hen toe. Hij had iets opens en goeds, en Faye mocht hem meteen. Hij leek in geen enkel opzicht op de mannen met wie Faye Chris door de jaren heen had gezien. Dat vond ze een pluspunt. Chris was nooit goed geweest in het kiezen van mannen, maar Faye voelde dat Johan anders was.

'Chris,' zei hij blij. 'Wat fijn je te zien. Wat doe je… Wat doen júllie hier?'

Chris vloog overeind en omhelsde hem. Toen ze zich van elkaar hadden losgemaakt, wendde hij zich tot Faye.

'Jij moet de beroemde Faye zijn. Wat leuk je eindelijk te ontmoeten. Ik begon bijna te denken dat je een denkbeeldige vriendin was.'

Ze schudde zijn uitgestoken hand. Hij moest in de gaten hebben dat ze hier niet voor iets leuks waren zoals hij aanvankelijk had gedacht, want zijn blik werd onzeker.

'Is alles goed?' vroeg hij.

'We kunnen beter even gaan zitten,' zei Faye en ze gebaarde naar het bankje.

Chris belandde in het midden. Ze haalde diep adem en aarzelde even. Faye porde haar met haar elleboog. Chris keek haar nijdig aan, maar pakte vervolgens Johans hand.

'Johan, ik moet je iets vertellen…' begon ze. Faye knikte bemoedigend. 'Ik ben ziek. Ik heb kanker. Een soort die moeilijk te behandelen is.'

Haar woorden kwamen snel, bijna onduidelijk. Maar je kon aan Johans gezicht zien dat hij haar verstond. Zijn mond ging open om iets te zeggen. Toen sloot hij hem weer. Hij haalde diep adem en knikte.

'Ik weet het,' zei hij zachtjes.

'Je weet het?!' riepen Faye en Chris tegelijk uit.

'Ik zag de oproep voor de chemo bij je thuis liggen.'

'Waarom heb je niets gezegd?'

'Omdat… ik vond dat het aan jou was om te bepalen of je het wilde vertellen of niet. Ik ging ervan uit dat je dat wel zou doen wanneer je er klaar voor was.'

Chris sloeg haar armen om hem heen.

'En nu… Wil je bij me weg? Als je dat wilt, begrijp ik dat.'

Haar ogen keken zo ontzet dat Faye het koude zweet uitbrak.

Maar Johan lachte en schudde zijn hoofd. Het was een lach

met barsten en scheurtjes, maar wel een lach.

'Maar lieverd toch. Voordat ik jou verlaat... Daar is veel meer voor nodig dan kanker. Ik heb nog nooit iemand gekend die me zo gelukkig maakt als jij.'

'Maar misschien ga ik wel dood. De kans dat ik overlijd is groter dan dat ik dit overleef.'

Johan knikte peinzend.

'Ja, misschien ga je dood. En als dat zo is, zal mijn lelijke kop het laatste zijn wat je ziet.'

Rondom maakten kinderen kabaal. Kinderen vol hoop voor de toekomst, kinderen die lichte en donkere momenten te wachten stonden. Triomfen en vergissingen. Chris zou nog heel wat vergissingen voor de boeg moeten hebben; ze had er ook al heel wat begaan. Ze beweerde altijd dat juist slechte besluiten het leven de moeite waard maakten.

Faye wendde zich af zodat Chris haar tranen niet zou zien. Vanuit haar ooghoek zag ze dat Chris zich naar Johan toe boog toen ze vertelde hoe ze er precies voor stond. Ondanks de verschrikkelijke inhoud was het misschien wel het mooiste gesprek dat Faye ooit had gehoord. En Chris glimlachte als een kind zodra Johan zijn mond opende. Even gingen Fayes gedachten naar Jack en hoe hij zou hebben gereageerd als ze hem zoiets had verteld. Jack hield niet van ziekte. Of zwakte. Hij zou er na de eerste zin al vandoor zijn gegaan.

Faye stond op om Chris en Johan alleen te laten, maar hij vroeg haar te blijven en wendde zich vervolgens tot Chris.

'Nu jij jouw zegje hebt gedaan, wil ik iets kwijt waar ik al een tijdje mee rondloop. En het is goed dat Faye erbij is, want misschien ga jij hierna wel bij mij weg en heb *ík* iemand nodig die me vasthoudt.'

Chris keek bezorgd en Faye werd nijdig. Dit was toch echt niet het juiste moment om een slippertje te bekennen of wat hij ook maar van plan was. Ze stond op het punt om Chris met zich mee te sleuren.

Maar Johan stak zijn hand in zijn zak en haalde er iets uit. Vervolgens ging hij voor Chris op één knie zitten en pakte haar handen. Er glinsterde iets tussen zijn vingers en Fayes hart begon te bonzen. Ze keek even naar Chris, die er niet-begrijpend uitzag. Fayes woede zakte net zo snel als die was gekomen. Nu had ze kippenvel over haar hele lichaam. Johan had alleen oog voor Chris terwijl hij op het asfalt van het schoolplein voor haar zat. Een paar leerlingen hadden in de gaten dat er iets bijzonders gebeurde en kwamen als honden die een koekje roken in groepjes om hen heen staan.

Maar Johans wereld bestond uitsluitend uit Chris en hem. Hij schraapte zijn keel: 'Chris, jij bent de meest fantastische mens die ik ooit heb ontmoet, je bent de liefste en de slimste persoon die ik ken. Ik hou zo ontzettend veel van je. Al vanaf het allereerste moment dat ik je zag. Als jij me niet naar Farsta was gevolgd, was ik de dag daarna weer naar de salon gekomen, voor een hanenkam of iets anders, voor wat dan ook. Deze ring...' – hij stak een fonkelende verlovingsring omhoog – 'heb ik vier dagen na onze eerste ontmoeting gekocht. Sindsdien heb ik hem altijd bij me. Ik wilde geen idioot lijken door hem te vroeg tevoorschijn te halen, maar voor mij is er nooit iets te vroeg geweest met jou. En ondertussen loop ik er al veel te lang mee rond. Dus ik vroeg me af of jij je kunt voorstellen om hem om je vinger te dragen? Wat ik dus van je wil weten is... Wil je met me trouwen?'

De leerlingen om hen heen begonnen te joelen en te juichen. Sommigen floten op hun vingers. Een meisje schreeuwde met schelle stem: 'Zeg ja, zeg ja! Johan is supercool! De beste leraar!'

Chris sloeg haar handen voor haar mond en Johan zag er opeens zenuwachtig uit. Chris slikte en stak haar hand uit. De tranen stroomden haar over de wangen.

'Natuurlijk wil ik dat,' fluisterde ze. De leerlingen jubelden.

Johan stak grijnzend zijn duim naar hen op en er werd nog meer gejoeld en geklapt. Toen liepen ze weer weg. Johan prutste onhandig met de ring voordat hij erin slaagde die om Chris' uitgestoken vinger te doen.

'Ik hou van je,' mompelde ze. Ze trok hem overeind en kuste hem.

Faye vond een brasserie aan de Götgatsbacken die Muggen heette, bestelde een kop koffie, klapte haar laptop open en logde in op de wifi. Ze had een VPN-cliënt gedownload zodat haar IP-adres verborgen bleef en niet getraceerd kon worden. Ze stopte de usb-stick met het materiaal dat ze in Jacks Gmail had gevonden erin en nam het door. Ze had het duidelijk gestructureerd opgeslagen, een droom voor iedere hongerige financieel journalist.

Faye had een jonge verslaggever uitgekozen; ene Magdalena Jonsson, die voor *Dagens industri* werkte. Faye had haar oog een tijdje terug op haar laten vallen. Ze was scherp en zorgvuldig en schreef goed.

Als je belangstelling hebt, is er meer, typte ze en ze klikte op verzenden.

Zo simpel. Ze wilde net opstaan toen de inbox plingde.

Kunnen we ergens afspreken?

Faye dacht na. Ze wist dat journalisten bronbescherming uitermate serieus namen, iets heiligers was er voor hen niet. Maar tegelijkertijd waren het mensen. Een woord dat hen in een dronken bui ontglipte, een gestolen mobiel, een vertrouwelijk gesprek met een vriendje en alles zou aan het licht komen. Ze kon het risico niet nemen. Nog niet.

Nee. Maar zeg het gerust als je meer wilt.

Ze kreeg meteen antwoord.

Oké, dank je! Ik moet de echtheid door onze deskundigen laten controleren en dat kan een paar dagen duren, maar dit is onvoorstelbaar – als dit klopt...

Het klopt, schreef ze. Ze sloot haar computer en verliet de brasserie.

De voorpagina van *Dagens industri* luidde: *CEO Compare Jack Adelheim tegen werknemers: besodemieter ouderen en zwakkeren.* Onder de kop volgden wat stills van het filmpje dat Faye naar Magdalena Jonsson had gestuurd.

Faye nam een slok koffie bij het kookeiland. Het artikel over Jack Adelheim, CEO van Compare, dat onlangs met recordcijfers op de beurs was genoteerd, die zijn werknemers aanmoedigde om tegen oudere mensen te liegen om hun geld te bemachtigen, besloeg vier pagina's. Alles wat Faye uit zijn mail had verzameld en naar Magdalena Jonsson had gestuurd stond erin en was voorzien van schreeuwende koppen. Het meest belastend waren de opnamen die iemand met een mobiele telefoon had gemaakt in de tijd dat Compare de eerste stappen op de ladder van het succes zette. Tijdens een interne verkoopconferentie had Jack zijn werknemers in niet mis te verstane bewoordingen opgedragen om zo veel mogelijk aan die 'oudjes' te verkopen, alle middelen waren geoorloofd. Het enige wat telde was de winst. Het enige waar het om ging was het resultaat. Het filmpje duurde tien minuten. Tien minuten waarin Jacks eer en moraal als bedrijfsleider compleet aan flarden werden geschoten. Het filmpje was de bom die Faye in zijn Gmail had gehoopt te vinden. De overige zaken waren krenten in de pap. Het filmpje alleen al was voldoende om Jack onderuit te halen. En Compare te beschadigen. Ze had het ooit een keer gezien en erop gerekend dat hij zo arrogant was dat hij het had bewaard.

Nu hoefde ze alleen maar te kijken hoe groot de schade was. Ze was nog altijd bang dat het niet voldoende zou zijn. De wereld was cynisch. De media, het grote publiek, de zakenwereld – het waren allemaal grillige dieren. En het eigenbelang stond altijd voorop. Het enige wat ze kon doen was gunstige voorwaarden creëren.

Faye las verder. Hongerig, begerig, vol leedvermaak. Met een kleine fladdering van geluk in haar borst; nu was Jack degene die werd opgejaagd, die kwetsbaar was.

Tot haar opluchting was de pers meedogenloos. De invalshoek

van *Dagens industri* was duidelijk en eensgezind. Politici, gedeputeerden en familieleden van benadeelde senioren deden hun zegje in het artikel. De columnist van het financiële blad noemde dit het ergste schandaal van de afgelopen tien jaar en dacht niet dat Jack Adelheim zijn functie kon behouden. Bezeten bladerde Faye verder. Toen ze uitgelezen was, controleerde ze *Aftonbladet*, *Expressen* en *Dagens Nyheter*. Alle drie hadden het schandaal bovenaan op hun website staan en citeerden uit het filmpje. *Aftonbladet* besteedde zelfs een hele ochtenduitzending op hun kanaal aan de vraag wat deze informatie voor Compare en de aandelen kon betekenen. De media streden om het hardst wie de meest veroordelende commentaren van de zwaarste namen kon bemachtigen. En het grote publiek schaarde zich achter hen. Hoe durfde Jack? Hoe durfde Compare?

Faye probeerde Jack te visualiseren. Wat deed hij? Hoe reageerde hij? Zou hij doen waartoe de verslaggevers hem aanspoorden, zou hij aftreden om Compare te redden en te voorkomen dat de aandelen nog verder in waarde daalden?

Misschien. Als zijn paniek groot genoeg was, als hij zich gekleineerd genoeg voelde. Door zijn achtergrond schuwde hij publieke vernedering meer dan wat dan ook. De dikke, natte deken van schaamte van zijn jeugd zou ertoe kunnen leiden dat hij alles losliet en op de vlucht sloeg. Dat mocht niet gebeuren. Dan zou haar plan mislukken. Ze moest hem aanmoedigen de strijd aan te gaan en tot het laatst te blijven vechten om zijn positie te behouden. Ze moest zijn ego strelen, zeggen dat niemand Compare beter kon redden en leiden dan hij. Ze verwachtte niet dat het heel moeilijk zou zijn. Ze wist precies op welke knoppen ze moest drukken.

Ze belde Kerstin, die vroeg naar kantoor was gegaan.

'Heb je het gezien?'

'Ik zit het net te lezen. Het is onvoorstelbaar. Ze hebben echt flink uitgepakt. Beter dan verwacht.'

'Ja. Wat... Wat vind jij dat ik moet doen?'

'Houd je gedeisd. Hij neemt wel contact met je op.'

'Denk je?'

'Nee, liefje, dat wéét ik. In tijden van crises wenden we ons tot de mensen die ons kunnen bevestigen. Wanneer Jack bevestiging nodig heeft, wendt hij zich tot jou. Hij zal je om advies vragen. Hij heeft je altijd al nodig gehad. Hij is alleen te stom om dat zelf te beseffen.'

'Wat zijn de aandelen op dit moment waard?'

Faye hoorde Kerstin typen op haar computer.

'Sinds de beurs open is zijn ze van zevenennegentig kronen gezakt naar tweeëntachtig.'

Ze hoestte. Het was veel, maar nog ver van haar doel verwijderd. Wanneer ze onder de vijftig kronen doken zou ze haar vermogensbeheerder op Isle of Man opdracht geven om alle aandelen te kopen die hij maar kon krijgen. Dat zou waarschijnlijk voldoende zijn voor een meerderheid.

Jack en Henrik bezaten samen veertig procent van Compare. Ze hadden in het begin veel investeerders nodig gehad en die hadden aandelen in het bedrijf mogen kopen. Jack en Henrik hadden er veel waarde aan gehecht dat de aandeelhouders dezelfde visie op het bedrijf hadden als zij. Maar dat ze niet de meerderheid van de aandelen in hun bezit hadden, maakte hen kwetsbaar. Daar had ze hen ook heel vaak op gewezen. Zonder succes.

'We zijn er nog niet,' zei ze.

'Maak je geen zorgen. Het komt allemaal goed. Misschien duurt het een paar dagen, maar hoe ontevredener Jack wordt, des te slechter kan hij hiermee omgaan en des te meer zullen de aandelen zakken. Je hoeft er alleen maar voor te zorgen dat hij zich vastklampt.'

'Ik weet het,' zei Faye.

Het was even stil.

'Wanneer kom je naar kantoor?' vroeg Kerstin.

'Ik denk niet dat ik vandaag kom. Chris heeft me nodig.'

'Ga jij maar naar Chris,' zei Kerstin. 'Ik bewaak hier het fort.'

Chris' bel weergalmde schel in het trappenhuis. Faye had niet laten weten dat ze langskwam. Dat deed ze vrijwel nooit. Chris' deur stond altijd voor haar open, ze had zelfs nog steeds een sleutel. Ze wachtte en luisterde. Na een tijdje hoorde ze sloffende voetstappen, het slot klikte en de deur werd opengedaan.

Chris zag er moe uit. Haar gezicht was grauw en ze had donkere wallen onder haar ogen. Toen ze Faye zag staan verscheen er een vermoeide glimlach op haar gezicht.

'O, jij bent het. Ik dacht dat iemand me kwam beroven.'

'En dan doe je de deur open?'

'Ik had iemand nodig om op af te reageren,' zei Chris, terwijl ze zich vooroverboog om het witte veiligheidshek te openen.

'Die rovers zouden niet jarig zijn geweest. Ze hadden geen schijn van kans gemaakt. Heb je iets gegeten?'

'Niet sinds gisteren. Ik heb geen trek. Ik heb zelfs geen zin meer in bubbels. Dus je snapt wel hoe erg ik eraan toe ben. Ik wilde het ziekenhuis vragen of ik het intraveneus kan krijgen.'

Chris ging op de bank liggen, terwijl Faye koffiezette en in de koelkast en de voorraadkast op zoek ging naar iets eetbaars wat ze haar vriendin kon voorzetten. Het werden twee sneetjes knäckebröd met kaviaarcrème. Chris nam een paar hapjes voordat ze het bordje met een vies gezicht wegschoof.

'Dat is Johans kaviaarcrème. Dat vind ik niet eens lekker als ik gezond ben.'

Ze veegde haar mond af met een servetje.

'Had dat maar gezegd,' zei Faye. 'Dan had ik iets anders voor je klaargemaakt.'

Chris haalde haar schouders op.

'De chemotherapie lijkt mijn smaakpapillen om zeep te hebben geholpen. Ik had gehoopt dat ik daardoor zelfs die kaviaarcrème wel zou kunnen wegwerken. Maar helaas, zelfs de chemo krijgt mijn smaakpapillen niet zover dat ze het accepteren. Ik heb Johan geprobeerd te vertellen dat het voedsel van de duivel is, maar hij wil niet luisteren.

'Wat zeggen de artsen?' vroeg Faye voorzichtig, terwijl ze het bordje met de sneetjes knäckebröd pakte.

'Moeten we het per se daarover hebben?'

'Nee. Maar ik maak me zorgen.'

Chris zuchtte diep.

'Het ziet er niet goed uit, Faye. Helemaal niet.'

Fayes nekharen gingen rechtovereind staan.

'Hoe bedoel je?'

'Precies wat ik zeg. De behandeling heeft nog geen effect. Behalve dan dat ik aldoor misselijk ben, moet overgeven en steeds meer haar verlies. Maar ik ben natuurlijk wel hartstikke dun, dus ik hoef me niet op de sportschool in het zweet te werken.'

'Ik weet niet wat ik moet zeggen.'

Chris wuifde afwerend met haar hand.

'Kunnen we het niet over wat anders hebben? Doe maar gewoon net als altijd. Is er nog iets nieuws gebeurd?'

'Je leest geen kranten meer?'

Chris schudde vermoeid haar hoofd. Faye liep naar de hal, pakte een kreukelige *Dagens industri* uit haar tas en liep ermee terug naar de kamer. Ze legde hem op Chris' buik.

Na een snelle blik op Faye sloeg Chris de krant open en zocht het artikel op.

Faye at de restanten van de sneetjes knäckebröd op terwijl Chris aan het lezen was. Ze deelde de mening van haar vriendin over de kaviaarcrème niet.

'Het is onvoorstelbaar,' zei Chris en ze vouwde de krant weer dubbel. 'Had je verwacht dat ze zoveel zouden schrijven?'

'Nee, en het beste is nog wel dat zowel de boulevardbladen als een krant als *Dagens Nyheter* het verhaal hebben opgepakt. Het krijgt ook veel aandacht op internet, op Facebook en andere social media.'

'Ben je niet dolgelukkig?'

'Daar vind ik het nog te vroeg voor.'

'Je bent een stuk saaier dan ik, en ik lig nog wel op sterven. Maar dit moeten we op de een of andere manier vieren. Ik vraag me af hoe snel ik een infuus met cava kan krijgen.'

'Dat is niet nodig, Chris. We vieren het later wel, als je dit achter de rug hebt. Wanneer je weer gezond bent.'

Ze deed haar best te glimlachen.

'En hoe bevalt het leven als verloofde je?'

'Het is geweldig. Nou ja, zo geweldig als het maar kan zijn wanneer je drie keer per uur moet overgeven. Johan brengt me elke ochtend ontbijt op bed.'

'Maar je eet niets?'

'Nee, maar dat weet hij niet. En ik heb niet het hart om hem te vertellen dat als ik zijn mooie ontbijt wel zou opeten, ik het een halfuur later alweer zou hebben uitgekotst.'

'Wanneer gaan jullie trouwen?'

'Dat is nou juist het probleem. Johan wil binnen een jaar een bruiloft met alles erop en eraan. Ik weet niet wat de jeugd van tegenwoordig bezielt, die is echt ontzettend conservatief. Ik geloof niet dat ik er de puf voor heb.'

Faye zei maar niet dat Johan, die slechts vijf jaar jonger was dan Chris, niet bepaald als jeugd gekwalificeerd kon worden. In plaats daarvan keek ze haar vriendin ernstig aan.

'Je moet hem uitleggen dat je dat niet doet.' Ze klonk strenger dan bedoeld.

Ze wilde niet dat Johan haar vriendin onder druk zette. Chris had alle tijd. Ze moest gewoon alle tijd hebben.

'Het probleem is alleen dat het er anders misschien niet van komt. Ik heb helaas aardig wat ongenode tumoren die er ook bij willen zijn.'

'De behandeling zal helpen. Dat moet gewoon.'

'We zullen zien,' zei Chris en ze wendde zich af. Even later sliep ze.

Faye legde een plaid over haar heen en streek haar over haar knieen terwijl ze haar instopte. Vervolgens sloop ze stilletjes naar buiten en sloot het appartement met haar eigen sleutel af.

Toen ze naar beneden liep voelde ze zich mismoedig. Chris had altijd overal om kunnen lachen, maar nu leek ze zich erop ingesteld te hebben dat ze zou overlijden.

Het financiële nieuws op SVT liet aan de hand van een curve zien hoe de aandelen van Compare in de afgelopen dagen waren gekelderd. De televisiezender wisselde beelden bij de entree van het hoofdkantoor op Blasieholmen af met scènes bij het hek van de villa op Lidingö. Maar niemand kreeg Jack zelf te pakken.

'Waar zou hij kunnen zitten?' mompelde Kerstin. Ze zat voorovergebogen naast Faye op de bank naar de tv te turen.

'Waarschijnlijk zit hij in vergaderingen met pr-consultants die hem met gefronst voorhoofd vertellen hoe hierover gecommuniceerd moet worden,' antwoordde ze.

'Helpt dat?'

'Waarschijnlijk niet. Maar de consultants zullen heel wat duizendjes kunnen declareren voor weggegooide adviezen.'

Ze wendde zich tot Kerstin.

'Was jij vandaag niet bij Ragnar? Hoe was het?'

Kerstin schudde haar hoofd.

'Je weet dat ik niet over hem wil praten.'

Faye knikte en hield haar mond. Voor nu.

Dat Jack zich schuilhield leek de journalisten met het uur meer te frustreren. Toen Julienne de woonkamer binnenkwam, zapte Faye onopvallend naar een andere zender. Ze maakte aanstalten om het meisje naar bed brengen, maar Kerstin bood aan het te doen. Er was een speciale band tussen Faye en Kerstin ontstaan, met Julienne als gemeenschappelijke factor. Tegenwoordig gebruikte Kerstin haar eigen appartement in principe alleen wanneer ze naar bed ging, en Faye zou het niet anders willen hebben.

Nu klonk er geschater uit Juliennes slaapkamer en Faye glimlachte. Ze had Julienne en Kerstin, kon ze daar geen genoegen mee nemen? Moest ze echt zo nodig Jacks leven verwoesten? Julienne had haar vader altijd verafgood en kinderen hadden beide ouders nodig, hoewel Jack niet altijd tijd had voor zijn dochter en het meisje tegenwoordig soms huilde als ze naar hem toe moest. Faye wist dat dat natuurlijk was voor kinderen van gescheiden ouders. De eeuwige verlatingsangst.

In hoeverre Jack van Julienne hield wist ze eigenlijk niet. Hij behandelde haar altijd als een prinsesje, maar soms leek het alsof hij haar vooral als een mooi accessoire beschouwde, iets waarmee hij indruk op zijn omgeving kon maken. Dat de liefde van een vader niet vanzelfsprekend is, wist Faye als geen ander.

Hoewel Faye af en toe twijfelde, besefte ze dat er geen andere mogelijkheid was. Jack had haar onderdrukt, vernederd en bedrogen. Hij had het gezin verworpen waarvoor zij al het andere had verworpen. Mannen hadden haar hele leven macht over haar gehad. Ze kon Jack de dans niet laten ontspringen.

Ze besloot de rest van de nieuwsuitzending te laten voor wat die was en liep naar de keuken om een glas wijn te halen. Toen ze terugkeerde naar de woonkamer en haar iPad pakte, kreeg ze een bericht van Jack.

Ik moet je zien, schreef hij.

Waar? antwoordde ze.

Een minuutje later hoorde ze haar mobiel alweer plingen.

Waar we elkaar voor het eerst hebben ontmoet.

De regen viel met bakken uit de lucht toen Faye het portier van de taxi achter zich sloot en voorovergebogen door de deur van de bar naar binnen snelde. Drie mannen van een jaar of twintig zaten met een glas bier aan een van de tafeltjes. Jack had helemaal achterin plaatsgenomen. Op dezelfde plek waar Chris en zij zestien jaar eerder hadden gezeten.

Hij had zijn hoofd laten hangen. Voor hem stond een halfleeg bierglas.

De barkeeper knikte naar haar.

'Twee bier graag.' Ze vermoedde dat Jacks glas weldra helemaal leeg zou zijn.

De barkeeper gaf haar twee biertjes aan en ze nam ze mee naar het tafeltje waar Jack zat.

Hij keek op en ze schoof het ene glas naar hem toe.

'Hallo,' zei hij met een verdrietige glimlach.

Hij zag er kwetsbaar uit. Klein.

Zijn donkere haar was naar achteren gekamd en een natte lok hing verdwaald over zijn wang. Zijn gezicht was bleek en zijn huid sponsachtig. Zijn ogen waren rood doorlopen. Faye had hem nog nooit zo neerslachtig gezien. Ze moest zich inhouden om hem niet om de nek te vliegen, te troosten en te beloven dat alles goed zou komen.

'Hoe gaat het met je?'

Hij schudde langzaam zijn hoofd.

'Dit... Dit is het ergste wat ik ooit heb meegemaakt.'

Het laatste beetje sympathie dat ze nog voor hem voelde verdween toen ze zag hoe zielig hij zichzelf vond. Hij speelde zijn slachtofferrol met verve. Maar hij had er geen enkel moment bij stilgestaan hoe het voor haar moest zijn geweest om alles te verliezen. Om een sociale paria te worden, om berooid en afgewezen verder te moeten. Ze had alles ervaren wat hij nu meemaakte. En nog veel meer. Destijds had hij geen enkele blijk van medeleven gegeven. Waarom zou zij dat nu dan wel tonen?

Maar om haar eigen doel te bereiken, zou ze hem moeten geven wat hij nodig had.

'Wat ga je doen?' Ze sprak met milde stem.

'Ik weet het niet,' zei hij stilletjes.

Ze woog haar woorden zorgvuldig. Hij mocht niet aftreden, dan zou alles tevergeefs zijn. Dan zou hij gewoon weer zo'n graaier blijken te zijn. Daarvan waren er genoeg in de wereld. Jacks exit moest spectaculairder zijn.

Ze moest hem ervan overtuigen te blijven. Ze wilde dat hij diep zou vallen. En het was alsof alleen al haar aanwezigheid hem strijdlustig maakte. Hij keek haar met een nieuwe glinstering in zijn ogen aan. Op de achtergrond was Carly Simon te horen met 'Coming Around Again'. Dat had ze altijd een mooi nummer gevonden. Vooral de regels *So don't mind if I fall apart, there's more room in a broken heart.* Hoewel haar eigen hart kleiner leek sinds Jack het had verbrijzeld. Alsof het was gekrompen.

'Dat filmpje is ruim tien jaar oud,' zei Jack. 'Hoe kan dat opeens nieuws zijn? In die tijd was ik jong en gehaaid. Je doet wat nodig is, zo gaat dat. Het enige waar mensen zich druk om maken is het resultaat. Het kan geen hond iets schelen hoe je dat bereikt. En nu? Het moet jaloezie zijn. Iedereen heeft een hekel aan mensen die succes hebben. Aan mensen zoals jij en ik, Faye. Omdat wij slimmer zijn dan zij.'

Faye antwoordde niet. Plotseling waren ze weer 'wij'. En nadat hij haar jarenlang had verteld hoe stom ze was, had hij het nu weer over haar intelligentie. Ze werd opeens woest en greep haar bierglas. Jack ging verder met zijn tirade. Zijn stem was zeurderig en hij had rode vlekken in zijn hals. Dat had ze nog nooit meegemaakt.

'Je kunt in dit kutland niet rijk worden als je zelf niet pakt wat je wilt hebben. Onze methodes waren misschien hard, maar niet illegaal, verdomme. Ook senioren moeten hun geld kunnen beheren, we hebben het tenslotte over volwassen mensen. Met een eigen verantwoordelijkheid. In dit kutland krijgt altijd iemand anders de schuld, is er altijd iemand anders die de rommel mag opruimen, die aan de schandpaal wordt genageld. En dan begint de klopjacht. Terwijl je alleen maar een succesvol bedrijf hebt opgebouwd, verdomd veel mensen aan een baan hebt geholpen en een bijdrage hebt geleverd aan het bruto nationaal product van je land.'

Hij schudde gefrustreerd zijn hoofd.

'Het enige wat ik verkeerd heb gedaan is dat ik zelf ook een paar kronen heb verdiend, en dat kunnen ze niet hebben. Stelletje communisten. Ik sta toch zeker niet toe dat ze alles wat ik heb opgebouwd om zeep helpen!'

Hij nam nog een laatste slok van het bier dat Faye voor hem had gekocht en gebaarde naar de barkeeper dat hij er nog een wilde. Faye keek hem aan alsof ze hem voor het eerst zag. Hij gedroeg zich als een zeurderig kind dat zijn favoriete speeltje kwijt was geraakt. Als hij met zo'n houding de media te woord stond, zou hij al snel het veld moeten ruimen.

Ze moest zien dat ze hem kalmeerde. Hij moest langzaam geroosterd worden. Mocht niet als een sterretje opbranden.

'Jack,' zei ze zachtjes en ze legde haar hand op de zijne. 'Ik ben het helemaal met je eens. Maar je moet je milder opstellen. Vertel dat je jong was, dat je nu beter weet. Misschien kun je naar een van jullie woonzorgcentra gaan en daar een dagje gratis meelopen. De pers uitnodigen. Het vertrouwen van de mensen terugwinnen.'

In gedachten zag ze voor zich hoe Jack een woonzorgcentrum bezocht. De journalisten zouden hem natuurlijk doorzien en het zou alles nog veel erger maken. Hij zou afgeslacht worden.

Maar het hele proces zou langer duren.

'Ja, misschien is dat wel een goed idee.'

Jack keek peinzend. De rode vlekken in zijn hals trokken langzaam weg.

'Denk er gewoon eens over na. Wat zegt de directie? En Henrik?'

'Die maken zich natuurlijk zorgen. Maar ik heb uitgelegd dat dit wel weer overwaait. Niemand wil dat ik terugtreed, niemand is geschikter voor mijn werk dan ik.'

Hij rekte zich uit. Nog altijd overtuigd van zijn eigen superioriteit en uitmuntendheid. Ze weerstond de neiging om stevig met haar Jimmy Choo-hakken op zijn Gucci-schoenen te trappen. Lelijke Gucci-schoenen bovendien. Toen zij hem advies had mogen geven, had hij zich beter gekleed. Ylva leek te willen dat hij op een Russische oliemiljonair leek. Sinds hij met haar samen was, verschenen er steeds meer logo's en zag hij er steeds poeniger uit.

'Natuurlijk niet,' zei Faye liefjes. 'Wat fijn dat ze het begrijpen.'

Hij keek haar aan.

'Ik... Ik ben blij dat je tijd voor me hebt vrijgemaakt. Ik weet dat ik niet altijd de makkelijkste was om mee te leven. Dat met Ylva... Dat soort dingen gebeuren gewoon, die overkomen je...'

Hij begon aangeschoten te raken en het kostte hem moeite om op haar te focussen.

'Zij begrijpt me niet zoals jij. Niemand begrijpt me zoals jij. Er is nooit iemand geweest die me beter heeft begrepen dan jij. Ik snap niet hoe ik...'

Faye keek naar hun verstrengelde handen.

'Ik ben volwassener geworden, Faye. Rijper. Ik was als het ware nog niet klaar. Maar ik begrijp nu dat ik fout ben geweest. Het betekende niets, eigenlijk. Ik wilde gewoon... alles hebben.'

Zijn stem was klein en smekend. Hij sprak lallend. Met zijn duim streelde hij de rug van haar hand en Faye moest zichzelf tot het uiterste beheersen om die niet terug te trekken. Ze was zo boos dat ze het in haar oren voelde suizen. Waarom had ze niet eerder in de gaten gehad hoe zwak hij was? Had ze haar ogen dan zo stevig dichtgeknepen? Alleen gezien wat ze wilde zien? De rest zelf ingevuld? Alsof Jack een enorm schilderen-op-nummerwerk was. Nog niet af.

'Denk daar niet meer aan,' zei ze schor. 'Het is zoals het is. Het belangrijkste is dat je het er nu goed vanaf brengt.'

Hij keek om zich heen.

'Het ziet er hier nog net zo uit als toen we elkaar hebben ontmoet. Weet je dat nog?'

Zijn gezicht lichtte op.

'Natuurlijk weet ik dat nog. Ik zat waar jij nu zit, Chris zat hier.'

Jack knikte.

'Als we toen toch hadden geweten wat we allemaal zouden meemaken, hoe alles zou lopen. Ik was echt gek op je. Man, dat waren nog eens tijden. Alles was zo...'

'... ongecompliceerd,' vulde ze aan.

De woede suisde nog altijd in haar oren. Sloot alles buiten behalve Jacks stem, die dik was van sentimentaliteit.

'Ja, precies. Ongecompliceerd.'

Het was een tijdje stil. Toen schraapte ze haar keel.

'Wat ga je doen?'

'Ik ga vechten,' zei Jack. 'Ik ga zorgen dat ik hier weer uit kom.'

Hij kneep nog een laatste keer in haar handen.

'Dank je wel.'

'Graag gedaan,' zei Faye. Ze hoopte dat Jack de bittere toon niet hoorde.

Er waren drie dagen verstreken en de aandelen van Compare stonden nu op drieënzeventig kronen. Diverse zwaargewichten uit het bedrijfsleven hadden laten weten dat Jacks positie onhoudbaar begon te worden. De aandeelhouders verkochten hun aandelen. Voor twee seminars waar hij zou spreken, werden de afspraken gecanceld. Hij had één interview gegeven, alleen niet aan *Dagens industri* – het financiële dagblad dat de video-opnamen als eerste had gepubliceerd – maar aan *Svenska Dagbladet*. In die krant vertelde hij hoeveel waardering hij voor de oudere generatie had. Alles was eigenlijk een misvatting, de video was uit zijn verband gerukt, het was jaren geleden, het was een communicatiefoutje, iemand wilde een succesvol bedrijf saboteren.

Smoesjes, smoesjes, smoesjes.

Het grote publiek haatte het. En ze haatten Jack. PRO, de landelijke seniorenorganisatie, vond het onbegrijpelijk dat hij zijn verantwoordelijkheid niet nam en dat hij niet bij het bedrijf wegging.

Maar de directie zei nog altijd vertrouwen in hem te hebben. Hoewel ze bang waren voor wat hun te wachten stond met Jack als CEO, waren ze nog banger voor een toekomst zonder Jack. Jack wás Compare. En dat was precies waar Faye op had gerekend, dat juist dat zijn val zou worden.

Terwijl Chris een chemobehandeling kreeg, belde Faye haar bankier op Isle of Man om hem te vragen om voor tien miljoen kronen aandelen in Compare te kopen. De aandelenkoersen stabiliseerden enigszins. Kennelijk hadden niet alle investeerders hun vertrouwen in het bedrijf verloren. Terwijl zij een klein stukje van het bedrijf had bemachtigd, had ze Jack wat rust gegeven. Stilte in het oog van de storm. Voordat ze de volgende zet deed.

Fjällbacka – toen

Ik deed net of ik sliep toen Sebastian mijn bed uit stapte. Hij draaide zich voorzichtig op zijn zij en zette zijn voeten neer. Pakte zijn kleren van de vloer en trok ze aan terwijl ik mijn ogen dichthield.

Ik hoorde dat Sebastian de koelkast en de kastjes opende, een keukenstoel naar achteren trok die licht over de houten vloer schuurde. Bij een plotseling kabaal schrok ik op en opende mijn ogen. Hij had waarschijnlijk een kommetje op de grond laten vallen en in gedachten zag ik de scherven en de yoghurt op de keukenvloer liggen en stelde ik me Sebastians paniek voor.

Ik ging rechtop in bed zitten, wist wat er zou gebeuren. Papa sliep licht. Het was zaterdag en we mochten hem niet wekken. De slaapkamer van mama en papa lag beneden, naast die van Sebastian. Ze hadden tot diep in de nacht geruzied en papa was vast afgepeigerd. Ik had naar het geschreeuw en gebonk liggen luisteren, terwijl Sebastian zwaar had geslapen, met zijn arm over mijn borst.

Papa kwam tierend de keuken binnen. Ik trok mijn knieën op, omarmde ze, terwijl de duisternis zich in mij bewoog. Ik hoorde Sebastians schelle geschreeuw door de vloer heen, vervolgens kwam mama's smekende stem. Maar ik wist dat mama papa niet zou kunnen tegenhouden. Hij moest zijn woede uitleven, iets kapotmaken, de bevrediging voelen van iets wat aan flarden werd gescheurd.

Toen het geschreeuw verstomde ging ik weer liggen en trok het dekbed over me heen. De kant waar Sebastian had geslapen was nog warm.

Faye had Chris naar bed gebracht en ging op de bank zitten. Ze wilde Chris nog niet alleen laten. Ze pakte haar computer en nam de laatste werkmailtjes door. Door Chris' zware ademhaling in de aangrenzende kamer vond ze het moeilijk om zich te concentreren; het deed ontzettend zeer om te horen hoe haar vriendin leed. Toen ze halverwege de inbox was, bromde haar mobiel. Een nieuwsflits van *Dagens industri*. 'Jack Adelheim doet zijn zegje!' stond er.

Faye voelde het bloed bij haar slapen kloppen toen ze op de link klikte. Het interview was groter dan ze had gevreesd, de toon vleiend en promotioneel alsof er 'advertentie' boven had gestaan. Jack mocht alles in zijn voordeel uitleggen en werd uitsluitend in superlatieven beschreven. Alle vragen werden hem als golfballetjes op een tee aangeboden.

Faye scrolde naar de naam van de journalist. Maria Westerberg. Op de begeleidende foto stond ze vlak naast Jack, voor de entree van een van de betere hotels van de stad. Beiden glimlachten breed naar de camera. Faye bestudeerde de foto nog eens goed. Jack en Maria stonden voor een spiegelwand en de beeldredacteur had een klein detail over het hoofd gezien. Jack had zijn hand op Maria's achterwerk gelegd.

Faye snoof. Ze zou niet toestaan dat Jack weer de overhand kreeg omdat hij een journalist had verleid. Ze reikte naar haar mobiel en belde Jacks nummer. Hij nam op met hernieuwde energie en enthousiasme in zijn stem.

'De koers gaat weer omhoog. De mensen kopen Compare-aandelen,' jubelde hij. 'Ik wist dat het tij zou keren.'

Zijn toon was triomfantelijk. Er was weer enige zelfverzekerdheid in geslopen.

'Wat fijn voor je, Jack. Al heb ik me nooit zorgen gemaakt,' fluisterde ze. 'Ik ben trots op je.'

Ze rolde met haar ogen terwijl ze zachtjes Chris' woonkamer uit liep. Johan kon elk moment komen.

'Zullen we afspreken om het te vieren?' vroeg ze, tevreden over haar eigen acteertalent. Ze had meer munitie nodig om dat wat hij had bereikt door met Maria Westerberg naar bed te gaan te kunnen neutraliseren.

'Absoluut,' zei Jack. 'Ik ben op kantoor. Maar ik kan hier wel weg als jij nu tijd hebt.'

Faye liep naar Chris' badkamer, opende het kastje waar haar vriendin haar slaaptabletten bewaarde en pakte een strip Stilnoct; Chris zou het niet merken als er een paar pillen ontbraken.

'Ben je er nog?' vroeg Jack. 'Hallo? Had je even geen bereik?'

'Ja, ik ben er nog. Wat leuk dat het lukt. Laten we afspreken bij het Grand Hôtel.'

'In de bar?'

'Nee. In de suite.'

Faye had een berichtje gestuurd naar Kerstin, die had beloofd om voor Julienne te zorgen. Ze zouden Minecraft spelen, dat deden ze tegenwoordig elke avond. Kerstin was er ondertussen een kei in en Faye had haar zelfs een keer op kantoor betrapt toen ze het speelde.

Geen enkele prijs is te hoog om wraak te nemen op Jack, had Faye zichzelf voorgehouden toen ze naar het hotel ging. En nu lag ze in het grote tweepersoonsbed en keek naar haar ex, die dronken was van hervonden zelfvertrouwen.

'Ik kan verdomme geen genoeg van je krijgen,' hijgde Jack en hij keek naar Faye. Hij stond bij de rand van het bed, likte haar borsten, knabbelde eraan, beet. En zij genoot – niet van de seks, maar omdat hij dacht dat hij haar gebruikte.

Ze voelde niet dezelfde zwakte of begeerte voor hem als toen ze in zijn werkkamer neukten, op het bureau van Ingmar Bergman. Dat was een droom geweest van iets wat waarschijnlijk nooit had bestaan.

Hij kuste haar en ze werd misselijk van zijn muffe adem. Sinds kort verfde hij zijn haar om zijn grijze lokken te verbergen, waardoor zijn kapsel steeds meer op een muts leek. Ze vermoedde dat hij ook botox gebruikte.

Bij die gedachte werd ze kurkdroog tussen haar benen. Jack gromde alleen, likte over zijn hand en maakte haar nat zodat hij kon blijven stoten tot hij klaarkwam. Faye fakete halfhartig een paar kreunen en hij liet zich gewillig om de tuin leiden. Hij was niet de soort man die het eigenlijk iets kon schelen of een vrouw een orgasme kreeg. Anders dan om zijn ego te strelen. Ze bleef liggen toen hij opstond en naakt door de suite liep.

Ze realiseerde zich dat ze zijn lichaam vergeleek met dat van de mannen met wie ze naar bed was geweest sinds hij bij haar weg was. Hoewel hij vijf keer per week naar de sportschool ging, kon zelfs Jack Adelheim de tand des tijds niet tegenhouden. Zijn achterwerk was niet zo stevig meer en kreeg hij niet een beetje *man boobs*? Het was alsof ze een bril op had gezet na veel te lang met een oogafwijking te hebben rondgelopen.

Was zijn zelfbeeld op haar geprojecteerd geweest? Ze merkte dat ze het stevige lichaam van Robin miste. Of dat van Mike. Of dat van Vincent. Of dat van de man met het Nirvana-T-shirt die ze vorig weekend in de Spybar had ontmoet. Willekeurig wie van de mannen die Jack in bed hadden vervangen.

Jack liep fluitend de badkamer in. Faye kwam snel uit bed en trok haar slipje en haar beha aan. Ze pakte haar zwarte Boy Bag van Chanel, waar het poeder in zat van de drie slaaptabletten die ze bij Chris thuis had fijngemalen. Terwijl Jack een douche nam, bestelde ze een groot glas whisky voor hem en een halve fles cava voor zichzelf. In de badkamer zong hij 'Love Me Tender'. Ze schudde het poeder in zijn glas. Toen hij uitgedoucht was, liet ze de badkuip vollopen.

'Mijn god, ik ben helemaal kapot,' zei hij en hij rekte zich als een tevreden kat uit op het bed.

'De spanning van alles wat er is gebeurd komt los. Neem een whisky en rust maar lekker even uit,' zei ze en ze sloot de deur van de badkamer.

Ze liet zich in het warme water zakken en wachtte. Dronk twee glazen cava.

'Jack?' riep ze toen.

Geen reactie. Ze stond op en opende voorzichtig de badkamerdeur. Jack lag poedelnaakt met open mond te slapen. Zijn penis lag als een witte larve tegen zijn dij en zag er in niet-opgerichte staat bijna lachwekkend uit. Faye giechelde. Jack snurkte luid en ze schrok. Maar hij draaide zich alleen maar op zijn zij en zakte weg in het kussen.

Ze trok een ochtendjas aan, pakte zijn computer, ging aan het bureau zitten, logde in en maakte verbinding met de wifi. Hoeveel uur zou ze hebben? Ze had op een moment als dit gewacht, er de fundering voor gelegd door Jack geleidelijk aan dichterbij te laten komen, door iemand te worden die hij wilde hebben. Zodat hij niet langer op zijn hoede was, maar haar binnenliet, haar vertrouwde. Vanavond had ze die mogelijkheid gekregen. En die wilde ze optimaal benutten.

Ze las de mailtjes die hij recentelijk had verstuurd, maar vond niets interessants, behalve dat hij een seksuele relatie leek te hebben met een jonge studente van de Handelshogeschool.

Faye typte haar naam in op Facebook en ontdekte dat ze twintig was. Faye bestudeerde de foto's. Het was een aardige, blonde vrouw, maar ze leek wat saai. Zou de pers hierin geïnteresseerd zijn? Nee, zoiets zouden ze nooit publiceren. In de slaapkamer trilde een mobiel. Ze stond snel op. Liep op haar tenen naar Jack en keek op het apparaat dat naast hem lag. Daar had hij geen berichtje op ontvangen. Jack moest twee telefoons hebben. Natuurlijk. De geheime gebruikte hij waarschijnlijk voor zijn vrouwen. Ze stak haar hand in de zak van zijn jasje en vond een witte iPhone.

Je moest hem met een wachtwoord ontgrendelen. Of een vingerafdruk. Voorzichtig pakte Faye Jacks duim en plaatste die op de mobiel. Een tel later was ze erin. Ze checkte of ze niet per ongeluk het geluid had aangezet.

Het was een bericht van Henrik.

Waar ben je?

Ze beantwoordde het niet en keek welke berichten er nog meer waren. Jack was duidelijk compleet gestoord en vermoedelijk seksverslaafd. Haar mond viel open. Op sommige dagen stonden twee of drie seksafspraken gepland. Ze snapte niet hoe hij überhaupt tijd had om zijn bedrijf te leiden. Vrouwen stuurden naaktfoto's en video's waarin ze onder de douche stonden en zichzelf bevredigden. Jack reageerde met foto's van zijn penis. Ze was er wonderlijk onverschillig onder, hoewel sommige berichten en foto's ouder dan drie jaar waren en dus uit de tijd stamden dat ze nog met hem getrouwd was. Ze kon hem niet meer verafschuwen dan ze al deed. Ze was wel teleurgesteld. Niets van wat ze in de telefoon vond, kon haar helpen. Zweedse kranten publiceerden geen verhalen over ontrouw tenzij de nationale veiligheid op het spel stond. In Engeland zouden de penisfoto's van Jack de posters van alle kranten hebben gesierd. Voor de zekerheid filmde ze met haar eigen telefoon terwijl ze tussen de foto's bladerde. Ze filmde ook de berichten in zijn inbox en zorgde ervoor dat je kon zien wiens telefoon het was. Er zaten ook een paar selfies tussen zijn penisfoto's.

Bij Notities stonden alleen cryptische, korte aantekeningen. Plaatsen en tijdstippen van ontmoetingen. Ze vergeleek er een paar met de berichten, maar besefte dat ze niet overeenkwamen. Wat waren dit voor afspraken? Vermoedelijk zakelijke. Maar waarom stonden ze dan niet in de agenda? Net toen ze de mobiel wilde weggen zag ze het Dictafoon-icoon. Zonder er iets van te verwachten opende ze de app en zag dat er zo'n vijfendertig geluidsbestanden waren bewaard. Toen ze een daarvan opende verwachtte ze iets te horen wat met seks te maken had, maar tot haar verbazing was het een gesprek tussen twee mannen. Een van hen was Jack, maar de ander kon ze niet identificeren. Ze leken in een stilstaande auto te zitten. De geluidskwaliteit was uitstekend. Ze spraken ontspannen, alsof ze goede vrienden waren.

Had Jack ook seks met mannen? Niets zou haar nog verbazen.

Nee, dit was iets anders. Iets wat erger was dan het filmpje van Jack dat al tot chaos in de beurskoers van Compare had geleid. Ze wilde luidkeels lachen, maar hield zichzelf in. Ze mocht Jack niet wakker maken voordat ze alles had kunnen opslaan.

Om geen elektronische sporen achter te laten speelde ze de geluidsfragmenten via de luidspreker af en nam ze ze met haar eigen telefoon op. Toen ze de geluidskwaliteit checkte, kon ze Jacks gesnurk zwak op de achtergrond horen. Een uur later had ze ook de computer doorgespit, zonder echter verder nog iets te vinden. Maar ze was tevreden.

Het was de verbazingwekkend slechte seks waard geweest. Ze vroeg zich stilletjes af of hij altijd al zo'n slechte minnaar was geweest. Of dit misschien ook een gebied was waarop ze zichzelf had voorgelogen. Of ze had geen beter vergelijkingsmateriaal gehad. Ze dacht aan de man in het Nirvana-T-shirt en merkte dat ze meteen nat werd. Hij had haar drie orgasmes gegeven. Achter elkaar.

Geroutineerd toetste Faye de code van Chris' portiekdeur in. Chris had zo aangedrongen op haar komst dat Faye zenuwachtig was geworden.

Ze stapte de lift in, probeerde aan van alles en nog wat te denken, zolang het maar niet Chris was.

Ze had de geluidsbestanden naar dezelfde journaliste gestuurd die het eerste nieuws had gekregen. De nieuwe onthulling dat de CEO van Compare op de hoogte was geweest van twee sterfgevallen als gevolg van verwaarlozing in een van zijn woonzorgcentra en zelfs had geprobeerd ze in de doofpot te stoppen, had schokgolven door Zweden gestuurd die tot ver buiten de beperkte sfeer van het bedrijfsleven reikten.

De aandelenkoers van Compare kelderde. Niet alleen de zakelijke pers maar ook boulevardbladen citeerden zowel politici en bekende zakenmensen als anonieme bronnen binnen de directie van Compare. Ze waren het er allemaal over eens dat Jack nu toch echt moest aftreden.

Vandaag was het aandeel gezakt naar drieënzestig kronen.

De lift bleef stilstaan en Faye zette zich ertoe de deur te openen. Johan had onbetaald verlof genomen om fulltime voor Chris te kunnen zorgen, dus Fayes bezoekjes waren steeds sporadischer geworden. Ze was bang zich op te dringen, bang hen te storen in wat ze begreep dat de laatste tijd van Chris en Johan samen zou zijn. En soms voelde het ook alsof ze het niet kon opbrengen. Telkens als ze Chris zo ziek zag, was het alsof een deel van haarzelf stierf.

Als het om Chris ging was ze niet moedig, maar gewoon een kleine bangerik die de waarheid en de werkelijkheid wilde ontvluchten.

Johan deed open.

'Hoe gaat het?' vroeg Faye.

Hij haalde zijn schouders op.

'Tja... Wat moet ik zeggen?'

'Heb je zin om een eindje te gaan wandelen? Dan ben je er even uit.'

'Dat is misschien wel een goed idee. Chris wilde sowieso onder vier ogen met je praten.'

Haar maag trok zich bezorgd samen.

Toen Faye de slaapkamer van Chris binnenkwam, moest ze haar best doen om geen gilletje te slaken. Chris was vel over been, haar ribben staken naar buiten, de huid om haar schouders zat strak over haar sleutelbeenderen. Haar ogen lagen diep in hun kassen, haar huid was sponsachtig, droog en grijs.

Buiten ging het leven zoals altijd door; bussen reden af en aan, mensen maakten ruzie, vrijden, reden auto, trouwden en scheidden, maar op het zolderappartement aan de Nybrogatan lag Chris langzaam weg te kwijnen.

Faye ging op de stoel naast het bed zitten en pakte voorzichtig Chris' hand.

'Het is over voor mij,' zei Chris.

'Zeg dat toch niet.'

'Jawel, iemand moet dat zeggen. En Johan en jij zouden iets beters met je tijd moeten doen dan mij verzorgen. Ik ga dood.'

Faye hield Chris' hand iets steviger beet.

'Maar de artsen...?'

'Ach, die hebben de behandeling gestaakt.'

De kanker, zo hadden ze uitgelegd, was uitgezaaid. Chris' hele lichaam zat vol tumoren, die niet verdwenen door de behandeling. Integendeel, het werden er steeds meer.

Ze konden niets meer voor haar doen, behalve proberen haar

pijn te verlichten. Ze hadden een hospice voorgesteld. Maar dat had Chris niet gewild, vertelde ze met hese stem.

'Weet Johan het al?' vroeg Faye voorzichtig.

'Nee, nog niet. Ik breng het niet op... Daarom heb ik je ook gevraagd te komen. Zou jij het hem willen vertellen? Ik trek het niet zijn gezicht te zien. Ik weet dat het laf is, maar...'

'Ik doe het wel,' zei Faye kortaf. Ze wilde hier geen seconde langer over praten.

Ze streek Chris kalmerend over haar hand maar stoof vervolgens naar de badkamer. Niet in staat haar gevoelens terug te dringen huilde ze zachtjes, in elkaar gekropen op de vloer, met haar hoofd tegen de koude tegels.

Ze wist niet hoelang ze daar zo lag. Ze stond pas op toen ze hoorde dat Johan thuiskwam.

Faye en Johan wandelden in stilte door de Nybrogatan. Faye had behoefte gehad aan frisse lucht, ruimte om het gesprek met Johan te kunnen voeren.

Ze sloegen de Karlavägen in. Ze wees naar The Londoner.

'Ik denk dat we alle twee wel iets sterks kunnen gebruiken.'

Ze bestelde twee dubbele wodka's bij de bar en nam al een grote slok terwijl ze naar Johan toe liep. Hij trommelde met zijn vingers op het tafelblad. Zijn gezicht stond verbeten.

Ze mocht niet instorten, moest nu sterk zijn.

'Het... Ik weet niet hoe ik het je moet zeggen, Johan. De chemotherapie slaat niet aan, de tumoren verspreidden zich. De artsen hebben de behandeling stopgezet.'

Hij knikte langzaam.

'Ik weet het.'

'Je weet het?'

'Mijn jongste broer is arts. Oncoloog in Göteborg. Chris had een kopie van haar dossier in haar tas zitten. Ik heb met mijn mobieltje foto's genomen en die naar hem opgestuurd. Hij heeft me geholpen er wijs uit te worden. Ik weet het, het klinkt verschrikkelijk dat ik heb lopen snuffelen, en ik weet dat ze het recht heeft om zelf te bepalen wat ze wil vertellen en wanneer ze dat wil vertellen. Maar het was verschrikkelijk om niets te weten... Ik kan het niet laten wanneer het om Chris gaat. Ze sluit me buiten terwijl dat nergens voor nodig is.'

Faye knikte. Legde haar hand op de zijne. Ze begreep precies wat hij bedoelde.

Hij keek haar aan.

'Ik wil toch met haar trouwen. Ik heb al een afspraak gemaakt in de kerk, over twee weken. Het moest een verrassing zijn.'

Faye leunde achterover. Voelde zich opeens down. Ze dacht dat ze Johan ondertussen goed kende, ze mocht hem graag en hij leek er ook niet het type voor, maar ze kon zich toch niet inhouden. Haar eigen bitterheid vermengde zich met haar verdriet om Chris.

'Als je met haar trouwt om haar geld,' dreigde ze, terwijl ze zich naar hem toe boog, 'dan vermoord ik je.'

Hij schrok. Wist niet goed of ze een grapje maakte of niet.

'Hoor je me? Ik vermoord je, met mijn blote handen.'

Ze liet hem een glimp opvangen van de duisternis die ze altijd verborgen hield, liet die een kort moment naar buiten sijpelen.

'Waarom zou ik...?'

Johan keek haar geschokt aan.

'Omdat Chris goed is voor meer dan honderd miljoen, en ik weet wat de geur van geld met mensen kan doen. Ik heb het gezien. Ik heb ook gezien wat mannen kunnen doen. Hoe meedogenloos ze kunnen zijn. Ik mag je graag, Johan, heus, je lijkt me een prima vent. Maar mijn beste vriendin ligt op sterven. Zij is naast Kerstin de enige die ik echt dichtbij heb laten komen. En ik sta niet toe dat iemand haar op haar sterfbed misleidt. Dus als jij om haar geld met haar wilt trouwen voordat... voordat ze sterft... dan is het voor jou beter dat je dat hele huwelijk vergeet en je best doet om geloofwaardig een liefdevolle verloofde te spelen tot het moment...'

Faye slikte haar tranen weg en nam een slok wodka.

'Maar als je bedoelingen eerlijk zijn zal ik je helpen om de praktische dingen te regelen. En denk eraan dat ik het verschil kan zien. Wees niet zo dom dat je mij verkeerd beoordeelt.'

Johan keek haar recht aan zonder zich door haar duisternis te laten afschrikken. Haar bezorgdheid ebde weg. Johan was echt. Hij was niet bang voor haar.

Hij draaide zijn glas een paar keer om. Uiteindelijk zei hij: 'Ik mag jou ook graag. En ik waardeer het dat je haar beschermt. Ik heb nog nooit zoveel van iemand gehouden als van Chris. Dat is mijn enige motief. Ik wil haar mijn vrouw kunnen noemen.'

Ze keken elkaar een tijdje aan.

'Oké,' zei Faye. Ze nam een grote slok en veegde haar mond met de rug van haar hand af. 'Dan zorgen we ervoor dat het de bruiloft van de eeuw wordt.'

Ze toostten met hun glas. Beiden schrokken van het geluid. Eén kort moment klonk het als begrafenisklokken.

Fjällbacka – toen

De dag dat Sebastian zou worden begraven kregen we allemaal vrij van school. Voor het eerst hadden de leerlingen me een tijd lang met rust gelaten. Er was te veel gebeurd, in te korte tijd. De schok lag als een dikke deken over het schoolplein, over de klaslokalen, over de metalen lockers met hun zinloze, lelijke geklieder.

De kerk zat stampvol. Sebastian, die nooit echte vrienden had gehad, had plotseling een kerk gevuld. Diverse meisjes van zijn leeftijd huilden en snoten luidruchtig hun neus in papieren zakdoekjes. Ik vroeg me af of ze überhaupt ooit met Sebastian hadden gepraat.

Mama had een witte kist gekozen. En gele rozen. De rozen waren eigenlijk totaal zinloos. Sebastian had nooit om dat soort dingen gegeven. Maar ik ging ervan uit dat ze belangrijk waren voor de nabestaanden. Sebastian lag tenslotte koud en dood in de kist. Wat kon het hem nog schelen?

Papa had hem gevonden; Sebastian had zich met een riem aan de stang in zijn kledingkast opgehangen. Papa had mama geroepen en vervolgens Sebastian van de stang gerukt. De riem van zijn hals gehaald. Hem door elkaar geschud, tegen hem geschreeuwd, terwijl mama om hulp had gebeld.

Het duurde lang voordat de ambulance er was, maar het maakte niet uit of ze voortmaakten. Sebastians lippen waren blauw en zijn huid was wit. Ik wist dat hij dood was.

We zaten helemaal voor in de kerk en ik voelde ieders blik in mijn rug. Papa droeg een pak en zijn arm vibreerde tegen de mijne. Van razernij. Omdat de dood het enige was waar hij geen controle over had. Het enige wat hij niet tot gehoorzaamheid en onderwerping kon dwingen.

De dood had maling aan hem, en dat dreef hem tot waanzin terwijl hij in de kerk naar Sebastians witte kist keek met de gele rozen die mama had uitgekozen.

Na afloop was er geen koffietafel. Wie hadden we moeten uitnodigen? De mensen met wie de kerk vol zat waren geen van allen vrienden van ons, maar aasgieren die zich in ons verdriet wilden wentelen.

Mama en ik wisten allebei dat papa zich zou moeten ontladen wanneer hij thuiskwam. We voelden zijn razernij al wekenlang. Mama zei dat ik naar mijn kamer moest gaan. In eerste instantie gehoorzaamde ik haar en liep de trap op. Maar op de bovenste tree bleef ik zitten. Ik legde mijn wang tegen de houten paal aan het eind van de leuning en voelde het koele, witte hout tegen mijn huid. Vanaf deze plek kon ik de keuken in kijken. Als ze zich hadden omgedraaid hadden ze me gezien, maar ze liepen in kringetjes om elkaar heen, als twee tijgers in een kooi. Papa had zijn hoofd vooruitgestoken en balde onophoudelijk zijn vuisten. Mama liep met opgeheven hoofd en hield al zijn bewegingen in de gaten. Er klaar voor. Bereid.

Toen de eerste slag kwam stapte ze niet opzij. Ze dook niet weg. Papa's vuist trof haar recht op haar kin. Haar hoofd ging naar achteren en schoot weer terug. Papa sloeg nog een keer. Een straaltje bloed spoot uit haar mond, belandde op de witte kastdeurtjes, als een abstract schilderij. Er vloog iets uit haar mond wat met een hard, ploppend geluid op de grond stuiterde. Een tand.

Ze viel op de vloer, maar hij bleef haar slaan. Keer op keer.

Ik begreep dat mama niet lang kon overleven in dit huis nu Sebastian dood was.

Twee dagen later zakten de aandelen van Compare naar een nieuw dieptepunt. Faye had net een lunchafspraak bij Brillo over een mogelijke samenwerking tussen Revenge en Viola Gad, een popster die recentelijk haar man had betrapt met een achttienjarige puber, toen het berichtje van Kerstin kwam.

49,95. Nu!

Faye legde haar bestek neer, verontschuldigde zich bij Viola en haar manager en verdween naar het toilet.

Ze deed de deur op slot en ging op de wc zitten. Alles waarvoor ze had gevochten was opeens binnen handbereik. Ze had voldoende kapitaal om eenenvijftig procent van de aandelen te krijgen, de directie over te nemen en ervoor te zorgen dat Jack de laan uit werd gestuurd. Het was overweldigend. Het liefst had ze het uitgeschreeuwd. Ze belde haar Britse broker Steven en vroeg hem alle Compare-aandelen te kopen die hij maar kon bemachtigen. Als hij meer geld nodig had, moest hij haar maar bellen, dan zou ze nog een paar miljoen overmaken.

'*No problem, boss. It will be yours before nightfall,*' zei hij.

Ze bleef nog een poosje zitten, rechtte toen haar schouders en keerde terug naar haar gezelschap. Haar hart klopte als een bezetene. Maar toen ze tegenover Viola Gad ging zitten en haar kaviaarpizza opat, was er niets te merken van de chaos die ze vanbinnen voelde.

Faye liep het Stureplan op. De lunchdrukte was ondertussen voorbij en de mensen keerden terug naar hun werk. Het was verbazingwekkend warm en ze ging op een bankje zitten. Wat zou ze de rest van de dag gaan doen? Terwijl haar broker de aandelen van Compare kocht kon ze niet veel uitrichten. Ze belde Chris, maar er werd niet opgenomen. Vermoedelijk lag ze te rusten. Johan had besloten zelf alle voorbereidingen voor de trouwerij te treffen, maar zou Faye bellen als hij hulp nodig had.

Haar gedachten gingen terug naar de aandelenkoop. Een man zou zijn succes en zijn harde werk hebben gevierd, zonder zich te schamen, zonder zich ervoor te verontschuldigen. Ze besloot dat ook te doen, dus ze schreef een berichtje aan Robin, met wie ze had gedacht klaar te zijn, en vroeg hem naar Starbucks te komen.

Hij was toevallig in de buurt en ze konden een kwartier later al afspreken. Hij had geen last van valse mannelijke trots. Hij wist wat ze wilde en deed er niet moeilijk over dat ze al heel lang niets van zich had laten horen.

Toen ze bij Starbucks naar binnen ging, had hij al voor hen alle twee besteld.

'Wat leuk je te zien. Ik wist niet of je melk in je koffie wilde,' zei hij en hij wees op de beker.

'We gaan geen koffie drinken.'

Hij lachte. Zijn mooie gezicht stond open en blij, en alleen al zijn aanwezigheid had op dit moment een ontspannend effect op haar. Hij had geen verklaringen nodig, geen spelletjes, geen gecompliceerde gespreksonderwerpen of plichtplegingen. Hij had niets anders in het leven nodig dan sporten, eten, water en seks.

'Geen koffie?' Uit zijn glimlach bleek dat hij begreep wat ze bedoelde.

'Nee, ik wil geen koffie drinken, ik wil met je naar bed.'

'Aha,' zei hij plagerig, maar hij stond direct op. Als een gehoorzame puppy.

'Ik heb een kamer gereserveerd bij Nobis.'

Hij trok zijn wenkbrauwen op.

'Doen we duur vandaag?' zei hij, terwijl hij zijn jack aantrok.

'Ik heb zonet voor een paar miljoen een bedrijf gekocht. Vandaag ben ik alles waard.'

'Ik mag jou wel, wist je dat?'

Robin hield de deur voor haar open.

'Mooi zo. Dat komt goed uit bij de dingen die ik straks van je wil.'

'Vandaag zal ik je slaaf zijn.'

'Je bent altijd mijn slaaf,' zei Faye glimlachend.

Robin protesteerde niet.

Faye en Johan zaten aan weerszijden van Chris' bed. Haar borstkas ging op en neer, haar gezicht was asgrijs en haar huid trok strak over haar schedel. Wat was ze klein. Wat was ze snel weggekwijnd.

Johan wees op de deur. Toen ze in de hal stonden leunde hij tegen de muur.

'Ik weet niet wat we moeten. Ze kan niet meer lopen. We moeten het huwelijk afzeggen.'

'Geen denken aan.'

'Niet?'

'Nee, we doen het hier. Desnoods in de slaapkamer. Chris zal trouwen.'

'Maar hoe...?'

'We laten de dominee, de visagiste en de trouwjurk gewoon hier komen. Geen gasten, afgezien van de naaste familie. Chris houdt toch niet van mensen.'

Faye stopte haar gevoelens weg. Onderdrukte de stormen van verdriet die door haar heen raasden. Chris was heel lang sterk geweest. Had als een grote zus voor Faye gezorgd, vanaf het eerste moment dat ze in Stockholm was. Nu was het Fayes beurt om haar te steunen. Daar heb je tenslotte zussen voor. Chris zou haar bruiloft en haar Johan krijgen.

'Morgen om twee uur?' vroeg ze.

Johan slikte een paar keer.

'Ik bel de dominee en de mensen die we erbij willen hebben. De trouwjurk...'

'Haal ik vanavond op als ik naar huis ga. En ik regel een visagiste.'
'En het eten?'
'Dat regel ik ook. Zorg jij er nou maar voor dat Chris en jij klaar zijn voor de bruiloft. Ik kom morgenvroeg om haar te helpen met aankleden en zo.'

De volgende ochtend stond Faye samen met Kerstin bij Chris voor de deur. Ze haalde diep adem en belde aan. Johan deed open, omhelsde hen en stapte vervolgens opzij.
'Alles is klaar,' zei hij. 'Iedereen heeft vrij genomen; ze begrijpen dat we het zo moeten doen wil het er überhaupt van komen.'
'Hoe voelt het voor jou?'
'Het maakt mij niet uit of het een grote of een kleine bruiloft is. Ik wil gewoon met haar trouwen voordat ze... verdwijnt.'
'Goed. Dan regelen we dat.'
Hij ging hen voor naar de grote slaapkamer.
Chris zat rechtop in bed, in de rug gesteund door enkele kussens. Ze had een dienblad met koffie, sinaasappelsap en geroosterde sneetjes brood voor zich staan.
'Hoe gaat het met 's werelds mooiste bruid?' vroeg Faye en ze ging op de rand van het bed zitten.
'Tja, ik had gezegd dat ik voor mijn huwelijk een beetje wilde afvallen, maar dit is wel heel erg dun.'
Faye kon niet om het grapje lachen.
Chris keek naar Kerstin en Johan.
'Kunnen jullie ons even alleen laten?' vroeg ze. 'Niet zo lang, hoor. Maar ik wil een paar dingen met mijn bruidsmeisje bespreken.'
Toen ze de deur achter zich hadden gesloten greep Faye Chris voorzichtig bij haar hand. Die was klein en broos, niet veel groter dan die van Julienne.
'Ik weet niet wat ik zonder jou had gemoeten,' zei Chris mild.
'Geen punt. Het is altijd leuk om een bruiloft te regelen, wat de omstandigheden ook zijn.'

'Ik bedoel niet alleen dit, ik bedoel alles. Alle jaren die zijn verstreken, alles wat we hebben gedaan. Alle ellende die we samen het hoofd hebben geboden. Ja, soms was je strontvervelend, met Jack en zo, maar meestal was je de beste vriendin die iemand zich maar kan wensen.'

De tranen begonnen te stromen; Faye kon ze niet tegenhouden.

'Moeten we... Moeten we het daar op dit moment over hebben? Je gaat tenslotte trouwen.'

'Ja, dat moet. Ik heb niet zo lang meer. En ik wil dit tegen je zeggen nu ik nog helder ben.'

Faye knikte.

'Ik had me geen betere vriendin kunnen wensen dan jij,' ging Chris verder. 'Jij brengt het beste in mij naar boven.'

Faye veegde de tranen weg die koppig over haar wangen bleven stromen.

'Jij bent de barst waar het licht door naar binnen komt,' zei ze, 'de barst waar Leonard Cohen over zong. Ik heb geen idee... Ik weet niet hoe ik het zonder jou moet redden.'

'O, daar maak ik me geen zorgen over,' zei Chris. 'Ik vind het alleen heel jammer dat ik er niet bij kan zijn.'

'Ik ben trouwens weer met Robin naar bed geweest. Herinner je je hem nog? Van de keer dat jij me meesleurde naar Riche omdat ik al veel te lang medelijden met mezelf had.'

Chris moest lachen.

'Zie je nou wel, je redt je beter zonder mij.'

Ze leunde achterover, haalde een paar keer diep adem. Elke beweging leek haar te vermoeien.

'Wil je even rusten?' vroeg Faye voorzichtig.

Chris schudde haar hoofd.

'Nee, helemaal niet. Ik ben eigenlijk te zwak voor drank... Maar dit is mijn trouwdag. Helemaal onder in het nachtkastje staat een fles Jack Daniels. Laten we nog een laatste keer een toost uitbrengen, wij samen.'

Faye boog zich voorover en opende het kastje. Gaf Chris de fles aan.

'Op ons,' zei Chris en ze hield hem omhoog. 'En op het feit dat ik niet in het minst bitter ben geworden over dit einde. Maar hoe kan het ook anders als je zo'n leven als het mijne hebt mogen leiden.'

Ze nam een paar slokken.

'Op jou, Chris,' zei Faye. 'De mooiste en beste zus die je maar kunt hebben.'

Chris knipperde een paar tranen weg.

'Ik moet me nu klaarmaken, maar vertel eerst hoe het met Jack is gegaan.'

'We hebben eenenvijftig procent.'

'Dus het is klaar?'

Faye knikte.

'Het is klaar.'

Chris pakte Faye bij haar arm. Haar greep was onverwacht sterk.

'Ik hou zoveel van jou.'

'En ik hou van jou.'

Chris slikte een paar keer.

'Mijn ouders zijn niet hier en jij betekent alles voor me, en hoewel het niet bepaald een Zweedse traditie is vroeg ik me af of je... of je me weg wilt geven aan Johan.'

Faye omhelsde Chris, hield haar zo stevig vast als ze maar durfde.

'Natuurlijk wil ik dat.'

Faye keek door het raam naar buiten, vermoedde dat er mensen beneden op straat liepen. Het uitgaansleven kwam op gang.

Ze draaide zich weer om naar haar beeldscherm, probeerde alle gedachten aan Chris uit haar hoofd te bannen en las de laatste winst-en-verliesrekening. Jack zou binnenkort te horen krijgen dat hij ontslagen was. Hij was schadelijk voor het bedrijf en moest het veld ruimen. Niet dat ze de wens had het bedrijf te redden. Een deel van haar zou het prima vinden als Compare het loodje legde, maar ze moest rekening houden met de werknemers. Ze had inmiddels een bedreven zakenman gevonden die al haar aandelen voor een redelijk bedrag mocht kopen. Op voorwaarde dat de naam werd vervangen. Op die manier zou Compare toch worden gewist.

Ondanks alle schandalen dacht Jack met de koppigheid van een ezel dat hij zich vast zou kunnen klampen. Dat híj nog altijd Compare was. Als hij toch eens wist wat hem te wachten stond.

Het werd een latertje. Onderweg naar huis stuurde Faye Kerstin een berichtje om te vragen of ze nog even langs wilde komen. Ze sloten vrijwel elke avond met een wijntje af. Ze waren vast en zeker verslaafd, maar hadden elkaar wijsgemaakt dat ze het mediterrane dieet volgden, en elke dag één of twee glaasjes wijn hoorde daar gewoon bij. Kerstin had een keer verteld dat haar oma elke dag een flinke lepel whisky had genomen – voor haar zere teen. Sindsdien zeiden ze voor de grap dat ze in elk been een glas rode wijn nodig hadden voor hun gezondheid.

'Ik vraag me af hoe Jack zal reageren als hij erachter komt dat hij weg moet,' riep Faye vanuit de keuken, waar ze wat kaasjes pakte. Kaas was iets wat ze altijd in huis had.

Kerstin antwoordde niet, hoewel Faye haar in de woonkamer hoorde bewegen. Faye legde de kaasjes op een plank, samen met wat druiven en digestivekoekjes, en liep naar de woonkamer.

Kerstin zat met een lege blik voor zich uit te staren op de bank.

'Wat is er gebeurd?'

Faye zette de plank weg, ging naast Kerstin zitten en sloeg haar armen om haar heen. Voelde de tengere vrouw beven.

'Hij... Hij...'

Kerstin kwam niet uit haar woorden, haar tanden klapperden. Terwijl Faye haar over de rug streek, voelde ze de bezorgdheid door zich heen schieten. Kerstin was toch niet ook ziek? Ze kon haar niet ook verliezen, niet nog iemand, dat kon gewoon niet. Haar angst om Chris te verliezen benam haar soms letterlijk de adem, hoewel het allerergste nog moest komen.

'Ra... Ragnar...' stamelde Kerstin.

Faye verstijfde.

'Ragnar?'

'Hij... Er is een omslag. Het verzorgingstehuis belde. Het... gaat opeens iets beter met hem. Ze denken dat hij op een gegeven moment naar huis kan komen als het de goede kant op blijft gaan.'

Kerstin lachte, een schrille, rauwe lach.

'De goede kant. Ze hadden het over de "goede" kant. Ze hebben geen idee dat dat voor mij de verkeerde kant is. En hoe moeten ze ook weten dat dat slappe geval wiens kwijl en poep ze elke dag wegvegen een weerzinwekkende, sadistische klootzak is die mijn leven tot een hel zal maken als hij weer naar huis mag? Had ik het maar gedurfd, had ik maar een kussen op zijn gezicht gelegd en hem gesmoord toen ik de kans nog had...'

Kerstin wiegde heen en weer, met haar armen om haar lichaam geslagen. Door de dunne witte stof van haar blouse kon je de littekens op haar rug zien.

Fayes boosheid begon als een warmte bij haar voeten, verspreidde zich door de rest van haar lichaam en explodeerde vervolgens in haar hoofd.

Kerstin was familie van Julienne en haar, ze was hun rots, hun reddingsboei, hun veilige haven. Niemand mocht dat bedreigen. Niemand mocht haar bedreigen.

Terwijl Kerstin huilde, drukte Faye haar tegen haar borst. De tranen die door haar kasjmieren hoodie werden opgezogen zouden gauw opgedroogd zijn. Binnen in Faye bewoog zich de duisternis. Daar waren geen tranen.

De zon scheen, de lucht was helderblauw, mensen lachten, praatten, dronken koffie. De bussen en de metro's reden zoals altijd. Maar in een bed op de bovenste verdieping van het Karolinska-ziekenhuis was Fayes beste vriendin via slangen verbonden met het leven en verloor de strijd die ze van meet af aan gedoemd was geweest te verliezen.

Faye stapte voor het ziekenhuis uit haar auto, nog maar een paar uur nadat ze er was vertrokken. Tijdens haar bezoek de dag tevoren had Chris nauwelijks kunnen praten, haar stem was heel broos geweest, haar ogen heel moe, haar lichaam heel zwak. De trouwring die ze zo trots had gedragen was veel te groot voor haar magere vinger. In de tijd dat Faye bij haar was en haar vertelde hoeveel ze van haar hield, was hij twee keer op de grond gevallen.

Onderweg naar huis had Faye moeten huilen omdat ze had begrepen dat het niet lang meer zou duren. En toen Johan een uurtje geleden had gebeld en had gezegd dat ze beter meteen kon komen, was ze onmiddellijk de deur uit gerend.

Ze bleef even bij de entree staan. Hoe nam je afscheid van je beste vriendin? Hoe zei je vaarwel tegen je zus? Hoe deed je dat in godsnaam? Ze kocht sigaretten en een chocoladereep en ging op een bankje zitten. Een paar verpleegkundigen in blauwe kleding waren aan het lunchen. Hadden het over hun kinderen. Twee jonge ouders droegen voorzichtig een baby naar de parkeerplaats. Om de tien meter bleven ze staan en bogen zich over het autostoeltje om glimlachend het wonder te aanschouwen.

Na twee sigaretten gooide Faye het pakje weg, stopte de reep in haar tas en liep naar de lift.

'Chris zal sterven,' mompelde ze toen de deuren dichtgingen. 'Chris zal sterven.'

Het was doodstil in de gang, en er was geen mens te bekennen. Fayes voetstappen weergalmden luid. Ze klopte aan bij kamer 8 voordat ze de deur openduwde. Johan keek op toen ze binnenkwam, maar zei niets. Hij richtte zijn blik weer op Chris, streek haar over haar haar.

Faye liep om het bed heen en ging naast hem staan.

'Het duurt nu niet lang meer,' zei hij. 'Ik krijg geen contact meer met haar, ze ligt in een soort coma. Het... Ze wordt nooit meer wakker. Ik weet niet wat ik moet, hoe zal ik ooit...?'

Hij vertrok zijn gezicht. Faye pakte een stoel en ging naast hem zitten.

'Ze is zo klein, zo alleen,' fluisterde hij en hij veegde over zijn wangen.

Faye wist niet wat ze moest zeggen en legde haar hand op hun verstrengelde handen.

'Ze heeft in elk geval geen pijn,' ging Johan verder. Hij sprak hortend. 'Maar wat doen ze met haar als ze er niet meer is? Ik wil niet dat ze als een dood dier naar de kelder wordt gebracht en daar in haar eentje moet liggen.'

Hij viel stil.

Faye leunde achterover. Haar stoel kraakte.

'Is het oké als ik een paar minuten met haar alleen ben?' fluisterde ze.

Johan schrok even. Knikte toen.

Hij stond op, legde zijn hand op haar schouder en liep langzaam de kamer uit. Voorzichtig, alsof ze bang was om Chris wakker te maken, ging Faye op zijn stoel zitten. De zitting was warm.

Ze boog zich naar Chris toe, haar lippen raakten haar oor.

'Het doet zo'n pijn, Chris,' zei ze, terwijl ze tegen haar tranen vocht. 'Zo verschrikkelijk veel pijn om te weten dat ik zonder jou oud word. Dat alle dromen die we hadden, om naar de Middellandse Zee te verhuizen, een restaurant te openen, op het terras backgammon te spelen, ons haar blauw te verven... dat het er nooit van zal komen. Op dit moment voelt het alsof ik nooit meer blij zal zijn. Maar ik beloof je dat ik het wel zal proberen. Ik weet dat je anders boos op me wordt...'

Ze schraapte haar keel, haalde diep adem.

'Wat ik wil zeggen is dat ik je nooit zal vergeten. Dat ik zestien jaar je vriendin mocht zijn is het mooiste wat me overkomen is. Het spijt me dat ik je nooit de waarheid heb verteld over wie ik ben. Over wat ik ben. Ik was altijd bang dat je het niet zou begrijpen. Ik had je moeten vertrouwen. Ik had je alles moeten vertellen. Maar ik doe dat nu, voor het geval dat je me hoort...'

En ze fluisterde Chris al haar geheimen in. Over het ongeluk, over Sebastian, over haar vader en moeder. Over Matilda en de duisternis. Ze hield niets achter.

Toen ze klaar was, streek ze Chris over haar haar en liet haar lippen zacht haar wang aanraken. Dit was haar laatste afscheid.

Ze haalde Johan. Vervolgens zaten ze in stilte bij Chris terwijl het leven haar lichaam verliet. Zeven uur later haalde ze voor het laatst adem.

Toen Faye de kamer van Chris uit liep, waar Johan onbeweeglijk zat, met zijn voorhoofd tegen de steeds kouder wordende hand van zijn dode echtgenote, nam ze een van de grote boeketten die er stonden mee. Haar verdriet om haar vriendin was omgeslagen in besluitvaardigheid. Ze ging in de auto zitten, googelde een adres en begon te rijden. Haar ogen waren nu droog. Er waren geen tranen meer. Ze was leeg, uitgedroogd. Haar geheimen waren veilig bij Chris.

Toen ze de auto op de parkeerplaats had gezet, in de beschutting van een grote eik, liep ze naar de ingang. De deur zat niet op slot. Voorzichtig keek ze om zich heen. De entree en de gang waren leeg.

In een kamer verderop hoorde ze zachte stemmen, gelach en het gekletter van kopjes. Het klonk alsof het personeel koffiepauze had.

Snel telde ze de deuren aan haar rechterhand. De derde deur van rechts, had Kerstin gezegd. Zonder te vragen waarom Faye het wilde weten. Met snelle passen liep ze erheen, duwde de deur gedecideerd maar zachtjes open en stapte naar binnen. Ze was niet bang. Alleen leeg. Ze voelde het gemis van Chris even duidelijk alsof haar arm geamputeerd was.

Ze had haar gezicht achter het boeket verborgen voor het geval er iemand de gang in zou lopen. Nu legde ze het op de ladekast vlak achter de deur. Gele rozen. Hoe gepast. Ze wist dat gele rozen voor de dood stonden, iets wat degene die het boeket had gestuurd moest zijn ontgaan.

In het bed hoorde ze iemand diep ademhalen. Ze sloop naar het hoofdeinde. De jaloezieën waren dicht maar er sijpelde toch een zwak licht naar binnen. Ragnar zag er zwak uit. Miserabel. Maar Faye liet zich niet misleiden, Kerstin had genoeg verteld over wat hij had gedaan. Hij was een vuile klootzak. Een vuile klootzak die het niet verdiende te mogen ademen en leven terwijl iemand zoals Chris in een ziekenhuisbed koud lag te worden.

Langzaam reikte Faye naar een kussen dat lager op het bed lag. Ze schrok van een luid gelach in de gang, maar het geluid verdween weer. Het enige wat ze hoorde waren Ragnars ademhaling en het stille getik van een oude klok.

Met het kussen in haar hand keek ze de kamer rond. Koud. Onpersoonlijk. Geen foto's, geen persoonlijke bezittingen. Verbleekte muren en een versleten plastic kleed op de grond. De lucht van een oude man in haar neusgaten. De bedompte, wat zoete geur die aan oudere mensen kleefde wanneer ze ziek werden.

Langzaam tilde ze het kussen op en legde het op Ragnars gezicht. Ze voelde geen aarzeling. Geen bezorgdheid. Hij had zijn tijd op aarde verspeeld. Hij was niets dan vlees, ballast, een van die hufters met een spoor van vrouwen met littekens en tranen in zijn kielzog.

Ze boog zich naar voren. Drukte met heel haar gewicht het kussen op zijn gezicht zodat zijn mond en neus werden afgesloten. Ragnar spartelde een beetje toen hij geen lucht kreeg. Maar zijn bewegingen hadden geen kracht. Het waren kleine schokjes in zijn handen en in zijn voeten. Faye hoefde zich nauwelijks in te spannen.

Na een tijdje bleef hij stil liggen. Er waren geen schokjes meer. Geen bewegingen. Faye bleef het kussen op zijn gezicht drukken tot ze er helemaal zeker van was dat Kerstins echtgenoot dood was. Vervolgens legde ze het kussen op het bed, nam het boeket gele rozen en sloop voorzichtig de kamer uit.

Pas toen ze terugreed naar de stad kwamen de tranen om Chris.

Fjällbacka – toen

Ik keek naar de groeven in het gezicht van de politieagent. Zijn blik was meelevend, maar hij zag me niet, hij zag niet wie ik echt was. Hij zag een slungelachtige tiener die haar broer had verloren en nu waarschijnlijk ook haar moeder. Ik vermoedde dat hij zijn hand op de mijne wilde leggen nu we zo aan de keukentafel zaten, maar ik was dankbaar dat hij het niet deed. Ik vond het niet prettig om door vreemde mensen te worden aangeraakt.

Ik had de politie om vijf uur 's ochtends gebeld en nog geen uur later hadden ze papa meegenomen. Ik was zo moe dat ik het liefst mijn hoofd op de keukentafel had gelegd en mijn ogen had dichtgedaan.

'Wanneer werd het stil?'

Ik dwong mezelf wakker te blijven, naar zijn vraag te luisteren. Antwoord te geven op de manier die nodig was.

'Ik weet het niet, misschien om drie uur. Maar dat weet ik niet zeker.'

'Waarom stond je op? Het was nog heel vroeg.'

Ik haalde mijn schouders op.

'Ik sta altijd vroeg op. En ik... ik begreep dat er iets was gebeurd... Mama zou nooit zo vroeg van huis gaan.'

Hij knikte met een ernstig gezicht. Weer die blik waaruit bleek dat hij me wilde troosten. Ik hoopte dat hij die neiging bleef onderdrukken.

Ik had geen troost nodig. Ze hadden papa opgehaald.

'We blijven zoeken, maar we zijn bang dat er iets met je moeder is gebeurd. Sommige dingen wijzen daarop. En ik heb begrepen dat je vader al eerder… gewelddadig is geweest.'

Ik moest mijn best doen om niet in lachen uit te barsten. Niet dat het heel grappig was, maar het was zo absurd. 'Al eerder gewelddadig geweest.' Zo'n droge formulering, zo'n korte samenvatting van jaren van angst binnen deze muren. 'Al eerder gewelddadig geweest.' Ja, zo zou je het ook kunnen zeggen.

Maar ik wist wat ze wilden, dus ik knikte alleen.

'Misschien vinden we haar,' zei de agent. 'Ongedeerd.'

Nu kwam hij. De hand op de mijne. Medelevend. Warm. Hij had echt geen idee. Begreep er niets van. Ik moest mijn uiterste best doen om mijn hand niet weg te trekken.

De weken verstreken. Het bericht dat Jack was ontslagen bereikte de kranten. Dankzij het nieuws over een nieuwe eigenaar, die krachtige maatregelen beloofde en de normen en waarden van het bedrijf onder de loep zou nemen, stegen de aandelen van Compare naar een normaler niveau, maar Jack zakte steeds dieper weg en leek volledig de weg kwijt. Het was alsof de tijd plotseling had besloten om in te grijpen in zijn leven: hij werd ouder, kreeg meer grijze haren dan hij zo gauw kon laten bijverven en zijn bewegingen werden langzamer, vermoeider.

Naar buiten toe probeerde hij de façade in stand te houden. Hij was tenslotte nog altijd multimiljonair. In de zakelijke pers bezwoer hij dat hij binnenkort zou terugkeren. Maar van tijd tot tijd belde hij Faye midden in de nacht op, hoorbaar dronken, en wauwelde over de goede oude tijd. Over de mensen die hij in de steek had gelaten, over Chris, over alles wat hij had opgeofferd.

Faye besefte dat ze hem pathetisch vond. Ze had gruwelijk de pest aan zwakte; dat had ze van hem geleerd. Dat hij instortte maakte het er voor haar alleen maar makkelijker op om hem te verpletteren.

Hij zette een punt achter zijn vriendschap met Henrik, omdat hij van mening was dat zijn vriend hem in de steek had gelaten door in de directie van Compare te blijven zitten. Henrik, Jack noch een van de andere directieleden wist dat zij het merendeel van de aandelen bezat omdat ze uitsluitend via haar Britse advocaten communiceerde.

Het was tijd voor de laatste stap. Nu zou Ylva haar verdiende loon krijgen.

Ze huilde niet langer om Chris. Het was vreemd hoe snel alles weer normaal werd. Ze dacht aan haar vriendin, miste haar elke dag, elk uur, maar had geaccepteerd dat ze er niet meer was. Ze accepteerde dat niets haar vriendin kon terugbrengen.

Misschien dat Chris Faye tegen had willen houden als ze van haar plannen op de hoogte was geweest. Faye zou het nooit weten.

Jack stond voor de portiek te wachten toen Faye en Julienne met de boodschappentassen aan kwamen lopen. Toen ze hem 's middags een berichtje had gestuurd om hem uit te nodigen had hij vrijwel meteen ja gezegd.

'Hallo schatjes,' zei Jack. Onhandig sloeg hij een arm om Julienne. 'Ik dacht dat er twee engeltjes aan kwamen lopen.'

'Vleier,' zei Faye. Ze kreeg een kus op haar wang.

Van dichtbij kon ze de drank ruiken.

Hij glimlachte schaapachtig naar haar.

'Wat heb je daar?'

Hij wees naar de tassen.

'Ik wilde mijn spaghetti bolognese klaarmaken,' zei ze.

'Lekker!' riep hij uit en hij nam de tassen van haar over.

Hij slingerde Juliennes rugzak over zijn schouder en hield de portiekdeur open.

'Hoe gaat het met je?' vroeg Faye nadat ze de voordeur van haar appartement van het slot had gedaan.

Jack waggelde licht.

'Prima.'

'En met Ylva? Ze is toch binnenkort uitgerekend? Verheug je je erop?'

Faye wist dat hij het verschrikkelijk vond om over Ylva te praten.

'Wel goed, neem ik aan. Ze is naar haar ouders, dus ik ben een onbestorven weduwnaar. Jouw berichtje kwam precies op het juiste moment.'

Faye zette de boodschappen op het kookeiland.

'Mijn vraag of je je op de nieuwe baby verheugt heb je niet beantwoord.'

'Volgens mij weet je wel hoe ik daarin sta. Ik zal natuurlijk van het kind houden, maar... Ik weet wie mijn gezin vormen. Mijn echte gezin.'

Het liefst had ze hem een klap gegeven, maar in plaats daarvan haalde ze diep adem en glimlachte koket.

'Dus het gras was niet groener aan de overkant?'

'Nee, zo zou je het ook kunnen zeggen.'

'Wat ga je nu doen?' vroeg ze terwijl ze het gehakt rulde. 'Nu je Compare niet langer hebt.'

Jack opende de koelkast, pakte een wortel, spoelde die af en stopte hem in zijn mond.

'Dat komt wel in orde, de mensen weten waar ik voor sta. Trouwens, die campagne van jullie...'

'Ja?'

'Ik geloof niet dat die popzangeres helemaal bij Revenge past. Ik heb een beetje naar jullie cijfers gekeken en het lijkt erop...'

Haar hoofd explodeerde en haar lichaam werd zo gespannen als een veer. Wie dacht hij wel niet dat hij was? Maar Jack merkte niets, leuterde maar door, gaf het ene advies na het andere.

'Je hebt ongetwijfeld gelijk,' zei ze toen hij zijn mond hield.

Blijf ademhalen, zei ze tegen zichzelf. Houd je gezicht in de plooi. Denk aan het plan.

Toen ze alle drie aan de keukentafel hadden plaatsgenomen, realiseerde Faye zich hoe onwerkelijk alles was. Nu zaten ze net zo te praten als ze had gewild toen ze nog getrouwd was.

Een droom waarin ze jarenlang had geloofd, waarnaar ze jarenlang had verlangd.

'Ik heb dit gerecht gemist, Faye,' zei Jack toen hij nog een keer had opgeschept. 'Niemand weet zo'n lekkere gehaktsaus te maken als jij.'

Hij maakte grapjes met Julienne en prees haar voor de lof van haar leraren tijdens het laatste voortgangsgesprek. Zei dat hij heel trots op haar was.

Waarom konden we dit niet hebben, Jack, dacht Faye. Waarom nam je geen genoegen met ons?

De ogen van Julienne begonnen om halftien dicht te vallen. Toen Jack haar oppakte protesteerde ze in eerste instantie maar vervolgens vond ze het toch goed dat hij haar naar haar slaapkamer bracht. Toen hij terugkwam bleef hij besluiteloos tussen de tv en de bank staan.

'Nou, dan ga ik maar naar huis.'

'Je kunt toch nog wel even blijven?'

'Wil je dat?'

Faye haalde haar schouders op en nestelde zich tegen de armleuning van de bank.

'Het maakt me niet uit. Als je andere plannen hebt...'

Hij reageerde op haar nonchalante houding met de geestdrift van een puppy.

'Ik blijf,' zei hij en hij ging zitten. 'Wil je nog wat wijn?'

'Ja, graag,' zei ze en ze schoof haar glas over de tafel naar hem toe. 'Ik heb trouwens ook whisky in huis, als je dat liever wilt.'

'In de keuken?'

Ze knikte. Jack stond op en ze hoorde hem in de keuken rommelen.

'In het kastje boven de koelkast,' riep Faye.

Er werd een nieuw deurtje geopend. Gerinkel van flessen.

'Dit is een echt goede. Hoe kom je hieraan?'

'Van een paar buitenlandse investeerders,' loog ze.

Eigenlijk was Robin de fles vergeten toen hij een paar weken eerder was blijven slapen. Ze hadden die nacht vijf keer seks gehad. Alleen al bij de gedachte daaraan werd het heet tussen haar benen.

Toen Jack was teruggekeerd, kwam hij vlak naast haar zitten, trok haar benen naar zich toe en legde haar voeten op zijn schoot.

Begon haar voetholten te masseren. Ze sloot haar ogen terwijl haar voeten warm werden.

'Je weet dat we het elke avond zo zouden kunnen hebben, hè?' zei Jack na een tijdje.

Ze schudde haar hoofd.

'Je zou het na twee weken beu zijn, Jack. Zet liever de douche aan in plaats van onzin uit te kramen.'

'De douche?'

'Ja. De douche. Als we met elkaar naar bed gaan, wil ik niet dat je naar schrale dranklucht ruikt.'

Jack werd rood tot achter zijn oren en Faye onderdrukte een glimlach toen hij naar de badkamer stoof. Terwijl hij douchte, plaatste Faye haar computer op de plank tegenover het bed. Zette de webcam aan.

Jack glimlachte zoals gebruikelijk toen hij de slaapkamer binnenkwam, maar Faye voelde niets. Met hem naar bed gaan was alleen maar een middel. Een manier om haar doel te bereiken.

Naderhand lagen ze hijgend zij aan zij in bed. Zijn ogen glommen hoopvol.

'Wat zou je ervan zeggen als ik bij Ylva wegging en hier kwam wonen?'

'Dat gaat niet, Jack.'

'Maar je hebt me toch vergeven?'

'Dat ik je heb vergeven betekent niet dat ik mijn leven weer met je wil delen.'

'Ik kan in Revenge investeren, je helpen om alles te regelen. Het bedrijf wordt nu zo groot, weet je zeker dat je dat aankunt? Ik bedoel... ik heb veel meer ervaring met het leiden van een bedrijf dan jij. Er is een groot verschil tussen een bedrijf opzetten en een bedrijf beheren. Je hebt het geweldig gedaan, maar ik denk dat het nu tijd is om het aan een professional over te laten.'

Dit mannetje, dat ze uit zijn eigen bedrijf had weten te werken, dacht nog altijd dat hij kon bepalen wat goed voor haar was.

Faye dwong zichzelf rustig te blijven. Zich op haar doel te focussen.

'Ik heb geen investeerders nodig,' zei ze. 'Maak je geen zorgen om Revenge.'

'Ik wil jou en Julienne alleen maar beschermen. Voor jullie zorgen.'

Je zou eraan moeten denken jezelf te beschermen, dacht ze. In de gaten moeten houden wat er achter je rug om gebeurt. Met één oog open moeten slapen. Ik heb je al verpletterd. Nu alleen Ylva nog.

'Het is beter als je nu gaat, Jack,' zei ze.

'Ben je boos?'

Weer die hondenblik, maar die was niet langer aantrekkelijk.

'Helemaal niet, maar ik heb morgenvroeg een vergadering en ik wil niet dat Julienne je hier ziet. Dat is verwarrend voor haar, dat weet jij ook.'

'Het zou voor haar ook goed zijn als we weer een gezin vormden.'

'We wáren een gezin, Jack. Jouw probleem is dat wanneer je eenmaal een gezin hebt, je het niet meer wilt. Ga nu terug naar je zwangere vriendin.'

Ze keerde hem de rug toe en hij pakte zijn spullen en vertrok.

Toen Jack weg was nam ze de computer, bekeek het filmmateriaal van de avond, koos een scène uit waarin Jack met zijn hoofd tussen haar benen lag. Ze had ervoor gezorgd dat ze tegenwoordig helemaal gewaxt was. Haar borsten zagen er fantastisch uit als ze lag en genietend kreunde. Ze nam een paar korrelige screenshots waarop je haar niet kon identificeren, opende een anoniem Gmail-account en stuurde drie foto's naar Ylva.

Jouw man weet hoe je een vrouw bevredigt, was het enige wat ze schreef.

Faye zat op kantoor toen Jack binnenstormde. Hij had een kop als een boei en zweette als een otter. Zijn geschreeuw was door het hele gebouw te horen en nieuwsgierige ogen keken op van hun beeldscherm. Faye glimlachte inwendig. Jack was heel voorspelbaar.

'Wat heb je verdomme gedaan?'

Hij schreeuwde zo dat het speeksel uit zijn mond vloog. Ze werd niet bang. Ze was al heel lang niet bang meer voor Jack. Voor geen enkele man.

'Waarom doe je in godsnaam zoiets?'

'Ik begrijp niet waar je op doelt,' zei ze. Ze was zich er maar al te zeer van bewust dat Jack haar niet zou geloven.

Maar het hoorde bij het spel. Ze wilde dat hij het wist. Dat deel van het toneelspel was voorbij. Langzaam draaide ze van links naar rechts op haar kantoorstoel achter haar mooie bureau; een ontwerp van Arne Jacobsen waarvoor ze bijna honderdduizend kronen had neergeteld. Het aftandse bureau van Ingmar Bergman kon de pot op. Ingmar Bergman zelf kon de pot op. Het mannelijke genie dat zich altijd had omringd met vrouwen tegen wie hij tekeer kon gaan, die hij onder de plak kon houden. Wat een cliché van een man.

Jack boog zich over het bureau naar voren. Zijn handpalmen lieten natte afdrukken achter op het glimmende oppervlak. Ze week niet opzij, liet zijn gezicht juist dicht bij het hare komen. Keek naar zijn van wijn pafferige, getekende gezicht, rook de geur van oude wijn en whisky in zijn adem, en vroeg zich af wat ze ooit in hem had gezien. Toen ze hem leerde kennen had hij de boeken van Ulf Lundell gelezen. Ze had de waarschuwingstekens meteen moeten zien.

'Ik snap niet waar je mee bezig bent, Faye. Maar ik zal je leven verwoesten. Ik zal alles van je afpakken. Je bent een pathetisch, gestoord kutwijf dat ik uit de goot heb geplukt en van wie ik iemand heb gemaakt. Iedereen zal weten wie je bent en waar je vandaan komt. Ik weet meer dan je denkt, jij vuile sloerie! En ik zal alles doen wat in mijn vermogen ligt om Julienne bij je weg te halen!'

Ze voelde zijn speeksel op haar gezicht en bracht langzaam haar hand omhoog om het weg te vegen. Vanuit haar ooghoek zag ze dat er twee stevige mannen van de beveiliging aan kwamen.

Toen deinsde ze terug.

'Wat doe je nou?' schreeuwde ze. 'Jack, hou op! Help! Toe! Help me!'

Toen de beveiligingsmedewerkers de kamer binnenstoven, snikte ze luid en rende naar hen toe. Jack staarde naar de mannen in het Securitas-uniform, twee blonde kerels van in de twintig. Even leek het alsof hij naar hen wilde uithalen. Vervolgens haalde hij diep adem, stak afwerend zijn handen omhoog en vuurde een brede glimlach af.

'Er is sprake van een klein misverstand. Niets aan de hand. Gewoon een klein verschil van mening. Ik ga zelf weg, ik ben al weg...'

Hij liep achteruit naar de deur. Faye had zich teruggetrokken in het kantoor van het hoofd marketing en keek nu angstig Jacks kant op, terwijl een paar werknemers beschermend om haar heen stonden. Het had niet beter gekund.

Toen Faye na Jacks scène op kantoor thuiskwam, was ze kapot. Het appartement was leeg. Kerstin had Julienne van school gehaald want ze zouden voor de zoveelste keer naar een museum gaan.

Kerstin maakte zich de laatste tijd zorgen om Julienne. Vroeger was ze open en levendig geweest, maar nu leek ze steeds geslotener te worden. De leraren op school hadden gezegd dat ze tegenwoordig in de pauze altijd alleen was. Faye maakte zich niet zoveel zorgen als Kerstin. Ze herkende zichzelf in haar dochter; zij was ook een einzelgänger geweest.

De brieven van haar vader kwamen steeds sneller na elkaar. Faye opende ze nog altijd niet. Ze was er alleen dankbaar voor dat niemand ooit het verband tussen hen had gelegd. De zaak had destijds veel aandacht in de media gekregen, vooral omdat haar vader was veroordeeld terwijl het lichaam van haar moeder nooit was teruggevonden. De rechtbank was van mening geweest dat er veel andere aanwijzingen waren. Alle medische dossiers waarin het letsel van haar moeder was gedocumenteerd. Het bloed. Het feit dat al haar persoonlijke bezittingen er nog waren. Het vonnis was unaniem geweest. Levenslang.

Faye schonk een glas wijn in, ging achter haar computer zitten en opende haar mail. Twintig nieuwe berichten van Ylva. Faye wiste ze allemaal, wilde niet weten wat ze te zeggen had. Ze opende de bovenste la van haar bureau en pakte het usb-stickje met het keyloggerbestand. Daar had ze veel plezier van gehad. Ze wist niet of ze het als herinnering zou bewaren of dat ze het gewoon zou weggooien.

Terwijl ze het stickje tussen haar vingers ronddraaide, besefte ze dat ze de mappen die ze op de bonnefooi had gekopieerd nooit had bekeken; ze had tenslotte meer dan genoeg informatie gehad om Jack in diskrediet te brengen. Ze stak het stickje in haar computer en nipte van haar wijn terwijl de bestanden in Finder verschenen. Ze klikte wat rond, maar niets wekte haar interesse. Saaie bedrijfsdocumenten, contracten, powerpointpresentaties. *Boring, boring, boring.* De laatste map heette 'Huishouden' en ondanks de oninteressante naam klikte ze erop. Met toenemende ontzetting zag ze wat erin zat en het glas amarone viel uit haar hand.

Ze staarde naar de scherven op de vloer. Naar de rode vlek die steeds groter werd. Wist dat het niet genoeg was geweest om Jacks leven te verwoesten, maar dat ze hem eens en voor altijd onschadelijk moest maken.

Faye liet een paar dagen verstrijken. Toen belde ze Jack. Ze had een nieuw plan bedacht. Huilend vroeg ze of hij haar kon vergeven. Hoewel ze hem eigenlijk het liefst in elkaar had geramd, tegen zijn liggende lichaam had getrapt, op zijn graf had gespuugd.

Jack viel voor haar zwakte. Hij had het nodig dat zij zich aan hem onderwierp, en dus gaf ze hem dat.

Geleidelijk aan lukte het haar zijn vertrouwen te herwinnen. Jack was geen gecompliceerde man en liet zich gewillig om de tuin leiden. Ze wilde dat ze dat eerder had ontdekt.

Hoewel ze had gedacht dat het nooit meer zou hoeven, liet ze zich toch weer door hem neuken. Dat was het moeilijkste deel. Net te doen alsof ze genoot, terwijl haar hele lichaam vervuld was van afkeer en haat. Terwijl haar hoofd vol beelden zat van dat waaraan hij zich schuldig had gemaakt.

Soms huilde Jack in zijn slaap. Op de telefoon op het nachtkastje lichtte herhaaldelijk Ylva's naam op. Ze had hem er niet uit gezet. Nu was zij degene die smeekte. Zij, die weldra hun dochter zou baren, terwijl Jack het met een andere vrouw deed. Precies zoals bij de geboorte van Julienne.

Faye had zich meer Stilnoct laten voorschrijven. Terwijl Jack zwaar sliep, zocht ze op wat ze moest opzoeken. Soms had ze het gevoel dat het te simpel was. Maar ze wist dat het allesbehalve simpel zou zijn. En dat de prijs hoog was. Misschien zelfs te hoog. Maar ze was wie ze was, en voor Jacks misdrijf was geen enkele wraak te wreed.

Aan de andere kant van het raam in haar slaapkamer viel de duisternis en ze dacht terug aan de sneeuwvlokken die achter het glimmende glas van de torenkamer waren gevallen. Ze herinnerde zich het gevoel vrijelijk te zweven. Het gevoel van vrijheid en gevangenschap tegelijk. Soms miste ze de torenkamer. Maar de gouden kooi miste ze nooit. Af en toe ging haar gedachten naar Alice, die nog altijd in de hare zat. Vrijwillig. Van bepaalde dingen in Alice' leven was Henrik echter niet op de hoogte. Bijvoorbeeld dat Alice in Revenge had geïnvesteerd en tegenwoordig even vermogend was als haar man. Of dat Alice om het telefoonnummer van Robin had gevraagd en één keer in de week met hem afsprak terwijl Henrik dacht dat ze naar pilates ging.

Faye gunde het haar. Als je gevangenzat in een gouden kooi, had je verstrooiing nodig om het vol te kunnen houden.

Toen het begon te schemeren keek Faye naar Jack, die langzaam wakker werd, met een zwaar hoofd van slaapmiddelen en whisky.

'Ik moet volgende week voor mijn werk op pad,' zei ze. 'Zou je me met Julienne kunnen helpen?'

'Natuurlijk.'

Hij glimlachte. Meende verliefdheid in haar ogen te zien. Maar het was een blik van afscheid.

Fjällbacka – toen

Ik legde de telefoon weg. Het vonnis was uitgesproken en ik was vrij. Voor het eerst van mijn leven. Vrijheid was iets wat ik nog nooit had geproefd en ik wist niet hoe het voelde. Maar nu was het alsof mijn lichaam over de vloer zweefde. Ik had me nog nooit zo sterk gevoeld.

Ik had niet in de rechtbank aanwezig mogen zijn, ze vonden me te jong. Maar ik had papa toch voor me gezien, in het pak dat hij bij de begrafenis van Sebastian had gedragen. Zijn bezwete nek, de handen die aan zijn overhemd pulkten, ongemakkelijk, razend, gevangen als nooit tevoren. Zijn gevangenis was mijn vrijheid.

Een klein deel van mij was bang geweest dat ze hem niet zouden veroordelen. Dat ze niet zouden zien dat er een dier in hem huisde, dat ze alleen een pathetisch, verdrietig mannetje zagen. Maar het technische bewijs was overweldigend. Ook zonder mama's lichaam.

Hij was veroordeeld en zou een harde straf krijgen.

Ik wist dat het dorp jubelde. Iedereen had de rechtszaak gevolgd. De mensen waren ontzet geweest, hadden geroddeld en gekletst wanneer ze hun dagelijkse boodschappen bij Evas Livs deden, ze waren met hun auto op het plein gestopt, hadden hun raampje opengedraaid en gejammerd over het arme meisje. Ik kende hen zo goed.

Maar ik was geen arm meisje. Ik was sterker dan zij allemaal. Het liefst was ik in het huis blijven wonen nadat papa was opgepakt, maar iemand had besloten dat dat niet mocht. In hun ogen was ik nog altijd een kind. Bij gebrek aan familie en vrienden mocht ik bij het oudere echtpaar intrekken dat het dichtstbij woonde. Van hen mocht ik zo vaak ik wilde naar onze oude woning gaan, als ik maar op tijd thuis was voor het avondeten en bij hen sliep.

De laatste maanden hadden voornamelijk uit wachten bestaan. Op school lieten ze me nu allemaal met rust. Wanneer ik door de gangen liep, gingen ze uiteen alsof ik Mozes was die de Rode Zee in tweeën spleet. Ze vonden me fascinerend. Maar meden me. Mensen willen slechts tot op zekere hoogte in de buurt van verdriet en tragedies zijn. Ik was die grens allang gepasseerd.

Maar nu was ik eindelijk vrij. En hij zou rotten in de hel.

De regen viel met bakken uit de lucht. Haar ogen brandden en haar hoofd leek elk moment te kunnen ontploffen. Faye wilde alleen nog maar slapen. Ze belde twee keer het nummer van Julienne, daarna dat van Jack. Er werd niet opgenomen. De receptionist van het hotel kwam zeggen dat de taxi er was. Ze bedankte, pakte haar koffer en toetste het nummer van de politie in. Op hetzelfde moment dat ze zich op de achterbank liet zakken werd er opgenomen.

'Met de alarmcentrale.'

'Ik wil aangifte doen van een verdwijning,' zei ze.

'Oké,' zei de vrouw aan de andere kant rustig. 'Van wie?'

'Mijn zevenjarige dochter,' zei Faye luid snikkend.

'Wanneer hebt u voor het laatst iets van haar gehoord?'

'Gisteravond. Ik bevind me in een hotel in Västerås. Ik had hier een paar vergaderingen. Mijn dochter, Julienne, is in Stockholm. Mijn ex-man zorgt voor haar. Ik bel ze de hele ochtend al, maar er wordt steeds maar niet opgenomen.'

'Dus u bent niet in Stockholm?'

'Nee. Mijn god! Ik weet niet wat ik moet doen.'

'Kunnen ze misschien weg zijn gegaan of ergens zijn waar ze niet kunnen opnemen?'

'Nee. Ze zouden bij mij thuis moeten zijn. Ze zouden vandaag misschien naar de dierentuin gaan. Dit is echt niets voor Jack.'

'Hoe heet u?'

'Ik heet Faye Adelheim. Ze zouden op dit moment op Östermalm moeten zijn. In mijn appartement.'

Ze noemde het adres.

'Meestal wachten we een paar uur met de aangifte.'

'Alstublieft, ik maak me zo'n zorgen.'

De stem aan de andere kant werd iets milder.

'Eigenlijk is het wat aan de vroege kant, maar ik kan een surveillancewagen vragen om even bij uw appartement langs te gaan.'

'Graag. Dat zou echt heel fijn zijn. Als u ze mijn mobiele nummer geeft, kunnen ze me bellen wanneer ze er zijn.'

Anderhalf uur later reed de taxi vanuit de Odengatan de Birger Jarlsgatan in en sloeg na een paar meter de Karlavägen in.

Er stonden twee politiewagens voor de portiekdeur. Op het trottoir stond een agent te wachten. Faye betaalde de taxichauffeur, sprong de auto uit en rende op de man af.

'Ik ben Faye,' zei ze hijgend. Hij keek haar ernstig aan. 'Ik begrijp het niet. Jullie zeiden dat jullie Jack hadden gevonden. Waarom zijn jullie dan nog hier? En waar is mijn dochter?'

'Laten we even naar binnen gaan.' Zijn ogen schoten heen en weer.

'Wat bedoelt u? Als jullie Jack hebben gesproken, dan weten jullie toch ook waar Julienne is?'

Hij toetste de code van de portiekdeur in en hield die voor haar open.

'Zoals gezegd, we kunnen beter even naar boven gaan.'

Faye liep achter hem aan.

'Alstublieft, vertel nou wat er is gebeurd. Is Jack boven?'

De politieagent trok het traliehek van de lift dicht.

'Uw ex is inderdaad boven,' zei hij. 'Maar uw dochter is verdwenen.'

'Dan weet Jack toch waar ze is? Ze is zeven, ze kan niet zomaar in haar eentje verdwijnen. Hij was verantwoordelijk voor haar. Ze was bij hem. Wat zegt Jack?'

'Hij zegt dat hij zich niets herinnert.'

‘Hij herinnert zich niets?’

Ze hoorde haar stem in de lift heen en weer stuiteren.

Boven stapten ze uit. Haar voordeur stond open. Faye streek met een hand over haar gezicht.

‘We hebben iets gevonden wat… Er ligt bloed in uw hal.’

‘Bloed? Lieve god…’

Faye wankelde en de politieman ving haar op. Leidde haar door de deur naar binnen. Een forensisch rechercheur in witte kleding zat op zijn hurken in de hal en bewoog een instrument over de vloer, waar donker bloed was gestold.

‘Julienne!’ gilde ze schril. ‘Julienne!’

Jack zat in de keuken. Twee agenten spraken rustig met hem. Toen hij haar in de gaten kreeg, wilde hij opstaan, maar de politiemannen hielden hem tegen. Hij zakte terug op zijn stoel.

‘Wat is er gebeurd?’ riep ze. ‘Waar is ze, Jack? Waar is Julienne?’

‘Ik weet het niet,’ zei hij verward. ‘Ik werd wakker van de deurbel.’

De politieman trok aan haar arm.

‘We hebben iets nodig wat van uw dochter is geweest.’

Faye staarde hem vragend aan.

‘Wat bedoelt u? Waarom wilt u dat?’

Hij leidde haar voorzichtig maar gedecideerd verder het appartement in. Vanuit de hal weerklonken voetstappen en stemmen. Er waren meer politiemensen gearriveerd.

‘Ter identificatie,’ zei hij. ‘Voor het geval dat.’

Ze hapte naar adem, maar knikte.

‘Zoals?’

‘Haar tandenborstel. Of een haarborstel.’

Faye knikte. Wees naar badkamer. De politieman haalde een zakje tevoorschijn, trok een paar dunne plastic handschoenen aan en ging haar voor.

‘Die is het.’

Hij nam de roze tandenborstel uit het glas en stopte die voorzichtig in het zakje. Daarna wees Faye hem Juliennes kamer en hij pakte haar haarborstel.

'Dit zou genoeg moeten zijn,' zei hij en hij keek haar ernstig aan.

Buiten was het al aardig donker. Faye stond op toen de politieagente het kleine vertrek binnenkwam waar ze had moeten wachten. De vrouw was blond en lang. Ze droeg haar haar in een paardenstaart en had een vriendelijke maar vastberaden blik.

'Weten jullie al iets?'

De agente schudde haar hoofd.

'Neemt u plaats,' zei ze met een knikje naar de bank. 'Mijn naam is Yvonne Ingvarsson en ik ben inspecteur bij de politie.'

Faye ging zitten en sloeg haar benen over elkaar.

'Ik moet u een paar vragen stellen en ik wil graag dat u zo precies mogelijk antwoord geeft.'

'Natuurlijk.'

'We hebben Julienne nog niet gevonden, maar er zijn een aantal zaken waardoor we ons zorgen maken. Grote zorgen.'

Faye sloot haar ogen en slikte.

'Is ze... Denken jullie dat er iets met haar is gebeurd?'

'We weten het eerlijk gezegd niet. Maar het bloed in de hal komt van een mens. De forensische recherche is bezig het te vergelijken met het DNA op de tandenborstel en de haarborstel.'

'Mijn god... Ik...'

'Uw ex-man, Jack, weet ons niets te vertellen. Zijn verhaal is heel onsamenhangend. Hij beweert dat hij niet meer weet wat hij gisteren heeft gedaan.'

'Maar hij kan Julienne onmogelijk iets hebben aangedaan. Jullie hebben het bij het verkeerde eind. Iemand moet haar op de een of andere manier hebben meegenomen. Hij houdt van haar en heeft geen enkele reden…'

'Wie zou het dan kunnen zijn?'

Faye had geen antwoord. De politieagente boog zich naar voren en legde een hand op haar knie.

'Volgens zijn mobiele telefoon en het navigatiesysteem in zijn auto is hij met de auto op pad geweest. Vannacht.'

'Wat bedoelt u?'

'Hij is naar Jönköping geweest. En in de achterbak hebben we bloedsporen aangetroffen. Die zullen we vergelijken met het bloed in de hal.'

'Alstublieft… Houd op… Ik wil het niet weten.'

Faye schudde haar hoofd.

'U moet nu sterk zijn. Ik weet dat dat moeilijk is, maar u moet ons helpen zodat we Julienne kunnen vinden.'

Ze knikte langzaam, keek de agente uiteindelijk recht aan.

'De collega's in Jönköping onderzoeken de locaties waar Jack afgelopen nacht is geweest. We hebben jullie beider computers bekeken en ik vraag me af of u kunt uitleggen wat dit is.'

Yvonne bladerde in de ordner die op haar schoot lag en haalde een papier tevoorschijn. Het was het mailtje dat Faye naar Ylva had gestuurd. Faye opende haar mond om antwoord te geven, maar Yvonne was haar voor.

'Bent u degene op deze foto?'

Ze drukte Faye het papier in handen. Faye keek er snel naar. Knikte toen.

'Ja, dat ben ik.'

'Hebt u deze foto naar Ylva Lehndorf gestuurd, de vrouw met wie Jack samenwoont?'

Faye knikte weer.

'Waarom hebt u dat gedaan?'

'Omdat ze Jack van me heeft afgepakt. Ik wilde alleen…'

'Hebben Jack en u op dit moment een relatie?'

'Hoe bedoelt u?'

'Zijn Jack en u na uw scheiding nog met elkaar naar bed geweest?'

'Ja. Maar niet sinds hij heeft ontdekt dat ik dit naar Ylva hebt gestuurd. Sinds die tijd... haat hij mij.'

'Volgens Jack hebben jullie nog altijd een relatie.'

'Dat is absurd. Een paar weken geleden heeft hij bij mij op kantoor stampij gemaakt. De beveiliging moest hem eruit zetten. Maar onze ruzie ging over ons, niet over Julienne. Ik weet zeker dat hij haar nooit iets zou aandoen.'

Ze schudde haar hoofd.

'Weet u wat we ook hebben ontdekt? Dat u, via een buitenlandse beleggingsmaatschappij, een meerderheidsaandeel hebt in Compare. De onderneming die Jack heeft opgericht. En waar hij is ontslagen. Was hij daarvan op de hoogte?'

Faye trommelde nerveus met haar vingers op tafel. De blik van Yvonne Ingvarsson was moeilijk te duiden.

'U wordt nergens van verdacht,' ging de agente verder. 'Maar we moeten dit weten om te kunnen begrijpen wat er is gebeurd.'

Faye knikte langzaam.

'Jack heeft me voor Ylva verlaten. Ik heb ze in onze slaapkamer betrapt... Het enige wat ik wilde, was dat ze dezelfde pijn zouden voelen als ik. Ik werd vernederd, raakte alles kwijt wat ik had. Natuurlijk wilde ik wraak nemen. Ik heb gedaan wat ik kon om het Jack betaald te zetten. En terecht. Hij had ook alle recht om mij te haten. Maar dat heeft allemaal niets te maken met Julienne, dus ik begrijp niet waar ze zou kunnen zijn en waarom jullie denken dat hij haar iets heeft aangedaan.'

Ze wrong haar handen op haar schoot.

Yvonne beantwoordde haar vraag niet. In plaats daarvan zei ze onderzoekend: 'De wonden op uw gezicht. Hoe komt u daaraan? Heeft Jack dat gedaan?'

Faye bracht haar hand naar haar wang maar deinsde terug van de pijn. Vervolgens knikte ze onwillig.

'Jack zou op Julienne passen omdat ik een vergadering in Västerås had. Maar ik was onzeker, deed dat alleen omwille van Julienne. Jack is... is aldoor zo boos... Hij heeft de laatste tijd afschuwelijke berichtjes gestuurd. Me bedreigd wanneer hij dronken was. Maar zo is hij eigenlijk niet. Hij was boos toen hij kwam en heeft me geslagen. Maar vervolgens kalmeerde hij weer. We hebben met elkaar gepraat en toen ik wegging was er geen vuiltje meer aan de lucht. Hij zou Julienne geen haar krenken, hij was alleen boos op mij en ik heb ongetwijfeld iets gezegd wat verkeerd viel. Ik had hem nooit op Julienne laten passen als ik dacht dat hij...'

Fayes stem brak.

Er werd op de deur geklopt. Er kwam een politieman binnen, die zich voorstelde. Hij wilde zijn collega spreken en Yvonne liep met hem mee naar de gang. Een paar minuten later kwam ze terug. Ze had een kopje koffie bij zich, dat ze op de tafel voor Faye neerzette.

'Ga verder,' zei ze.

'Bent u iets nieuws over Julienne te weten gekomen? Hebben jullie haar gevonden?'

'Nee.'

'Kunt u het me niet vertellen? Het gaat over mijn dochter!'

De agente keek Faye met een lege blik aan.

'We hebben in de hal zoveel bloed aangetroffen dat we denken dat Julienne een dergelijk bloedverlies niet heeft kunnen overleven.'

'Wat bedoelt u?' gilde Faye. 'Nee. Mijn kleine meisje kan niet dood zijn.'

Yvonne Ingvarsson legde een hand op Fayes schouder maar bleef stil. Wat ongezegd werd gelaten weergalmde in de kamer.

Faye sliep niet in haar eigen appartement, maar gebruikte dat van Kerstin, want daar had ze tenslotte reservesleutels van. De kranten deden uitgebreid verslag van Juliennes verdwijning. De politie had Jacks auto kunnen lokaliseren in een bosgebied ten noorden van Jönköping. In de buurt van een ligplaats in het Vättern. De dag erna vonden ze kleine hoeveelheden bloed op een van de boten. Maar geen lichaam.

In de kranten kon Faye lezen welke theorie de politie had; de 'ex-echtgenoot en miljonair', zoals Jack werd genoemd, zou het lichaam van zijn dochter in het Vättern hebben gedumpt. Duikers hadden naar het lichaam gezocht, maar het meer was te groot. Julienne werd niet gevonden.

Een week later, toen alle bewijzen in de richting van Jack wezen en de boulevardbladen van bronnen bij de politie hadden vernomen dat er niet alleen bloed in het appartement was aangetroffen, maar ook in zijn auto en op een boot, publiceerden ze zijn naam. Journalisten zwermden in groepjes om de villa van Jack en Ylva op Lidingö.

Yvonne Ingvarsson kwam langs bij Faye en legde uit dat ze nog steeds hoopten Julienne levend te vinden, maar dat de kans groot was dat ze dood was. Ze vroeg of Faye met een psycholoog of een dominee wilde praten. Faye sloeg dat aanbod echter af. Ze sloot zich op in Kerstins appartement en zag hoe het groepje journalisten dat zich voor haar huis ophield met de dag kleiner werd. De wonden en blauwe plekken op haar gezicht begonnen te genezen en ze verzorgde ze minutieus. Ze wilde geen lelijke littekens krijgen. De aanklacht tegen Jack omvatte ook de mishandeling van Faye.

Jack had niets bekend. Maar de bewijzen tegen hem werden steeds sterker. De rechercheurs hadden in de zoekgeschiedenis op zijn computer ontdekt dat hij naar de meest merkwaardige dingen had gegoogeld. Ze hadden ook dreigende berichtjes naar Faye gevonden, hoewel die van zijn telefoon waren gewist. Faye kon ze ook op haar eigen telefoon laten zien. Alles kwam in de boulevardbladen aan de orde.

De vondsten op zijn computer trokken de strop om zijn nek nog strakker aan. Hij had de diepte van diverse Zweedse meren opgezocht, kaarten gedownload van het gebied bij het Vättern waar hij de auto had geparkeerd.

Een maand na de verdwijning van Julienne zette Faye haar appartement al te koop en deelde de investeerders van Revenge mee dat ze Zweden zo snel mogelijk wilde verlaten. Ze hield tien procent van haar aandelen, gaf Kerstin nog eens vijf procent naast de aandelen die ze eerder al had gekregen, en bood haar investeerders aan de rest te kopen. Yvonne Ingvarsson probeerde haar te over te halen om met de verhuizing te wachten tot de rechtszaak tegen Jack achter de rug was, maar Faye verklaarde dat ze dat niet kon opbrengen.

'Mijn leven is verwoest, welke straf hij ook krijgt. Ik heb hem zijn bedrijf ontnomen en zijn relatie met Ylva om zeep geholpen. Daarom heeft hij ons enige kind vermoord. Ik heb hier niets meer.'

'Ik begrijp het,' zei Yvonne. 'Probeer sterk te zijn. De pijn gaat nooit over, maar zal mettertijd wel makkelijker te hanteren worden.'

Bij de buitendeur omhelsde ze Faye; daarna deed ze haar jack dicht en stapte het trappenhuis in.

'Waar ga je naartoe?'

'Ik weet het nog niet. Ver weg in elk geval. Waar niemand me kent.'

Toen Yvonne haar berichtte dat de uitslag van de DNA-test er eindelijk was en dat het bloed dat ze in de hal, in de kofferbak van

Jacks auto en op de boot hadden aangetroffen een match was met het DNA van Juliennes haarborstel en tandenborstel, schreef Faye alleen 'Bedankt' terug. Ze had verder niets te zeggen.

Er waren zeven maanden verstreken sinds Faye uit Zweden was vertrokken. Ze keek uit over de groene heuvels die voor de Middellandse Zee herrezen. In haar bekerhouder stond een ijskoude frappé. De rechtszaak tegen Jack was achter de rug, de uitspraak kon elk moment komen. De media en de Zweedse bevolking hadden hun oordeel echter al geveld. Jack Adelheim was de meest gehate man van Zweden. Ylva had haar verhaal natuurlijk al aan *Expressen* verteld, met Jacks dochter op haar arm en flink wat veroordelende woorden. Kennelijk had hij haar tijdens hun hele relatie psychisch mishandeld. Jan en alleman betuigde zijn medeleven met haar. Toen Faye het las moest ze glimlachen.

Faye had de verschrikkelijke siliconenimplantaten eindelijk laten verwijderen en was tien kilo aangekomen. Maar ze was blijven sporten. Ze had nog nooit zo lekker in haar vel gezeten als nu.

Ze keek weer naar het scherm terwijl ze genietend een paar cantuccini in een glaasje zoete wijn doopte. Heel Zweden had het spectaculaire proces gevolgd en Faye kon tot op dit terras voelen dat iedereen zijn adem inhield.

Ze maakte zich geen zorgen. Ze had haar huiswerk goed gedaan.

De nieuwslezer op de website van *Aftonbladet* frummelende aan zijn papieren terwijl een door de wol geverfde misdaadjournalist zijn voorhoofd diep fronste en met ernstige stem verklaarde dat Jack zonder meer veroordeeld zou worden.

Faye hoefde niet eens te glimlachen. Ze wist al dat ze had gewonnen. De nasleep was eigenlijk niet meer dan een formaliteit. Zij was klaar.

Julienne riep haar vanuit het huis.

Faye schoof haar zonnebril naar het puntje van haar neus en kneep haar ogen samen.

'Wat is er, lieverd?'

'Ik wil naar het strand.'

'Zo meteen. Mama moet alleen dit nog even afkijken.'

Julienne verscheen in de deuropening. Het geluid van haar blote voeten galmde over het terras toen ze naar haar toe kwam rennen. Zongebruind en mooi, terwijl haar blonde haar om haar hoofd wapperde.

Jack Adelheim schuldig bevonden aan de moord op zijn zevenjarige dochter.

Snel klapte Faye haar laptop dicht. Julienne klom op haar schoot.

'Waar keek je naar?'

'O, niets,' zei ze. 'Zullen we dan maar naar het strand gaan?'

'Denk je dat Kerstin mee wil?'

'Dat moeten we haar zelf maar vragen.'

Faye sloot haar ogen toen Julienne wegrende. Haar gedachten gingen naar de beslissende dagen ruim een halfjaar geleden.

Ze was niet bang geweest voor de fysieke pijn. Die was niets vergeleken met de pijn die ze had gevoeld toen ze de foto's van Julienne in de map 'Huishouden' had gevonden. Haar geliefde dochter. Doodsbenauwd. Verward. Naakt.

De schok had plaatsgemaakt voor een razernij die haar bijna verslond, maar die ze toch niet naar buiten liet komen. Ze wist dat ze die later nodig had. Haar razernij zou Jack als een lawine bedelven, er zou niets van hem over zijn wanneer ze met hem klaar was.

Jack een veilig gevoel geven was een fluitje van een cent geweest. Doen wat gedaan moest worden was ook niet moeilijk geweest. Ze hoefde haar ogen maar te sluiten en het naakte lichaam van Julienne voor zich te zien. Tentoongesteld. Geschonden. Door degene die haar had moeten beschermen.

Ze had een paar pijnstillers geslikt en vervolgens ruim een liter bloed bij zichzelf afgenomen. Dat was twee keer zoveel als bloeddonoren gaven, maar ze had gelezen dat ze zoveel bloed in haar lichaam had zitten dat ze ongeveer een liter kon missen.

Aanvankelijk had Kerstin geprotesteerd toen Faye haar over haar plannen had verteld, maar nadat ze de foto's van Julienne had gezien, waren ze het erover eens dat geen enkele straf zwaar genoeg was voor een man als Jack.

Faye voelde zich licht in haar hoofd, duizelig, maar het lukte haar te blijven staan. Ze mocht nu niet flauwvallen.

Kerstin en Julienne zouden vooruitgaan. Het was duur geweest om valse paspoorten en een veilige route naar het buitenland te regelen, maar voor geld was alles te koop. En geld had Faye meer dan genoeg.

Faye ging naar het hotel in Västerås, waar Kerstin op haar wachtte, en gaf haar haar mobiel zodat Kerstin later op de avond Jacks nummer kon bellen. Daarna keerde Faye terug naar haar appartement.

Toen er werd aangebeld haalde ze diep adem voordat ze Jack binnenliet. Het was tijd om hem te vernietigen. Hij vroeg waar Julienne was, hij zou toch op haar passen. Ze zei dat Julienne onderweg naar huis was. Drie whisky's later wist ze hem met de belofte van seks naar de slaapkamer te lokken, maar precies zoals gehoopt, sukkelde hij al na een paar onhandige handbewegingen in haar slipje in slaap.

Ze bekeek zichzelf in de grote spiegel in de slaapkamer. Vanaf het bed klonk Jacks zware ademhaling. Ze had hem een dubbele dosis gegeven en hij zou nergens wakker van worden. En wanneer hij weer bij zijn positieven kwam, zou hij alleen vage herinneringen hebben.

Ze haalde diep adem. Liet de duisternis bovenkomen, zonder alle barrières die ze jarenlang had opgeworpen. Ze zag gezichten in het water. Hoorde kreten die schril opstegen en de meeuwen met grote, geschrokken vleugelslagen deden opvliegen. Zag het bloed dat met zout water werd vermengd. Witte vingers die als klauwen ergens naar grepen, willekeurig wat, willekeurig wie.

Ze zag Julienne weer. Haar bange gezicht.

Zo hard ze kon ramde ze haar voorhoofd tegen het stalen hoofdeinde van het bed.

Vervolgens bekeek ze haar gezicht kritisch in de spiegel. Zou het beschadigd genoeg zijn? Ze dacht van wel. Over haar voorhoofd liep een snee en het bloed pulseerde onder de huid eromheen, het zouden heel wat blauwe plekken worden.

Faye haalde de reddingspop die ze had gekocht en legde die in de hal. Vervolgens goot ze het bloed dat ze met Kerstins hulp bij zichzelf had afgenomen over de pop zodat het om het hoofd en het bovenste gedeelte van de romp stroomde. Ze hoopte dat het genoeg was. Meer had ze niet kunnen afnemen zonder zelf van haar stokje te gaan. Ze walgde van de stank en was nog steeds duizelig en mat, maar dwong zichzelf verder te gaan. Ze liet de pop in het bloed liggen terwijl ze de laatste voorbereidingen trof, in de hoop dat het een beetje om de vorm ervan zou stollen.

Ze trok handschoenen aan en pakte voorzichtig een zakje met een zipsluiting uit haar tas waar een roze tandenborstel en een roze haarborstel in zaten. Op beide stond Elsa van *Frozen*. Julienne had ze zelf uit de verpakking mogen halen en in het plastic zakje mogen stoppen, zodat alleen haar vingerafdrukken erop stonden.

Faye begon haar haar te borstelen. Julienne en zij hadden dezelfde honingblonde kleur en hun haar was ook even lang. Ze borstelde een paar keer stevig zodat er haren met wortel en al in de borstel achterbleven. Voorzichtig legde ze hem vervolgens weg en pakte de tandenborstel. Zorgvuldig poetste ze haar tanden en haar mond en drukte stevig zodat de haartjes een beetje uit elkaar gingen staan en de borstel er gebruikt uit zou zien. Ze zette de tandenborstel in het glas in de badkamer, naast die van haarzelf. Vervolgens liep ze naar Juliennes kamer en legde de haarborstel op haar bureau.

Toen dat klaar was, waste ze het whiskyglas af waar ze de slaaptabletten in had fijngemaakt en vulde het vervolgens weer met whisky. Ze liep met het glas en de fles naar de slaapkamer, waar Jack nog altijd luid lag te snurken. Faye zette het glas op het nachtkastje en gooide de fles naast het bed omver. Het stonk echt naar whisky.

Nu was er in het appartement niet veel meer te doen.

Faye zorgde ervoor dat ze Jacks mobiel bij zich had toen ze naar zijn auto liep. Snel legde ze de pop in de achterbak. Die zou bloedsporen achterlaten. Precies zoals ze had verwacht.

De rest was puur logistiek. Jacks auto heen en weer naar het Vättern rijden. Een beetje bloed op een boot smeren die bij een steiger lag. De pop waste ze af en gooide ze in het water. Er zouden allerlei vreemde dingen op de bodem van het meer liggen, niemand zou hem in verband brengen met Julienne.

Toen ze terugreed naar Stockholm wist Faye dat de route zowel in het navigatiesysteem van Jacks auto als in zijn mobiel te vinden zou zijn. Het navigatiesysteem zou gedetailleerder zijn dan de mobiel, maar de gegevens zouden elkaar versterken. Samen met alles wat ze de afgelopen tijd op Jacks computer had gegoogeld zou het genoeg zijn. Hoopte ze. De duivel zat tenslotte in de details.

Faye parkeerde de auto op de strandpromenade. Een warme wind greep haar jurk terwijl Kerstin Julienne uit de auto hielp. Ze vonden drie vrije strandbedjes en betaalden. Julienne rende meteen naar het water. Faye en Kerstin bleven liggen, maar verloren haar geen moment uit het oog.

'Hij is veroordeeld. De verwachting is dat hij levenslang krijgt.'

'Ik heb het gehoord,' antwoordde Kerstin.

'Het is ons gelukt.'

'Inderdaad. Maar daar heb ik me nooit zorgen over gemaakt.'

'Niet?'

Kerstin schudde haar hoofd.

Er kwam een vrouw aangelopen. Toen ze hen zag, bleef ze staan en zwaaide.

'Hebben jullie ruimte voor nóg iemand?' vroeg ze glimlachend.

'Ja, maar misschien moet je het strandbedje delen met Julienne,' antwoordde Faye.

'Dat is geen enkel probleem.'

De vrouw ging op Juliennes turquoise handdoek liggen en zette een zonnebril op.

'Heb je zin om vanavond te komen eten?' vroeg Faye.

De vrouw knikte. Daarna draaide ze haar gezicht naar de zon.

De drie vrouwen zwegen. Toen Faye haar ogen sloot en van het geluid van de golven en Juliennes vrolijke gekwetter genoot, zag ze Sebastian voor zich. Zijn dood had ertoe geleid dat ze nu was wie ze was. Op een wonderbaarlijke manier was ze hem dankbaar.

Ze draaide haar hoofd opzij en keek naar de vrouw op het strandbedje naast zich. Langzaam strekte ze haar hand uit en streek haar moeder over haar wang.

Dankwoord

Een boek schrijven doe je niet in je eentje. Al denken veel mensen van wel. Er zijn een heleboel mensen die een bijdrage leveren en het mogelijk maken, die er ook voor zorgen dat dit werk minder eenzaam is. Allereerst wil ik mijn man Simon bedanken, op wiens liefde en steun ik altijd kan rekenen. Mijn fantastische kinderen vormen ook een enorme motivatie: Wille, Meja, Charlie en Polly. Dank jullie wel dat jullie er zijn en dat jullie zulke fijne kinderen zijn. Dank ook aan mijn moeder Gunnel Läckberg en aan mijn schoonouders Anette en Christer Sköld, omdat jullie het op allerlei manieren mogelijk maken dat ik tijd en energie heb om te schrijven. Er zijn nog meer mensen die ik wil bedanken: iedereen die inspringt wanneer het dagelijks leven zich lastig laat plannen – ik ben jullie eeuwig dankbaar.

Enorm veel dank aan Christina Saliba, die elke dag zij aan zij met mij hard aan het werk is, zij het nog niet met het schrijven van een boek. Je bent mijn zus al hebben we geen bloedband. Dank ook aan Lina Hellqvist, die van onschatbare waarde is bij ons dagelijkse werk.

Ik zou ook niet half zo'n goede schrijver zijn zonder mijn fantastische uitgever Karin Linge Nordh en de altijd even geweldige redacteur John Häggblom. Woorden zijn ontoereikend om jullie te bedanken. Natuurlijk zijn er nog veel meer mensen bij Bokförlaget Forum die ik wil bedanken, niet in de laatste plaats Sara Lindegren, dus allemaal BEDANKT!

Hetzelfde geldt voor Nordin Agency: Joakim Hansson, Johanna

Lindborg, Anna Frankl e.a., jullie verrichten al jarenlang geweldig werk om mijn auteurschap verder in de wereld te verspreiden.

Enkele zeer belangrijke personen wanneer het om het schrijven van een boek gaat zijn de mensen die helpen met feiten over dingen waar de schrijver zelf geen verstand van heeft. Zoals bijvoorbeeld Emmanuel Ergul, die zeer nuttige informatie heeft gegeven over financiële zaken. En zoals altijd heeft Anders Torewi de dingen die Fjällbacka betreffen gelezen en van input voorzien.

Dank aan Pascal Engman, een superbegaafde collega die belangrijke input heeft gegeven wanneer ik wilde sparren over personages in dit boek. Zoals gebruikelijk is mijn collega Denise Rudberg ook iemand van wie ik weet dat ze er altijd is wanneer ik over het schrijven wil praten. Of over het leven.

Ten slotte alle zussen, vrienden, alle mensen om ons heen die van ons gezin houden. Jullie zijn met zovelen dat ik jullie niet kan opsommen, ook omdat ik bang ben om per ongeluk iemand te vergeten. Maar jullie weten wie jullie zijn. Ik hou van jullie.

En dank je wel papa dat je me de liefde voor boeken hebt bijgebracht.

Camilla Läckberg

Stockholm, 20 december 2018